Psicópata

Jonathan Kellerman

Psicópata

Traducción de
Josefina Meneses

CÍRCULO de LECTORES

Para Beverly Lewis

Mi especial agradecimiento al doctor Michael Austerlitz

1

Las calles en las que han tenido lugar asesinatos no suelen ser agradables. Aquélla lo era.

Sombreada por frondosos olmos, estaba a un paso de la universidad, franqueada por amplias haciendas y residencias coloniales californianas, rodeadas de praderas tan inmaculadas como tapetes de billar nuevos.

Olmos gigantes. Hope Devane había muerto desangrada bajo uno de ellos, a una manzana de su casa, en la esquina suroccidental.

Contemplé de nuevo el lugar, apenas iluminado por una desganada luna. La tranquilidad de la noche sólo era alterada por los grillos y por el paso de algún coche con motor silencioso. Los residentes regresaban a sus casas. Hacía ya meses que los curiosos no se detenían a mirar.

Milo encendió un purito y echó el humo por la ventanilla.

Bajé mi propia ventanilla y continué observando el olmo.

Un retorcido tronco, grueso como un mojón de carretera, sustentaba veinte metros de opaco follaje. Las recias ramas, algunas tan pesadas que rozaban el suelo, parecían recubiertas de escarcha bajo la luna.

Habían pasado cinco años desde que el ayuntamiento hizo podar los árboles por última vez. Déficit presupuestario. La hipótesis era que el asesino se había ocultado entre las sombras, aunque el único rastro de presencia humana que se había encontrado eran unas huellas de bicicleta a escasa distancia.

Tres meses más tarde, apenas quedaba más que la hipótesis.

En la manzana, además del Ford sin identificación policial de Milo, había otros dos coches, ambos Mercedes, ambos con permisos de estacionamiento en los parabrisas.

Con posterioridad al asesinato, el ayuntamiento se había comprometido a hacer podar los árboles; pero aún no lo había hecho.

Milo me había hablado de ello con cierta indignación, maldiciendo a los políticos, pero quejándose en realidad de un caso que se había enfriado.

–Un par de artículos de prensa, y luego nada.

–La actualidad es como las hamburguesas –dije–. Rápida, grasienta y fácil de olvidar.

–Creía que los cínicos éramos nosotros.

–Deformación profesional: trato de sintonizar con mis pacientes.

Mi comentario le hizo sonreír. Luego, frunció el entrecejo, se retiró el cabello de la frente y exhaló el humo formando aros.

Avanzó unos metros calle arriba, y luego se estacionó de nuevo.

–Ésa era la casa de la mujer.

Señalaba una de las residencias coloniales, pequeña pero bien conservada. Fachada blanca, cuatro columnas, postigos oscuros y relucientes apliques engarzados en una bonita puerta. Tres peldaños por encima de la acera, un sendero de losas que recorría el césped. Una puerta de hierro bloqueaba la rampa de acceso.

Bajo las pálidas cortinas de dos de las ventanas del piso de arriba brillaba una luz ambarina.

–¿Hay alguien en casa? –pregunté.

–El Volvo que hay en la rampa es el del tipo.

Una ranchera color claro.

–Ése siempre está en casa –dijo Milo–. En cuanto regresa, no vuelve a salir.

–¿Continúa de luto?

Él se encogió de hombros.

–Ella conducía un pequeño Mustang rojo. Era mucho más joven que él.

–¿Cuánto?

–Quince años.

–¿Por qué te interesa el marido?

–Por la forma en que actúa cuando hablo con él.

–¿Nervioso?

–Poco colaborador. Paz y Fellows pensaban lo mismo, aunque tal vez eso no sea muy significativo.

Milo no tenía en gran estima a los primeros detectives que se ocuparon del caso, aunque, probablemente, lo que más le exasperaba eran los obstáculos burocráticos.

–Bueno, normalmente el primer sospechoso es el marido, ¿no? –dije–. Aunque acuchillarla en la calle no parece el procedimiento típico.

–Cierto. –Se frotó los ojos–. Volarle la cabeza en el dormitorio hubiera sido más marital. Pero sucede. –Hizo girar el cigarro entre los dedos–. Dándole tiempo al tiempo, todo sucede.

–¿Dónde estaban exactamente las huellas de bicicleta?

–Al norte del cadáver, pero no creo que signifiquen gran cosa. Según los del laboratorio, podían llevar allí entre uno y diez días. Un chiquillo del vecindario, un estudiante, un aficionado al ciclismo, cualquiera. Y cuando interrogué a los vecinos, nadie mencionó nada acerca de algún ciclista sospechoso.

–¿Qué significa *ciclista sospechoso*?

–Alguien que no encaje.

–¿Alguien de color?

–Quien sea.

–Resulta sorprendente que en un barrio tan tranquilo nadie viera ni oyera nada a las once de la noche –dije.

–El forense dice que, probablemente, ella no gritó. No había heridas defensivas, no intentó protegerse, así que puede que no ofreciera resistencia.

–Cierto.

Yo conocía los resultados de la autopsia. Me había leído todo el expediente, empezando por el informe inicial de Paz y Fellows y acabando con el monótono dictamen del forense y con la colección de fotos de la autopsia. ¿Cuántas fotos como aquéllas no habría visto yo a lo largo de los años? Pero el hábito no hacía que la cosa resultara más fácil.

–La herida en el corazón impidió que hubiera gritos, ¿no? –pregunté.

–El forense opina que la cuchillada pudo causar un paro cardíaco, provocándole a la mujer un *shock* instantáneo.

Chasqueó suavemente los gruesos dedos, y luego se pasó una mano por el rostro, como lavándose sin agua. Su perfil era tosco, similar al de una morsa, tenía la piel picada y expresión de fatiga.

Mientras él daba nuevas bocanadas a su cigarro, volví a pensar en las fotos anteriores a la autopsia. El cuerpo de Hope Devane, blanco y gélido, bajo las luces de la mesa de operaciones del forense. Tres profundas heridas color púrpura retratadas en primer plano: una en el pecho, otra en la ingle y la última por encima del riñón izquierdo.

La reconstrucción de los hechos realizada por el forense era que a la mujer la atacaron por sorpresa y la liquidaron rápidamente con un golpe que le partió el corazón. Luego, le asestaron otro por encima de la vagina y, por último, la acuchillaron en la espalda mientras yacía de bruces sobre la acera.

–Es raro que un marido haga algo así –dije–. Ya sé que has visto cosas peores; pero resulta excesivamente calculado.

–Bueno, en este caso el marido es un intelectual, ¿no? Un pensador. –Los jirones de humo que salían del coche se disolvían inmediatamente al entrar en contacto con el aire nocturno–. Lo cierto es, Alex, que deseo que el culpable resulte ser Seacrest. Porque si no es él, esto es una puñetera pesadilla logística.

–Demasiados sospechosos.

–Y que lo digas –replicó él, convencido–. Hay infinidad de personas que tenían motivos para odiarla.

2

Un libro de autoayuda cambió la vida de Hope Devane.

Lobos y ovejas no fue lo primero que publicó. Una monografía sobre psicología y tres docenas de artículos en revistas la habían hecho titular de una cátedra a los treinta y ocho años, dos antes de su muerte.

Tal posición académica le dio seguridad laboral y la libertad para irrumpir en la escena pública con un libro que no agradó a sus compañeros de claustro.

Lobos y ovejas permaneció un mes en la lista de best-sellers, convirtiendo a su autora en una figura habitual en los medios de comunicación y haciéndole ganar más dinero del que habría acumulado en diez años trabajando como profesora.

Estaba bien dotada para conseguir la atención del público. Rubia y atractiva, ofrecía una buena imagen en la pequeña pantalla. Eso, unido a una voz suave y bien modulada que por radio resultaba firme y persuasiva, hizo que no tuviera la menor dificultad para conseguir entrevistas de promoción para su libro. Y aprovechaba al máximo cada una de sus apariciones. Pese al subtítulo de *Lobos y ovejas,* que rezaba *Por qué es inevitable que los hombres hagan daño a las mujeres, y qué pueden hacer las mujeres para evitarlo*, y a su tono condenatorio, su imagen pública era la de una mujer inteligente, segura de sí misma y agradable que no gustaba de exhibirse, pero que, cuando estaba en público, sabía comportarse con elegancia.

Yo sabía todo aquello; pero ignoraba totalmente qué clase de persona había sido.

Milo me había dejado tres cajas de pruebas procedentes del Departamento de Policía de Los Ángeles para que las revisara: el currículo de la mujer, cintas de audio y vídeo, algunos recortes de prensa y el libro. Paz y Fellows habían entregado todo aquel material sin haberlo estudiado ni total ni parcialmente.

La noche anterior, Milo me comentó que había heredado el caso. Lo hizo sentado frente a Robin y a mí a la mesa del restaurante marinero de Santa Mónica. La barra se encontraba atestada de gente, pero la mayor parte de los reservados estaban vacíos, y nos habíamos acomodado en un rincón, lejos de la pantalla gigante que retransmitía imágenes deportivas y de las asustadas personas que trataban de trabar relación con extraños. A mitad de la cena, Robin se levantó para ir al servicio de señoras y Milo dijo:

–Adivina cuál ha sido mi regalo de Navidad.

–Para Navidad falta mucho.

–Quizá por eso no es ningún regalo. Se trata de un caso viejo, con tres meses a la espalda: el de Hope Devane.

–¿Por qué te lo han encargado?

–Porque es un caso muerto.

–¿El nuevo teniente?

Él mojó un langostino en salsa y se lo llevó entero a la boca. Lo masticó meticulosamente. No dejaba de mirar a su alrededor, aunque no había nada que ver.

Nuevo teniente, vieja canción.

Milo era el único detective reconocidamente gay del Departamento de Policía de Los Ángeles, y nunca terminarían de aceptarlo. Los veintitrés años que duró su ascenso al grado de detective tercero estuvieron salpicados de humillaciones, sabotaje, períodos de benigno olvido y episodios próximos a la violencia. Su historial de casos resueltos era excelente, y en ocasiones eso servía para mantener la hostilidad bajo control. Su calidad de vida dependía de la actitud que tenía el jefe que le tocaba en cada momento. El nuevo teniente estaba preocupado y nervioso, pero el conflictivo departamento posdisturbios le estaba complicando mucho la vida y no estaba prestando demasiada atención a Milo.

–¿Te confió el caso porque le parece que es poco probable que lo resuelvas?

Él sonrió, como paladeando un chiste privado.

–Es que, además –dijo–, sospecha que Devane era lesbiana. «Eso, ejem, ejem, debe de ser terreno más o menos conocido para usted, Sturgis.»

Comió otro langostino. El carnoso rostro de Milo permaneció estático mientras su dueño plegaba y desplegaba la servilleta. Llevaba una horrible corbata marrón y ocre que no pegaba ni con cola con su chaqueta gris verdoso. Su negro pelo, moteado ya de blanco, estaba cortado casi al cero en los lados, pero en la parte alta llevaba el cabello largo, y las patillas eran grandes y canosas.

–¿Existe algún indicio de que Hope Devane fuera *gay*? –pregunté.

–Qué va. Pero decía cosas desagradables de los hombres, así que *ergo, ipso facto*.

Robin volvió a la mesa. Se había retocado el pelo y se había vuelto a poner pintalabios. El vestido azul marino realzaba el bronceado de su tez, y la seda acentuaba cada uno de sus movimientos. Habíamos pasado algún tiempo en una isla del Pacífico, y su aceitunada piel aún conservaba el recuerdo del sol.

Yo había matado a un hombre allí. Fue un caso claro de defensa propia, y no sólo salvé mi vida sino también la de Robin. A veces, aún tengo pesadillas.

–Estáis muy serios –dijo Robin, sentándose a la mesa.

Nuestras rodillas se tocaron.

–Hago mis deberes –dijo Milo–. Como sé que Alex se lo pasó muy bien en el colegio, le permito que me ayude.

–Acaban de encomendarle el caso de Hope Devane –expliqué.

–Creía que habían dado el asunto por irresoluble.

–Y así era.

–Qué espantoso.

Algo en su voz me hizo mirarla.

–¿Más espantoso que otro asesinato cualquiera? –pregunté.

–En cierto modo, sí, Alex. Un buen vecindario como ése, y de pronto una mujer sale a dar un paseo cerca de su casa y alguien la asalta y la acuchilla.

Cubrí su mano con la mía, pero ella no pareció darse cuenta.

–Lo primero que pensé –dijo–, fue que la mataron a causa de sus ideas. Lo cual sería terrorismo. Pero aunque sólo fuera un chiflado que la escogió al azar, en cierto modo seguiría siendo terrorismo. En esta ciudad, las libertades personales han descendido otro peldaño.

Nuestras rodillas se separaron. Sus dedos eran como delicados carámbanos.

–Bueno –siguió Robin–, al menos tú lo estás investigando, Milo. ¿Has descubierto algo nuevo?

–Aún no –replicó él–. En situaciones así, lo mejor es partir de cero. Esperemos que las cosas vayan bien.

Aun en las ocasiones más propicias, a Milo le costaba mostrarse optimista. En su boca, aquellas palabras sonaron huecas, a mal teatro.

–Se me ocurrió que tal vez a Alex le fuera posible ayudarme. A fin de cuentas la doctora Devane también era psicóloga.

–¿La conocías, Alex?

Negué con la cabeza.

Se aproximó el camarero.

–¿Más vino?

–Sí –dije–. Otra botella.

A la mañana siguiente, Milo me llevó las cajas de pruebas y en seguida se fue. Sobre las cajas estaba el currículo académico de la asesinada.

Su nombre completo era Hope Alice Devane. Padre: André. Madre: Charlotte. Ambos fallecidos.

Bajo estado civil, había escrito a máquina CASADA, pero sin añadir el nombre de Philip Seacrest.

Hijos: NINGUNO.

Había nacido en California, en una población que no me sonaba de nada llamada Higginsville. Probablemente, el lugar estaba en el centro del estado, ya que se graduó como alumna más distinguida en el instituto secundario de Bakersfield. Luego, se matriculó con una beca Regent en la Universidad de Berkeley. Acumuló matrículas de honor en todas las asignaturas, fue Pi Beta Kappa, se graduó *summa cum laude* en psicología y luego continuó en Berkeley hasta obtener el doctorado.

Publicó sus dos primeras tesinas como estudiante graduada y se trasladó a Los Ángeles para adquirir experiencia clínica; el internado y los estudios de posgrado los realizó en el otro extremo de la ciudad, en el departamento de psiquiatría del Hospital General del Condado. Luego la nombraron lectora de estudios femeninos en la universidad, y al año siguiente la trasladaron al departamento de psicología en calidad de profesora auxiliar.

Seguían diez páginas en las que se detallaban las sociedades a las que Devane estaba afiliada, sus publicaciones doctorales, los trabajos publicados y las conferencias. Su primer tema de investigación fue las diferencias de calificaciones entre chicos y chicas en los exámenes de matemáticas, y más adelante pasó a dedicarse a estudiar los roles sexuales y los métodos de educación infantil, y, de nuevo, volvió a los roles sexuales para estudiar en qué forma afectaban al autocontrol.

Había publicado un promedio de cinco artículos anuales en prestigiosas publicaciones científicas, lo cual era algo que daba alas a cualquier carrera docente. Sin embargo, el currículo no me pareció fuera de lo común en nada hasta que llegué al final de la sección de bibliografía. Allí, un subapartado con el título de «Publicaciones diversas y trabajos en los medios de comunicación», me permitió intuir cuáles habían sido sus actividades durante el año que precedió a su muerte.

Lobos y ovejas, junto con sus traducciones a idiomas extranjeros, seguido de docenas de entrevistas en radio, televisión y prensa, y apariciones en los programas vespertinos de debate.

Programas con títulos como «¡Al contraataque!», «Huyendo del animal de presa», «La nueva esclavitud», «La conspiración de la testosterona».

La sección final era «Actividades universitarias y departamentales», y en ella las cosas volvían a su polvorienta solemnidad académica.

Como profesora auxiliar, figuró en cuatro comités: Programación y asignación de alojamientos, Orientación para estudiantes graduados y Seguridad animal-sujeto. Todos ellos eran trabajos fatigosos que yo conocía bien. Luego, seis meses antes de su muerte, la nombraron directora de Comportamiento interpersonal, algo de lo que yo nunca había oído hablar.

¿Estaría aquello relacionado con el acoso sexual? ¿Abusos a las estudiantes por parte de miembros de la facultad? Aquello era algo que, potencialmente, podía suscitar suspicacias. Hice una marca junto a la nota y pasé a ocuparme de *Lobos y ovejas.*

La sobrecubierta del libro era de color rojo mate con letras de oro en relieve y un pequeño gráfico entre el nombre de la autora y el título donde se veían las siluetas de los animales a los que aludía el libro.

La boca del lobo mostraba todos sus dientes y el animal tenía las garras tendidas hacia la minúscula oveja. En la parte de atrás estaba la foto en color de Hope Devane. La mujer tenía un rostro ovalado de facciones suaves, llevaba un vestido beige de cachemir, lucía una sarta de perlas, y estaba sentada muy erguida en un sillón de cuero marrón tras el cual había estantes con libros ligeramente desenfocados. Sostenía una pluma Mont Blanc entre los dedos y tenía a mano un tintero de plata. Dedos largos, uñas pintadas de color rosa. Cabello rubio color miel echado hacia atrás. Ligeros toques de colorete en las mejillas. Ojos color castaño claro, grandes y directos, amables sin ser débiles. Una sonrisa confiada, quizá irónica, en los nacarados labios.

Las páginas tenían los bordes arrugados, y Milo había resaltado en amarillo ciertos párrafos y hecho abundantes anotaciones en los márgenes. Leí el libro, recorrí tres kilómetros en coche, por Beverly Glen, hasta la universidad, donde estuve un rato entretenido con los ordenadores de la biblioteca Biomed.

Obtuve resultados interesantes. Regresé a casa y miré los vídeos de los programas de debate.

Cuatro programas, cuatro ruidosos y frívolos grupos de público en el estudio, un cuarteto de suntuosos y sensibleros anfitriones totalmente intercambiables.

«El show de Yolanda Michaels»: *¿Qué es una auténtica mujer?*

Hope Devane tolerando la machacona retórica de una mujer antifeminista que predicaba las virtudes de los estudios bíblicos y de los cosméticos, y recomendaba esperar al marido en la puerta llevando por toda ropa un impermeable transparente.

«¡Sid, en vivo!»: *¿Prisioneros del sexo?*

Hope Devane debatiendo con un antropólogo y especialista en hormigas convencido de que todas las diferencias sexuales eran innatas e imposibles de modificar y de que lo que deberían hacer hombres y mujeres era aprender a convivir.

Hope trataba de ser razonable, pero el resultado final resultaba más bien frívolo.

«El show de Gina Sydney Jerome».

Hope Devane en una mesa redonda con otros tres autores: una lingüista que desdeñaba la psicología y recomendaba que hombres y mujeres aprendieran a interpretar correctamente el lenguaje; un periodista neoyorquino especializado en cuestiones femeninas que no tenía nada que decir, pero que lo decía con abundancia de polisílabos; y un hombre con aspecto de macho que aseguraba haber sido un marido maltratado y había plasmado su trágica experiencia en trescientas páginas.

La vieja canción habitual...

«En vivo con Morry Mayhew»: *¿Cuál de los sexos es el débil?*

Hope Devane debatiendo con un tipo que se daba a sí mismo el título de jefe de una organización de derechos del hombre de la que yo nunca había oído hablar y que se cebó en Hope con misógina furia.

Aquel vídeo era distinto: el nivel de hostilidad alcanzaba cotas muy altas. Rebobiné y lo pasé de nuevo.

El misógino se llamaba Karl Neese. Alrededor de treinta años, delgado y de apariencia liberal con su traje negro y su corte de pelo a la moda, pero neandertaloide en sus opiniones, acaparando el uso de la palabra y repartiendo insultos sin cesar. Psicodrama a la italiana.

Hope Devane, el objeto de las iras del hombre, mantuvo la corrección y en ningún momento lo interrumpió ni alzó la voz, ni siquiera cuando los comentarios de Neese provocaron los aplausos de los cretinos repartidos entre el público.

MAYHEW: Muy bien, señor Neese, ahora preguntemos a la doctora...

NEESE: ¿Doctora? No le veo el estetoscopio.

MAYHEW: La doctora es psicóloga...

NEESE: O sea que su familia ha tenido el dinero suficiente para pagarle unos estudios absolutamente inútiles.

MAYHEW: *(Conteniendo una sonrisa.)* Muy bien, doctora Devane, si ahora tiene usted la bondad de explicarnos...

NEESE: Explíquenos por qué las feministas no nos dejan de machacar con sus problemas, bla-bla-bla-bla, y, sin embargo, encuentran perfecto abortar porque los niños son un engorro...

MAYHEW: ... los motivos por los que, según usted, las mujeres son víctimas de hombres sin escrúpulos...

NEESE: Porque les *gustan* los hombres sin escrúpulos, las emociones. Y no aprenden, sino que vuelven a por más. Las mujeres dicen que les gustan los hombres decentes; pero intenten ustedes conquistar a una mujer siendo decentes. Decente significa débil, y débil significa primo. ¡Y para los primos no hay mimos!

(Risas, aplausos.)

DEVANE: Puede que en lo que dice tenga usted algo de razón.

NEESE: *(Con expresión lasciva.)* Pues sí, muñeca, claro que sí.

DEVANE: A veces caemos en pautas de conducta peligrosas. Supongo que el *quid* de la cuestión radica en lo que aprendemos en la infancia.

NEESE: ¿Tú me enseñas lo tuyo y yo te enseño lo mío?

MAYHEW: *(Sonriendo.)* Vamos, Karl. ¿A qué lecciones se refiere, doctora?

DEVANE: A los modelos de los que aprendemos. A los comportamientos que se nos enseña a emular...

Veinte minutos de pullas y burlas de Neese y de equilibrados razonamientos de Hope. Cada vez que él conseguía entusiasmar al público, ella esperaba a que las cosas se calmaran y luego ofrecía breves y precisas réplicas exentas de alusiones personales. Hope se ceñía estrictamente a lo que consideraba su papel. Al final del programa, la gente escuchaba lo que ella tenía que decir y Neese parecía frustrado.

Miré de nuevo la grabación, concentrándome en Hope y en su eficacísima forma de actuar. Miraba directamente a los ojos, produciendo una sensación de intimidad, y hablando con un aplomo que hacía que lo obvio pareciese profundo.

Carisma. Sosegado carisma.

Si el medio era el mensaje, Hope era una brillante mensajera, y no pude evitar preguntarme qué cimas no habría alcanzado de haber vivido lo suficiente.

Cuando terminó el programa, la cámara tomó un primer plano del rostro de Neese. Su sardónica sonrisa se había esfumado.

Serio. ¿Furioso?

Era una idea disparatada; pero... ¿se habría dejado aquel hombre llevar por la ira?

¿Y por qué no? El caso estaba suspendido, y Milo me había dicho que especulase a mi aire. Anoté el nombre de Neese y luego cogí el informe del homicidio.

Palabras, fotos. Siempre fotos...

Eran cerca de las cinco cuando llamé a Milo a la oficina de detectives del oeste de Los Ángeles y le dije que lo había revisado todo, incluido el libro.

–Qué rapidez.

–Es de lectura fácil, la mujer tenía un excelente estilo. Muy fluido. Como si se encontrase sentada junto al lector, compartiendo con él su sabiduría.

–¿Y qué piensas del contenido?

–Gran parte de lo que dice es indiscutible. Defiende tus derechos, cuida de ti misma, define tus metas con realismo de modo que puedas alcanzar el éxito y mejorar tu autoestima. Pero en lo tocante a cuestiones más radicales, no aporta hechos que respalden sus tesis. Todas las referencias a la testosterona y a la psicopatía sádica están bastante sacadas de quicio.

–Todos los hombres son asesinos sexuales.

–Todos los hombres tienen el *potencial* necesario para convertirse en asesinos sexuales, e incluso el sexo consentido es parcialmente una violación, ya que el pene está construido como un arma y la penetración implica invasión y pérdida de control por parte de la mujer.

–El control la obsesionaba, ¿no?

–Sí, ése es su *leitmotiv*. Fui a la biblioteca y les eché un vistazo a los estudios que ella cita en su libro. No dicen lo que según ella dicen. Sacó los datos de su contexto, informando de modo selectivo y manipulando los hechos. Pero a no ser que uno se tome la molestia de examinar con cuidado cada una de las fuentes, la manipulación apenas es perceptible. Y, dejando aparte su talento para escribir, comprendo que el libro se vendiera tan bien. Tenía una clientela segura, porque las mujeres casi siempre son las víctimas. Ya escuchaste a Robin anoche. Cuando volvimos a casa, me contó que ese asesinato la había mantenido muchas noches en vela porque ella se identificaba con Hope. No se me hubiera ocurrido nunca que Robin hubiese dedicado al asunto ni un solo momento de reflexión.

–¿Qué te parecieron las cintas de vídeo?

–En ellas Hope también está impecable. Ni siquiera perdió la calma cuando en el programa de Mayhew le pusieron delante a ese cretino. ¿Lo recuerdas?

–¿Un idiota flaco vestido de negro? Realmente la puso a parir, ¿no?

–Pero ella lo manejó a las mil maravillas y en ningún momento se dejó avasallar. Para mí, al final la vencedora indiscutible fue ella, y el tal Neese parecía furioso. ¿Y si el tipo le guardó rencor por la humillación?

Silencio.

–Supongo que bromeas.

–Me dijiste que utilizase la imaginación. Esos programas son como barriles de pólvora. Tratan temas muy delicados y los asistentes acaban con los nervios de punta. Eso es exactamente lo que, como psicólogo, me dijeron que debía evitar. Siempre he pensado que, en programas así, sólo era cuestión de tiempo que se produjeran actos violentos.

–Hmm... Muy bien, investigaré al tipo. ¿Cómo se llama?

–Karl Neese.

Él repitió el nombre.

–Estaría bueno que... Bueno, ¿tienes algo más que decirme acerca de Hope?

–Pues no, de momento, nada más. ¿Y tú qué cuentas?

–Nada. Me da la sensación de que el marido oculta algo, y tus colegas de la universidad no me han sido de la menor ayuda. Lo único que hacen es citarme estadísticas según las cuales si un caso tarda demasiado en ser resuelto, más vale olvidarlo. Además, me tratan como si yo fuera un patán. Cuando conversan conmigo ha-blan ver-da-de-ra-men-te des-pa-cio.

–¿Esnobismo de clase?

–Quizá hice mal presentándome ante ellos restregando los nudillos contra el suelo al tiempo que pelaba un plátano.

Me eché a reír.

–Bueno, a fin de cuentas posees un máster. ¿Por qué no mencionaste ese hecho durante la conversación?

–Sí, claro, eso hubiera impresionado muchísimo a un montón de tipos con títulos de doctor. ¿Qué me dices de las heridas? ¿Crees que la cuchillada en la ingle tiene implicaciones sexuales?

–Si fue intencionada, no cabe duda de que revela una clara hostilidad sexual.

–Pues claro que fue intencionada. Las tres heridas eran limpias, no fruto del error o la precipitación. La alcanzó exactamente donde quería alcanzarla: corazón, ingle, espalda.

–Dicho así, la cosa parece orquestada –dije–. Una secuencia de heridas premeditada.

–¿A qué te refieres?

–Acuchillarla primero en el corazón podría ser un detalle

enfermizamente romántico. Romperle el corazón a alguien, quizá como venganza. Aunque supongo que el asesino se decidió por el corazón para matarla rápidamente. Pero, para conseguir eso, ¿no habría sido más eficaz degollarla?

–Desde luego. El corazón no es un blanco fácil, puede uno pegar en una costilla y fallar totalmente el blanco. La mayor parte de las muertes rápidas por arma blanca son degüellos. ¿Qué me dices de las otras heridas?

–La ingle –dije, recordando la compostura de Hope y sus impecables ropas. Hasta el último cabello en su sitio. La dejaron desangrándose en la calle–. La herida de la ingle podría ser una extensión de la del corazón: el amor deteriorado, el elemento sexual... En tal caso, la herida de la espalda sería el golpe de gracia: la puñalada por detrás. El símbolo de la traición.

–Para herirla en la espalda –dijo él–, el asesino tuvo que entretenerse en darle la vuelta y colocarla de bruces. Por eso me interesa lo que dices de que la cosa parece orquestada. Imagina que te encuentras en la calle y acabas de matar a alguien. ¿Te entretienes en hacer una cosa así? A mí me parece un crimen pasional llevado a cabo con toda premeditación.

–Furia fría –dije–. Intimidad criminal... ¿alguien a quien ella conocía?

–Ése es justamente el motivo de mi interés por el esposo de la víctima.

–Sin embargo, para alguien como ella la intimidad podía significar algo totalmente distinto. Su libro la hizo aparecer frente a millones de personas. Pudo desencadenar la ira de cualquiera. Incluso la ira delirante. Alguien a quien no le gustó su modo de firmar un libro, alguien que la vio en televisión y estableció con ella una relación patológica. La fama es como desnudarse en un teatro a oscuras, Milo. Nunca se sabe quién está entre el público.

Mi amigo guardó silencio por unos momentos.

–Vaya, gracias por hacer que mi lista de sospechosos aumente hasta el infinito... Hay algo que los periódicos no llegaron a publicar. Hope acostumbraba dar un paseo de entre treinta y sesenta minutos cada noche, más o menos a la misma hora. Entre diez y media y once. Normalmente, paseaba con su perra, una rottweiler, pero ese día el animal tuvo graves problemas de estómago, y se pasó la noche en la clínica veterinaria. Muy casual, ¿no te parece?

–¿Crees que la envenenaron?

–Esta mañana llamé al veterinario y me dijo que nunca llegó a examinar a fondo a la perra, porque a la mañana siguiente ya había mejorado; pero sus síntomas eran de haber ingerido algo en mal estado. Sin embargo, añadió que los perros se pasan el tiempo comiendo porquerías.

–¿Tenía la rottweiler esa costumbre?

–Que él supiera, no. Y ahora ya es demasiado tarde para realizar análisis. Ésa es otra de las cosas que Paz y Fellows no se molestaron en indagar.

–El hecho de que envenenaran a la perra significaría que alguien estuvo vigilando a Hope Devane durante algún tiempo, tomando nota de sus hábitos –dije.

–O quizá fuera alguien que ya la conocía. Un marido encajaría perfectamente en esa orquestación de amor y sexo. Un marido traicionado.

–¿Es ése el caso?

–No lo sé; pero supongamos que sí. Y si Seacrest era más inteligente y frío que el cornudo normal, ¿qué mejor modo para apartar de él las sospechas que hacer que la cosa pareciera un crimen callejero?

–Pero hablamos de un profesor de historia de mediana edad, sin el más mínimo antecedente de agresividad doméstica. Cero violencia, punto.

–Siempre hay una primera vez –dijo Milo.

–¿Tienes alguna idea de qué tal encajaba el tipo la fama de su esposa?

–No. Ya te he dicho que ese hombre no se muestra nada colaborador.

–Lo de la fama pudo ser un punto conflictivo en su matrimonio. Seacrest era más viejo que ella, y posiblemente, antes de la publicación del libro, tenía un peso específico académico mayor que el de su esposa. Y quizá no le sentara bien que se hablase de él en televisión. Aunque en las grabaciones pude advertir que ella hablaba de su marido con afecto.

–Sí –dijo mi amigo–. «Philip está en sintonía con las necesidades femeninas, pero es la excepción de la regla.» Un poco perdonavidas, ¿no te parece?

–Otra cosa –dije–. Que yo sepa, las feministas no han protestado por su muerte, ni por el hecho de que el asesinato no se haya resuelto. Quizá se deba a que Hope no estaba afiliada a ningún grupo feminista. Al menos, yo no vi ese dato en su currículo.

–Es cierto –asintió Milo–. ¿Sería que le gustaba ir por libre?

–Formaba parte de comités y de sociedades académicas. Pero no tenía la menor actividad política. Pese al tono del libro. Y, hablando del currículo, hubo algo que me llamó la atención: dirigió algo llamado Comité de Comportamiento Interpersonal. Por el nombre, podría estar relacionado con el acoso sexual. Quizá se ocupara de recibir quejas de estudiantes contra miembros del claustro. Lo cual podría constituir otra fuente de polémicas. ¿Y si puso en peligro la carrera de alguien?

–Comportamiento interpersonal. En eso no me fijé.

–Sólo era una nota al final del currículo.

–Gracias por advertirlo. Sí, parece interesante. ¿Me harás el favor de indagar acerca de ello en el campus? El jefe de departamento no ha contestado a mis llamadas desde la primera vez que hablé con él.

–¿Ed Gabelle?

–El mismo. ¿Qué tal tipo es?

–Un político –dije–. Sí, claro que preguntaré.

–Gracias. Ahora te voy a decir lo que a mí me desconcierta

de la profesora Devane. El contraste entre lo que escribía y su comportamiento en televisión. En su libro venía a decir que los varones eran basura, y daba la sensación de odiar a muerte a todos los hombres. Pero en las grabaciones da la sensación de ser una mujer a la que le agradaba el sexo contrario. Sin duda, pensaba que los hombres debíamos pulirnos en ciertos aspectos, y quizá nos mirase con cierta condescendencia. Pero, en conjunto, su actitud era cordial, Alex. Parecía cómoda con los hombres, y más que cómoda. A mí me parecía el tipo de mujer con el que se puede beber un par de cervezas.

–Más bien un par de cócteles de champán –dije.

–Vale, de acuerdo. Y no en cualquier bar de mala muerte, sino en la cafetería del hotel Bel Air. Pero el contraste sigue siendo sorprendente. Al menos, para mí.

–Bueno, supongo que con el currículo ocurre lo mismo. La primera parte es la lógica en una personalidad académica, y la segunda parecía corresponder a una estrella de los medios de comunicación. Como si en Hope Devane hubiera dos personas distintas.

–Y otra cosa: quizá yo no sea el mejor juez, pero para mí, en televisión resultaba sumamente atractiva. Miraba a la cámara y sonreía de forma muy seductora, cruzaba las piernas enseñando un poco de muslo. Parecía decir mucho sin necesidad de pronunciar una sola palabra.

–Tal vez fueran pautas de psicólogo. Utilizamos los silencios para conseguir que los pacientes se sinceren con nosotros.

–Pues Hope sabía hacerlo muy bien.

–Bueno, ¿y qué pasa si era atractiva?

–Aunque no entiendo nada de psicología, me pregunto si era de las que se meten en asuntos peligrosos...

–Quizá a lo que en realidad te refieras sea a la compartimentación. A que tal vez separase las diversas facetas de su vida, como si las metiese en compartimentos estancos.

–Quizá en compartimentos estancos secretos –dijo él–. Y los secretos pueden resultar peligrosos. Además, también es posible que nos enfrentemos a un simple chiflado, a un fulano que la vio por la tele y Dios le ordenó que la matase. O quizá se trate de un psicópata que se dedica a asaltar rubias en el Westside, y Hope, simplemente, estuvo en el lugar inoportuno en el momento inadecuado. Dios no lo quiera... Bueno, gracias por tu tiempo, Alex. Si se te ocurre algo más, voy a quedarme aquí trabajando hasta tarde.

–Hablaré con Ed Gabelle sobre ese Comité de Comportamiento, y si la cosa se pone interesante, te llamo.

–La cosa ya es interesante –dijo él. Y luego lanzó una maldición.

3

Ed Gabelle era un fisiopsicólogo con una gran mata de cabello canoso, boca pequeña y una voz aguda y cantarina que en ocasiones parecía decantarse hacia el acento inglés. Su especialidad era producir lesiones en las neuronas de las cucarachas para observar los resultados. Alguien me había comentado que, últimamente, intentaba conseguir alguna subvención para realizar estudios sobre el consumo abusivo de drogas.

Poco después de la hora del almuerzo lo encontré saliendo del club de la facultad. Vestía pantalones vaqueros, camisa a juego y una llamativa corbata amarilla de cachemir.

Me saludó con las habituales frases de cortesía y se quedó muy desconcertado cuando le expliqué lo que deseaba.

–¿La policía, Alex? –dijo en tono lastimero–. ¿Por qué?

–He trabajado otras veces para ellos.

–¿Ah, sí? Bueno, pues lo lamento, pero no te voy a resultar de mucha ayuda. No es un asunto que corresponda al departamento.

–¿Y qué clase de asunto es?

–Bueno... digamos que Hope era una individualista. Ya sabes a qué me refiero. Su libro y todo eso.

–¿No cayó bien en el departamento?

–No, no me refería a eso. Hope era brillante, y estoy seguro de que con su libro ganó buen dinero; pero no era muy dada a... afiliarse.

–No disponía de tiempo para sus colegas.

–Exacto.

–¿Y qué me dices de los estudiantes?

–¿Estudiantes? –Lo dijo como si la palabra fuese un vocablo extranjero–. Sí, supongo que algunos tenía. Bueno, encantado de verte, Alex.

–¿Pretendes decirme que el comité era un proyecto única y exclusivamente suyo?

Se humedeció los labios.

–¿De qué iba el asunto, Ed? –insistí.

–Pues la verdad es que en eso no puedo entrar. Y, de todas maneras, es un asunto cerrado.

–No, ya no. Un asesinato lo cambia todo.

–¿Tú crees? –Gabelle echó a andar.

–Al menos, dime...

–Lo único que puedo decirte –replicó, con voz más aguda que de costumbre– es que no puedo contarte nada. Tendrás que hablar con alguien de más arriba.

–¿Como quién?

–Como el decano de los estudiantes.

Cuando le expliqué a la secretaria del decano lo que pretendía, la mujer se cerró como una ostra y dijo que ya me llamaría. Colgó sin siquiera pedir mi número. Telefoneé de nuevo a Milo para comentárselo, y él me dijo:

–Así que se están tapando unos a otros. Me gusta. Bueno, yo me ocuparé personalmente del decano. Gracias por leer ese currículo tan atentamente.

–Para eso me pagáis.

Él se echó a reír y, luego, recuperando la seriedad, dijo:

–Parece evidente que Hope estaba molestando a alguien con su comité. Por cierto: tengo el teléfono de la ayudante de producción del programa de Mayhew. ¿Te importa hablar con ella, y así yo me puedo concentrar en el claustro de profesores?

–Claro, yo me ocupo –dije.

–Se llama Suzette Band. A ver qué averiguas.

Tardaron cinco minutos en localizar a Suzette Band, pero cuando la mujer se puso al fin al teléfono, su tono era amable y curioso.

–Así que es usted de la policía. Qué emocionante.

Aunque hacerse pasar por un agente de la ley es un delito grave, me resultó más fácil cometerlo que explicarle cuál era mi cometido exacto.

–¿Recuerda usted una invitada que tuvieron el año pasado, la profesora Hope Devane?

–Oh... Sí, claro que sí, fue terrible. ¿Detuvieron al fin a su asesino?

–No.

–Pues, cuando lo hagan, comuníquenoslo, por favor. Nos gustaría hacer un programa de seguimiento. Hablo en serio.

No me cupo la menor duda de que así era.

–Haré lo posible, señorita Band. Mientras, quizá pueda usted sernos de ayuda. Cuando entrevistaron a la profesora Devane, había otro invitado, un hombre llamado Karl Neese.

–Sí, ¿qué pasa con él?

–Desearíamos hablar con él.

–Pues... No sé... Espero que no hable usted en serio. –Se echó a reír–. Es un disparate, aunque... Sí, comprendo su interés; pero... no pierdan el tiempo con Karl.

–¿Por qué?

Una larga pausa, tras la cual...

–¿Está usted grabando nuestra conversación?

–No.

Silencio.

–¿Señorita Band?

–¿Seguro que no está usted grabando?

–Seguro. ¿Qué pasa?

–Bueno... La persona con la que realmente debe usted hablar es Eileen Prietsch, la productora; pero está de viaje. Le diré que lo llame cuando...

–¿Para qué perder el tiempo, si Karl es alguien de quien no hay motivo para preocuparse?

–Realmente es así. Lo que ocurre es que... Karl, en el programa es...

–¿Un invitado profesional?

–Yo no he dicho eso.

–Entonces, ¿por qué no debemos preocuparnos por él?

–Escuche... En realidad, yo no debería contarle nada de todo esto, pero no quiero que le dé a este asunto más importancia de la debida ni que desacredite por ello el programa. Bastantes problemas tenemos ya con los metomentodo de Washington, que no hacen sino buscar chivos expiatorios. Nuestro propósito es llevar a cabo un servicio público de buena fe.

–¿Y Karl formaba parte de ese servicio público?

Escuché un suspiro al otro extremo del hilo.

–Muy bien –seguí–. Así que le pagaron para que le buscara las cosquillas a la profesora.

–Yo no lo diría así.

–Pero el tipo es un actor, ¿no? Si consulto la guía de actores o de agentes, lo localizaré de todos modos.

–Mire –dijo ella, alzando la voz. Luego suspiró de nuevo–. Sí, es un actor. Pero tengo entendido que en el programa no dijo nada que no fuera su sincera opinión.

–Entonces, ¿por qué no voy a preocuparme por él? Tuvo un enfrentamiento bastante desagradable con la profesora Devane.

–Pero eso fue porque... Vaya, es usted de lo más insistente... Muy bien: para serle sincera, Karl es un profesional. Pero también es muy buen tipo. Ha trabajado con nosotros en otras ocasiones, y para otros programas. Utilizamos a gente como él para dar mayor interés a los coloquios. Sobre todo cuando tenemos invitados académicos, que suelen ser bastante aburridos. Todos los programas lo hacen. Y algunos, incluso, ponen actores entre el público, cosa que nosotros jamás hacemos.

–¿Pretende usted decirme que él no sentía hostilidad hacia la profesora Devane?

–Claro que no la sentía, es un hombre sumamente amable. Incluso creo que el año pasado lo tuvimos en el programa dedicado a la gente de bien. Ya sabe: los que son demasiado decentes para triunfar y todo eso. Es un excelente profesional. Muy adaptable. Tiene uno de esos rostros que se olvidan con facilidad.

–O sea que el público no recuerda haberlo visto antes.

–A los que son como Karl les ponemos barba o peluca. De todas maneras, el público tampoco es demasiado observador.

–El caso es que me sigue interesando hablar con él. ¿Tiene su número a mano?

Una nueva pausa.

–Escuche, le propongo un trato.

–¿Tengo que elegir entre el dinero y lo que hay detrás de la cortina número tres?

–Muy gracioso –replicó ella, pero el tono de su voz volvía a ser cordial–. Éste es el trato: si usted promete llamarme en cuanto den con el asesino para que nosotros seamos los primeros en hacer el seguimiento de la noticia, yo le daré el teléfono de Karl. ¿De acuerdo?

Simulé reflexionar sobre la oferta.

–De acuerdo –dije al fin.

–Espléndido... Oiga, y quizá pueda usted venir al programa. El as de los detectives y todo eso. ¿Es usted fotogénico?

–Los focos hacen que se me enrojezcan los ojos, pero mis colmillos conservan el color blanco.

–Ja, ja, muy gracioso. Probablemente, sería usted un invitado fantástico. En el programa hemos tenido policías, pero todos actúan de forma muy envarada.

–¿Como los profesores?

–Como los profesores. La mayoría de la gente resulta aburrida si no se la ayuda. Salvo que tenga una historia importante que contar.

–Vi una grabación del programa de la profesora Devane –dije–. Me pareció que lo hacía muy bien.

–Pues sí, tiene usted razón. Era una mujer con mucha clase y sabía ganarse al público. Lo que le sucedió fue realmente terrible. Podría haberse convertido en una invitada habitual.

El número de teléfono de Karl Neese correspondía al Valle, pero el mensaje de su contestador decía que, si la llamada era para un papel, el hombre estaba localizable en el trabajo. La boutique masculina de Bo Bancroft, en el Robertson Boulevard.

Miré la dirección. Estaba entre Beverly y la Tercera, junto a Designer Row. A aquellas horas, sería un trayecto de veinte minutos.

La tienda era minúscula, estaba llena de espejos, de antigüedades brasileñas adornadas con rosas e imágenes religiosas, y percheros atestados de trajes de tres mil dólares. El equipo de sonido reproducía música ambiental. Había dos personas trabajando, ambas vestidas de negro: tras la registradora, una muchacha rubia de ojos aburridos, y tras el mostrador Neese se dedicaba a doblar suéters de cachemir.

Desde que apareció en el programa, el actor se había dejado el pelo más largo y, además, ahora llevaba barba. En persona parecía más joven. Pálido y con expresión de ansiedad. Sus dedos eran muy largos y muy blancos.

Me presenté y le expliqué el motivo de mi visita.

Él terminó de doblar ropa y se volvió lentamente.

–Supongo que está usted de broma.

–Ojalá lo estuviera, señor Neese.

–¿Sabe una cosa? Cuando me enteré de lo que había sucedido, pensé que tal vez alguien me llamara.

–¿Por qué?

–Por lo desagradables que se pusieron las cosas en el programa.

–¿Más desagradables de lo debido?

–No, qué va. Para eso me pagan. «Sal y pórtate como un perfecto cabrón.» –Se echó a reír–. Un alarde de dirección artística, ¿no?

–¿Qué más le dijeron?

–Me dieron el libro de esa mujer, para que lo leyera y supiese de qué iba el asunto. Luego, debía meterme al máximo con la profesora. La verdad es que no fue una mala actuación. Hace seis meses aparecí en *Xavier*!, haciéndome pasar por un padre incestuoso carente de todo remordimiento. Me pusieron una barba barata, unas gafas de sol y una camisa que en la vida real ni muerto me pondría; pero, pese a todo, me preocupaba que algún idiota me reconociese por la calle y me diera un guantazo.

–¿Realiza usted este tipo de trabajos con frecuencia?

–Con menos frecuencia de la que me gustaría. Pagan quinientos o seiscientos dólares por actuación, pero al cabo del año no salen muchas bicocas como ésa. –Meneó la cabeza–. No diré que me parece absurdo que haya venido usted a averiguar si soy o no el lobo feroz, pero la verdad es que no lo soy. La noche en que la profesora Devane fue asesinada, yo estaba haciendo café-teatro en Costa Mesa. *El hombre de La Mancha.* Me vieron cuatrocientos jubilados. –Sonrió–. Al menos, difusamente. Pero, qué demonios, quizá alguno de ellos incluso estuviera sobrio. Aquí tiene el número del productor.

Me dio un número con el prefijo 714, y luego dijo:

–Fue una lástima.

–¿El qué?

–Que la mataran. Esa mujer no me gustaba, pero era lista,

y supo responder como es debido a todas las barbaridades que le solté. Es sorprendente la cantidad de personas que no son capaces de expresarse aunque sepan de qué va la cosa.

–¿Ella sabía que el programa estaba apañado?

–Claro. No es que ensayáramos, pero nos pusieron juntos antes de empezar el programa. En la sala de espera, le dije que me proponía lanzarme a degüello contra ella, y ella me dijo que le parecía muy bien.

–Entonces, ¿por qué dice usted que la profesora no le gustaba?

–Porque trató de comerme la moral. Poco antes de que empezara el programa. Se mostró amistosa conmigo mientras estuvimos en maquillaje y la productora estaba presente. Pero en cuanto nos quedamos solos, ella se me acercó y, hablándome al oído casi seductoramente, me dijo que había conocido a muchísimos actores, y que todos ellos estaban psicológicamente jodidos. «Incómodos con sus identidades», dijo. «Representan papeles para sentir que controlan la situación.» –Rió entre dientes–. Todo lo cual es cierto, pero... ¿quién demonios quiere oírlo?

–¿Cree que intentaba intimidarlo?

–Estaba claro como el agua que trataba de intimidarme. Y, total, ¿para qué? Aquello no era más que una farsa. Como los combates de lucha libre que pasan por televisión. Yo era el malo y ella la buena. Los dos sabíamos que yo terminaría mordiendo el polvo. Entonces, ¿para qué tratar de comerme la moral?

Representar papeles para creer que se controla la situación.

Pequeñas cajas.

Quizá Hope se hubiera visto a sí misma como una actriz.

Cuando regresé a casa, llamé al productor de la función de Costa Mesa. Su ayudante examinó los libros y verificó que, efectivamente, Karl Neese estaba en escena la noche del asesinato.

–Sí, *El hombre de La Mancha* fue una de nuestras obras de más éxito –me dijo la mujer–. Se vendieron muchísimas entradas.

–¿Sigue en cartel?

–Qué va. En California, todo es pasajero.

Milo llamó a las cinco menos diez.

–¿Tienes proteínas en casa?

–Seguro que algo encuentro.

–Pues comienza a buscar. Noto en la nariz el olor de la caza y estoy hambriento.

Parecía eufórico.

–¿Sacaste algo de la visita al decano? –pregunté.

–Si me das de comer, te cuento. Estaré ahí en media hora.

Proteínas no faltaban. Robin y yo habíamos hecho la compra hacía poco, y en la nueva nevera cabía el doble que en la vieja.

Preparé a mi amigo un bocadillo de carne. La blanca cocina parecía inmensa. Demasiado grande. Demasiado blanca. Aún no había terminado de acostumbrarme a la nueva casa.

La anterior tenía ciento setenta metros cuadrados y era toda maderos viejos, cristales coloreados y caprichosos ángulos. La construyó, usando materiales de desecho y madera reciclada, un artista húngaro que, tras arruinarse en Los Ángeles, regresó a Budapest a vender automóviles rusos.

Yo la había comprado años atrás, seducido por su emplazamiento. La casa estaba en las estribaciones de las colinas situadas al norte de Beverly Glen, y la separaba de los vecinos una amplia franja de terrenos comunales arbolados. El lugar era tan solitario que en mis paseos encontraba más coyotes que personas.

La soledad del lugar resultó perfecta para el psicópata que

una seca noche de verano incendió la casa. «Esto era como una tea», fue el dictamen del jefe de bomberos.

Robin y yo decidimos volver a construir. Tras un par de intentos fallidos con contratistas que no sabían lo que era la seriedad, ella decidió ocuparse de supervisar la construcción. La nueva casa medía doscientos cuarenta metros cuadrados, era de estuco blanco, tenía tejas de cerámica grises, suelos y escaleras de madera blanqueada, barandillas de latón, tragaluces, y tantas ventanas como permitían las normas de conservación energética. En la parte posterior de la propiedad se encontraba el taller donde Robin trabajaba feliz y contenta todas las mañanas en compañía de *Spike*, nuestro bulldog francés. Varios árboles viejos habían sido inmolados, pero hicimos plantar eucaliptos, pinos canarios y secuoyas, construimos un jardín japonés y un estanque lleno de pequeñas carpas.

A Robin le encantaba el lugar, y los escasos invitados que habíamos tenido dijeron que había quedado espléndido. «*Très chic,* pero de todas maneras me gusta», había dicho Milo. Yo asentí, sonreí y recordé el olor ligeramente mohoso de la vieja madera por las mañanas, los maltrechos marcos de puertas y ventanas, los crujidos del suelo de tarima...

Añadí pepinillo al sándwich de Milo, volví a guardar la bandeja en la enorme nevera, preparé café y repasé las notas de mi último trabajo para el juzgado de familia. Se trataba de una disputa por la custodia de dos hijos adoptivos de tres y cinco años. El padre y la madre eran ingenieros. La madre se había largado a un rancho para turistas en Idaho, y el padre estaba furioso y no se encontraba en condiciones de ocuparse de los pequeños.

Los niños estaban sumamente bien educados, y sus dibujos parecían indicar que estaban encajando bien la situación. El primer juez del caso era un hombre muy capaz, pero el idiota que se ocupaba de él ahora apenas se molestaba en leer los informes. A los abogados de ambas partes les indignaba que yo no estuviera de acuerdo ni con unos ni con otros. Últimamente, Robin y yo estábamos dándole vueltas a la posibilidad de tener hijos.

Estaba haciendo los últimos retoques en la versión final de mi informe cuando sonó el timbre.

Fui a la puerta, atisbé por la mirilla, vi el amplio rostro de Milo, y abrí. Su coche policial sin identificación externa estaba estacionado de mala manera detrás de la camioneta de Robin. En la parte trasera se escuchó el zumbido de una sierra mecánica, y luego los ladridos de protesta de *Spike*, al que no le gustaba nada el polvo de serrín.

–Calla, chucho –dijo Milo. Y luego, tras consultar su Timex, añadió–: He tardado cinco minutos desde el campus. ¿Qué te parece?

–Que deberías dar mejor ejemplo.

Sonriendo, se limpió los pies en el felpudo y entró en la casa. La nueva alfombra persa era mullida, tenía un brillo plateado y me gustaba bastante. Mis cuadros y objetos de arte no habían sobrevivido al incendio, y las paredes estaban tan desnudas como un cuaderno nuevecito.

Tanto en la casa nueva como en la vieja, la cocina atraía a Milo como un imán. Mientras iba hacia ella, un tragaluz lo iluminó desde arriba, dándole aspecto de muñeco de nieve gigante.

Para cuando me reuní con él, Milo ya había sacado el sándwich y un cartón de leche y estaba sentado a la mesa.

Se comió el sándwich en tres bocados.

–¿Otro? –pregunté.

–No, gracias... Bueno, sí, por qué no.

Se llevó el cartón a los labios, lo vació, y luego se palmeó la tripa. Llevaba un mes reduciendo su consumo de alcohol y había bajado algo de peso, quizá hasta los ciento diez kilos. La mayor parte del peso la llevaba en la tripa y en el rostro. Las largas piernas, que lo hacían llegar al metro noventa, no eran particularmente delgadas; pero, por contraste, lo parecían.

Llevaba un *blazer* verde pálido, camisa blanca y corbata negra, pantalones marrones y botas camperas de cuero. Su afeitado era muy apurado, salvo por una pequeña zona gris detrás de la oreja izquierda, y su abotargado rostro parecía toscamente modelado en arcilla. Tenía los pelos de punta a causa de la energía estática.

Mientras le preparaba su segundo sándwich, comenzó a sacar papeles de su portafolios.

–Mi botín: la lista de enemigos potenciales. –Se limpió los labios con el dorso de la mano.

Le llevé la comida.

–Delicioso –dijo, comiendo a dos carrillos–. ¿Dónde consigues la carne?

–En el supermercado.

–¿Ahora eres tú quien se ocupa de la compra? Chico, podrías presentar tu candidatura a la presidencia del país. ¿O tú y tu costilla os turnáis?

–Mi costilla –repetí–. A ver si te atreves a decirle a Robin en la cara que es «mi costilla».

Él se echó a reír.

–La verdad es que este caso me ha hecho reflexionar. Yo pensaba que a mí no me afectaba la cosa del machismo, pero la verdad es que todos tenemos nuestros cromosomas y fuimos educados como pequeños salvajes, ¿no te parece? Bueno, lo del decano fue de lo más divertido. El tipo se mostró amable y nervioso cuando al fin accedió a recibirme. Y no creas que conseguir verlo fue fácil. Tuve que enseñar la placa y hacer referencia a lo que podría decir la prensa sobre el Comité de Comportamiento. En cuanto mencioné eso me franquearon el paso al sanctasanctórum y el decano me ofreció café y me estrechó cordialísimamente la mano. Me dijo que no había por qué sacar el comité a colación, ya que fue «una insignificancia», «provisional» y «de breve duración». Me dijo que el comité se desmanteló debido a «consideraciones constitucionales y de libertad de expresión».

Sacó un sobre del portafolios.

–Tuve la suerte de que el decano dio por hecho que yo sabía más de lo que realmente sabía. Así que voy y me echo un farol, le digo que en el campus me han contado versiones distintas de la historia. Él dice que no, que se trata de un asunto muerto. Yo le contesto que la profesora Devane también está muerta. ¿Por qué no me lo cuenta usted todo desde el principio?, le digo. Y él me lo cuenta.

Mi amigo agitó el vacío cartón.

–¿Tienes más leche?

Le serví más, bebió y se secó los labios.

–Tenías razón al pensar que se trataba de un caso de acoso sexual. Pero no entre estudiantes y miembros de la facultad, sino entre estudiantes y estudiantes. Todo fue idea de la profesora Devane. Vieron tres casos, todos ellos de muchachas que habían asistido a las clases de Hope sobre roles sexuales, y expusieron sus quejas ante ella. En vez de usar los canales oficiales, la profesora Devane decidió tirar por la calle de en medio. Envió notificaciones a las demandantes y a los demandados y organizó un pequeño tribunal.

–¿Los estudiantes ignoraban que el comité no era oficial?

–Así es, según el decano. Todo de lo más ético, ¿no te parece?

–Jesús –dije–. Supongo que, más que consideraciones constitucionales y de libertad de expresión, fueron consideraciones económicas: el temor a una demanda judicial.

–Él no lo admitió, pero a esa misma conclusión llegué yo. Luego, el decano me aseguró que el comité no tuvo nada que ver con el asesinato, pero cuando le pregunté por qué no, él no supo responder. Luego me dijo que sería un gravísimo error dar publicidad al asunto, ya que hacerlo podía suponerle problemas al Departamento de Policía. Todos los participantes (acusadoras y acusados por igual), habían exigido la más estricta confidencialidad, y podían decidir demandarnos. Como no me achiqué ante eso, él amenazó con llamar al jefe de policía. Yo me quedé allí sentado, sonriendo. Él descolgó el teléfono y volvió a colgarlo, y comenzó a suplicar. Yo le dije que comprendía su posición, que no era mi propósito crear problemas, y que si me entregaba voluntariamente todos los informes, yo actuaría con la máxima discreción. –Agitando el sobre que había sacado de su cartera, mi amigo dijo–: Hope grabó las transcripciones de las tres vistas.

–¿Por qué?

–¿Quién sabe? Quizá estuviera preparando otro libro. Por cierto: el decano dijo que Hope se puso furiosa cuando llegó la orden de disolver el comité. Dijo que era una intolerable restricción de la libertad de cátedra. Luego apareció *Lobos y ovejas*, y la profesora no volvió a tocar el tema.

–Quizá pretendiese utilizar el material de esas vistas en la gira de promoción publicitaria del libro.

–El decano también tenía esa sospecha e incluso, según me dijo, le advirtió que si hacía una cosa así se colocaría en una situación ilegal sumamente delicada. Según los abogados de la universidad, dado que ella no había recibido aprobación oficial para el proyecto, a efectos legales, cuando presidió el comité no lo hizo en calidad de miembro de la facultad, sino como psicóloga independiente. Así que si divulgaba información, estaría violando la norma de confidencialidad entre médico y paciente, lo cual podría costarle la licencia. Ella respondió amenazando con contratar a sus propios abogados, pero por lo visto cambió de idea, porque hasta ahí llegó la cosa.

–Es sorprendente que nada de todo eso saliera a relucir a raíz del asesinato.

–Todos estaban interesados en que la cuestión no trascendiera: la administración y los estudiantes. Sobre todo los estudiantes. –Me entregó el sobre–. Léelo cuando puedas y después me cuentas qué te parece. Esto del comité es algo que no puedo pasar por alto, aunque mi sospechoso favorito sigue siendo Seacrest, el marido. Y ahora, con más motivo, ya que he tenido oportunidad de ver las declaraciones de renta de Hope.

–¿Se enriqueció con el libro?

Él asintió con la cabeza.

–Pero incluso antes de eso, la mujer tenía unas actividades extracurriculares de lo más interesante. ¿Has oído hablar de Red Barone?

Negué con la cabeza.

–Es un abogado de postín. Se dedica a defender casos de pornografía y censura, y tiene entre sus clientes tanto a gángsters como a gente del mundo porno, aunque entre unos y otros no hay tanta diferencia. El año pasado, el tipo pagó a Hope cuarenta mil dólares en concepto de honorarios profesionales, y el año anterior, veintiocho mil.

–¿Informes para casos de incapacidad legal?

–Debió de ser algo por ese estilo. Barone tiene oficinas aquí, en Century City, y también en San Francisco; pero no contesta a mis llamadas. –Dio otro trago de leche y continuó–: El otro cliente que utilizó los servicios de Hope como consultora fue un médico de Beverly Hills llamado Mike Cruvic. En el listín figura como tocoginecólogo experto en fertilidad. ¿Se te ocurre algún motivo por el que un experto en fertilidad le pague a una psicóloga treinta y seis de los grandes al año en dos años consecutivos?

–Quizá Hope se dedicaba a evaluar a los candidatos a tratamientos de fertilidad –sugerí.

–¿Es ése el procedimiento normal?

–Esos tratamientos pueden resultar muy duros. Un médico responsable desearía conocer por anticipado qué pacientes pueden soportarlos. O bien aconsejar a los que tuvieran dificultades para superarlos.

–¿Y por qué no se limitaba a mandarle los pacientes a la doctora? –preguntó Milo–. ¿Por qué le pagaba directamente y de su propio bolsillo?

–Buena pregunta –reconocí.

–Cuando llamé a la consulta de Cruvic, su enfermera me dijo que estaba realizando servicios comunales en una clínica femenina. Lo cual puede significar abortos, otra causa potencial de resquemores si es que Hope también andaba metida en eso. La cuestión de los abortos no ha causado grandes violencias en Los Ángeles, pero con el tiempo todo llega. Y el cretino que salió con ella en televisión, Neese, sacó la cuestión a relucir, dijo que ella era una de esas feministas radicales descuartizadoras de fetos. Quién sabe, quizá algún espectador chiflado se enfureció.

–El propio Neese no fue –dije, y le expliqué que había confirmado la coartada del hombre.

–Uno menos –dijo Milo–. Así que el tipo creyó que Hope quería comerle la moral.

–Ésas fueron sus palabras. Según su versión, ella trató de manipularlo.

–Bueno, tal vez Hope trató de manipular a la persona indebida... ¿Crees que merece la pena investigar el asunto de los abortos?

–La verdad es que no –dije–. Hope no era portaestandarte del movimiento de libre elección, y un asesino impulsado por motivos políticos habría hecho algún tipo de declaración pública a fin de defender su causa.

–Ya... Pero lo que sigue interesándome es saber qué servicios prestó Hope a Cruvic y Barone. Estamos hablando de cien mil dólares en dos años. Aunque, después del éxito del libro, poca falta le haría ese dinero. –Sacó de su portafolios fotocopias de los papeles de la renta–. Su última declaración de impuestos. Ingresos brutos, seiscientos ochenta mil dólares, procedentes en su mayoría de anticipos, derechos de autor y conferencias. Después de impuestos, le quedó casi medio millón limpio, y todo ello se encuentra en una cuenta del Merrill Lynch, registrada conjuntamente a nombre de ella y de Seacrest. Deudas, muy pocas. El Mustang lo tenía desde antes, y Seacrest heredó de sus padres la casa en que vivían. Quinientos de los grandes. A un marido pueden entrarle ganas de quedarse con una suma así, sobre todo si existen desavenencias en el matrimonio.

–¿Cuánto tiempo llevaban casados?

–Diez años.

–¿Cómo se conocieron?

–Según Seacrest, en la piscina de la universidad.

–¿Él había estado casado antes?

–No. Según les dijo a Paz y Fellows, Seacrest había sido un solterón a ultranza. Aparte del medio millón, ese hombre va a recibir bastante más dinero. La agente literaria de Hope no me quiso dar cifras, pero aseguró que en el próximo año espera sustanciosos beneficios en concepto de liquidación de derechos. Antes del asesinato, el libro se estaba vendiendo muy bien, y los editores estaban a punto de hacerle una oferta para que escribiese una segunda parte. Hace unos años Hope y Seacrest establecieron un fideicomiso matrimonial para eludir los impuestos catastrales, así que Seacrest se quedará con todo. El año pasado, el tipo tuvo unos ingresos de sesenta y cuatro mil dólares, procedentes en su totalidad de su sueldo universitario. Tiene un Volvo de ocho años, y ha conseguido ahorrar algo para el plan de pensiones de su facultad. Y, aparte de eso, está la casa. También ha escrito algunos libros, pero apenas sacó nada de ellos. Supongo que las serias disertaciones sobre la época medieval no pueden competir con el-pene-como-arma-letal.

–La proporción de ingresos era como de diez a uno.

–Un motivo más para sentir celos. ¿Y si, justo en el momento en que había conseguido el éxito, ella tenía intención de abandonarlo por otro? En tal caso, a la cuestión del dinero se uniría la cuestión de los celos. Además, ¿quién estaba en mejor posición que Seacrest para conocer los hábitos de Hope y para envenenar al perro? Había algo en lo que esa mujer estaba en lo cierto: son más las mujeres que sucumben a manos de sus allegados que las que pierden la vida a manos de delincuentes.

–Seacrest se pasó un montón de años arreglándoselas con unos ingresos módicos –dije–. ¿Qué ocurre? ¿Acaso últimamente se ha convertido en un gran vividor?

–Qué va, al contrario. En su vida no ha habido ni un solo cambio. Todos los días va de casa al trabajo y del trabajo a casa. Los fines de semana no sale. Dice que se entretiene leyendo y viendo la tele. Ni siquiera alquila vídeos. Pero si ella le fue infiel... Es imposible saber cómo reaccionaría ante una traición un antiguo solterón. No olvides la herida en el corazón. Seacrest tiene cincuenta y cinco años, Alex. Quizá sufrió la crisis de la mediana edad. Y, como te digo, sospecho que el tipo nos oculta algo.

–¿Por qué?

–No se me ocurre ningún motivo concreto, ése es el problema. Seacrest responde a las preguntas, pero no aporta voluntariamente la menor información. Jamás llamó a Fellows y Paz para preguntarles cómo iban sus investigaciones. Cuando me asignaron el caso, lo primero que hice fue telefonearle y me dio la sensación de que el tipo creía que aquello era una pérdida de su precioso tiempo. Se mostró como distraído.

–Quizá siguiera afectado por la muerte de su esposa.

–No, era más bien como si tuviera cosas más importantes de las que ocuparse. Si alguien a quien quisieras fuera cosido a cuchilladas, ¿cómo reaccionarías? Aunque será mejor que lo veas por ti mismo. Esta noche, a última hora, pienso hacerle una visita. No es mi propósito abusar de un amigo. Si dispones de tiempo para trabajar en el caso, puedo llegar incluso a... –Tomó aire antes de seguir–: ... a pagarte. –Del bolsillo de la chaqueta sacó un documento doblado–. Una sorpresa de tío Milo.

Placa de identificación policial, y un contrato de consultor por triplicado, con mi nombre escrito en la línea de puntos. El departamento estaba dispuesto a contratarme por no más de cincuenta horas, a menos de una cuarta parte de lo que yo cobraba en mi consulta privada. La letra menuda limitaba las responsabilidades del Departamento de Policía de Los Ángeles. Si yo resbalaba en una piel de plátano o me pegaban un tiro, ellos lo sentirían mucho, pero se lavarían las manos.

–Ya sé que es una miseria –dijo Milo–, pero para lo que el departamento acostumbra, es como la vitrina principal de «El precio justo».

–¿Cómo conseguiste que aprobaran mi contratación?

–Mentí. Le dije al jefe que las feministas radicales y las lesbianas marimachos estaban muy descontentas por lo poco que progresaban las investigaciones. Si no lográbamos dar la sensación de que estábamos esforzándonos al máximo, corríamos el riesgo de terminar ante la Comisión Policial. Le dije que a las feministas y a las marimachos les encantaban los loqueros, y que interpretarían el hecho de que contratáramos tus servicios como una muestra de sensibilización hacia sus problemas.

–Muy original.

–También le pedí un ordenador nuevo; pero tú salías más barato. ¿Trato hecho?

–Cincuenta horas –dije–. ¿Alimentarte está incluido en el trato?

–¿Tú qué crees?

Mi amigo fue a la nevera y sacó de ella un pedazo de pastel de chocolate.

–Aunque tú sospeches de Seacrest –dije–, yo sigo creyendo que debes considerar la posibilidad de que el asesino sea un desconocido, un perturbado.

–¿Por qué?

–La distribución de las heridas parece cosa de un demente. De alguien que siente un enorme odio hacia las mujeres. Y, por la forma en que organizó el comité, sabemos que Hope era de armas tomar. ¿Quién sabe a cuántos ofendió, tanto en la vida real como desde la pequeña pantalla? ¿Averiguaste si se habían cometido otros asesinatos con heridas similares?

–He repasado tres años de homicidios con arma blanca en Westside y no hay nada que encaje. Mañana probaré en la división de Wilshire, y veré si encuentro a alguien que recuerde algo significativo. También he enviado teletipos a otras jurisdicciones, pero eso también lo hicieron Paz y Fellows, y no consiguieron el menor resultado. ¿Bueno, qué, te animas a ir a conocer a Seacrest esta noche? Naturalmente, si tu mujercita y tú no tenéis planes... Y, por cierto, voy atrás a saludarla a ella y al chucho, para demostrar que trato por igual a todos los sexos y a todas las especies.

4

Cruzando el jardín en dirección al taller, Milo se detuvo para mirar los peces del estanque, y luego siguió caminando con paso lento. Tenía la espalda encorvada y los brazos le colgaban a los lados. Me pregunté cuándo habría dormido por última vez.

Robin, junto a su banco de trabajo, estaba dando forma a los costados de palisandro de una guitarra plana. El nuevo suelo de arce estaba impoluto salvo por el montón de virutas de madera que había en un rincón. *Spike*, que había estado durmiendo a los pies de Robin, alzó la vista y ladeó la gran cabezota.

Milo le hizo una mueca de burlona hostilidad. *Spike* se acercó para que mi amigo lo acariciara.

Robin alzó un dedo y continuó su trabajo de sujetar los costados de la guitarra a un molde por medio de abrazaderas. Repartidos por el taller había una docena de instrumentos a medio reparar, pero el proyecto que Robin estaba realizando no tenía nada que ver con el trabajo. El incendio había destruido mi vieja guitarra Martin junto con una preciosa guitarra clásica que Robin había construido para mí hacía años. Compré otra Martin a Mandolin Brothers, en Staten Island. Hacer una réplica de la guitarra clásica había sido una de las decisiones del año nuevo de Robin.

Robin colocó en su lugar la última abrazadera, se limpió las manos y, poniéndose de puntillas, besó a Milo en la mejilla y luego me besó a mí. Bajo el delantal, llevaba una camiseta negra y unos vaqueros, y se cubría la cabeza con un pañuelo rojo. Del cuello le colgaban unas gafas de seguridad y una mascarilla, ambas recubiertas de polvo.

Spike comenzó a aullar y se puso boca arriba. Yo me arrodillé y le rasqué la tripa y él resopló de gusto. El bulldog francés es una versión en miniatura del bulldog inglés, sólo que con orejas puntiagudas y enhiestas, una complexión más atlética, y delirios de canina grandeza. La mejor forma de describir el aspecto físico de *Spike* es diciendo que parecía un boston terrier sometido a una dieta de esteroides; pero, en cuanto a personalidad, se parecía más a un chimpancé que a un perro. *Spike* irrumpió un día en nuestras vidas y se quedó. No tardó en decidir que a Robin merecía la pena conocerla mejor, mientras que a mí, no. Cuando a nuestro perro le molesta algo, simula estar ahogándose. Milo aparenta no sentir más que desdén hacia él, pero siempre le lleva golosinas.

Ahora, mi amigo sacó una bolsa para sándwich de un bolsillo. Hígado deshidratado.

–Llegó la hora del canapé, cara de torta.

Spike permaneció inmóvil, Milo le tiró una galleta, y el perro la atrapó en el aire, la masticó y se la tragó. Los dos quedaron mirándose con fijeza. Milo se frotó la cara. *Spike* ladró. Milo rezongó y le dio más hígado.

–Lárgate a hacer la digestión.

Spike golpeó con la cabeza los pies de Milo. Mi amigo puso los ojos en blanco y, refunfuñando, se inclinó a acariciarlo.

Nuevos ladridos y arrumacos, y más galletas. Al fin Milo mostró al perro la bolsa vacía. *Spike* se acercó, la olisqueó, sacudió la cabeza y lo puso todo perdido de salpicaduras de baba.

–Basta ya –dijo Robin–. Estás haciendo aumentar la humedad relativa del aire.

Spike la miró con sus grandes ojos pardos. Aquélla era su expresión de genio perturbado, a lo Orson Welles.

–Quieto –ordenó Robin con grave autoridad. El perro obedeció y ella dijo–: Muy bien, bonito. –Pasándome el brazo por la cintura, preguntó–: ¿Qué hay de nuevo, Milo?

No sólo eran buenos modales. La noche anterior, Robin y yo seguimos hablando del asesinato.

–No gran cosa –dijo mi amigo–. Esta noche voy a necesitar a Alex. Espero que puedas prescindir de él.

–Ya sabes que para mí, Alex es imprescindible. Procura devolvérmelo de una pieza.

–De una pieza, engrasado, lavado y encerado.

Una vez mi amigo se hubo marchado, me puse a leer las transcripciones del Comité de Comportamiento.

Los documentos llevaban marcado CONFIDENCIAL en rojo en cada una de las páginas, e iban precedidos de un aviso de los abogados de la universidad donde se indicaba que quien publicase el contenido de aquella documentación sería objeto de una demanda civil. A continuación figuraba la atribución de culpas. Según la asesoría jurídica, la única responsable era la profesora Hope Devane.

Pero otras dos personas hicieron de jueces junto a ella: una profesora adjunta de química, llamada Julia Steinberger, y un estudiante graduado de psicología, llamado Casey Locking.

Pasé página. El procedimiento me sorprendió. Eran careos directos entre acusadora y acusado. ¿Había pretendido Hope trasladar a la universidad las técnicas de los programas de televisión de debate?

Primer caso.

Deborah Brittain tenía diecinueve años, estudiaba segundo de francés, y acusaba a Patrick Allan Huang, un estudiante de segundo de ingeniería de dieciocho años, de seguirla en la biblioteca de la universidad y de dirigirle comentarios «lascivos y sugerentes». Huang negaba todo interés sexual hacia Brittain y afirmaba que ella «se le insinuó» al pedirle ayuda para manejar los ordenadores de búsqueda de la biblioteca y al decirle repetidamente que era inteligentísimo.

Brittain reconocía haberle pedido ayuda a Huang, ya que el muchacho «tenía aspecto de saber de ordenadores», y lo había felicitado por su habilidad «por mera cortesía. ¿Es que una chica no puede mostrarse amable sin que la acosen?».

PROFESORA DEVANE: ¿Qué responde usted a eso, señor Huang?

SEÑOR HUANG: Respondo que Deborah es una racista, que dio por hecho que un tipo, por el simple hecho de ser asiático, tenía que dominar la informática. Además, se aprovechó de mí. Fue ella la que abusó de mí, y no al revés. Se mostró tan cordial y simpática que, claro, la invité a salir. Me dijo que no, yo me negué a seguir siendo su esclavo y ella se cabreó y me denunció. Es el colmo. Yo no vine a la universidad para esto.

DEVANE: ¿Para qué vino usted a la universidad?

HUANG: Para estudiar ingeniería.

DEVANE: No todo lo importante se aprende en las aulas.

HUANG: Lo único que quiero es estudiar y ocuparme de mis asuntos, ¿vale? Aquí sólo hay un problema: esa chica es una racista.

BRITTAIN: ¡Es mentira! Él mismo se ofreció a ayudarme. Lo único que necesité fue un poco de guía al principio, porque no conocía el programa, y en seguida aprendí a arreglármelas a la perfección por mí misma. Pero él, en cuanto me veía, se me acercaba. Me propuso reiteradamente que saliéramos y nunca aceptó un no por respuesta. ¡Tengo derecho a decir que no! ¿Por qué debo soportar acosos? Llegó un momento en que casi no me atrevía a ir a la biblioteca. Pero tenía que escribir un trabajo sobre Molière... Y, además, ¿qué demonios hacía Huang allí? Los libros de ingeniería están en la biblioteca de ingeniería. Evidentemente, él frecuenta el lugar para ligarse chicas.

Todo era un mero «él dijo, ella dijo», sin testigos. Devane hacía todas las preguntas y ella hizo la recapitulación final, señalando que, cuando Deborah Brittain acudió a ella «sufría un gran estrés».

Defendió el derecho de Brittain a estudiar donde quisiera y sin acosos, le aconsejó cortésmente que tuviera cuidado con los estereotipos raciales que pudieran «herir susceptibilidades, aunque no digo que fuera eso lo que ocurrió en este caso, señorita Brittain».

Luego sermoneó a Patrick Huang, diciéndole que debía respetar los derechos de las mujeres. Huang dijo que todo eso se lo sabía de memoria. Devane sugirió que, de todos modos, reflexionara sobre el asunto, y le previno de que si volvía a haber quejas contra él, se exponía a la suspensión e incluso a una posible expulsión. No se tomaron medidas disciplinarias.

Segundo caso.

Una estudiante de inglés de primer curso llamada Cynthia Vespucci había asistido a una fiesta prenavideña en la fraternidad Xi Pi Omega, donde conoció a un estudiante de primer curso de empresariales llamado Kenneth Storm, hijo. Reconociéndolo como a un antiguo compañero de la escuela secundaria, bailó con él, «porque, aunque la mayoría de los otros chicos estaban borrachos y haciendo el salvaje, él, aquella noche, se comportó como un perfecto caballero».

Vespucci y Storm comenzaron a salir. No hubo entre ellos nada sexual hasta su cuarta cita, cuando, según Vespucci, Storm la llevó en coche hasta un remoto punto de Bel Air, a cinco kilómetros del campus, y exigió tener relaciones sexuales con ella. Al negarse, Storm la agarró por el brazo. Ella notó que el aliento le olía a alcohol, logró separarse, y le dijo que la dejara conducir. Él, entonces, la obligó a bajarse del coche y luego tiró el bolso por la ventanilla, rompiéndole la correa y diseminando por el suelo su contenido, parte del cual, incluido el dinero suelto, cayó por una alcantarilla.

Storm se fue en el coche, dejando a Vespucci abandonada. Ella quiso refugiarse en alguno de los colegios mayores, pero todos estaban cerrados y nadie respondió a sus llamadas. La muchacha tuvo que volver a pie a su residencia, echando a perder un par de zapatos, y «sintiendo un increíble pánico».

Llegado su turno de responder a las acusaciones, Kenneth Storm se negó a hacerlo, afirmando:

–Todo eso son cuentos.

Ante la insistencia de la profesora Devane, el joven preguntó:

–¿Qué demonios espera que diga?

En ese momento, en el diálogo intervino el estudiante graduado, Casey Locking:

–Escucha, amigo, aunque soy hombre, no siento el menor respeto hacia los que maltratan a las mujeres. Si lo que ella dice es cierto, tienes mucho que aprender, y más vale que lo aprendas cuando aún eres joven. Si estás en desacuerdo, habla. Pero si optas por no defenderte, luego no te quejes.

Storm respondió con una «sarta de improperios».

En ese momento, sorprendentemente, Cynthia Vespucci pareció cambiar de opinión.

–Bueno, vale, no volvamos a vernos y terminemos con esto de una vez. *(Sollozos.)*

DEVANE: Tome un pañuelo, señorita Vespucci.

VESPUCCI: Estoy bien, pero dejemos esto.

DEVANE: ¿Está segura, señorita Vespucci?

VESPUCCI: No sé.

DEVANE: Cuando acudió a mí, se encontraba usted sumamente trastornada.

VESPUCCI: Ya. *(Comenzando a llorar.)* Pero ahora quiero que lo dejemos. ¿Vale? Por favor...

DEVANE: Desde luego. Su bienestar es lo único que nos preocupa. Sin embargo, no olvide que ha puesto usted en marcha un proceso...

STORM: ¡Esto es increíble! ¡La chica está diciendo que acabemos de una vez! ¿Qué pretenden, darme la patada en el culo? Pues vale, hagan lo que les dé la gana, me importa una mierda este sitio y esta...

LOCKING: Cálmate, hombre...

STORM: ¡No, cálmate tú, gilipollas! Todo esto es una puñetera mierda, y yo me largo.

LOCKING: Escucha, te estoy advir...

STORM: ¿De qué me estás advirtiendo, gilipollas? Tú y tu cochina universidad me importáis una mierda. ¡Que le den por culo a este sitio! ¡Y a ti también! ¡Y a ti, Cindy! ¿Cómo has podido hacerme esto? Lo primero que voy a hacer en cuanto salga de aquí es llamar a tu madre y...

VESPUCCI: ¡No, Kenny, por favor! Lo siento mucho, de veras, Kenny, pero no...

STEINBERGER: ¿Qué pasa con la madre de la señorita, señor Storm?

STORM: Que se lo cuente ella misma.

STEINBERGER: ¿Cindy?

STORM: Todo esto es una majadería, historia antigua...

LOCKING: Señoras profesoras, creo que, antes de seguir, deberíamos obligar a este tipo a...

STEINBERGER: ¿Ocurre entre ustedes algo que usted no nos ha mencionado, Cindy?

VESPUCCI: *(Sollozando.)* La culpa es mía.

STORM: ¡Esa es la puta ver... !

LOCKING: ¡Ojo con lo que dices!

STORM: ¡Que te den por... !

STEINBERGER: Por favor, señor Storm. Escucharemos lo que tenga que decir, pero permita que la joven hable, ¿de acuerdo? Gracias. ¿Cindy?

VESPUCCI: Es culpa mía.

DEVANE: ¿El qué, Cindy?

VESPUCCI: Yo... bueno, estaba furiosa con él... Y quizá, en parte, fuera también por lo de mi madre.

DEVANE: ¿Le hizo el señor Storm algo a su madre?

STORM: Sí, claro, soy un violador. Cuéntaselo, Cindy, anda. Vamos, ¿qué te pasa, se te comió la lengua el gato? Convocarme aquí con esa carta... ¡Pensé que me habían suspendido! ¡Todo esto es una mier...!

VESPUCCI: ¡Basta! ¡Por favor!

STORM: Pues cuéntales lo que ocurrió. O lo haces tú, o lo hago yo.

DEVANE: ¿Qué tiene que contarnos?

VESPUCCI: Es una estupidez.

STORM: ¡Pues sí, claro que lo es! Su madre y mi padre tuvieron un... Estuvieron saliendo un tiempo. Hasta que mi padre decidió que no quería saber nada más de ella porque era demasiado de izquierdas. Esa mujer es incapaz de retener a un hombre, y probablemente Cindy le echó la culpa a mi padre. Así que, cuando me vio en la fiesta, decidió desquitarse conmigo.

VESPUCCI: ¡No, no es cierto! ¡Fuiste tú quien me abordó! Bailé contigo porque te comportabas como un caballero...

STORM: ¡Cuentos! Tú llevabas un vestidito con el que ibas enseñándolo to...

DEVANE: Un momento. ¿Al decir que era de izquierdas, se refiere a que era políticamente de izquierdas?

STORM: ¿A qué me voy a referir si no? Feminismo radical. Su madre es una extremista. Odia a los hombres y eso fue lo que le enseñó a hacer a Cindy. Ella quería tenderme una trampa para...

VESPUCCI: No fue así, Kenny. Tú te portaste como un caballero, y no como...

STORM: ¿Y no como mi padre? ¡No te tolero que digas ni una palabra contra él!

VESPUCCI: No me refería a tu padre, me refería a los otros chicos del...

STORM: Ya.

VESPUCCI: Kenny...

STORM: ¡A la mierda con todo esto!

STEINBERGER: Kenny... ¿aprueba su padre ese tipo de léxico?

STORM: Vale. Lo siento. Estoy supercabreado, eso es todo. Esto es totalmente injusto. Como mi padre y su madre tuvieron problemas, ella va y me tiende una trampa.

VESPUCCI: ¡No fue así! ¡Te lo juro!

STORM: Ya. Te fijaste en mí por mi cara bonita.

DEVANE: No divaguemos. Con independencia de cuál fuera el motivo por el que ustedes se conocieron, señor Storm, usted salió con la señorita Vespucci. Y ella asegura que trató usted de obligarla a mantener relaciones sexuales.

STORM: ¡Y una mier... ! ¡No, nada de eso! Claro que le pedí que hiciéramos el amor, ¿por qué no iba a hacerlo? Habíamos salido juntos un montón de veces. Pero jamás la toqué sin su permiso, ¿o no, Cindy? Le pregunté si le apetecía que lo hiciésemos. ¿Es eso un delito?

DEVANE: Echarla del coche por rechazarlo a usted, sí fue un delito.

STORM: Pero es que resulta que yo no la eché. Ella se puso histérica, se bajó del coche, tropezó y se cayó. Yo traté de detenerla, y ésa fue la única vez en que la agarré por el brazo.

DEVANE: No es eso lo que ella dice. ¿Verdad, señorita Vespucci?

VESPUCCI: Dejémoslo.

DEVANE: Cindy, la verdad es que no...

VESPUCCI: Por favor.

DEVANE: Hablemos de ese bolso, Cindy. ¿Es cierto que él lo tiró fuera del coche?

STORM: ¡No, nada de eso! Cuando ella se apeó, se lo devolví porque era suyo y...

DEVANE: ¿Se lo devolvió, o lo tiró?

STORM: ¡Se lo tiré a ella! Maldita la falta que me hacía a mí un bolso. Jesús. Ella no quiso cogerlo, y el bolso cayó al suelo.

VESPUCCI: ¡Pero luego te dije que quería subir otra vez al coche, y tú te fuiste!

STORM: No te oí.

VESPUCCI: No estabas tan lejos.

STORM: Te lo repito, Cindy: no te oí. Ya te había pedido una docena de veces que volvieras dentro, y tú te negaste, así que me largué. Ésa es la puñetera verdad, Cindy. Me tendiste una trampa, tú lo sabes, yo lo sé, y ahora tu madre también lo sabrá.

DEVANE: Nada de amenazas.

STORM: ¿Ah, no? Y lo que están haciendo conmigo, ¿qué es? Que le den por culo a este sitio...

VESPUCCI: Lo siento, lo siento... Lo siento muchísimo, profesora Devane, pero quiero terminar con esto. ¡Ahora mismo! ¡Por favor!

STEINBERGER: Quizá sea mejor que...

DEVANE: Cindy, ahora se encuentra usted sometida a una gran presión. No es el momento adecuado para tomar decisiones que pueden ser graves.

VESPUCCI: No me importa. Basta ya, por favor. Se acabó, me voy. *(Sale.)*

STORM: *(Ríe.)* ¿Y ahora, qué?

DEVANE: ¿Desea añadir algo, señor Storm?

STORM: Sí, quiero decirle algo *a usted:* ¡Que le den por culo, señora! ¡Y a ti también, payaso! Y si no te gusta lo que digo, salgamos a la calle y arreglemos cuentas.

LOCKING: No tienes ni idea de con quién te estás metiendo.

STORM: Pues sal a la calle, empollón. Sal y veámonos las caras... Bah, que les den por culo a ustedes, que le den por culo a la universidad y que le den por culo a todas sus gilipolleces izquierdosas. Voy a telefonear a mi padre. Él se dedica al negocio inmobiliario y conoce a un montón de abogados. Se las hará pasar putas a todos ustedes.

Una nota de los abogados de la universidad indicaba que el señor Kenneth Storm, ex alumno y miembro distinguido de la Cámara de Comercio se había puesto efectivamente en contacto con un abogado, Pierre Bateman, el cual, cuatro semanas más tarde, envió una carta de queja a la universidad, exigiendo la inmediata liquidación del Comité de Comportamiento, una disculpa por escrito, y cien mil dólares para Kenneth Storm, hijo. El joven había abandonado el campus y solicitado el traslado a la Universidad de Palms, en Redlands. Los abogados de la universidad señalaban que las notas del joven durante el primer trimestre habían sido todo suspensos y que se encontraba académicamente a prueba. Las notas de su segundo trimestre no eran mejores, y estaba a punto de suspender. No obstante, se consideró preferible ceder y llegar a un acuerdo. Los Storm decidieron olvidar el asunto a cambio de que a su hijo, se le pagasen durante tres años y medio los gastos de matrícula en la Universidad de Palms. Además, se recomendaba la disolución del comité.

Hasta el momento, en los dos casos había habido hostilidad, pero el nivel de odio del segundo casi chamuscaba el papel.

Resultaba indiscutible que Kenneth Storm, hijo, era un chico con mal genio, aunque debía tenerse en cuenta que el incidente se produjo en unos momentos particularmente difíciles de sus estudios universitarios.

¿Quedaría el chico descontento por el acuerdo alcanzado?

Paz y Fellows ni siquiera llegaron a enterarse de la existencia del comité. Supuse que Milo sí habría hojeado al menos las transcripciones, y, sin embargo, continuaba apostando por Philip Seacrest como principal sospechoso.

Debido a su nueva situación económica y a lo poco colaborador que se estaba mostrando el viudo.

Pero era evidente que Storm odiaba a Hope.

¿Hasta qué extremos era capaz de llevar su rencor un muchacho de diecinueve años?

Huellas de bicicleta en la acera.

Los estudiantes solían ir en bicicleta al campus.

Anoté «K. Storm, hijo» y eché mano a la tercera transcripción, que tuvo lugar una semana después del catastrófico enfrentamiento entre Vespucci y Storm y tres semanas antes de que el abogado de Kenneth Storm escribiese la carta que puso fin al comité.

Tercer caso.

En esta sesión, el tribunal estaba formado únicamente por Devane y Casey Locking. ¿Se habría cansado la profesora Steinberger de las tácticas inquisitoriales de Hope?

Según leía, me fui dando cuenta de que aquél era el más serio de los tres casos.

Una estudiante de segundo año de psicología llamada Tessa Ann Bowlby acusaba a un estudiante graduado en artes escénicas llamado Reed Muscadine de haberla violado durante una cita. Los dos coincidían en varios puntos iniciales: se encontraron en el comedor de la unión de estudiantes durante un almuerzo, y únicamente salieron aquella noche. Fueron a ver la película *Speed* en el cine Village, y, luego, cenaron en Pinocchio, un restaurante italiano de Westwood Village. Después, fueron al apartamento de Muscadine en la zona de Mid-Wilshire a beber vino y oír música. Se besaron y desnudaron parcialmente. En este punto, ambas historias divergían. Bowlby aseguraba que ella no quiso que la cosa fuera a más, pero Muscadine se colocó sobre ella y la penetró a la fuerza. Muscadine aseguraba que la cosa se hizo de mutuo acuerdo.

BOWLBY: *(Llorando, temblorosa.)* Yo...

DEVANE: Diga, querida...

BOWLBY: *(Cruza los brazos sobre el pecho, solloza.)*

DEVANE: ¿Tiene usted algo que añadir, señor Muscadine?

MUSCADINE: Sólo quiero decir que todo esto me parece kafkiano.

DEVANE: ¿En qué sentido, señor?

MUSCADINE: En el sentido de que de pronto me veo bajo sospecha sin justificación ni aviso. Tessa, si lo que ocurrió te causó algún perjuicio, lo siento. Pero creo que te enfrentas a tus sentimientos de modo inadecuado. Quizá ahora hayas cambiado de idea, pero lo que ocurrió entonces era, evidentemente, lo que ambos queríamos. Tú nunca dijiste lo contrario.

BOWLBY: ¡Te pedí que parases!

MUSCADINE: No, realmente no fue así, Tessa.

BOWLBY: ¡Te lo pedí! ¡Te lo supliqué!

MUSCADINE: Ya le hemos dado muchas vueltas a esto, Tessa. Tú piensas que dijiste que no, y yo sé que no escuché nada que se pareciese siquiera a una objeción. Es evidente que si la hubiera escuchado, me habría detenido.

DEVANE: ¿Por qué es evidente?

MUSCADINE: Porque yo no fuerzo a las mujeres a estar conmigo. Es algo que, aparte de repugnarme, me resulta totalmente innecesario.

DEVANE: ¿Por qué dice eso?

MUSCADINE: Porque soy capaz de conseguir mujeres sin recurrir a violarlas.

DEVANE: ¿Conseguir mujeres?

MUSCADINE: Dispense por la torpeza de la expresión, estoy un poco alterado por todo esto. Las mujeres y yo nos llevamos bien. Me resulta fácil conseguir compañía sin necesidad de recurrir a la coacción. Por eso este asunto es totalmente...

LOCKING: Estudia usted artes escénicas, ¿no?

MUSCADINE: Sí.

LOCKING: ¿Qué especialidad?

MUSCADINE: Actuación.

LOCKING: Supongo que se le da bien disimular sus sentimientos.

MUSCADINE: ¿Qué pretende decir con eso?

LOCKING: ¿Usted qué cree?

MUSCADINE: Miren: vine aquí decidido a mostrarme calmado y razonable, pero con estas preguntas tan personales me lo están poniendo muy difícil.

DEVANE: Éste es un asunto personal.

MUSCADINE: Lo sé, pero ya le he dicho...

LOCKING: ¿Tiene usted problemas para controlarse?

MUSCADINE: No. Jamás. ¿Por qué?

LOCKING: Parece usted furioso.

MUSCADINE: *(Ríe.)* Qué va, estoy bien. Quizá un poco mortificado.

LOCKING: ¿Por qué?

MUSCADINE: Por este proceso. Por estar aquí. ¿Que si estoy algo furioso? Pues claro. ¿Usted no lo estaría? Y, en realidad, eso es cuanto tengo que decir.

DEVANE: ¿Llegó la cópula a su clímax?

MUSCADINE: Para mí, sí. Y pensé que tú también estabas pasándolo bien, Tessa.

BOWLBY: *(Llora.)*

MUSCADINE: Evidentemente, me equivoqué.

DEVANE: ¿Usó usted preservativo?

MUSCADINE: Pues no. La cosa fue... espontánea. Impetuosa. Todo fue sobre ruedas... o al menos eso me pareció. No fue premeditado. Simplemente, ocurrió.

DEVANE: ¿Se ha hecho usted alguna vez la prueba del sida?

MUSCADINE: No; pero estoy seguro de que...

DEVANE: ¿Estaría dispuesto a hacérsela?

MUSCADINE: ¿Por qué?

DEVANE: Para tranquilidad de Tessa. Y de usted mismo.

MUSCADINE: Vamos, por favor...

DEVANE: Las mujeres y usted se llevan bien. Usted ha *conseguido* muchas mujeres.

MUSCADINE: Eso no hace al caso.

DEVANE: ¿Por qué?

MUSCADINE: Es una intrusión en mi intimidad.

DEVANE: La violación también lo es.

MUSCADINE: Jamás he violado a nadie.

DEVANE: Entonces, ¿por qué le pone tan nervioso un simple análisis de sangre?

MUSCADINE: Yo... Tendré que pensarlo.

DEVANE: ¿Tiene usted algún motivo para poner reparos?

MUSCADINE: No, pero...

DEVANE: Pero, ¿qué?

MUSCADINE: No sé.

DEVANE: Éstos son los hechos. Realizó usted el acto sexual sin protección con una mujer que asegura que usted la violó. Lo menos que puede hacer es...

MUSCADINE: Todo esto me parece exagerado, absurdo. Lo de tener relaciones sexuales y luego estar obligado a demostrar que uno está sano... Me he acostado con montones de mujeres y ninguna de ellas me lo pidió.

DEVANE: Ésa es exactamente la cuestión, señor Muscadine. A todos los efectos, es como si la señorita Bowlby se hubiera acostado con cada una de esas otras mujeres. Quizá nunca se conozcan los detalles exactos de lo que ocurrió aquella noche, pero es evidente que la señorita Bowlby padece un auténtico trauma.

MUSCADINE: No por mi culpa.

BOWLBY: ¡Tú me violaste!

MUSCADINE: No fue así, Tessa. Lo siento. Has tergiversado todo este asunto...

BOWLBY: ¡Basta! ¡Por favor! *(Llora.)*

MUSCADINE: Tessa, ojalá hubiera algún modo de deshacer lo hecho, de veras. No era necesario que hiciéramos el amor. Podríamos...

DEVANE: No diga más, por favor. Gracias. ¿Se encuentra usted bien, Tessa? Casey, déle un pañuelo... Gracias. Como decía, señor Muscadine, tal vez los detalles exactos no lleguen a conocerse nunca, ya que no hubo testigos. Pero es evidente que la señorita Bowlby está traumatizada, y tiene derecho a un poco de tranquilidad. Dados los antecedentes sexuales de usted, ella –y este comité también– se sentiría mucho mejor si se hiciera usted un análisis y éste arrojase resultados negativos.

MUSCADINE: ¿Es verdad eso, Tessa? ¿Tessa...?

BOWLBY: ¡Tú mismo dices que te has acostado con muchas mujeres!

MUSCADINE: Vaya. Pasamos de Kafka a Drácula. Ahora me van a sacar mis fluidos corporales. Muy bien, no tengo nada que ocultar. ¿Deberé pagar yo la prueba del sida?

DEVANE: No. Se la harán gratuitamente en la clínica de estudiantes. Aquí mismo tengo una autorización para ello.

MUSCADINE: Pero es que... Bueno, muy bien. No tengo nada que ocultar, pero ella también tendría que hacerse un análisis.

BOWLBY: Ya lo hice. Inmediatamente después de lo sucedido. Hasta ahora, soy negativa.

MUSCADINE: Y seguirás siéndolo. Al menos, por lo que a mí respecta. Escucha, Tessa, lamento enormemente que todo esto te haya trastornado tanto; pero yo... Bah, olvídalo. Muy bien, de acuerdo. Me haré el análisis mañana mismo. ¿Están satisfechos? Si es lo único que debo hacer...

DEVANE: También debería reflexionar seriamente acerca del tema de la violación.

MUSCADINE: No me hace falta.

DEVANE: A veces no nos damos cuenta de...

MUSCADINE: Ya le he dicho que... Bueno, vale. Reflexionaré sobre ello. ¿Puedo irme ya?

DEVANE: Firme esos formularios, acuda a la clínica de estudiantes y le harán el análisis en menos de veinticuatro horas.

MUSCADINE: Vale, vale. Menuda experiencia... Afortunadamente, soy actor.

DEVANE: ¿Por qué dice eso?

MUSCADINE: Los actores lo aprovechan todo. Quizá algún día pueda hacer uso de esto.

DEVANE: Espero que no lo haga. Como ya le dijimos al principio, todo lo que aquí se dice es confidencial.

MUSCADINE: Ah... Sí, claro. Más vale que así sea.

DEVANE: A lo que me refiero es a que no puede usted hacer uso de nada de todo esto. Eso forma parte del acuerdo.

MUSCADINE: No me refería a hacer uso de ello directamente, sino de modo subconsciente. Da igual... Adiós, Tessa. Será mejor que en lo sucesivo mantengamos las distancias. Un *mundo* entero de distancia.

5

Aquella noche, en el coche, mientras iba con Milo a visitar a Philip Seacrest, murmuré:

–Kenneth Storm.

–Fea escena, ¿no?

–¿Sabes si Storm llegó a hacer el traslado de matrícula a la Universidad de Palms?

–No, no lo sé. ¿Por qué?

–¿Y si no lo aceptaron? ¿Y si se matriculó pero lo suspendieron? Sólo le quedarían malos recuerdos del asunto, y culparía de ello al comité. Y eso supondría que los otros dos miembros del comité también están en peligro. Aunque vengarse de todos los miembros podría hacer que el motivo resultase demasiado evidente. Si yo necesitase una víctima para mi venganza, escogería sin duda a la persona responsable del comité.

Milo asintió con la cabeza.

–Y ésa, sin duda, fue Hope. Y su lugarteniente era el estudiante graduado, Locking. Está claro que la apoyaba al ciento por ciento. El tercer miembro, la profesora Steinberger, no dijo gran cosa, y en la tercera sesión ni siquiera estuvo presente.

–Tal vez se desilusionó –dije–. Probablemente Casey Locking no pudo darse ese lujo. El muchacho estudia psicología y no me sorprendería que Hope fuera su supervisora o algo parecido.

–La tercera sesión fue la única en la que la chica aseguró

haber sido violada. ¿Por qué crees que Hope le pidió a ese estudiante de arte dramático, Muscadine, que se hiciera la prueba del sida?

–Quizá estuviera convencida de que él la había violado, se daba cuenta de que no existían pruebas para una causa criminal y decidió hacer lo que estuviera en su mano por la víctima. La muchacha, Tessa, también se hizo el análisis, así que no cabe duda de que estaba preocupada.

–Es raro –dijo Milo–. Menuda historia. Y la prensa nunca se enteró del asunto. –Se detuvo ante un semáforo en rojo en el cruce con Sunset y se quedó mirando el tráfico.

–Pero Seacrest sigue gustándote más como sospechoso que Kenneth Storm.

–Es posible que tengas razón. Quinientos mil dólares son un gran motivo. Y Seacrest posee la inteligencia suficiente, y además tuvo oportunidad de envenenar a la perra. Admito que, de los tres estudiantes, Storm es el más sospechoso, pero sólo tiene diecinueve años y, a juzgar por su expediente académico, no es ninguna lumbrera. ¿Te parece que la orquestada distribución de heridas puede ser cosa de un malhablado muchacho con malas pulgas? Cincuenta cuchilladas serían más propias de él. O le hubiera destrozado la cabeza. Además, Storm encontró la forma de desahogar su ira. Se vengó por mediación del abogado de papá.

–Por eso pregunté si sigue en la universidad. Quizá ni el desahogo ni la venganza le resultaran satisfactorios. Y no olvides las huellas de bicicleta.

–Un muchacho con una de esas bicis de diez marchas.

El semáforo se puso en verde y Milo giró hacia el este, condujo lentamente hasta que el tráfico se hizo menos denso y luego dobló a la derecha, hacia el sur del bulevar. Estábamos cerca de la calle del crimen. Teniendo en cuenta las enormes distancias de Los Ángeles, Hope había sido mi vecina. Probablemente, a Robin también se le había ocurrido aquella idea.

Cruzamos la fría, oscura y exclusiva zona de Holmby Hills,

pasando ante altos muros y viejos árboles. Pequeños y hostiles letreros nos recordaban la existencia en la zona de vigilantes armados. Seguimos hacia el sur y, al entrar en la parte residencial de Westwood, las grandes mansiones se convirtieron en chalets.

–Seguiré investigando a Storm hijo –dijo Milo–. Y no sólo a él: a los tres que formaban el comité. Muchas personas que consideran que lo del comité ya es agua pasada van a agarrar un buen cabreo.

Permanecimos un rato en el coche estacionado bajo un gran olmo, hablando del asesinato y de otras cosas, hasta que nos hundimos en la frialdad del silencio. Tras las cortinas de las ventanas, iluminadas por una luz ambarina, no se percibía movimiento alguno. Ni la más leve señal de vida.

–¿Listo para conocer al viudo?

–Me fascina la idea.

–Sí, Seacrest es fascinante.

Cuando nos disponíamos a apearnos, unos faros nos iluminaron y un coche se detuvo frente a la casa Devane/Seacrest, se metió por la rampa de acceso y estacionó detrás del Volvo.

Mustang rojo.

–Ya ves –dije–. Resulta que el viudo sí sale de casa. Ha ido a dar una vuelta en el coche deportivo.

–En el coche deportivo de su esposa. –Milo, con los labios fruncidos, miraba fijamente a través del parabrisas.

Los faros se apagaron y un hombre se apeó del Mustang rojo y fue hasta la puerta principal.

–No es el viudo. Seacrest es más alto.

El hombre llamó al timbre. Estaba demasiado oscuro para percibir los detalles, pero el recién llegado era bajo –menos de uno setenta– y llevaba una especie de largo gabán. Permanecía de espaldas a nosotros, con las manos en los bolsillos.

En el piso bajo de la casa se encendió una luz y la puerta se abrió parcialmente. El visitante pasó al interior.

–¿Un amigo? –pregunté–. ¿Alguien a quien Seacrest le prestó el coche?

–Bueno, si es tan hospitalario, digo yo que nos recibirá bien.

Seacrest tardó bastante más en responder a nuestro timbrazo. Al fin, al otro lado de la puerta sonó un:

–¿Quién es?

–El detective Sturgis, profesor.

De nuevo la puerta se abrió parcialmente. Philip Seacrest era, sin duda, más alto que el tipo del gabán. Se acercaba al metro noventa de Milo, aunque pesaba treinta kilos menos. Era estrecho de hombros y su rostro, enjuto y cuadrado, parecía macilento a causa de la hirsuta barba gris. Su nariz era pequeña y ancha, y quizá se la hubiera roto alguna vez. Su cabello, gris y revuelto, era largo por encima de las orejas y escaso en la parte de la coronilla. Llevaba una camisa a cuadros grises y verdes, pantalones grises que en tiempo fueron caros y que ahora tenían brillos en las rodillas, y zapatillas de fieltro de estar por casa.

Un detalle incongruente: en el antebrazo izquierdo tenía tatuada una pequeña ancla azul pálido toscamente realizada. Probablemente, era un recuerdo de la Marina. Yo sabía que el tipo tenía cincuenta y cinco años, pero parecía mayor. Quizá fuera por su reciente viudez. O por unos genes de mala calidad. O por tener que ir todos los días al mismo sitio a hacer las mismas cosas sin el menor interés.

–Detective...

El hombre se apoyó en el quicio de la puerta. Voz queda, poco más que un susurro. Si las clases las daba así, en las filas de atrás no debían de enterarse de nada.

Tras él alcancé a ver muebles viejos y feos, papel de pared con motivos florales, un reloj de pie en el hueco de la angosta escalera. Una pequeña araña de bronce. Percibí el poco apetitoso olor de comida cocinada en microondas.

En la pared situada frente a la puerta, la convexa lente de un espejo colonial nos miraba como un gigantesco ojo. El conductor del Mustang brillaba por su ausencia.

–Profesor... –dijo Milo.

Los ojos de Seacrest eran grandes, pardos y bastante más oscuros que los de su difunta esposa. Su mirada era débil, casi infantil.

–¿En qué puedo servirle, señor Sturgis?

–¿Interrumpimos algo?

El hecho de que mi amigo hablase en plural hizo que Seacrest se fijase en mí, aunque no por mucho tiempo.

–No.

–¿Podemos pasar?

Seacrest vaciló por un instante.

–Sí, claro.

Lo dijo en voz más alta. ¿Para advertir a su otro visitante? Permaneció en el umbral unos segundos y luego se apartó.

Eludía nuestras miradas. Yo ya estaba advirtiendo en él la evasiva actitud que había hecho recelar a Milo.

Luego nos miró. Pero no con afecto.

En ocasiones los policías y los familiares de las víctimas sintonizan bien, pero aquél no era el caso. Muy al contrario. La frialdad se masticaba.

Quizá se debiera a que a Seacrest no le gustaban las visitas por sorpresa. O tal vez fuera porque desde el principio lo habían tratado como a un sospechoso.

Quizá se lo mereciera.

Permaneció en el recibidor, humedeciéndose los labios y tocándose la nuez. Luego miró por encima del hombro, hacia la escalera. ¿Estaría arriba el tipo de baja estatura?

Milo se le aproximó y Seacrest retrocedió un paso que lo acercó más al espejo convexo. El hombre se convirtió en un borrón grisáceo en el plateado cristal.

–Bueno, ¿qué puedo hacer por usted? –repitió.

–Venimos en visita de rutina –dijo Milo.

–¿Han descubierto algo nuevo?

–Me temo que no.

Seacrest asintió con la cabeza, como si la descorazonadora noticia fuera de esperar.

Estudié la casa. El recibidor era modesto. Tenía el suelo recubierto de baldosas de vinilo que simulaban mármol blanco. La escalera tenía una alfombra de desvaído color verde.

Sala de estar a la derecha, comedor a la izquierda. Más muebles que no tenían bastantes años ni suficiente calidad para ser antigüedades. Seacrest había heredado la casa de sus padres. Probablemente, aquéllos eran los objetos entre los que había crecido. Sobre la moqueta marrón había unas alfombras que no hacían juego. Más allá de las escaleras se veía una pequeña habitación llena de libros y con paneles de pino en las paredes. También había libros en el suelo. Un sofá con tapicería a cuadros. El reloj de pie estaba parado y su péndulo colgaba inmóvil.

Sonaron pasos en el segundo piso.

–Uno de los estudiantes de Hope –dijo Seacrest, acariciándose la barba–. Ha venido a recoger unos papeles del trabajo de investigación que estaba haciendo con Hope. Al fin reuní ánimos para ordenar las cosas de mi esposa que la policía revolvió, y volví a ponerlo todo en su lugar. Los dos primeros detectives pusieron el estudio patas arriba... Un momentito.

Subió hasta la mitad de las escaleras.

–¿Te falta mucho? –preguntó en voz alta–. Ha venido la policía.

–¿Unos papeles de trabajo? –preguntó Milo–. ¿Eran del chico?

–Trabajaban juntos. Eso es lo normal después del doctorado.

–¿Cuántos alumnos tenía su esposa? –pregunté.

–Creo que no muchos.

–¿A causa del libro? –quiso saber Milo.

–¿Perdón?

–No disponía de tiempo.

–Supongo que no. Pero también se debía a que Hope era muy particular. –Seacrest miró hacia la escalera–. Todo continúa revuelto. Muchas veces, Hope parecía actuar de modo... casi caótico. Lo cual no quiere decir que no tuviese la cabeza bien organizada. La tenía. Excepcionalmente. Era uno de sus múltiples talentos. Quizá fuera por eso.

–¿El qué, profesor?

Seacrest indicó las escaleras como si señalase una pizarra.

–Lo que quiero decir es que siempre me pregunté si el motivo de que pudiera trabajar en medio del desorden era que por dentro estaba tan maravillosamente organizada que no necesitaba orden externo. Incluso en su época de estudiante, trabajaba con la radio y la televisión puestas. Eso era algo que a mí no me cabía en la cabeza. Yo necesito silencio absoluto. –Lanzó un suspiro–. Ella tenía mucho más talento que yo. –Sus ojos se humedecieron.

–Pues esta noche no parece que disfrute usted de demasiada soledad –dijo Milo.

Seacrest trató de sonreír, pero los labios no terminaron de responderle y su sonrisa resultó mecánica, ambigua.

–Así que no hay nada nuevo –dijo–. Ojalá a mí se me hubiera ocurrido alguna idea; pero no. La locura es la locura. Algo profundamente banal.

–Ya bajo –dijo una voz desde arriba.

En las escaleras apareció el visitante, con una caja de cartón entre las manos.

El hombre representaba veintitantos años. Tenía el pelo largo y liso y echado hacia atrás. Su rostro era tan anguloso que, por comparación, el de James Dean resultaba mofletudo. Tenía los labios gruesos, las mejillas hundidas, la piel tersa y las cejas negras y muy pobladas. El largo gabán era en realidad una trinchera negra de cuero, y bajo ella asomaban las perneras de unos vaqueros. Botas negras de suela gruesa y grandes hebillas cromadas.

El muchacho parpadeó. Largas pestañas oscuras sobre ojos

azul intenso. El piso de arriba era la zona de dormitorios. Se me ocurrió que Seacrest tal vez le hubiese hablado para ponerlo sobre aviso de nuestra presencia, y me pregunté si el chico habría ido a recoger algo más que material de trabajo.

Conducir el coche de Hope era todo un privilegio para concedérselo a un antiguo estudiante de su esposa. Pero si se trataba de un nuevo amigo...

Miré a Milo, que permanecía impasible.

El joven llegó al pie de las escaleras sosteniendo la caja ante sí como si fuera a hacer entrega de una ofrenda. En un costado había claramente escrito con rotulador: ESTUDIO AUTOCONTROL, CAJA 4, PRELIM. Bajó la caja. Sus entreabiertas tapas dejaron ver el contenido: hojas impresas de ordenador.

Sus manos eran largas y finas. En el índice derecho llevaba un gran anillo de plata con una calavera en cuyas cuencas relucían unos cristales rojos. Era el tipo de objeto que puede encontrarse en cualquier tenderete de Hollywood Boulevard.

–Hola, soy Casey Locking. –Su voz era suave y fluida, tranquila, como la del locutor de un programa de radio nocturno.

Milo se identificó.

Locking dijo:

–Tras el asesinato, ya me interrogaron los otros dos detectives.

Milo apretó la mandíbula. En el informe de Paz y Fellows no se hacía mención de ello.

–¿Lograron ustedes averiguar algo? –preguntó Locking.

–Todavía no.

–Ella era una gran maestra y una extraordinaria persona.

Seacrest lanzó un suspiro.

–Dispense, profesor –dijo Locking.

–Su nombre me suena –dijo Milo–. Ah, sí. Formó usted parte del Comité de Comportamiento, ¿no?

Las negras y pobladas cejas de Locking se fruncieron hasta formar una sola línea.

–Sí, en efecto.

Seacrest los miró con súbito interés.

Locking tiró de una de las solapas de su trinchera, y por el hueco asomó el blanco algodón de una camiseta.

–¿No pensará usted que el comité tuvo algo que ver con... lo sucedido?

–¿A usted no le parece posible?

Locking movió nerviosamente los dedos.

–¡Cristo!, nunca me lo había planteado.

–¿Por qué no?

–Supongo que... bueno, a mí todos aquellos tipos me parecían unos perfectos cobardes.

–Yo diría que el asesinato de la profesora Devane fue un acto muy cobarde.

Traté de estudiar a Seacrest sin que él lo advirtiera. El hombre seguía con la mirada en el suelo y los brazos a los costados.

–Sí, supongo que es verdad –dijo Locking–. Usted es el detective, claro; pero... No sé si lo sabe; pero el decano tomó oficialmente la decisión de declarar confidencial todo lo referente al comité, así que no puedo hablar acerca de ello.

–Las cosas han cambiado –dijo Milo.

–Sí, claro, supongo que sí. Pero en realidad, no tengo nada que añadir. –Locking recogió la caja–. Buena suerte.

Milo se acercó al muchacho. La estatura y el volumen de mi amigo suelen hacer que la gente retroceda ante él. Locking no lo hizo.

–Así que trabajaba usted con la profesora Devane.

–Sí, ella era la tutora de mi tesis. Parte del trabajo lo hacíamos juntos.

–¿Ha encontrado ya un nuevo tutor?

–No, aún no.

–¿La profesora Devane supervisaba a otros estudiantes?

–Aparte de mí, sólo a otro.

–¿Cómo se llama el otro?

–Mary Ann Gonsalvez. Lleva un año en Inglaterra. –Locking se volvió hacia el dueño de la casa–. El coche está bien, profesor Seacrest. Lo único que necesitaba era un cambio de aceite y un filtro de aire nuevo. He dejado las llaves arriba.

–Gracias, Casey.

Locking fue hasta la puerta, liberó una mano para abrirla, manteniendo la caja apretada contra el pecho.

Milo comentó:

–Bonito anillo.

Locking se detuvo y lanzó una profunda y sonora risa abdominal.

–Ah, sí. Es bastante hortera, ¿no? Me lo regalaron. En realidad no sé por qué lo llevo.

6

Una vez que Locking hubo salido, Milo cerró la puerta.

–El muchacho ha sido muy amable al ocuparse de su coche, profesor.

–Fue un intercambio de favores –dijo Seacrest–. Yo le busqué el material de trabajo y él se ocupó del coche. ¿Algo más, señor Sturgis?

–No, sólo quería saber si había recordado usted algo. Y también deseaba presentarle al doctor Delaware. Es nuestro psicólogo consultor.

Los ojos del hombre se fruncieron.

–¿Ah, sí?

–Dadas las circunstancias que concurren en este caso, y dada la profesión de su esposa, pensé que tal vez el doctor Delaware pudiera ayudarnos.

–Sí, supongo que es buena idea.

–Por cierto: ¿dónde está la perra?

–¿Perdón?

–Su rottweiler.

–¿*Hilde*? La regalé. Era la perra de Hope.

–¿Usted no es aficionado a los animales?

Seacrest seguía sin quitarme ojo.

–La verdad es que me siento fatigado. Aún no he recuperado las energías. No me era posible atender a *Hilde* como es debido. Y, además, no deseo nada que me recuerde cómo eran antes las cosas.

–¿A quién se la regaló?

–A una organización llamada Rescate Rottweiler.

–¿Qué tal perra era *Hilde*?

–Buena, un poco traviesa.

–¿Era una perra de defensa?

–Probablemente, sí, aunque no fue ése el motivo por el que Hope la comprara. Quería compañía en sus paseos.

Seacrest se pasó una mano por los ojos.

–¿Usted no salía a caminar con ella? –preguntó Milo.

–No, yo no soy aficionado al ejercicio. A Hope le encantaba la actividad física, y *Hilde* era una perra muy activa. Siempre estaba pendiente de Hope. Por eso el hecho de que *Hilde* no estuviera allí fue tan terriblemente... irónico.

Se frotó la barba. Volvía a tener los ojos muy abiertos. Y relucientes, como si fueran incandescentes tizones.

–Tras la muerte de Hope –siguió–, la perra estaba muy desazonada. Y yo me sentía demasiado abatido para atenderla.

–¿Quién se ocupaba de *Hilde* durante las giras de promoción de la profesora Devane?

–Yo, pero Hope nunca se ausentaba por mucho tiempo. Pasaba fuera dos o tres días, regresaba, pasaba dos o tres días aquí, y vuelta a empezar.

–¿Sufría *Hilde* del estómago?

–No. –Seacrest apartó la vista de mí como de mala gana–. Los dos primeros detectives sospechaban que el asesino la había envenenado. Si a mí se me hubiera ocurrido la posibilidad, hubiera mandado que le hicieran análisis. Aunque supongo que eso no habría valido de gran cosa.

–¿Por qué?

–Digamos que alguien le dio algo. ¿De qué serviría saberlo, si ignoramos quién fue? –Seacrest volvió de nuevo la vista hacia mí–. Así que es usted psicólogo de la policía –dijo–. Ése es un puesto que Hope nunca habría aceptado.

–¿Por qué? –preguntó Milo.

–Recelaba de la autoridad. Yo soy de otra generación.

–¿No le hacía gracia la policía? –quiso saber Milo.

–Consideraba que toda organización gubernamental es intrínsecamente ineficaz.

–Y usted no estaba de acuerdo.

–Yo siento un gran respeto por el imperio de la ley –dijo Seacrest–. Quizá se deba a que soy historiador.

–¿Se dedica a la historia criminal?

–No exactamente. Mi principal especialidad es el período medieval, pero también me interesa la historia isabelina. Hay algo respecto a esa época que me llama la atención. Durante el período isabelino, gran cantidad de delitos estaban castigados con la pena capital. Ahorcaban hasta a los carteristas. Luego, almas más benévolas se salieron con la suya, y se eliminó la soga para las faltas menos graves. ¿Saben ustedes lo que sucedió?

–Aumentó la delincuencia –dijo Milo.

–Sobresaliente, detective.

–¿Es usted partidario de la pena de muerte, profesor?

Seacrest se tocó la barba.

–Ya no sé de qué soy partidario. Perder a mi esposa ha modificado todas mis convicciones... ¿Qué hará usted, exactamente, para contribuir al esclarecimiento del asesinato de Hope, doctor Delaware?

–Analizaré todo el expediente del caso –dije–. Quizá hable con los colegas de su esposa. ¿Por cuál cree que debería comenzar?

Él meneó la cabeza.

–Hope y yo llevábamos vidas profesionales separadas.

–¿No conoce usted a nadie que ella frecuentase?

–No, profesionalmente, no.

–¿Amistades?

–La verdad es que no las teníamos. Comprendo que resulta difícil de creer, pero los dos llevábamos vidas muy aisladas. El trabajo, nuestros libros, *Hilde*... Tratábamos de proteger nuestra intimidad.

–Después de la publicación del libro, eso debió de serles difícil.

–Para Hope sí lo fue; pero a mí me mantuvo apartado del brillo de las candilejas.

Aislamiento. Pequeñas cajas...

–Profesor –dijo Milo–, ¿le suena el nombre de Red Barone?

Él negó lentamente con la cabeza.

–¿Y el de Mike Cruvic?

–Tampoco. ¿Quiénes son?

–Personas con las que su esposa trabajaba.

–Bueno, ya ve. No sé nada de eso.

–Así que totalmente separados, ¿no? –dijo Milo.

–Era el mejor arreglo. –Seacrest se volvió hacia mí–. Estoy seguro de lo que le dirán los colegas de Hope cuando hable usted con ellos.

–¿Qué me dirán, profesor?

–Que era brillante, pero demasiado individualista. Una investigadora y una profesora de primera. –Cerró las manos–. Caballeros, dispénsenme por decirlo, pero no creo que este enfoque les lleve a ningún sitio.

–¿A qué enfoque se refiere? –preguntó Milo.

–A lo de investigar la carrera académica de Hope. Lo que la mató no fue eso, sino el libro. Participar en lo que recibe el risible nombre de mundo real. Mi esposa tuvo el valor de ser polémica, y la polémica excitó a algún maldito esquizofrénico o lo que fuese. Dios bendito... –Se frotó la frente y, con la vista en el suelo, siguió–: Me quedo en la torre de marfil, detective. La realidad no me interesa.

Milo preguntó si podíamos ver el estudio de Hope.

–Como quieran. ¿Les importa que me quede aquí tomándome un té?

–Como guste.

–El estudio está arriba. Suban las escaleras y es la primera habitación a la izquierda. Miren donde quieran.

En el piso alto había tres pequeños dormitorios y un baño dispuestos en torno a un distribuidor central. La habitación de la izquierda estaba llena de estanterías atestadas de revistas y libros, hasta el punto de que las tablas se combaban a causa del peso. Las dos ventanas estaban protegidas por persianas venecianas. Los muebles más parecían sembrados que colocados: dos butacas que no hacían juego, un escritorio y una mesa de trabajo con PC, impresora, módem, y manuales de software. El *Libro de estilo de la Asociación de Psicología Norteamericana*, un diccionario, un libro de sinónimos.

Junto al ordenador había varias copias de un artículo que Hope Devane había escrito el año anterior para *La Gaceta de Psicología Personal y Social*. Coautor: Casey Locking. «El autocontrol como función de la identidad sexual.»

Leí el sumario. No existían diferencias significativas entre hombres y mujeres en cuanto a la capacidad de controlar el hábito de morderse las uñas por medio de técnicas behavioristas. No se había encontrado relación alguna entre el éxito obtenido y las opiniones de los sujetos sobre los roles sexuales y la igualdad entre sexos. En *Lobos y ovejas*, Hope afirmaba que a las mujeres les costaba menos dejar los malos hábitos porque los estrógenos ejercían una función «supresora sobre las compulsiones». La única excepción: la ingestión compulsiva y excesiva de comida, y eso era debido a que la presión social creaba en las mujeres un problema de imagen corporal.

El artículo decía justamente lo contrario. Estudié la sección de debate del final. Hope y Locking atribuían aquellos resultados al hecho de que la muestra estudiada era excesivamente reducida.

Mientras Milo abría cajones y leía los lomos de los volúmenes de las librerías, yo inspeccioné el resto de la habitación. La mitad del suelo estaba cubierta de periódicos y libros desperdigados. Una colcha de lana roja estaba descuidadamente tirada sobre una caja idéntica a la que Locking se había llevado, rotulada con las mismas letras claras y bien dibujadas.

Cinco cajas cerradas enviadas por el editor de Hope Devane, marcadas LOBOS Y OVEJAS, EJEMPLARES AUTOR, estaban arrinconadas, y varios paquetes sin abrir de papel de ordenador.

La caja de debajo de la colcha contenía más trabajos publicados de Hope. Locking era coautor de dos de ellos. A la otra estudiante, Mary Ann Gonsalvez, no se la mencionaba.

¿El favorito de la maestra?

A juzgar por las transcripciones del Comité de Comportamiento, el chico y Hope eran almas afines.

¿Más que eso?

Locking era joven, brillante, atractivo, con el aire de los modelos que salían en los anuncios de ropa interior.

Hombre joven, mujer mayor.

Primero había pensado si habría algo entre Locking y Seacrest, y ahora estaba especulando sobre un posible romance heterosexual.

¿Obsesionado por el sexo, Delaware?

Pero en la distribución de las heridas había un morboso elemento ritual, como si alguien hubiese impuesto una durísima penitencia a una pecadora.

Corazón, vagina. Cuchillada en la espalda.

El fuego de la pasión reforzado por el gélido cálculo.

Seacrest parecía ser un tipo frío.

¿Estaban sus manos manchadas de sangre?

Milo husmeó un poco más y al fin dijo:

–¿Encontraste algo?

Le mencioné la discrepancia entre el artículo sobre el autocontrol y el libro de la profesora Devane.

–Como tú dijiste, Hope sabía cómo manipular los datos.

Milo salió de la habitación, cruzó el descansillo y entró en el despacho de Seacrest. Yo lo seguí.

La estancia también estaba llena de libros y caprichosamente amueblada, pero en ella reinaba el más estricto de los órdenes.

Luego, el dormitorio de Seacrest. Ahora que lo tenía todo para sí, el historiador mantenía su habitación impecablemente arreglada. Gran cama de bronce, un cobertor floreado tan bien remetido que parecía pintado sobre el colchón.

Bajamos a la otra planta y no vimos a Seacrest. Milo lo llamó:

–Profesor...

Seacrest entró en el comedor procedente de la cocina, llevando en la mano una taza por cuyo borde asomaba el hilo y la etiqueta de una bolsa de té. La taza estaba adornada con la reproducción de un escudo universitario.

–¿Desean ver algo más?

–¿Dónde están los expedientes profesionales de la doctora Devane? Los historiales de sus pacientes y cosas por el estilo.

–Supongo que lo que no esté aquí, se encontrará en su oficina del campus.

–La registré y no encontré los historiales.

–Pues no sé qué decirle.

–¿Tenía su esposa una oficina privada?

–No.

–¿Atendía aquí a sus pacientes?

–No.

–Pero... ¿tenía pacientes?

–Nunca hablaba de su trabajo.

–No pregunto nada específico, profesor. Sólo si tenía pacientes.

–Si los tenía, nunca lo mencionó. No hablábamos de esas cosas. Sólo de... arte, cultura y cosas así.

Seacrest se tocó el tatuaje.

–¿Marina? –preguntó Milo.

–Servicio de Guardacostas. –Seacrest sonrió–. Un momento de debilidad.

–¿Dónde hizo usted el servicio?

–En isla Catalina. Debo admitir que fueron casi unas vacaciones.

–O sea que es usted californiano.

–Me crié aquí mismo. En esta casa. Soy un ratón de campus. Mi padre era profesor de química.

–¿Y el padre de Hope?

–Los padres de Hope ya fallecieron. Lo mismo que los míos. Ni ella ni yo tuvimos hermanos. Supongo que yo soy cuanto queda de ambas familias.

Adiviné lo que Milo estaba pensando: «Único heredero».

–¿A qué se dedicaba el padre de su esposa?

–Era marino. Marino mercante. Murió cuando Hope era muy pequeña. Ella no hablaba mucho de él.

–¿Y su madre?

–Trabajaba en un restaurante. –Seacrest se encaminó hacia la puerta–. Como ya les dije a los otros detectives, la madre también ha fallecido, y Hope no tenía más familia.

Milo comentó:

–Debió de resultarles difícil.

–¿El qué?

–Mantener separadas sus vidas profesionales. Mantenerse separados, en general.

Seacrest se humedeció los labios.

–En absoluto. Más bien al contrario.

–¿Les era fácil?

–Desde luego. Nos respetábamos mutuamente.

Abrió la puerta y tendió un brazo al exterior.

–Hace calor –dijo–. La noche que la mataron fue mucho más fría.

Milo condujo el coche por Wilshire Boulevard, pasando por entre el corredor de lujosos edificios de apartamentos con que Los Ángeles pretendía hacerle la competencia a la neoyorquina Park Avenue.

–¿Diagnóstico? –preguntó mi amigo.

–No es un dechado de cordialidad, pero tiene motivos para sentirse abatido. Tal vez oculte algo, o quizá no sepa gran cosa. En resumidas cuentas: nada de particular.

–¿Qué me dices del tal Locking?

–El anillo de la calavera era mono. Primero me pregunté si habría algo entre él y Seacrest, y luego si habría algo entre él y Hope.

–¿Entre Locking y Seacrest? ¿Por qué?

–Lo de que el chico condujera el Mustang resultaba algo sumamente personal, aunque lo que dijo Seacrest acerca del intercambio de favores puede justificarlo. Además, antes de dejarnos pasar, me pareció como si Seacrest estuviera haciendo tiempo y, una vez dentro, llamó en voz alta al muchacho para decirle que había llegado la policía. Lo cual pudo ser una forma de ponerlo sobre aviso, quizá de darle tiempo para vestirse. Todo lo cual no son más que conjeturas.

–Vale. ¿Por qué crees que pudo haber algo entre Locking y Hope?

–Tú mismo te has estado preguntando si ella tendría algún asunto con alguien. La mayor parte de las relaciones extramatrimoniales comienzan en el trabajo, y Locking trabajaba con ella. Y, estando casada con alguien como Seacrest, quizá a Hope le apeteciera un poco de movimiento, aunque sólo fuera por variar.

–Cuero negro y un anillo con una calavera –murmuró Milo tamborileando los dedos sobre el volante.

Mi amigo enfiló Westwood Village. Como tantas otras cosas en Los Ángeles, aquel vecindario se había degradado intelectualmente.

Las librerías de mi época universitaria habían dado paso a salones de videojuegos, hamburgueserías y pizzerías.

–Lo que me pareció interesante –siguió Milo– fue que Seacrest sugiriese que el libro podía ser la causa del asesinato, y que éste no tuvo nada que ver con las actividades académicas de su esposa. Lo cual lo distancia a él del crimen. Sé de casos de asesinos que han hecho justamente eso: dar pistas falsas. De ese modo, dan la sensación de ayudar a la policía cuando lo que hacen en realidad es tratar de despistarla. Y lo de la perra. ¿Quién mejor que Seacrest para darle un buen filete sazonado con sabe Dios qué? Y ahora se ha librado del animal.

–Se ha librado de un recuerdo.

Milo hizo un ruido desagradable con la boca y se soltó la corbata.

–Locking y Hope, Locking y Seacrest. Creo que utilizaré algunos de mis contactos homosexuales. Quizá el teniente tuviera razón y yo sea el tipo perfecto para el caso.

–Me pregunto por qué Locking tardó tanto en ir a recoger sus papeles. Hope lleva tres meses muerta. Eso es muchísimo tiempo cuando se trabaja en una tesis. Pero, como Locking no ha encontrado nuevo tutor, quizá le esté costando asimilar la muerte de Hope. Quizá porque la relación entre ellos no era sólo la de profesora y alumno. O quizá el muchacho sea un poco holgazán y no tenga prisa por acabar los estudios. En la universidad hay gente así. Aunque su enfrentamiento con Kenneth Storm no tuvo nada de indolente.

–¿Qué te parece que Hope incluyera en el comité a su estudiante favorito?

–En favor de la eficacia, la profesora deseaba tener amigos entre el jurado. Seacrest dice que Hope desconfiaba de las organizaciones, y tenemos claros indicios de que Hope no era jugadora de equipo.

–Por eso me interesa tanto conocer a la gente con la que trabajaba. El abogado Barone me está dando esquinazo, pero el doctor Cruvic me dejó un mensaje diciéndome que me recibiría mañana a las diez y media. ¿Qué tal si me acompañas y le haces el psicoanálisis sobre la marcha?

–Vale.

–No era jugadora de equipo –murmuró mi amigo–. Una rebelde con un doctorando. A veces, las rebeldes terminan mal.

7

Al día siguiente desayuné con Milo en una cafetería de Beverly Hills, y luego nos dirigimos a la consulta del doctor Cruvic en Civic Center Drive.

Interesante ubicación para la consulta privada de un médico. La mayor parte de las consultas médicas de Beverly Hills se encuentran en los elegantes edificios neofederales de North Bedford, Roxbury y Camden, así como en las grandes torres de Wilshire.

Civic Center marcaba el límite norte del pequeño distrito industrial de la ciudad, unas cuantas manzanas de edificios de aspecto homogéneo que corrían paralelas al bulevar de Santa Mónica, aunque quedaban ocultas a los ojos de los automovilistas por altos setos y zonas de eucaliptos. Vías de tren en desuso atravesaban diagonalmente la calle. Al otro lado de los raíles había un complejo de oficinas de granito rosa, el edificio de cristal deslustrado de una compañía de discos, el centro municipal neo-retro-post-lo-que-fuera que albergaba el Ayuntamiento de Beverly Hills, la biblioteca, y los departamentos de policía y bomberos.

El desarrollo aún no había llegado al otro lado de los carriles, donde el edificio de estuco rosa de Cruvic se alzaba entre un surtido de pequeñas estructuras, entre miserables y pintorescas, de una o dos plantas de la época de la primera guerra mundial. Los vecinos inmediatos a la consulta eran un salón de belleza, un servicio de contestación telefónica y un edificio con plataforma para carga y descarga. El edificio rosa carecía de ventanas en la parte delantera, donde sólo había una inmensa puerta de madera y hierro de las que pueden verse en España, Italia y Grecia, que conducía a los patios interiores. Un timbre de metal negro tenía encima una placa de bronce deslustrado, tan diminuta que parecía querer pasar inadvertida y que anunciaba: M. CRUVIC, DOCTOR EN MEDICINA.

Milo apretó el timbre y quedamos a la espera. Salvo por el rumor del tráfico en Santa Mónica, en la calle reinaba un lánguido silencio. Las ventanas del salón de belleza tenían maceteros con geranios. En todos los años que yo llevaba en Los Ángeles, nunca había tenido motivo para visitar aquella zona.

Milo se dio cuenta de lo que yo estaba pensando.

–Parece que son muchos a los que les gusta la intimidad.

Frotándose el labio superior con los dientes inferiores, apretó de nuevo el timbre.

La contestación fue un zumbido eléctrico y el chasquido del cerrojo al descorrerse. Mi amigo empujó la pesada puerta y entramos.

Nos encontramos en un despejado patio con losas en el suelo y donde se veían tiestos con plátanos, plantas de lino y azaleas. Una pequeña mesa de hierro y dos sillas. Sobre la mesa, un cenicero con dos colillas manchadas de lápiz de labios. El edificio interior tenía dos plantas, rejas en las ventanas y balcones de hierro forjado. Dos puertas. La derecha se abrió y en ella apareció una mujer que vestía uniforme azul claro.

–Por aquí. –Voz grave. Señalaba hacia la izquierda.

La mujer tenía alrededor de cincuenta años, y era una esbelta morena de amplios pechos, tez bronceada y piernas de bailarina. La piel del rostro parecía artificialmente lisa, como estirada.

–¿Detective Sturgis? Soy Anna, pase. –Sonrió durante un segundo, señaló hacia la izquierda y abrió la puerta–. El doctor Cruvic los recibirá ahora mismo. ¿Quieren café? Tenemos una máquina exprés.

–No, gracias.

Nos llevó por un corto y bien iluminado corredor. Puertas de madera oscura, todas ellas cerradas, y una mullida alfombra color tabaco que amortiguaba el sonido de nuestros pasos. Las blancas paredes parecían recién pintadas. La mujer abrió la cuarta puerta y nos franqueó el paso.

La habitación era pequeña y tenía el techo bajo. Sobre una alfombra negra había dos sillones de tapicería beige de algodón, un diván a juego y una mesita auxiliar de cromo y cristal. Por un par de altas ventanas se veían los muros de ladrillo del edificio del salón de belleza. No había escritorio, ni libros, ni teléfono.

–La consulta del doctor Cruvic está en la otra parte del edificio, pero el doctor prefiere que permanezcan ustedes aquí para no perturbar a los pacientes. ¿Seguro que no quieren café? ¿O té?

Milo volvió a rechazar el ofrecimiento con una sonrisa.

–Bueno, entonces pónganse cómodos. El doctor los atenderá en seguida.

–Bonito edificio –dijo Milo–. Y antiguo. Debe de ser agradable disponer de un lugar como éste en Beverly Hills.

–Sí, está muy bien –dijo ella–. Creo que antes lo usaban como establo. Por aquí, en los viejos tiempos, se disputaban carreras de caballos. Creo que Mary Pickford tenía sus cuadras en esta zona, o quizá fuese otra de las grandes estrellas del cine mudo.

Yo pregunté:

–¿Opera el doctor Cruvic aquí mismo o lo hace en Cedars o Century City?

Con fría expresión, la mujer replicó:

–Casi todos nuestros pacientes son de ambulatorio. Ha sido un placer conocerlos.

Salió, cerrando la puerta tras ella. Milo aguardó unos momentos y luego abrió la puerta y salió. En cuatro zancadas llegó hasta el extremo del pasillo y a una puerta marcada: AL ALA OESTE. Trató de hacer girar la manilla. Cerrada. Al volver a la habitación, intentó abrir las otras puertas. Todas cerradas.

–No sé si será que estoy un poco paranoico porque no me gustan nada las consultas de los médicos, pero me pareció que a la enfermera no le hizo la menor gracia que le preguntases dónde hace el doctor sus operaciones.

–Sí que puso mala cara –dije–. Lamento haber sometido su estirado facial a esa tensión.

–Sí, puede que le hayan hecho un arreglo en la cara. Pensé que se estaba reponiendo de una insolación, pero con esos pechos, es muy probable que tengas razón... Por cierto: ¿querías café? No era mi intención convertirme en portavoz de la clase.

–No; esta habitación me pone más nervioso que diez tazas de café.

Milo se echó a reír.

–Cálida y acogedora, ¿eh? ¿Realizarías aquí tus sesiones de terapia?

–Yo hago terapia donde sea, pero si es posible, prefiero sitios menos inhóspitos.

–Quizá ésta fuera la consulta de Hope.

–¿Por qué lo dices?

–Porque esto está separado del ala oeste. Recuerda: no hay que perturbar a los pacientes. En el caso, claro está, de que la profesora Devane trabajara aquí. Lo cual no resulta del todo descabellado: Cruvic le pagaba casi cuarenta mil dólares, y no hemos encontrado historiales de pacientes en ninguna otra parte.

Se abrió la puerta y entró un hombre por ella. Amplísimos hombros, metro sesenta y cinco de estatura, cejas marcadamente fruncidas.

Aparentaba unos cuarenta años y llevaba el poblado y canoso cabello cortado casi a cepillo. Tenía las orejas pequeñas y muy pegadas a la cabeza. Los ojos eran oscuros, penetrantes y sesgados, casi orientales.

Su rostro era redondo, de altos y sonrosados pómulos, nariz recta de anchas aletas, y mentón fuerte, cubierto, ya tan de mañana, por una sombra de barba.

Vestía chaqueta blanca cruzada sobre una camisa azul. Corbata negra de crepé de seda adornada con volutas de color escarlata y dorado. Las perneras de los impecables pantalones negros caían sobre unos finos zapatos bicolores de cuero negro y gamuza gris. Tendió la mano, dejando ver el puño de la camisa, abrochado con un gemelo de oro con forma de barril. La muñeca era gruesa y estaba cubierta de vello negro.

–Mike Cruvic. –Hizo un movimiento afirmativo con la cabeza, como si hubiéramos alcanzado un consenso. Aún inmóvil, el hombre parecía lleno de energía nerviosa.

–Doctor –dijo Milo.

Cambiaron un apretón y luego Cruvic me tendió la mano. Dedos firmes, pero palma blanda. Uñas lustradas.

–Gracias por atendernos.

–Encantado de hacerlo, aunque la verdad es que no se me ocurre de qué modo puedo ayudarles a encontrar al asesino de Hope. –Meneó la cabeza–. ¿Qué tal si nos sentamos? Tuve la mala ocurrencia de correr con unas zapatillas nuevas y tengo una ampolla en el talón. No sé cómo hago esas tonterías. –Se golpeó en la frente con los nudillos tres veces y se dejó caer en el diván–. La verdad es que jamás se me ocurrió que tendría que hablar con la policía de un asesinato. Y del asesinato de Hope, menos aún.

Se metió un índice por entre el zapato y el pie, y se frotó al tiempo que hacía una mueca. Sus amplios hombros eran reales y no producto de unas hombreras. Su complexión era perfecta, y tenía el estómago como una tabla de lavar. Me lo imaginé al amanecer en el gimnasio de su casa, saltando, pedaleando y haciendo flexiones. Uno de esos madrugadores que se levantan con ganas de noquear el día en sólo dos asaltos.

–Bueno ¿qué desean saber? –preguntó, una vez hubo dejado de hurgarse el zapato.

–Según nuestros informes, el año pasado le pagó usted a la doctora Devane treinta y seis mil dólares –dijo Milo–. ¿Realizó la profesora trabajos para usted?

Cruvic se pasó la palma de la mano sobre las puntas del cabello cortado a cepillo.

–No he hecho cuentas, pero debe de ser una cifra así. La doctora Devane trabajaba aquí como consultora profesional.

–¿Consultora profesional de qué, doctor?

Cruvic se pasó un dedo por el amplio y pálido labio superior.

–A ver cómo se lo explico con claridad y sin ser indiscreto para con mis pacientes... ¿Está usted al tanto de lo que hacemos aquí?

–Obstetricia, ginecología y fertilidad.

De un bolsillo interior de la chaqueta blanca, Cruvic sacó una tarjeta profesional. Milo le echó un vistazo y luego me la tendió.

MIKE A. CRUVIC
DOCTOR EN MEDICINA, FACOG[1]
CONSULTA LIMITADA
A PROBLEMAS DE FERTILIDAD

–Antes era tocoginecólogo, pero en los últimos años he limitado mis actividades al terreno de la fertilidad.

–¿Fue por el horario? –preguntó Milo.

–¿Cómo?

–A los niños se les ocurre venir al mundo a las horas más intempestivas.

Cruvic se echó a reír.

–No, eso nunca fue problema, yo no necesito dormir mucho. El motivo es que me gusta el trabajo de fertilidad. Aquí viene gente que no tiene absolutamente ningún motivo médico para ser estéril. Y no tener hijos los destroza. Hay que

1. Fellow of the American College of Obstetricians and Gynaecologists. Miembro del Colegio Norteamericano de Obstetricia y Ginecología.

analizar cada caso, encontrar la solución adecuada... –Sonrió ampliamente–. Supongo que me considero a mí mismo algo así como un detective. –Consultó su reloj.

–¿Qué cometido cumplía la profesora Devane en todo eso?

–Recurría a Hope en caso de duda.

–¿De duda respecto a qué?

–Respecto a la madurez psicológica de los pacientes. –Cruvic arrugó la frente y los cortos y canosos cabellos se inclinaron hacia abajo–. Los tratamientos de fertilidad son un proceso agotador, tanto física como psicológicamente. Y a veces no obtenemos el más mínimo resultado. Siempre que hablo con un posible paciente, lo primero que hago es advertirle de ese riesgo; pero no todos son capaces de encajar el fracaso. Con pacientes así, lo mejor es renunciar al tratamiento. A veces, yo mismo me doy cuenta de cuáles son los casos inadecuados. Cuando no estoy seguro, recurro a expertos.

–¿Recurría a otros psicólogos, además de a la profesora Devane?

–En el pasado, sí. Y algunos pacientes tienen sus propios doctores. Pero en cuanto la conocí, Hope se convirtió en mi consultora favorita.

El hombre apoyó las manos en las rodillas.

–Era extraordinaria –siguió–. Sumamente perspicaz. Una gran juez de las personas. Y trataba admirablemente a los pacientes. Y es que, a diferencia de otros psicólogos y psiquiatras, ella no ganaba nada reteniendo a los pacientes en inacabables tratamientos.

–¿Y por qué no?

–Le sobraba trabajo.

–¿Por su libro?

–El libro, las clases. –Juntó sonoramente las manos–. Rápida, al grano y aplicando la menor cantidad posible de terapia, así era ella. Como un cirujano, que es mi segunda gran vocación.

Las carnosas mejillas habían adquirido un tono casi escarlata y los ojos parecían distantes.

Cruvic se echó hacia delante y se frotó un poco más el pie.

–Fue una gran pérdida para la profesión. Hay montones de psicólogos que están más locos que sus pacientes; pero Hope no. Hope sabía hablar a la gente de forma que todos la entendieran. Era fantástica.

–¿Cuántos casos le envió usted?

–Nunca los conté.

–¿Hubo algún paciente que no quedase satisfecho con ella?

–No, ninguno... Vamos, no hablará usted en serio. No, no, no, detective, totalmente imposible. Aquí tratamos con personas civilizadas, no con psicópatas.

Milo se encogió de hombros y sonrió.

–Dispense, pero tenía que preguntárselo... Dígame una cosa: ¿me equivoco, o ahora hay más problemas de infertilidad que antes?

–No, no se equivoca. El hecho se debe en parte a que la gente tiene los hijos más tarde. Para una mujer, la edad ideal de concebir es desde la adolescencia hasta los veintitantos años. Retrase esa fecha diez o quince años, y se encuentra con el útero envejecido y con las posibilidades de fecundación sumamente disminuidas.

Apoyó una mano sobre cada rodilla y sus pantalones se tensaron sobre unos muslos gruesos y musculosos.

–Nunca le diría esto a los pacientes, porque ellos ya tienen bastantes angustias personales, pero parte del problema radica también en los excesos de promiscuidad que hubo en los años setenta. Reiteradas infecciones subclínicas, endometriosis... Todo va dejando sus cicatrices internas. Para eso contaba con Hope entre otras cosas: para que ayudara a mis pacientes a enfrentarse a sus angustias y a sus complejos de culpa.

–¿Por qué le pagaba a ella directamente en vez de cobrar ella sus propios honorarios?

Cruvic echó hacia atrás la cabeza. Las manos dejaron las rodillas y fueron a posarse en el cojín del diván.

–Por los seguros –dijo Cruvic–. Lo intentamos de los dos

modos y resultó que era más fácil recuperar el pago de una consulta ginecológica que el de un tratamiento de psicoterapia.

Otra palmadita al corto cabello.

–Según mi contable, todo está dentro de la más estricta legalidad. Ahora, si me disculpan...

–¿La doctora también se llevaba bien con los maridos? –pregunté.

–¿Y por qué iba a llevarse mal con ellos?

–Sus opiniones sobre los hombres eran bastante polémicas.

–¿A qué se refiere?

–Al libro.

–Ah, ya. Bueno, aquí nunca se mostró polémica en ningún sentido. Todos estábamos encantados con ella... Naturalmente, yo no soy nadie para decirle cómo debe enfocar usted la investigación; pero creo que se equivoca de medio a medio. El asesinato de Hope no tuvo nada que ver con el trabajo que hacía para mí.

–Estoy seguro de que tiene usted razón –dijo Milo–. ¿Cómo la conoció?

–En otra clínica.

–¿Dónde?

–En una clínica de beneficencia de Santa Mónica.

–¿Cuál?

–El Centro Femenino de Salud. Una institución con la que colaboro desde hace tiempo. Una vez al año, celebran una fiesta para reunir fondos. Hope y yo coincidimos en ella, y trabamos conversación.

Se puso en pie. Tenía la corbata un poco torcida y se la enderezó.

–Si me disculpan, ahí fuera tengo unas damas que desean ser mamás.

–Claro. Muchas gracias, doctor. –Milo también se puso en pie, bloqueando la puerta–. Otra cosa. ¿Guardaba aquí la profesora Devane los historiales de sus pacientes?

–Ella no llevaba historiales propios, sino que tomaba notas

en los míos. Eso nos permitía comunicarnos con mayor facilidad. Guardo bien mis papeles, así que su confidencialidad estaba garantizada.

–Pero ella recibía aquí a los pacientes.

–Sí.

–¿En esta sala, por casualidad?

–Sí, es posible –dijo Cruvic–, pero no estoy seguro, porque de asignar las consultas no me ocupo yo, sino la encargada de personal.

–Pero la doctora Devane trabajaba en esta ala –dijo Milo–. Por discreción.

–En efecto.

–Éste es un sitio de lo más discreto, desde luego. Me refiero a su emplazamiento. Lejos de las zonas concurridas.

Los grandes hombros de Cruvic subieron y bajaron.

–A nosotros nos gusta.

Trató de pasar junto a Milo.

Al tiempo que simulaba hacerse a un lado, Milo sacó su cuaderno.

–¿Hace usted trabajos de fertilidad para ese Centro Femenino?

Cruvic tomó aire y se obligó a sonreír.

–La fertilidad no es un tema que suela preocupar a los pobres. En el centro, contribuyo con mi tiempo a atender los diversos problemas de las mujeres.

–¿Abortos incluidos?

–Con el debido respeto, no creo que eso venga a cuento.

Milo sonrió.

–Probablemente, tiene usted razón.

–Le supongo al corriente de que no puedo hablar de los casos de los que me ocupo. Hasta las pobres tienen derecho a que se respete su...

–Dispense, doctor. No le preguntaba por casos específicos. Sólo quería enterarme más o menos de lo que hace usted allí.

–¿Y por qué tiene que mencionar los abortos? ¿Con qué intención lo ha hecho, teniente?

–El aborto, aunque esté legalizado, es un tema polémico. Y ciertas personas defienden sus opiniones respecto a él incluso con violencia. Así que, si usted realiza abortos, y si la profesora Devane también estaba metida en ello, tal vez eso arroje una nueva luz sobre nuestra investigación.

–Por Dios –dijo Cruvic–. Lo mismo que Hope, yo apoyo el derecho de la mujer a elegir, pero si alguien quisiera tomar represalias, lo haría contra el responsable directo de las operaciones. –Se golpeó el pecho–. Y aquí estoy, vivo y coleando.

–Sí, claro –dijo Milo–. Hágase cargo: esa pregunta también era obligada.

–Me hago cargo –dijo Cruvic, ceñudo–. Comprendo que mi opinión no vale gran cosa, pero creo que a Hope la asesinó un psicópata. Un tipo que odia a las mujeres, y que sólo la eligió porque era famosa. Un chiflado. No un paciente de aquí ni del Centro Femenino.

–No diga eso, doctor. Valoramos mucho su opinión. Eso es justamente lo que nos hace falta. Opiniones de personas que la conocieron.

Cruvic enrojeció y se tocó la corbata.

–Sólo la conocía profesionalmente. Pero creo que su muerte es un claro indicio de lo mal que andan ciertas cosas en nuestra sociedad.

–¿A qué se refiere?

–Al éxito y a los enfermizos resquemores que suscita. Adulamos a las personas de talento, las encumbramos, y luego nos divertimos derribándolas de sus pedestales. ¿Por qué? Porque nos sentimos amenazados por su éxito.

Sus mejillas tenían un tono escarlata vivo.

Rodeó a Milo, se detuvo en el umbral y se volvió a mirarnos.

–Los perdedores castigan a los triunfadores, caballeros. Si eso sigue así, todos saldremos perdiendo. Buena suerte.

–Por si recuerda usted algo... –dijo Milo, tendiéndole una tarjeta. La versión seria de la tarjeta, no la que los detectives se pasan entre ellos y que dice: ROBO–HOMICIDIOS:

NUESTRA JORNADA COMIENZA CUANDO LA DE USTEDES TERMINA.

Cruvic se la guardó en un bolsillo. Luego echó a andar pasillo abajo, abrió la puerta que daba al ala oeste, y desapareció por ella.

–¿Alguna hipótesis? –preguntó Milo.

–Bueno –dije–, se sonrojó al decir que sólo la conocía profesionalmente, así que tal vez hubiera algo más entre ellos. Y también se puso un poco nervioso cuando habló de los pagos, así que también ahí puede haber gato encerrado. Tal vez se llevara parte de los honorarios de Hope, tal vez le cobrase comisiones, tal vez facturase como consultas ginecológicas las que en realidad eran psicológicas para obtener un reembolso más rápido de las compañías de seguros... Lo que sea. La mención de los abortos lo alteró mucho, así que probablemente los realiza en el centro. Y puede que también aquí, para quienes pueden pagar altos precios. En tal caso, a Cruvic no le gustaba que la cosa se supiera, y no sólo porque el aborto sea un tema polémico, sino también porque a un paciente sometido a un tratamiento de fertilidad puede resultarle incómodo encontrarse bajo el cuidado de alguien que también se dedica a destruir fetos. Pero Cruvic tuvo razón al decir que el blanco lógico de cualquier represalia hubiera sido él mismo. Y yo insisto en lo que dije de que un asesino con motivaciones políticas habría hecho público algún tipo de manifiesto.

Cuando llegamos a la puerta de salida, Milo dijo:

–Si se estaban acostando juntos, lo de la consultoría podría haber sido un modo discreto de pasarle fondos a una amante.

–Ella no necesitaba esos cuarenta mil. El año pasado ganó seiscientos de los grandes.

–Se conocieron antes de que se publicara el libro. Quizá estuvieran enredados desde hacía años. Y Seacrest se enteró. Ya sé que es un poco cogido por los pelos, pero recuerda las heridas en el corazón, los genitales y la espalda. Una traición. ¿No te parece que Cruvic se apasionó excesivamente al hablar de ella?

–Sí; pero puede que el tipo sea así, apasionado.

–Pues nuestro apasionado doctor dijo lo mismo que Seacrest: «La cosa no tuvo nada que ver conmigo».

–Nadie quiere verse implicado en un asesinato –dije.

Milo frunció el ceño y abrió la puerta que daba al patio. La enfermera Anna estaba sentada a la mesa de jardín, fumando y leyendo el periódico. Alzó la vista y nos saludó con la mano.

Milo también le entregó a ella una tarjeta. La mujer meneó la cabeza.

–Sólo veía a la doctora Devane cuando ella venía aquí a trabajar.

–¿Y cada cuándo era eso?

–No tenía días fijos. De vez en cuando.

–¿Tenía ella su propia llave?

–Sí.

–¿Y siempre pasaba consulta en la sala en la que estábamos nosotros?

Anna asintió con la cabeza.

–¿Era simpática? –preguntó Milo.

Una brevísima pausa.

–Sí.

–¿Tiene algo que decirnos acerca de la doctora Devane?

–No –contestó Anna–. ¿Qué les podría decir?

Milo se encogió de hombros.

Ella hizo lo mismo, aplastó el cigarrillo, recogió su periódico y se puso en pie.

–Se terminó el descanso. Vuelta al trabajo. Buenos días.

Anna regresó al edificio mientras nosotros recorríamos el sendero de losas. Cuando abrimos la gran puerta que conducía a la calle, ella aún nos observaba.

8

Milo metió la llave en el contacto, pero no la hizo girar.

–¿Qué ocurre? –pregunté.

–Hay algo en Cruvic... –Puso el coche en marcha–. Quizá llevo demasiado tiempo en este trabajo. ¿Sabes lo que vi esta mañana en la comisaría? Un recién nacido muerto a mordiscos por unos perros. La madre, una muchacha soltera de diecisiete años, estaba hecha un mar de lágrimas y decía que había sido un accidente. Luego los detectives averiguaron que los perros estaban en el patio del vecino, detrás de una cerca de dos metros y medio. Resulta que mamaíta mató al niño y luego lo echó a los perros para destruir las pruebas.

–Cristo.

–Sin duda ahora la chica se hará la víctima, aparecerá en televisión, escribirá un libro. –Sonrió torcidamente–. No creo que se me pueda criticar por tener una visión bastante negra del mundo.

Metió la mano bajo el asiento, sacó un teléfono móvil y marcó un número.

–Aquí Sturgis. ¿Algo nuevo? Vale, espero.

–Mister Autopista de la Información –dije, tratando de no pensar en la imagen del bebé descuartizado–. ¿Desde cuándo facilita teléfonos móviles el departamento?

–La idea del departamento de una autopista de la información son dos latas de tomate extragrandes y un gran ovillo de cordel. El aparato me lo ha dejado Rick, él tiene uno nuevo que es una maravilla de la tecnología. No me gusta hablar por la radio del departamento sin disponer de una banda segura, y los teléfonos de pago son una lata. Pero también lo es solicitar reembolsos por los canales oficiales, así que las llamadas se las apunto a Blue.

Investigaciones Blue era su trabajo extra: tareas de vigilancia a horas intempestivas, casi todas referidas a fraudes de seguros. Mi amigo detestaba aquel empleo y últimamente había estado rechazando los trabajos que le ofrecían.

–Si lo que te preocupa son los reembolsos, quizá debas facturarlos como consultas ginecológicas –dije.

Él lanzó una breve risa.

–Sí –dijo al teléfono–. Ya, ya... ¿dónde? Bien, ya sé. Gracias.

Mi amigo enfiló Civic Center en dirección oeste.

–Cindy Vespucci, la chica a la que Kenny Storm echó del coche, acaba de contestar a mi llamada. Dentro de un cuarto de hora estará almorzando en el Ready Burger de Westwood. Está dispuesta a hablar si nos pasamos por allí antes de su siguiente clase.

El restaurante se encontraba en Broxton, en el borde occidental del Village, donde las calles son angostas; caminando se llega antes que en coche. Un letrero amarillo de plástico, una empañada vidriera, dos mesas cojas en la acera, una de ellas ocupada por dos muchachas que bebían coca–colas con cañitas de plástico. Ninguna de las dos nos hizo caso, y entramos en el local. Otras tres mesas, paredes de azulejos amarillos, también empañadas. El suelo de ladrillos estaba salpicado de pedazos de lechuga y de envoltorios de pajitas. El olor a carne frita lo llenaba todo. Un cuarteto de empleados asiáticos de velocísimas manos cortaban, repartían, envolvían y tocaban arpegios en la caja registradora. Una pequeña cola, formada principalmente por estudiantes, iba desde la puerta hasta el mostrador.

Milo estudió las mesas de dentro. Los comensales que se

fijaron en él no lo hicieron por mucho tiempo. Y lo mismo ocurrió con los muchachos de la cola.

Salimos de nuevo a la calle y Milo miró su reloj. Una de las muchachas dejó su vaso en la mesa y preguntó:

–¿Agente Sturgis?

–Sí, señorita.

–Soy Cindy.

Aunque era una universitaria de primer curso, parecía una estudiante de escuela superior de segundo. No mediría mucho más de metro y medio, pesaría cuarenta y dos o cuarenta y tres kilos, y era más bien bonita, con cierto aspecto de ninfa. Cabello largo y rubio, ojos azules como el cielo, nariz respingona y boquita de piñón. Inmediatamente me sentí protector y me pregunté si alguna vez tendría una hija.

Llevaba una sudadera gris de la universidad, pantalones negros ceñidos y zapatillas de deporte blancas. Junto a su silla había una bolsa con libros. Se mordía las uñas. La muchacha que estaba con ella también era bonita y rubia, un poco llenita. La mesa estaba llena de grasientos papeles y de sobrecitos de ketchup y mostaza.

Milo le tendió la mano y Cindy tragó saliva y se la estrechó. La expresión de su rostro se hizo menos resuelta. Mi amigo se inclinó sobre ella y, con voz suave, dijo:

–Encantado de conocerte, Cindy. Te agradezco mucho que hayas aceptado hablar con nosotros.

–No tiene importancia.

La muchacha miró a su amiga y le hizo una seña. La chica llenita nos dirigió una mirada y, luego, se puso en pie y se echó el bolso al hombro.

–¿Cin?

–Estoy bien, Deb. Nos vemos a las dos.

Deb asintió con la cabeza y echó a andar calle arriba. Antes de cruzar la calzada y entrar en una tienda de discos, se volvió un par de veces a mirarnos.

Cindy preguntó:

–¿Quieren que hablemos aquí?

–Como prefieras.

–Pues... Seguro que alguien quiere usar la mesa. ¿Qué tal si caminamos?

–De acuerdo.

Agarró su bolsa de libros, se echó el pelo hacia atrás y sonrió tan forzadamente que, haciéndolo, debió de quemar unas cuantas calorías.

Milo le devolvió la sonrisa. Cindy volvió la vista hacia mí.

–Éste es Alex Delaware.

–Hola. –Me tendió la mano. La estreché y recibí el débil apretón de unos dedos gélidos y casi infantiles.

Los tres nos dirigimos hacia la izquierda de la manzana. Al otro lado de la calle había una gran extensión asfaltada: uno de los estacionamientos universitarios situados fuera del campus y atendidos por pequeños microbuses. Un autobús azul con el motor al ralentí estaba detenido cerca de la entrada. Había miles de puestos, todos ellos ocupados.

Milo propuso:

–¿Paseamos por aquí? Esto parece bastante tranquilo.

Cindy, tras pensárselo, asintió con la cabeza. Tenía los labios crispados y las manos fuertemente entrelazadas.

Entrando en el estacionamiento, la joven dijo:

–Cuando era pequeña, vino un policía a la escuela y nos dijo que no debíamos salir corriendo por entre los coches estacionados.

–Buen consejo –dijo Milo–. Miremos bien a los dos lados.

La risa de Cindy fue algo forzada.

Tras caminar un rato, Milo comentó:

–Supongo que sabes por qué nos interesa hablar contigo, Cindy.

–Claro. Por lo de la profesora Devane. Ella era... Lamento de veras lo que le sucedió, pero no tuvo nada que ver ni con Kenny ni conmigo.

–Estoy seguro de ello, pero debemos comprobarlo todo.

De pronto, los ojos de la muchacha se animaron.
–Habla usted como en las películas de la tele.
–Sí, sólo que esto es la realidad.
Cindy miró a Milo y luego a mí.
–Nunca había conocido a un auténtico detective.
–Somos fantásticos. Estamos a mitad de camino entre el Pulitzer y el Nobel.
La joven lo miró con el entrecejo fruncido.
–Es usted gracioso. ¿Qué quiere que le diga de la profesora Devane?
–Háblanos de tu experiencia ante el Comité de Comportamiento Interpersonal.
La fina boca se torció.
Milo dijo:
–Supongo que te es difícil hablar de ello; pero...
–No, no tan difícil. Ya no. Es agua pasada. Kenny y yo hemos arreglado nuestras diferencias.
Seguimos caminando. Unos pasos más tarde, la muchacha siguió:
–En realidad, estamos saliendo juntos.
Milo enarcó las cejas.
–Quizá a usted le parezca raro, pero a nosotros nos va bien. Supongo que entre los dos existía algún tipo de... no sé, de química. Puede que eso fuera lo que causó nuestras diferencias iniciales. De todas maneras, ya está todo arreglado.
–Así que Kenny sabe que estás hablando con nosotros.
–Claro. En realidad, fue él... –La muchacha se interrumpió.
–¿Él te pidió que lo hicieras?
–No, no. Pero como yo estoy aquí en la ciudad, y él se ha ido a San Diego, pensamos que yo podía aclarar las cosas por los dos.
–Muy bien –dijo Milo–. ¿Qué hay que aclarar?
Cindy se cambió al otro hombro la bolsa de libros.
–En realidad, nada. –Su voz se había hecho más aguda–. Al presentar la queja cometí un error. No debí armar tanto lío;

pero había complicaciones. Entre Kenny y yo... es una larga historia que, a decir verdad, no hace al caso.

–¿Lo de tu madre y su padre? –apunté.

Ella me miró.

–Así que eso también salió a relucir.

–Las sesiones se transcribieron –explicó Milo.

–Vaya. Fantástico. –La muchacha parecía a punto de llorar–. Pensaba que todo había sido confidencial.

–Un asesinato hace que las cosas cambien, Cindy. Pero nos esforzamos por evitar que nuestras averiguaciones trasciendan.

Ella suspiró y meneó la cabeza.

–¿Hasta qué punto se aireará lo nuestro?

–Si no guarda relación con la muerte de la profesora Devane, esperamos que no haya que mencionarlo siquiera.

–No tuvo nada que ver. Al menos, lo mío y lo de Kenny no lo tuvo. –Se golpeó el pecho–. ¡Dios, pero qué idiota fui dejándome llevar!

–Leyendo lo transcrito, da la sensación de que tu queja contra Kenny podía estar justificada –dije.

–Bueno, pues no era así. Ya les he dicho que se trata de algo complicado. Sí, a causa de nuestros padres. No es que mamá me pidiera que... la defendiese. Simplemente, hubo ciertas cosas que interpreté mal. Eso es todo. No es que Kenny se portara impecablemente, pero no es ningún salvaje. Pudimos haber arreglado nuestras diferencias. La prueba es que lo hemos hecho.

Volvió a cambiarse la bolsa de hombro.

Milo dijo:

–Me ofrecería a llevártela, pero, probablemente, eso no sea políticamente correcto.

Ella pareció ir a decir algo, pero cambió de lado y, mirando sesgadamente a mi amigo, le entregó la bolsa, que entre las manazas de Milo parecía una fiambrera.

Irguiendo los hombros, Cindy se volvió para mirar hacia el

Village mientras continuábamos paseando por entre los coches estacionados.

–¿Vamos a tardar mucho?

–No, no mucho. ¿Qué tal se llevan tu madre y el padre de Kenny?

–Bien.

–¿Han vuelto a salir?

–¡No! Sólo son amigos. Gracias a Dios. Eso resultaría... incestuoso. Ahí radicó gran parte del problema inicial. Kenny y yo no nos dimos cuenta de lo complicadas que eran las cosas. Además, su madre murió hace un año y él aún no se ha repuesto.

–¿Qué me dices de que te echara del coche?

Cindy se detuvo.

–Por favor, detective: si hubiera sido víctima de acoso o malos tratos, me habría dado cuenta.

Milo no respondió.

Ella siguió:

–Aquella noche, él... Fue una estupidez. Dije que quería bajarme, él me abrió la portezuela y al salir tropecé y caí.

Se rió, pero con cara de funeral.

–Me sentí como una perfecta idiota. Debemos tratar de comunicarnos mejor, eso es todo. Y la demostración la tiene ante sus ojos: nos va muy bien.

–Eres buena estudiante, ¿no, Cindy?

La muchacha se sonrojó.

–Hago lo que puedo.

–¿Promedio de sobresaliente?

–Hasta ahora, pero sólo llevamos dos trimestres.

–Kenny no es un gran estudiante, ¿verdad?

–¡Es inteligentísimo! –Se humedeció los labios–. Lo único que le ocurre es que necesita una motivación.

–Motivación.

–Exacto. La gente se mueve a ritmos distintos. Yo siempre he tenido claro lo que deseo ser.

–¿Qué deseas ser?

–Psicóloga o abogada. Quiero trabajar por los derechos de los niños.

–Bueno –dijo Milo–, no nos vendría mal tener a más gente ocupándose de eso.

Seguimos caminando por entre los vehículos. Uno de los coches abandonó su puesto, conducido por una muchacha no mucho mayor que Cindy. Esperamos a que se alejase.

–Así que Kenny está en San Diego –dijo Milo–. Creí que se encontraba en la Universidad de Palms, en Redlands.

Ella negó con la cabeza.

–Al final decidió que no.

–¿Por qué?

–Necesita serenarse.

–O sea que Kenny no está siguiendo sus estudios en San Diego.

–Todavía no. Tiene un contrato de prácticas en una empresa inmobiliaria de La Jolla. Amigos de su padre. Por ahora parece contento. Es buen vendedor. Sabe convencer a la gente.

–Seguro que sí.

Cindy se detuvo de nuevo y miró vivamente a mi amigo.

–¡A mí no me convenció de nada, si es eso lo que sugiere! ¡No soy ninguna estúpida, y nunca aceptaría una relación que no estuviese basada en la igualdad!

–¿Qué entiendes por igualdad, Cindy?

–Equilibrio. Juego limpio emocional.

–Vale. Lamento si te he ofendido.

Mi amigo se rascó la barbilla. Habíamos llegado al extremo del estacionamiento. Tras la cerca crecían altos árboles que eran agitados por la suave brisa.

Cindy dijo:

–Las cosas, entre Kenny y yo, van bien. Sólo he accedido a hablar con usted porque deseaba comportarme como es debido. El asesinato de la profesora Devane fue horrible, pero realmente está usted perdiendo el tiempo conmigo. La profesora no constituía una parte significativa de mi vida. Ni de la de Kenny. Él sólo la vio en esa ocasión y yo sólo asistí a su clase un par de veces antes de presentar la queja. Era una mujer agradable, pero yo nunca, ni al principio, las tuve todas conmigo. En cuanto entré en aquella sala, me di cuenta de que había cometido un error.

–¿Por qué?

–Por la forma como estaba montado: los tres sentados a aquella larga mesa. Grabadora, bolígrafos y papel. Tenía un aire... inquisitorial. Nada que ver con lo que la profesora Devane me había dado a entender... Mire, lo siento, ya sé que ella está muerta, y le aseguro que yo la admiraba muchísimo, pero la verdad es que actuó de modo engañoso.

–¿A qué te refieres?

–Por lo que ella dijo, yo esperaba que fuese una especie de sesión conjunta. Todo el mundo manifestaría sus sentimientos e intentaría sacar una conclusión. Una especie de grupo de debate. En cuanto vi aquella mesa, me di cuenta de que las cosas iban mal. Kenny dijo que deberían haber puesto velas negras, y tenía razón. Lo que deseaban era someter a juicio a los varones.

–¿A qué clases de la profesora Devane asististe?

–Roles sexuales y desarrollo personal. Ni siquiera estaba matriculada, pero unas amigas de la fraternidad asistían a aquellas clases y no dejaban de decirle a todo el mundo lo fantásticas que eran. Que estaban aprendiendo todos los secretos sobre la diferenciación sexual y el comportamiento humano. Todos los secretos sobre los hombres. Como los martes tenía un hueco en mi horario, decidí asistir.

–¿Era la profesora Devane buena maestra?

–Fantástica. Muy amena. Daba su clase en el Morton Hall 100, una sala inmensa con capacidad para más de seiscientas personas. Pero tuve la sensación de que me hablaba a mí directamente. Lo cual es muy raro, puede creerme, en especial en las clases de primer año; en ellas, muchos de los miembros de la facultad prácticamente sestean.

–A todo le ponía su toque personal –dije–. Eso fue lo que hizo en televisión.

–Exacto. Y dominaba su materia. Era una conferenciante excepcional.

–¿Y fuiste a sus clases dos o tres veces? –dijo Milo.

–Sí.

–¿Cómo fue lo de presentar la queja contra Kenny?

–La cosa... el incidente... fue un lunes por la noche, y el martes, cuando llegué al aula, seguía muy trastornada. –Se humedeció los labios con la punta de la lengua–. La profesora Devane estaba hablando sobre la violencia doméstica y yo comencé a tener la sensación de que había sido víctima de ella. Fue una de esas tonterías que una hace cuando se encuentra bajo fuertes tensiones. Acudí a verla después de clase, y le dije que tenía un problema. Me llevó a su oficina, me escuchó y me preparó un té. Me eché a llorar y ella me dio un pañuelo. Luego, cuando me calmé, me dijo que tal vez tuviera la solución para mi problema. Fue entonces cuando me habló del comité.

–¿Qué te dijo?

–Que era algo nuevo y de gran importancia para la defensa de los derechos de la mujer en el campus. Me dijo que yo podía desempeñar un papel muy significativo en la batalla contra la indefensión femenina.

Cindy miró la bolsa de libros.

–Yo tenía mis dudas, pero ella mostraba tanto interés... Déme la bolsa, yo la llevaré.

–No te preocupes –dijo Milo–. ¿Piensas que la profesora Devane te engañó?

–No, no creo que fuera un engaño premeditado. Quizá simplemente oí lo que quise oír porque estaba muy trastornada.

–Yo creo que tenías buenas razones para estarlo, Cindy –dije–. Volver caminando al campus sola y de noche debió de darte bastante miedo.

–Mucho. Se escuchan tantas historias...

–¿Sobre asesinatos?

Ella asintió con la cabeza.

–De psicópatas que merodean por las colinas... Mire lo que le sucedió a la profesora Devane.

Milo preguntó:

–¿Crees que la mató un psicópata?

–No sé, pero una compañera de fraternidad que trabaja en el periódico estudiantil fue a hacer unos trabajos de documentación en la comisaría de policía del campus. Le dijeron que hay montones de violaciones consumadas y frustradas que nunca aparecen en las noticias. Y allí me encontraba yo, en la más completa oscuridad. Tuve que regresar casi a tientas.

–No debió de tener ninguna gracia.

–Ninguna en absoluto. –De pronto se echó a llorar y se cubrió la cara con las manos.

Milo se cambió la bolsa de una mano a la otra, como si fuera una pelota.

–Lo siento –dijo la muchacha secándose los ojos con los dedos.

–No hay nada que sentir –replicó él.

–Pues crea que yo siento muchísimas cosas. Quizá incluso estar hablando con usted. Porque, total... ¿para qué? La vida universitaria ya es bastante complicada sin toda esta mier... sin todos estos líos. –Se secó de nuevo los ojos–. Disculpe mi léxico. Nunca pensé que fueran a asesinar a una conocida mía.

Milo sacó de un bolsillo un pequeño paquete de plástico y le entregó a Cindy un pañuelo de celulosa. ¿Acaso mi amigo esperaba las lágrimas?

Ella lo tomó y se secó con él. Luego, tras mirar a su alrededor, dijo:

–¿Puedo irme ya? A las dos tengo una clase en el campus norte, y dejé la bici en Gayley.

–Sólo otro par de preguntas. ¿Qué piensas de los demás miembros del comité?

–¿A qué se refiere?

–¿También ellos se mostraron inquisitoriales?

–Él, sí... El tipo, el estudiante graduado... No recuerdo cómo se llama.

–Casey Locking.

–Sí, supongo que sí. Él lo tenía claro. Se sabía bien su papel.

–¿Qué papel?

–El de Mister Feminista. Probablemente, quería hacerle la pelota a la profesora Devane. Me pareció uno de esos tipos que intentan demostrar lo poco machistas que son desacreditando a los demás hombres.

De pronto la muchacha sonrió.

–¿Qué pasa, Cindy?

–Lo más gracioso es que cuando él y Kenny se acaloraron, la pelea fue típicamente masculina, y perdone. Locking trataba de no ser sexista, pero su estilo seguía siendo de macho: hostil, agresivo, competitivo. Quizá ciertas cosas no se puedan cambiar. Quizá deberíamos aprender a aceptarnos tal como somos.

–Siempre y cuando el fuerte no machaque al débil –dijo Milo.

–Sí, claro. Nadie tiene vocación de víctima.

–La profesora Devane fue una víctima.

Cindy miró fijamente a mi amigo. Bajo uno de sus ojos seguía habiendo una húmeda huella.

–Lo sé. Es terrible. Pero... ¿qué puedo hacer?

–Justo lo que haces, Cindy. ¿Qué me dices de la otra mujer del comité, la profesora Steinberger?

–Se portó bien. En realidad, no dijo mucho. Estaba muy claro que aquél era el circo de la profesora Devane. Me dio la sensación de que, de algún modo, la profesora Devane se tomaba la cosa a título personal.

–¿Por qué lo dices?

–Porque luego, cuando dije que deseaba olvidar el asunto, ella me dijo que no debía retractarme, que ella me apoyaría en todo y hasta el final. Y cuando dije que no, la profesora Devane se mostró fría, distante. Como si yo le hubiese fallado. Yo me sentía horrorosamente mal, y lo único que deseaba era salir de allí y volver a ser la de siempre.

–¿Tuviste algún contacto con ella después de eso?

–La profesora me llamó en una ocasión a la fraternidad. Fue muy amable, sólo quería saber qué tal me iba. También se ofreció a mandarme una lista de libros que según ella podrían ayudarme.

–¿Libros feministas?

–Supongo. No le hice mucho caso. Más o menos, la corté.

–¿Porque no confiabas en ella?

–Usaba muy buenas palabras, pero yo ya había tenido suficiente.

–¿Y Kenny?

–¿Qué pasa con él?

–¿La profesora Devane también lo llamó?

–Que yo sepa, no. Mejor dicho: estoy segura de que no lo hizo, porque él me lo habría comentado. Kenny... –La muchacha se interrumpió.

–Kenny, ¿qué?

–Nada.

–¿Qué ibas a decir?

–Nada. Simplemente, que Kenny no mencionó que ella lo hubiese llamado.

–¿Ibas a decir que Kenny la odiaba?

Cindy apartó la mirada.

–Supongo que, si ha leído usted las transcripciones, eso no le sorprenderá mucho. No, a Kenny esa mujer no le gustaba nada. Dijo que era una... que era una manipuladora. Y una feminista radical. Kenny, políticamente, es más bien conservador. Y no lo culpo por sentirse maltratado. Antes de lo del comité, ya estaba teniendo serios problemas en la universidad, e incluso se había planteado pedir el traslado. El comité fue la gota que colmó el vaso.

–¿Culpaba a la profesora Devane de que él tuviera que cambiar de universidad?

–No, estaba harto de todo.

–¿De la vida en general? –pregunté–. ¿O de algo específico?

Ella alzó la vista, alarmada.

–Comprendo a qué se refiere; pero es ridículo. Kenny no le hizo nada. Él no es de ésos. Además, la noche en que la profesora Devane fue asesinada, él ni siquiera estaba en Los Ángeles. Kenny reside ahora en San Diego y sólo viene aquí los fines de semana, para verme. Está esforzándose por poner su vida en orden... Sólo tiene diecinueve años.

–¿Viene todas las semanas? –preguntó Milo.

–No, casi todas. Además, a ella la mataron un lunes, y Kenny los lunes no viene por la ciudad.

Milo la miró y sonrió.

–Parece que has estudiado a fondo su horario.

–Sólo se me ocurrió hacerlo después de que usted me llamó. Nos llevamos una gran sorpresa, y luego supusimos que se había enterado usted de lo del comité y nos sentimos un poco asustados. Usted ya conoce el sistema. Las cosas se embarullan y hay gente que sale malparada. Quiero decir que es absurdo que se nos relacione con lo sucedido. Básicamente, seguimos siendo niños. La última vez que tuve algo que ver con la policía fue cuando un agente vino a clase y nos previno sobre los coches estacionados. –La muchacha, tras una pausa, sonrió y siguió–: Ese policía tenía un loro. Un loro parlanchín. Decía cosas como «¡Alto, está usted arrestado!» y «Tiene derecho a permanecer en silencio». Creo que el policía llamaba al animal *Agente Squawk* o algo así. Déme la bolsa, ya la cojo yo.

Milo se la entregó.

–Necesito olvidarme de todo esto, detective Sturgis. Debo concentrarme en mis estudios, porque mi madre hace muchos sacrificios por mí. Por eso no fui a una universidad privada. Así que, por favor...

–No te preocupes, Cindy. Gracias por atenderme. –Mi amigo entregó una tarjeta a la muchacha.

–Robos-homicidios –dijo, estremeciéndose–. ¿Para qué me da esto?

–Por si recuerdas algo.

–No hay nada que recordar, créame. –Puso cara de angustia y pensé que iba a echarse a llorar de nuevo. Pero al fin dijo–: Gracias. –Y se alejó.

–Pobrecilla –dijo Milo–. Oyéndola dan ganas de ponerle delante un tazón de leche y unas galletas y de decirle que su príncipe azul no tardará en aparecer, y que será un tipo sin antecedentes policiales.

–Me parece que ella cree haber encontrado ya a su príncipe azul.

Mi amigo meneó la cabeza.

–Esa muchacha tiene complejo de culpabilidad, ¿no te parece?

–Pues sí. Se culpa por lo ocurrido entre ella y Kenny Storm, y se culpa también por presentar la queja.

–Storm –dijo Milo–. Una chica brillante como Cindy encaprichada del último de la clase. ¿A qué lo atribuyes? ¿Baja autoestima?

–¿Te interesa más Storm ahora que antes?

–¿Por qué?

–Su carrera académica no ha ido bien. Lo cual significa que nunca llegó a recibir la asignación de la universidad. Lo cual significa que el muchacho podría sentirse furioso y lleno de rencor.

–Y tal vez ella esté dispuesta a mentir para favorecerlo. Quizá, pese a lo que Cindy dijo, el muchacho se quedó un fin de semana en la ciudad.

–Pudo coger prestada la bicicleta de Cindy –apunté–. O quizá él tenga su propia bici.

–Ni él ni su padre han devuelto las llamadas que les hice... Así que ahora el chico trabaja en una inmobiliaria de La Jolla. No creo que nos resulte difícil averiguar el nombre de la compañía, ver si su coartada encaja. –Alzando la vista al cielo, mi amigo dijo–: La pequeña Cindy. Parece una chiquilla de catorce años, pero habla como una adulta. En fin... La muchacha que arrojó a su bebé a los perros también parecía adorable.

9

Abandonamos en coche el Village, bordeando la parte oriental del campus y atravesando Sorority Row. Se veía a estudiantes haciendo *footing*, caminando y paseando ociosamente. Las espinosas puntas de los cactus del Jardín Botánico asomaban por encima de la verja, como una medida de seguridad suplementaria.

Comenté:

–Parece ir tomando cuerpo una cierta imagen de Hope. Brillante, carismática, hábil en el trato personal. Pero capaz de alterar las normas cuando le convenía y, por lo que ha contado Cindy, capaz también de cambiar de bando con rapidez. Eso es coherente con las pequeñas cajas.

Unos risueños novios cogidos de la mano, más o menos de la edad de Kenny y Cindy, cruzaron la calle ante nosotros enfrascados en ellos mismos. Milo tuvo que dar un frenazo. Ellos siguieron caminando, como si nada.

–Ah, el amor –dije.

–El amor, o demasiados años martirizándose los oídos con el walkman y los videojuegos. Bueno, te dejaré en tu casa.

–¿Por qué no me dejas aquí mismo e intento ver a la profesora Steinberger?

–¿La que apenas abrió la boca?

–A veces las personas que más callan son las que más tienen que decir.

–Muy bien.

Detuvo el coche en las proximidades de una parada de autobús, en cuyo banco estaban sentadas dos mujeres hispanas con uniformes de criadas que nos miraron fijamente antes de seguir su charla.

–¿Luego volverás andando a tu casa?

–Claro, sólo son tres kilómetros.

–Eso es un maratón... Escucha, si dispones de tiempo y te apetece, quisiera que hablaras con los demás estudiantes que tuvieron que ver con el comité. Quizá tú no los asustes como yo asusté a Cindy.

–Yo creo que con ella llevaste la cosa muy bien.

Él frunció el ceño.

–Quizá debí venir con un loro. ¿Te animas a interrogar a los estudiantes?

–¿Cómo los localizo?

Mi amigo se volvió hacia el asiento trasero, agarró su maletín y se lo puso sobre las piernas. Sacó una hoja de papel, y me la entregó.

Eran fotocopias de varias fichas estudiantiles con fotos y de los horarios de clases. Las reproducciones eran oscuras y emborronadas, y convertían a Cindy Vespucci en morena. Kenneth Storm era mofletudo, tenía el cabello corto y un rictus de tristeza en la boca: era todo cuanto se podía ver de él.

Doblé la hoja y me la guardé.

–¿Cómo me recomiendas que me presente?

Tras breve reflexión, mi amigo replicó:

–Creo que será mejor que les cuentes la verdad. Diles cualquier cosa que los anime a hablar. Probablemente, contigo se entenderán mejor, porque tú eres profesor y todo eso.

–Quizá no –dije–. Recuerda que son los profesores quienes los suspenden.

La alta y blanca torre de psicología se encontraba en el borde exterior del sector de ciencias –quizá esto fuese algo más que un mero accidente arquitectónico– y el cubo de ladrillos que albergaba la Facultad de Química era el edificio contiguo.

Hacía mucho que yo no entraba en el pabellón de química. La última vez fue sólo para seguir un curso de psicopatología avanzada en una clase que no era la mía; en mis tiempos estudiantiles, psicología era una de las carreras más populares de la universidad, y las aulas rebosaban de jóvenes tratando de comprenderse a sí mismos. Veinte años más tarde, el miedo al futuro era el factor dominante, y empresariales la carrera más buscada.

El edificio de química seguía impregnado del acre olor del ácido acético, y las paredes seguían siendo de color verde dentífrico, aunque quizá estuvieran algo más sucias que en mi época. No se veía a nadie, pero escuché ruidos tras una puerta en la que se leía: LABORATORIO.

En el directorio aparecían dos Steinberger, Gerald y Julia, ambos con despachos en el tercer piso. Subí por las escaleras y localicé el de Julia.

La puerta se encontraba abierta. La profesora estaba sentada a su escritorio, corrigiendo exámenes mientras escuchaba rock suave, que provenía de una radio cercana. Era una mujer de aspecto agradable, como de treinta años. Vestía jersey negro, camisa blanca y pantalones grises de lana. En torno al cuello llevaba un collar de ámbar y plata antigua que parecía árabe. Tenía los hombros cuadrados, rostro serio, barbilla puntiaguda, y la boca serena pintada de rosa. El reluciente cabello castaño le llegaba hasta los hombros y el flequillo le caía justo por encima de las elegantes cejas. Tenía los ojos grises, claros y serenos. Eran hermosos y la hacían parecer bonita.

Anotó algo en un papel y lo dejó a un lado.

–¿Qué desea?

Le expliqué quién era, intentando sin éxito que mi presencia allí resultara lógica, y añadí que deseaba hablar de Hope Devane.

–Ah. –Intrigada–. ¿Me permite ver su identificación? –Voz agradable. Acento de Chicago.

Le mostré la placa. Ella estudió mi nombre durante un buen momento.

–Por favor –dijo, devolviéndome la placa. Luego señaló una silla.

Aunque atestado, el despacho estaba aireado. Los muebles metálicos grises de la universidad resultaban un poco tristes, pero los animaban los colgantes batik que pendían de las paredes y las muñecas de artesanía popular repartidas entre los libros de la biblioteca. La radio estaba colocada en la repisa de la ventana, tras el escritorio, junto a un tiesto con una planta. Alguien cantaba las alabanzas a la libertad que sólo el amor depara.

Los exámenes formaban un montón bastante alto. El que la mujer acababa de dejar a un lado estaba lleno de pequeñas marcas y de signos de interrogación en rojo. Lo había calificado con notable. Al advertir que yo lo miraba, ella lo cubrió con un cuaderno y apartó el montón en el momento en que sonaba el teléfono.

–Hola –dijo–. Pues no, aún no. –Me echó una mirada–. En quince minutos me reúno contigo. –Una bonita sonrisa y un leve rubor–. Yo también.

La mujer colgó, se apartó del escritorio y reposó las manos sobre el regazo.

–Era mi marido, que está abajo. Solemos almorzar juntos.

–Si éste es un mal momento...

–No, no. Él también tiene cosas que hacer y no creo que esto nos lleve mucho tiempo. Bueno, explíquemelo otra vez, porque sigo intrigada. Pertenece usted a la facultad, pero trabaja con el Departamento de Policía en el esclarecimiento del asesinato de Hope, ¿no?

–Pertenezco a la Facultad de Medicina del otro extremo de la ciudad. He realizado algunos trabajos forenses y de vez en cuando la policía recurre a mí como consultor. El asesinato de Hope Devane es lo que ellos llaman un «caso frío». No existen pistas y el nuevo detective que se ocupa del caso ha decidido partir de cero. La verdad es que han recurrido a mí porque ya no saben qué hacer.

–Así que pertenece usted a la otra facultad. –Sonrió–. ¿Es usted el enemigo?

–Me doctoré aquí, así que el mío es más bien un caso de lealtades encontradas.

–¿Y cómo se las arregla en los partidos de fútbol?

–No les presto atención.

Ella se echó a reír.

–Yo tampoco. Desde que llegamos aquí, Gerry, mi esposo, se ha convertido en un fanático del fútbol. Antes trabajábamos para la Universidad de Chicago que, puede creerme, no es exactamente el paraíso de los deportistas. De todas maneras, me alegro de que la policía siga investigando el asesinato de Hope. Pensé que habían tirado la toalla.

–¿Por qué?

–Porque a la semana del asesinato los medios dejaron de mencionarlo. ¿Es cierto que cuanto más se tarda en resolver un caso menos posibilidades hay de éxito?

–Sí, suele ser así.

–¿Cómo se llama el nuevo detective?

Se lo dije y ella anotó el nombre.

–¿Significa algo el hecho de que el detective Sturgis haya decidido no venir personalmente?

–Eso se debe a una mezcla de estrategia y de falta de tiempo –expliqué–. Él trabaja en el caso sin ayudantes, y hasta ahora no ha tenido suerte con los miembros de la facultad a los que ha interrogado.

–¿Por qué?

–Lo tratan como si fuese un neandertal.

–¿Lo es?

–En absoluto.

–Bueno –dijo ella–, supongo que como grupo, tendemos a mostrarnos intolerantes. Aunque, en realidad no formamos un grupo. Lo único que la mayoría de nosotros tenemos en común es la paciencia para soportar veintitantos años dando clase. Hope y yo somos excelentes ejemplos de ello, así que no veo cómo voy a poder ayudarlo.

–Ella la conocía a usted lo bastante como para pedirle que formara parte del Comité de Comportamiento Interpersonal.

Dejó la pluma sobre el escritorio.

–El comité. Imaginaba que se trataba de eso. La verdad es que cuando me pidió que colaborase en el proyecto habíamos hablado unas cuantas veces, pero distábamos de ser amigas. ¿Qué sabe la policía acerca del comité?

–Está al corriente de su historia y del hecho de que fue disuelto. Conoce también las transcripciones de los tres casos que se vieron. Me di cuenta de que usted no participó en el tercero.

–Eso se debió a que dimití –dijo ella–. Ahora es evidente que la cosa fue un error desde el principio, pero yo tardé un tiempo en darme cuenta.

–Un error, ¿en qué sentido?

–Creo que las intenciones de Hope eran buenas, pero... se pasó. Yo pensaba que el comité serviría para resolver conflictos, no para crearlos.

–¿Le expuso usted su preocupación a la profesora Devane?

Ella crispó los labios y alzó la vista al techo.

–No. Hope era una persona muy compleja.

–¿Cree que no le habría hecho caso?

–Pues no lo sé. La verdad es que... no quiero hablar mal de los muertos. Digamos simplemente que Hope era muy obstinada.

–¿Obsesiva?

–En lo referente a los malos tratos a las mujeres, desde luego. Lo cual, a mí, me parece muy bien.

Alzó la pluma y se golpeó una rodilla con ella.

–A veces la pasión deforma las cosas. Hasta tal punto, y esto pertenece más al terreno de usted que al mío, que muchas veces me pregunté si Hope no tendría una historia personal de malos tratos que le hacía perder la ecuanimidad académica.

«La que apenas habló.»

–¿Lo sospechaba debido a la pasión con que la profesora Devane se tomaba los casos?

Ella se removió en la butaca, se mordió el labio inferior e hizo un gesto de asentimiento. Luego apoyó un índice contra la mejilla.

–Debo admitir que no me resulta cómodo sugerir eso, ya que no es mi intención trivializar la actitud de Hope ni reducirla a un asunto de venganza personal. Yo soy fisioquímica, lo cual no puede estar más lejos del psicoanálisis.

Echó el sillón hacia atrás, de modo que su cabeza quedó a sólo centímetros de los estantes. Junto a su oído izquierdo colgaban la piernas de una muñeca de trapo. La profesora la cogió, se la puso en el regazo, y comenzó a juguetear con su cabellera de estambre.

–Quiero que sepa que tenía una excelente opinión de ella. Era una mujer brillante y que se tomaba muy en serio sus ideales. Lo cual es menos frecuente de lo que debiera... Como probablemente este asunto seguirá saliendo a relucir, quizá deba explicarle cómo llegué a formar parte del comité.

–Sí, se lo agradeceré.

La profesora Steinberger tomó aliento y acarició la muñeca.

–La primera carrera que empecé fue la de medicina, y durante mi primer año trabajé como voluntaria en un refugio para mujeres maltratadas del South Side de Chicago. Lo hice para conseguir buenas calificaciones en la facultad y también porque mi padre y mi madre son médicos y liberales de la vieja escuela, y ellos me inculcaron que ayudar a los demás es una de las cosas más nobles de la vida. Pensaba que estaba al tanto de todo lo que ocurría, pero el refugio me abrió los ojos a un mundo nuevo y horrible. Sinceramente: me sentí aterrada. Ése fue uno de los motivos de mi cambio de carrera.

Separó con los dedos los cabellos de la muñeca.

–Las mujeres con las que trabajé, las que habían superado la fase de temor y de autoengaño y eran conscientes de lo que tratábamos de hacer con ellas, tenían la misma expresión que yo veía a veces en el rostro de Hope. Una mezcla de dolor y rabia que casi parecía ferocidad. En el caso de Hope era algo que estaba en completa discrepancia con su actitud habitual.

–¿Qué actitud?

–Fría y sosegada. Muy fría y muy sosegada.

–Controlada.

–Muchísimo. Era una líder, y poseía una gran fuerza personal. Pero cuando hablábamos de los malos tratos, aparecía esa expresión en sus ojos. No siempre, pero con la suficiente frecuencia como para hacerme recordar a las mujeres del refugio. –Sonrió casi con timidez–. Quizá esté exagerando –reconoció.

–¿Le pidió a usted que formara parte del comité debido a su experiencia en el refugio?

Ella movió afirmativamente la cabeza.

–Nos conocimos en un té de bienvenida de la facultad, una de esas antipáticas reuniones de principios del curso académico en las que se supone que todos traban conocimiento con todos. Mientras Gerry hablaba de fútbol con unos hombres, Hope se acercó a mí. Ella también estaba sola.

–¿Su marido no la acompañaba?

–No. Me dijo que él nunca iba a fiestas. Ella, desde luego, no me conocía de nada, porque nosotros acabábamos de llegar. Yo, aunque ignoraba su identidad, ya me había fijado en ella debido a su aspecto. Costoso vestido de alta costura, buenas joyas, excelente maquillaje. Se parecía a ciertas mujeres de Lake Forest que yo conocía, ricas herederas todas ellas. No se ve a mucha gente así en el campus. Comenzamos a charlar, y le hablé del refugio.

Jugueteó con la muñeca y la cabeza de ésta cayó hacia delante.

–Lo más curioso es que, durante años, no había hablado de

aquello con nadie. Ni siquiera con mi marido. –Una sonrisa–. Como ya se habrá dado usted cuenta, no me cuesta demasiado trabajo hablar. Pero allí estaba yo, en una fiesta, con una mujer que era prácticamente una desconocida, conversando de cosas horrendas que ya casi había olvidado. Incluso tuve que retirarme a un rincón para secarme los ojos. Viéndolo en retrospectiva, creo que Hope me indujo a recordar lo del refugio.

–¿Cómo?

–Sabía escuchar. Creo que los psicólogos lo llaman «escucha activa», ¿no? –Sonrió de nuevo–. Usted mismo está empleando ahora esa técnica. Eso es algo que también aprendí en el refugio. Supongo que cualquiera puede aprender los mecanismos, pero los auténticos virtuosos escasean.

–Y Hope lo era.

Ella se rió.

–Ahí lo tiene, vuelve usted a hacerlo, me devuelve las preguntas. Es algo que funciona incluso cuando el interrogado sabe lo que está ocurriendo, ¿no?

Sonreí, me froté el mentón y, con voz teatral, dije:

–Con usted parece que resulta eficaz, ¿no?

Rió de nuevo, se puso en pie y fue a cerrar la puerta. Tenía buena figura, era más alta de lo que me había parecido: metro setenta o metro setenta y dos, y sus piernas eran larguísimas.

–Sí –dijo, sentándose de nuevo y cruzándolas–. Hope dominaba el arte de escuchar. Tenía el don de... acercarse. No sólo emocionalmente, sino también en el sentido literal de la palabra. Aunque sin parecer entrometida. Hacía que una se sintiera la persona más importante del mundo.

–Carisma y pasión.

–Sí. Como una buena predicadora.

Descruzó las piernas.

–Esto debe de resultarle extraño –dijo–. Primero le digo que apenas la traté y luego hablo de ella como si la conociese a fondo. Pero cuanto le he dicho no son más que sensaciones.

Hope y yo nunca llegamos a intimar, aunque al principio pensé que ella deseaba una amiga.

–¿Por qué?

–Al día siguiente del té, me llamó para decirme que le había encantado conocerme y me propuso tomar café con ella en el club de la facultad. La invitación produjo en mí sentimientos encontrados. Hope me agradaba, pero no quería hablar de nuevo sobre el refugio. Pese a todo, acepté. Decidida a mantener la boca cerrada. –La muñeca se estremeció entre sus manos–. Increíblemente, terminé hablando otra vez del refugio. De los peores casos que había visto: mujeres que habían sido bestial e incomprensiblemente maltratadas. Fue entonces cuando detecté por primera vez la expresión de ferocidad en los ojos de Hope.

Miró la muñeca y volvió a dejarla en el estante.

–No creo que esto le sirva a usted de nada –dijo.

–Quién sabe, tal vez sí.

–¿Cómo?

–Son cosas que ilustran la personalidad de la profesora Devane –dije–. En estos momentos, poco más tenemos.

–Parece usted dar por hecho que la personalidad de Hope tuvo algo que ver con el asesinato.

–¿Usted no lo cree?

–No tengo ni idea. Cuando me enteré de que la habían matado, lo primero que supuse fue que sus opiniones políticas habían hecho enfurecer a algún psicópata.

–¿Un desconocido?

Me miró fijamente.

–No pensará usted de veras que ese crimen tuvo algo que ver con el comité.

–Aún no disponemos de información suficiente para afirmar nada, pero... ¿le parece imposible que así sea?

–Para mí resulta tremendamente improbable. Eran simples chiquillos.

–Las cosas se pusieron muy desagradables. En especial con el joven Storm.

–Sí, ése tenía mal genio. Y era muy malhablado. Pero las transcripciones pueden inducir a error, hacerle parecer peor de lo que era.

–¿En qué sentido?

Tras meditar un momento, añadió:

–Me pareció... que su ladrido era peor que su mordedura. Uno de esos muchachos alborotadores que cuando se enfadan sueltan todo lo que llevan dentro. Y, por lo que leí en los periódicos, parece que el asesinato fue una especie de emboscada. No me imagino a un muchacho planeando algo así. Pero... yo no tengo hijos, así que mi opinión no debe de valer gran cosa.

–¿Qué le dijo Hope en concreto para convencerla de que formara parte del comité?

–Me aseguró que no me ocuparía mucho tiempo. Dijo que, de momento, era algo provisional, pero que sin duda se convertiría en permanente. Además, me dijo que tenía el pleno respaldo de la administración. Lo cual, naturalmente, no era cierto aunque, por el modo en que ella lo dijo, parecía que la administración le hubiera pedido que lo organizase. Me explicó que nos concentraríamos en infracciones que no justificaban un juicio criminal y que nuestra meta sería la detección temprana: lo que ella llamaba prevención primaria.

–¿Detectar los problemas a tiempo?

–Detectar los problemas a tiempo para evitar cosas como las que yo había visto en el refugio. –Meneó la cabeza–. Hope siempre sabía qué teclas le convenía tocar.

–O sea que la engañó.

–Pues sí –dijo ella, triste–. Supongo que pensó que actuando a las claras no conseguiría nada. Y puede que tuviese razón. Desde luego, a mí no me gusta sentarme a juzgar a la gente.

–Por lo que pude ver en las transcripciones, el otro miembro del tribunal, Casey Locking, no tenía el menor reparo en hacer de juez.

–Sí, el chico era muy... fogoso. O sería más exacto decir doctrinario. En realidad, no lo critico por ello. ¿Hasta qué punto puede ser sincero un muchacho cuando colabora con su supervisora de estudios? El poder es el poder.

–¿Explicó Hope por qué había nombrado al chico?

–No. Lo que sí me dijo es que uno de los miembros tendría que ser varón. Para no dar la sensación de que se trataba de una contienda entre sexos.

–¿Cómo reaccionó ella cuando usted dimitió?

–De ninguna manera.

–¿No dijo nada?

–Nada. La llamé a su despacho y le dejé un mensaje en el contestador, explicándole que me resultaba incómodo continuar, y dándole las gracias por haber pensado en mí. Nunca me contestó. Nunca volvimos a hablar. Supuse que estaba molesta conmigo... Y ahora la estamos sometiendo a juicio. Eso me perturba. Porque, hiciera Hope lo que hiciera, creo que sus intenciones eran buenas, y lo que le sucedió fue una atrocidad. –Se levantó y me condujo a la puerta–. Lo siento: no puedo seguir hablando de esto.

Hizo girar la manija y la puerta se abrió. Los ojos grises estaban fruncidos a causa de la tensión.

–Gracias por atenderme –dije–. Y lamento haberle hecho recordar cosas desagradables.

–Quizá no me haya venido mal hablar de ello... Todo este asunto es repugnante. Qué pérdida tan terrible. No es que una vida valga más que otra; pero... Hope era admirable. Tenía auténtico coraje. Y era especialmente admirable si acierto en mi sospecha de que había sido víctima de malos tratos, pues eso significaría que había logrado reponerse a ellos y reunir la fortaleza suficiente para ayudar a los demás. –De nuevo se mordió el labio–. Era fuerte. La última persona de la que uno sospecharía que era una víctima.

10

Eran las dos de la tarde cuando salí de nuevo a la calle.

Medité sobre el modo en que Hope, removiendo viejos recuerdos, había conseguido que a Julia Steinberger se le saltaran las lágrimas en el té de bienvenida de la facultad.

Hope sabía escuchar. Cindy Vespucci también lo había dicho.

¿Era capaz de comunicarse bien con las mujeres pero no con los hombres?

Lo más probable era que su ejecutor fuese un hombre. De pronto me di cuenta de que así pensaba yo en el asesinato: como en una ejecución.

¿Qué hombre?

¿Un sufrido esposo que había llegado a su límite? ¿Un perturbado desconocido?

¿O alguien que ocupase un punto intermedio en esa escala de intimidad?

Crucé la plaza, fui a sentarme a una mesa de piedra y estudié los horarios de clases que Milo me había dado.

A no ser que hubieran hecho novillos, Patrick Huang estaba en plena clase de termodinámica, Deborah Brittain se encontraría dando matemáticas, y Reed Muscadine, el estudiante graduado de arte escénico, estaría participando en algo llamado Seminario de Actuación 201B a un kilómetro de distancia, en MacManus Hall, en el extremo norte del campus. Pero la clase de psicología de la percepción que Tessa Bowlby estaba tomando en el edificio de psicología terminaría dentro de un cuarto de hora.

Estudié la foto de la joven que había acusado a Reed Muscadine de violarla durante una cita. Cabello oscuro muy corto y rostro fino de mandíbula algo débil. Aun teniendo en cuenta la baja calidad de la fotocopia, su aspecto era de desánimo.

Los cansados ojos parecían pertenecer a alguien mucho mayor.

Pero su expresión no era debida al incidente con Muscadine. La foto fue tomada al comienzo del año escolar, hacía meses. Me tomé un rápido café de máquina y regresé al edificio de psicología para averiguar si la vida le había dado a la muchacha otro golpe bajo.

La clase terminó cinco minutos antes de la hora y los estudiantes salieron al pasillo como el agua de una presa. No me fue difícil localizar a Tessa. La muchacha se dirigió sola hacia la salida, cargando con una bolsa de tela vaquera atestada de libros. Se detuvo en seco cuando dije:

–¿Señorita Bowlby?

Dejó caer el brazo y todo el peso de la bolsa le cayó sobre el hombro. Pese a la barbilla débil y algo de acné, era una muchacha atractiva, de piel muy blanca y enormes ojos azules. Llevaba el pelo teñido de color negro ala de cuervo y desigualmente cortado, ya fuera por descuido o con toda intención. La punta y las aletas de la nariz estaban enrojecidas, como si estuviese resfriada o sufriera de alergia. Llevaba un holgado jersey ranglán con una manga recogida a medias, viejos y ceñidos vaqueros negros rotos por la rodilla, y botas de cuero con gruesas suelas.

Se pegó a la pared para dejar pasar a sus condiscípulos. Le mostré mi identificación y, cuando comencé a presentarme, alzó una mano como para protegerse.

–No, por favor. –Lo dijo con voz ronca y en tono de súplica. Su mirada buscó el letrero que indicaba la salida.

–Señorita Bowlby...

–¡No! –dijo más alto–. ¡Déjeme en paz! ¡No tengo nada que decir!

Corrió hacia la salida. Yo me quedé inmóvil un momento y luego la seguí a distancia y la vi salir por las puertas principales del edificio, corriendo, casi dando trompicones. Bajó la escalinata principal hacia la fuente que había frente a la entrada. La fuente estaba seca y la riada de estudiantes convergía en las cercanías del sucio agujero para diseminarse luego de forma radial por todo el campus.

La muchacha corría torpemente, obstaculizada por la pesada bolsa. Una delgada y frágil figura, tan flaca que las nalgas no lograban llenar los ceñidos vaqueros.

¿Drogas? ¿Estrés? ¿Anorexia?

Mientras me lo preguntaba, Tessa se unió a la multitud de estudiantes y se perdió entre ellos.

La ansiedad –o, mejor dicho, el pánico– de la muchacha me hizo sentir deseos de hablar con el hombre al que Tessa había acusado.

Recordé los detalles de la queja: cine, luego cena, apasionados besos y caricias. Tessa aseguraba que él la penetró a la fuerza; Muscadine, que fue sexo consentido.

Algo que jamás podría probarse, ni en un sentido ni en otro.

Él se había hecho la prueba del sida, a la cual ella ya se había sometido.

Los resultados fueron negativos. Hasta el momento.

Pero ahora la muchacha estaba espectralmente pálida, flaca, fatigada.

La enfermedad tardaba tiempo en incubarse. Quizá la suerte de Tessa hubiera cambiado.

Eso podía justificar el pánico... pero la chica seguía asistiendo a clase.

Quizá Hope Devane hubiera sido su apoyo. Ahora, habiendo muerto Hope y encontrándose su propia salud en tela de juicio, tal vez la muchacha se estuviera derrumbando.

Los análisis se habían hecho en la clínica de estudiantes. Conseguir los resultados sin un mandamiento judicial resultaría imposible.

Echarle un buen vistazo a Muscadine parecía ahora más importante que nunca; pero el seminario de actuación era un curso de periodicidad semanal, duraba cuatro horas, y sólo iba por la mitad.

Mientras tanto, probaría con los otros. Patrick Huang saldría de clase en treinta minutos, y Deborah Brittain poco después. La clase de Huang se encontraba cerca, en el edificio de ingeniería. Cuando me disponía a echar a andar, una grave voz a mi espalda dijo:

–¿Husmeando por el campus, detective?

Casey Locking se encontraba varios peldaños por encima de donde yo estaba, y parecía divertido. Su largo cabello estaba recién lavado, y llevaba el mismo conjunto de trinchera de cuero con una camiseta negra debajo, vaqueros y botas de motorista. El anillo de la calavera continuaba en su dedo, pese a que el muchacho había dicho que pensaba librarse de él.

Reluciendo al sol, la cabeza de la muerte sonreía ampliamente, como dotada de vida.

La mano del anillo sostenía un cigarrillo. La otra, un maletín de cuero verde oliva, con las iniciales CDL sobre el cierre.

–No soy detective –dije.

Eso le hizo parpadear, pero el resto de sus facciones permaneció impasible.

Subí hasta su nivel y le mostré mi placa de consultor. Él la estudió, frunciendo los labios.

Así que Seacrest no le había dicho nada.

¿Significaba aquello que no existía demasiada intimidad entre ellos?

–¿Doctor en qué?

–En psicología.

–Vaya. –Sacudió la ceniza de su cigarrillo–. ¿Trabaja para la policía?

–A veces actúo como consultor.

–¿Cuál es exactamente su cometido?

–Eso depende del caso.

–¿Analiza las circunstancias del crimen?

–Todo tipo de cosas.

Mi ambigüedad no pareció molestarle.

–Qué interesante. ¿Le encomendaron la investigación del asesinato de Hope porque ella era psicóloga o porque consideran que el caso tiene implicaciones psicológicas?

–Por ambos motivos.

–Así que psicólogo de la policía. –Locking aspiró una larga bocanada y retuvo el humo–. Es curiosa la cantidad de salidas profesionales que no le mencionan a uno en la facultad. ¿Cuánto tiempo lleva usted trabajando para la policía?

–Varios años.

De los orificios de su nariz emanaron blancos vapores.

–En el campus sólo se habla de la vida académica. Miden el éxito por el número de estudiantes que consiguen puestos fijos en la enseñanza. Tales puestos están desapareciendo; pero siguen preparándonos para ellos. Aquí todo el mundo vive de espaldas a la realidad, pero supongo que ésa es justamente la tradición universitaria. ¿Cree que el asesinato de Hope llegará a resolverse?

–No sé. ¿Usted qué piensa?

–No parece muy probable –dijo Locking–. Lo cual es una vergüenza. ¿Sigue el detective grandote ocupándose del caso?

–Sí.

Locking volvió a fumar y se rascó el labio superior.

–Psicólogo policial. Debe de ser un trabajo interesante.

Ocuparse de los grandes temas: el delito, la depravación, la naturaleza de la maldad. Desde el asesinato, he pensado mucho en la maldad.

–¿Y ha llegado a alguna conclusión interesante?

Él negó con la cabeza.

–A los estudiantes no se nos permite sacar conclusiones.

–¿Ha encontrado usted ya nuevo tutor?

–Aún no. Necesito a alguien que no me haga comenzar desde cero ni me cargue con tareas absurdas. En eso Hope era estupenda. Si realizabas tu trabajo, te trataba como a un adulto.

–*Laissez-faire?*

–Cuando hacía falta. –Aplastó el cigarrillo–. Hope conocía la diferencia entre el bien y el mal. Era una maravillosa persona y quienquiera que acabase con ella merece sufrir una muerte espantosamente lenta, inmensamente sangrienta e inconcebiblemente dolorosa.

Las comisuras de sus labios se volvieron hacia arriba, pero en esta ocasión el producto final no mereció el nombre de sonrisa. Dejó en el suelo su maletín y, echando mano bajo la trinchera, sacó un paquete duro de Marlboro.

–Pero es muy improbable que eso ocurra, ¿no? Porque, si de algún modo consiguen atrapar al culpable, siempre habrá tecnicismos y escapatorias legales. Probablemente, algún colega nuestro dirá que el muy capullo era víctima de una psicosis o de algún extraño desorden de conducta desconocido hasta el momento. Por eso me gusta lo que usted hace. Se encuentra usted en el bando adecuado. Mi campo de investigaciones es el autocontrol. Cosas sin importancia: experimentos con ratones y cosas por el estilo. Pero quizá llegue el día en que pueda establecer una relación entre mis investigaciones y el mundo real.

–¿Autocontrol y detección del crimen?

–¿Por qué no? El autocontrol forma parte de la civilización. Es su componente integral. Los bebés son bonitos, simpáticos y *amorales*. Y, desde luego, no resulta difícil enseñarles a ser *inmorales*, ¿no cree? –Hizo el gesto de disparar con la mano libre–. Todo el mundo se escandaliza de que niños de doce años anden blandiendo Uzis, pero eso no es más que lo de Fagin y los golfillos de la calle, sólo que añadiéndole una buena dosis de tecnología.

–Falta de autocontrol –dije.

–Ése es el problema de nuestra sociedad. Si se suprimen los mecanismos de control externo y el proceso de internización, de desarrollo de la conciencia, ¿qué queda? Millones de salvajes dando rienda suelta a sus impulsos. Como el tipo mierda que mató a Hope. ¡Fue un acto tan asquerosamente estúpido...!

Sacó un encendedor y prendió otro cigarrillo. Las manos le temblaban un poco y las metió en los bolsillos de la trinchera.

–Le garantizo que, si pudiera, estudiaría la vida real, pero eso supondría pasarme en la universidad el resto de mi vida, lo cual terminaría anulándome. Hope sabía guiarme. Me decía que no tratase de conseguir el Premio Nobel, que me pusiera metas alcanzables y viviera mi vida.

Inhaló una profunda bocanada.

–Encontrar otro tutor no será fácil. Se me considera el fascista del departamento porque no soporto las blandenguerías y porque creo en el poder de la disciplina.

–Y eso a Hope le parecía bien.

–Hope era fantástica, una mezcla de tutora y madrina: firme, honrada, y lo bastante segura de sí misma como para dejar que uno siguiera su propio camino, siempre y cuando hubiese demostrado no ser un perfecto cretino. Lo miraba todo con ojos nuevos y se negaba a ser o hacer lo que todos esperaban que fuese o hiciera. Por eso la mataron.

–¿La mataron? ¿Quiénes?

–Ellos. Él. Algún babeante psicópata, algún salvaje que no sabe qué hacer con su vida.

–¿Se le ocurre a usted qué motivo específico pudo tener el culpable?

Locking volvió la vista hacia las puertas de cristal del edificio.

–He meditado mucho sobre ello y lo único que he conseguido ha sido calentarme la cabeza. Al fin llegué a la conclusión de que seguir dándole vueltas al asunto es un desperdicio de energías, porque carezco de datos y lo único que tengo son mis sentimientos. Mi abatimiento. Ése es el motivo de que me haya costado tanto reanudar mi trabajo de investigación y de que hasta anoche no me decidiera a seguir con él. Pero ha llegado el momento de ponerse otra vez en marcha. Eso hubiera deseado Hope. Ella no admitía excusas.

–¿A quién se le ocurrió el intercambio de favores? –quise saber–. Ya sabe: los apuntes de su trabajo de investigación a cambio de que usted se ocupara del Mustang.

Locking me miró fijo.

–Llamé a Phil, me dijo que estaba teniendo problemas para arrancar el coche, y me ofrecí a ayudarlo.

–¿Lo conocía usted de antes?

–Sólo por mi trabajo con Hope. En realidad, Phil es un hombre muy poco sociable... Bueno, ha sido un placer charlar con usted.

Recogió el maletín y comenzó a subir las escaleras.

Le pregunté:

–¿Cuál es su opinión acerca del Comité de Comportamiento Interpersonal?

Locking se detuvo y sonrió.

–Otra vez eso. ¿Mi opinión? Fue una excelente iniciativa a la que no se le dieron suficientes atribuciones.

–Hay quien opina que el comité fue un error.

–Hay quien considera que la anarquía es sinónimo de calidad de vida.

–Así que, en su opinión, las sesiones deberían haber continuado.

–Claro, pero eso era totalmente impensable. El padre de ese niño rico acabó con el comité porque este lugar se sostiene con los mismos pilares que cualquier otro sistema político: dinero y poder. Si la muchacha a la que el chico acosó hubiera sido hija de un pez gordo, en estos momentos el comité seguiría viento en popa.

Fumó el cigarrillo hasta el filtro, lo miró y lo arrojó lejos de sí.

–Lo importante es que las mujeres siempre serán más débiles físicamente que el hombre, y su seguridad no puede quedar a expensas de la buena voluntad de cualquier tarado provisto de pene. La única forma de fomentar la igualdad es por medio de normas y sanciones.

–Disciplina.

–Pues sí. –Se alisó la solapa de la trinchera–. Me está usted interrogando sobre el comité porque cree que tuvo algo que ver con la muerte de Hope. Piensa que alguno de esos niñatos de mierda decidió vengarse de ella. Pero, como dije, todos ellos eran unos cobardes.

–Los cobardes también asesinan.

–Pero yo formé parte del comité y, como puede ver, no me ha pasado nada.

La misma lógica que había aplicado Cruvic respecto a la posibilidad de que el asesinato hubiera tenido algo que ver con el movimiento antiaborto.

–Permítame preguntarle otra cosa –dije–. ¿Mencionó alguna vez Hope que ella hubiera sido víctima de abusos o malos tratos?

La mano del muchacho se crispó en torno a la solapa de piel.

–No. ¿Por qué?

–A veces, el trabajo de las personas está influido por sus experiencias personales.

Las negras cejas se fruncieron y los ojos relucieron fríamente.

–¿Pretende usted convertir en mera psicopatología todo lo que Hope hizo?

–Pretendo averiguar cuanto pueda acerca de ella. ¿Alguna vez le habló de su pasado?

Locking abrió la mano y dejó caer los brazos muy lentamente. Luego los alzó de nuevo con rapidez, casi como en un movimiento de artes marciales, y los cruzó sobre el pecho en actitud defensiva.

–Hope hablaba de su trabajo. Eso es todo. Lo que logré deducir sobre su personalidad, lo saqué de nuestras charlas profesionales.

–¿Y qué dedujo usted?

–Que Hope era extraordinariamente inteligente, consagrada a su trabajo y que sentía un enorme interés por lo que estaba haciendo. Por eso buscó mi colaboración. Porque la concentración es mi fuerte. Una vez muerdo, difícilmente suelto. –Sonrió, y la sonrisa fue una exhibición de blanquísimo esmalte–. Hope valoraba como es debido el hecho de que yo fuera capaz de dar el paso hacia delante y manifestar a las claras mis auténticos sentimientos, de decir que no me parece tolerable que la gente haga lo que le venga en gana. Por estos contornos, decir eso sigue siendo una herejía.

–¿Qué puede decirme de la otra estudiante, Mary Ann Gonsalvez?

–¿Qué pasa con ella?

–¿La concentración también es su fuerte?

–Lo ignoro. Apenas nos conocíamos. Ha sido un placer hablar con usted, pero ahora debo ir a realizar un experimento. Si alguna vez encuentran a ese tipo de mierda que la mató, condénenlo, senténcienlo a muerte, e invítenme a ir a San Quintín para hundirle la hipodérmica en la vena.

Hizo un vago ademán de despedida, subió el resto de los peldaños de la escalinata, y empujó una de las pesadas puertas de cristal. Ésta, al abrirse, reflejó por un momento al muchacho, cuya delicada boca estaba crispada en un gesto que resultaba difícil de interpretar.

11

Como Cruvic, Locking se había apasionado al hablar de Hope.

Cosa que, pese a sus húmedos ojos, al viudo no le había ocurrido. ¿Buscaría Hope en otra parte la pasión de la que su esposo carecía?

Amor, sexo, cuchillada en la espalda.

Seacrest no tenía antecedentes de comportamiento violento, pero eso era algo frecuente en los uxoricidas, que, como Seacrest, solían ser tipos de mediana edad.

En cuanto a lo de no tomar ninguna represalia contra el amante, eso también era habitual: los maridos celosos vengaban la afrenta en sus esposas y dejaban en paz al amante, a no ser que éste se interpusiera en su camino.

Pero... si Locking hubiera sido amante de Hope, ¿habría seguido Seacrest teniendo contacto con él?

Recordé la forma en que los dos hombres se trataron. La actitud de ambos no había sido hostil, pero sí formal.

Y de pronto reparé en una discrepancia. La noche anterior, Locking había llamado a Seacrest profesor. Hoy le había llamado Phil.

¿Tendría alguna importancia algo de todo aquello?

Me tomé otro café con sabor a cartón y lo bebí camino del edificio de ingeniería, preguntándome qué sorpresas me depararía una charla con Patrick Huang.

Huang pareció nervioso al verme aparecer, pero no puso reparos cuando le propuse que diéramos un paseo.

Nos acomodamos en un banco del extremo oeste de la plaza y le ofrecí un café.

–No, gracias, ya tengo bastante cafeína en el cuerpo. No-Doz. Exámenes.

Simuló que la mano le temblaba y frunció el entrecejo.

El muchacho medía cerca de metro ochenta, era fornido, tenía el rostro cuadrado y llevaba el largo pelo con raya en medio. Vestía una arrugada camiseta con la inscripción STONE TEMPLE PILOTS, pantalones cortos y zapatillas playeras de goma. Sostenía bajo el brazo un par de libros, ambos de termodinámica.

–Le agradezco que hable usted conmigo, Patrick.

Él bajó la vista al banco donde estábamos sentados.

–Suponía que, tarde o temprano, alguien vendría a hablar conmigo.

–¿Por qué?

–Después de lo que pasó con la profesora Devane, era lógico que lo del comité saliera a relucir. Me sorprende que hayan tardado ustedes tanto. –Se removió, inquieto–. ¿Han enviado a un psicólogo porque creen que estoy chiflado?

–No. Yo trabajo a veces para la policía y pensaron que en este caso podía resultarles útil.

Meditó unos momentos sobre mis palabras y dijo:

–¿Le importa que vaya a por una hamburguesa?

–En absoluto.

Dejó sus libros junto a mí, se dirigió a uno de los bares y volvió con un envoltorio de papel de cera, una caja de patatas fritas bajo una capa de ketchup y un refresco de naranja tamaño grande.

–Un tío mío es psicólogo –dijo, sentándose junto a mí–. Robert Chan. Trabaja para el Departamento de Prisiones.

–No lo conozco –dije.

–Mi padre es abogado –dijo Huang, deshaciendo el envoltorio. El papel estaba traslúcido a causa de la grasa, y por los costados de la hamburguesa caía el queso derretido. Dio un buen bocado, masticó y tragó–. A mi padre le cabreó muchísimo que yo no le dijera nada del comité. En su momento, la cosa me pareció un chiste sin gracia así que, ¿para qué remover el asunto? Pero en cuanto me enteré del asesinato de la profesora Devane, me dije: adiós, me jodí. –Alzó la vista al cielo.

–¿Tiene usted problemas con su padre?

–Él es muy tradicional. Le preocupa el buen nombre de la familia y todo eso. –Dio un gran bocado a la hamburguesa y lo masticó estoicamente, con la vista en el otro extremo de la plaza–. Y no es que yo hiciera nada malo –siguió–. Cuanto dije en mi declaración es cierto. Esa muchacha es una racista. Nunca la acosé, y ella se quiso aprovechar de mí. Pero mi padre...

Huang lanzó un silbido y meneó la cabeza.

–Después de meterme un buen rapapolvo y de reducir el límite de mi tarjeta de crédito por seis meses, me dijo que me fuera preparando, porque probablemente la policía iba a investigar a todos los que tuvieron alguna relación con la profesora Devane. Como vi que pasaba el tiempo y nadie venía a verme, pensé que me había librado. –Volvió a mirar en torno y luego fijó de nuevo la vista en mí.

»Como ve, en eso también me equivocaba –dijo–. De todas maneras, la cosa no es grave, porque la noche en que asesinaron a la profesora yo estaba en una fiesta familiar. Mis abuelos celebraban sus bodas de oro. Fuimos toda la familia a celebrarlo en el restaurante Lawry, de La Ciénaga. No me moví de allí desde las ocho hasta después de las once y media. Estuve todo el rato sentadito al lado de papá, como Hijo Número Uno, y rodeado por un centenar de familiares. Incluso tengo pruebas documentales de ello: mi primo sacó fotos. Montones de fotos. ¿Qué le parece la sorpresa?

Me miró con sonrisa retadora y no dije nada.

–¿Quiere? –preguntó, señalando las patatas fritas.

–No, gracias –repliqué.

Se llevó la pajita a los labios y se llenó la boca de naranjada.

–Si quiere ver las fotos, le diré a mi padre que se las envíe. No crea: las tiene guardadas en la caja fuerte de su oficina. –Se echó a reír–. ¿Puedo irme ya?

–¿No tiene nada que decir sobre la profesora Devane?

–No.

–¿Y del comité?

–Lo que le he dicho: que fue un chiste sin gracia.

–¿Por qué?

–Me refiero a lo de hacer comparecer a la gente como si aquello fuera un tribunal popular. La palabra de uno contra la palabra del otro. No sé a cuántos chicos más molestaron, pero si sus casos fueron tan estúpidos como el mío, tiene que haber muchos estudiantes cabreados. Quizá uno de ellos se cargó a la profesora Devane.

–Pero usted tiene coartada.

Dejó el vaso sobre el banco con un fuerte golpe que hizo que parte del refresco cayera sobre la piedra.

–Sí, gracias a Dios, porque después de la sesión del comité estuve varias semanas cabreadísimo con ella. Pero ya sabe usted cómo somos los chinitos: lo nuestro son los ordenadores, no la violencia.

No dije nada.

–De todas maneras, por lo que a mí respecta, ese asunto ya es agua pasada. Me encuentro constantemente a la chica esa en el campus, y lo que hago es apartar la mirada y seguir mi camino. Y eso mismo hice con la profesora Devane. Decidí olvidarme de ella y dedicarme a mis cosas.

–¿Cree que abusaron de usted? –quise saber.

–Sí, pero parte de la culpa fue mía. Antes de comparecer ante el comité, debí preguntarle a mi padre. Él me dijo que la profesora no estaba autorizada a hacer nada de lo que hizo.

–¿Por qué decidió usted comparecer?

–¿Qué habría hecho usted si le hubiesen enviado una carta escrita en papel oficial de la universidad? ¿Cuántos otros tipos comparecieron en las sesiones?

–Lo siento –dije–, pero a ellos tampoco les hablo de usted.

Huang recogió sus libros y se levantó.

–No tengo nada que añadir. Probablemente, me ganaré una buena reprimenda por haber hablado con usted sin consultar antes con mi padre. Si quiere las fotos, póngase en contacto con él. Allan D. Huang, de la firma Curtis, Ballou, Semple y Huang. –Añadió una dirección en Seventh Street, situada en el centro de la ciudad, y un número telefónico. Yo anoté una y otro.

–¿Alguna otra cosa, Patrick?

–¿Respecto al comité?

–Respecto al comité, a la profesora Devane, a Deborah Brittain, a lo que sea.

–¿Qué quiere que le diga? Devane era dura como el acero. Se le daba bien hacer malabarismos con las palabras. Y su filosofía estaba clarísima: todos los hombres son basura.

–¿Qué me dices de los otros jueces?

–Estuvieron allí sentados, como pasmarotes. La estrella era la profesora Devane, y lo que allí pasó fue un *show*, como uno de esos programas de televisión en los que sacan a actuar a gente del público para que se ponga en ridículo. Sólo que en el comité la cosa iba de veras.

Cerró la mano libre.

–Esa mujer llegó a preguntarme si había ido a la universidad con el fin de tener mujeres a las que acosar. Y todo por haber ayudado a aquella chica. Bonita cabronada, ¿no? Bueno, adiós, me voy a mis cosas.

La clase de matemáticas de Deborah Brittain había terminado hacía rato y, según su horario, no tenía otras actividades en todo el día. La muchacha vivía lejos, en Sherman Oaks, así que fui caminando hasta la parte norte del campus, en busca de Reed Muscadine.

MacManus Hall era un edificio de color rosa con auditorios en la planta baja. El Seminario de Actuación 201B, que ya se encontraba en su tercio final, se desarrollaba en el teatro Wiley de la parte trasera. Las puertas dobles de madera ocre estaban abiertas y entré. Ninguna luz. Unas cincuenta hileras de butacas enfrentadas a un escenario bañado en luz azul.

Una vez mis ojos se acostumbraron a la oscuridad, distinguí a una docena de personas repartidas por el patio de butacas. Ninguna de ellas se volvió mientras yo caminaba hacia la parte delantera.

En el escenario había dos personas sentadas frente a frente en incómodas sillas de madera, con las manos sobre las rodillas y mirándose a los ojos.

Me senté en una butaca de pasillo de la tercera fila y contemplé el espectáculo. La pareja del escenario no se movió, la poco nutrida audiencia siguió inerte, y en el teatro sólo se escuchó el silencio.

Pasaron dos minutos y siguió sin ocurrir nada.

Cinco minutos, seis... ¿Hipnosis de grupo?

O quizá fuera que, como apenas había trabajo para los actores, la universidad los estaba enseñando a hacer de maniquíes de escaparate.

Pasaron otros cinco minutos antes de que un hombre sentado en la primera fila se pusiera en pie y chasqueara los dedos. Rollizo y calvo, gafas pequeñas, jersey negro de cuello alto, deformados pantalones verdes de pana.

Las dos personas del escenario se levantaron e hicieron mutis cada una por su lado. Salió otra pareja. Dos mujeres. Se sentaron.

Se colocaron en posición.

Otra vez nada.

Mis ojos ya se habían acostumbrado a la oscuridad y oteé

el patio de butacas, tratando de adivinar cuál de aquellos jóvenes era Muscadine. No me decidí por nadie. Miré mi reloj. Faltaba una hora para que aquello terminase, y la estancia en el «Paraíso del estatismo» me estaba dando sueño.

Caminé sigilosamente hasta la primera fila y me senté junto al calvo que había chasqueado los dedos.

Él me dirigió una mirada de soslayo y luego me olvidó. Desde más cerca, pude darme cuenta de que tenía una pequeña mancha de barba debajo del labio inferior, lo que los antiguos llamaban mosca.

Saqué mi placa del Departamento de Policía de Los Ángeles, y la giré de forma que la luz del escenario la alcanzase.

El calvo me miró de nuevo.

–Busco a Reed Muscadine –susurré.

Él volvió de nuevo la vista hacia el escenario, donde las dos mujeres continuaban haciendo de paralíticas.

Me guardé la placa y crucé las piernas.

El calvo se volvió de nuevo hacia mí para dirigirme una mirada de irritación.

Le sonreí.

Se levantó y señaló con un pulgar hacia el fondo del teatro, y yo me puse en pie.

Pero el calvo, en vez de echar a andar, se quedó allí plantado, con los brazos en jarra, mirándome.

Varios miembros del público miraron también hacia mí. El calvo chasqueó los dedos y los curiosos volvieron la vista al frente.

Él volvió a señalar con el pulgar.

Me levanté y salí. Para mi sorpresa, él me siguió, y una vez en el vestíbulo se puso a mi altura.

–Soy el profesor Dirkhoff. ¿Qué demonios pasa?

Su escaso cabello era pelirrojo y estaba tachonado de canas. Torció el gesto y el vello de la mosca se echó hacia delante como pequeñas bayonetas.

–Busco a...

–Ya sé a quién busca. ¿Por qué?

Sin darme tiempo a responder, añadió:

–¿Y bien? –Su tono era casi exageradamente teatral.

–Deseo hablar con él respecto al asesinato de la profesora...

–¿Eso? ¿Y qué tiene que ver Reed con eso? –Su mano voló hacia el rostro, y los nudillos quedaron reposando en la barbilla, socráticamente.

–Estamos interrogando a los estudiantes que conocieron a la profesora Devane, y Muscadine es uno de ellos.

–Los habrá a centenares –dijo el calvo–. Qué manera de perder el tiempo. Además, eso no le da derecho a irrumpir aquí sin aviso previo.

–Lamento haberles interrumpido. Esperaré a que termine la clase.

–Perderá el tiempo. Reed se ha ido.

–Vale, gracias. –Di media vuelta y comencé a alejarme.

Apenas hube dado tres pasos, él me llamó:

–Escuche: Muscadine no sólo se ha ido de la clase, sino también de la universidad. Se marchó hace un mes, lo cual me tiene absolutamente indignado. Nuestro programa de interpretación es extremadamente selectivo, y esperamos que nuestros estudiantes lo concluyan pase lo que pase.

–¿Qué ocurrió con Muscadine?

El calvo me dio la espalda y se dirigió a las puertas dobles. Puso una mano sobre la rubia madera y sonrió desdeñosamente.

–Le salió un trabajo.

–¿Qué clase de trabajo?

Un largo y hondo suspiro.

–En una de esas telenovelas. Ese muchacho está cometiendo un inmenso error.

–¿Por qué?

–Porque tiene talento, pero necesita foguearse. Pronto estará conduciendo un Porsche y preguntándose por qué se siente tan vacío. Como todo el mundo en esta ciudad.

12

En el frigorífico de casa encontré una nota que decía: «Te propongo cenar aquí. Fui a por provisiones con el chucho. Regresaré a las seis».

A las cinco y media llamó Milo. Yo saqué las notas y me dispuse a hacerle un informe de mis entrevistas del día, pero él me interrumpió:

–Recibí una respuesta al teletipo que envié. El Departamento de Homicidios de Las Vegas tiene un caso frío que encaja con el nuestro: una prostituta de lujo de veintitrés años fue hallada muerta en un oscuro callejón cerca de su apartamento. Acuchillada en el corazón, la ingle y la espalda, por ese orden. Debajo de un árbol, nada menos. Ocurrió un mes antes que lo de Hope. Creen que se trata de un crimen sexual. En esa ciudad las chicas de vida airada caen como moscas. Ésta, además de prostituta, era bailarina y el año pasado actuó en un espectáculo *topless* en el casino Palm Princess. Pero últimamente se dedicaba a hacer la carrera por libre. Doscientos, trescientos dólares el polvo.

–¿Y cómo es que la encontraron en la calle?

–La teoría oficial es que se tropezó con un mal cliente y que el tipo la mató, o yendo hacia la casa de ella, o regresando. Quizá ella lo acompañó a su coche y él la sorprendió con el cuchillo. O quizá el hombre no quedó contento, o no se pusieron de acuerdo en el precio y él se cabreó.

–¿Alguna semejanza física con Hope?

–Por la foto que me enviaron por fax, no parece. Lo único, que ambas eran atractivas. La verdad es que esa chica, se llamaba Mandy Wright, era una auténtica belleza. Pero era morena y tenía veintitrés años. Mucho más joven que Hope. Evidentemente, no era profesora. Pero, dada la distribución de las heridas, podemos encontrarnos frente a un psicópata viajero, así que pienso que lo mejor es que me concentre en averiguar si ha habido en el país otros homicidios que encajen en la misma pauta. Pese a todas las polémicas que suscitó, quizá la querida profesora fuera víctima de un chiflado anónimo. Esta noche pienso ir a Las Vegas, a jugar con la policía de allí a «tú me enseñas lo tuyo y yo te enseño lo mío». –Carraspeó–. Bueno, ¿qué estabas diciendo?

Antes de que yo pudiera contestar, en la puerta apareció Robin, con una bolsa de compras y la correa de *Spike*. Llegaba acalorada y sonriente. Dejó la bolsa y me besó.

Yo formé con los labios la palabra «Milo».

–Un beso de mi parte. –Robin salió de la cocina para cambiarse de ropa.

Transmití el beso a mi amigo y luego se lo conté todo: mis conversaciones con Julia Steinberger y Casey Locking, el pánico de Tessa Bowlby, la ira y la supuesta coartada de Patrick Huang, y la noticia de que Reed Muscadine había conseguido trabajo y abandonado la universidad.

–En resumidas cuentas: Hope dejó una honda huella en todos –finalicé–. Aunque, si nos enfrentamos a un asesino en serie viajero, eso ya no tiene la más mínima importancia.

–¿La chica Bowlby parecía realmente asustada?

–Petrificada. Además, estaba pálida, flaca y macilenta, así que tal vez la prueba del sida de Muscadine haya dado positiva, y quizá él dejó la universidad porque está enfermo. O tal vez fuera simplemente porque consiguió trabajo como actor. Pero, ¿qué importa ya eso?

–No arrojes todavía la toalla. Quizá lo de Mandy Wright cambie las cosas, pero, de momento, aún no descarto nada ni a nadie. El hecho de que el asesino parezca un psicópata no significa que fuera un desconocido. Quizá Hope y Mandy se tropezaron con el mismo sicópata.

–¿Una puta de lujo y una profesora?

–Se trata de una profesora bastante fuera de lo común –dijo Milo–. Sigo queriendo hablar con Kenny Storm y voy a verificar la coartada del joven Huang. Y, si no tienes inconveniente, te agradecería que hablaras con las otras dos chicas. Otra cosa: antes de recibir la llamada de Las Vegas estuve estudiando los casos más recientes del abogado Barone, y el nombre de Hope no aparece en ninguno de ellos. Entonces, ¿por qué le pagó ese dineral?

–¿Por algo que Barone no quería que se hiciera público?

–Ésa es la única respuesta que se me ocurre. Ahora bien: Barone defiende a muchos pornógrafos, a la mayoría desde su bufete de San Francisco, y la pornografía es algo en lo que una prostituta de lujo como Mandy pudo haberse metido. Lo que no imagino es qué puede pintar Hope en ese contexto.

–Quizá Barone recurrió a ella para alguno de los casos que defendía. Tal vez pensó que su cliente se beneficiaría del dictamen de una profesora universitaria o de una feminista.

–Pero ¿por qué no queda la más mínima constancia de ello?

–Tal vez Barone la contrató para que hiciera un informe y luego no quedó satisfecho con el resultado. Es algo que a mí me ha ocurrido a veces.

–Es posible. Sea como sea, voy a llamar por décima vez a nuestro buen jurisconsulto. Y me gustaría saber más sobre el doctor Cruvic. El asunto de la consultoría, de todo ese montón de dólares, es interesante.

Robin regresó a la cocina y puso agua a calentar.

Yo dije:

–Hablando de Cruvic, puedo echarle un vistazo a ese Centro Femenino de Salud de Santa Mónica. ¿Tienes la dirección?

–Lo siento, pero no. Bueno, gracias, Alex. Salgo para el aeropuerto de Burbank.

–Buen viaje. Quizá tengas oportunidad de jugar en algún casino.

–¿En tiempo pagado por los contribuyentes? Tcht-tcht. Además, los juegos de azar no son lo mismo. Depender de la suerte me asusta.

Cuando colgué el teléfono, Robin estaba picando cebollas, tomates y apio, mientras los espaguetis hervían en la olla.

–¿Jugar en algún casino? –me preguntó.

–Milo se va a Las Vegas. Allí hubo un asesinato que encaja con el de Hope.

Le conté los detalles. El cuchillo dejó de picar.

–Si se trata de un chiflado, podría haber otros asesinatos –dijo ella.

–Milo está haciendo indagaciones en todo el país.

–Qué horror –murmuró Robin–. Respecto a ese Centro Femenino de Salud que has mencionado, creo recordar que Holly Bondurant colaboraba con un sitio de esos de Santa Mónica. Lo sé porque dio allí un recital benéfico hace unos años, y yo le preparé su guitarra de doce cuerdas. ¿Qué relación existe entre el centro y el asesinato?

–Probablemente ninguna, pero Milo se interesó en esa clínica porque Hope conoció allí a un ginecólogo de Beverly Hills llamado Cruvic y terminó haciendo de consultora para él, asesorando y aconsejando a los pacientes sometidos a tratamientos de fertilidad. Fuimos a ver a ese médico esta mañana y Milo sospechó que tal vez hubiera habido algo entre Cruvic y Hope.

–¿Por qué?

–Por la pasión con que el tipo habló de Hope. Y me da la sensación de que la profesora Devane no disfrutaba de demasiada pasión en su matrimonio, así que Milo sospechó lo evidente. Como es tan concienzudo, pese al asesinato de Las Vegas, quiere aclararlo bien todo.

Ella dejó el cuchillo, fue hasta el teléfono y marcó un número.

–¿Holly? Soy Robin Castagna. Hola. Sí, mucho. Estupendo, muy bien. ¿Y tú? ¿Qué tal Joaquín? Ya debe de tener... ¿Catorce años, dices? No puede ser... Escucha, Holly, no sé si podrás ayudarme, pero...

Una vez hubo colgado, dijo:

–Te espera mañana a las nueve de la mañana en el café Caimán.

–Gracias.

–Es lo menos que puedo hacer por ti.

Más tarde, durante la cena, Robin apenas tocó el contenido de su plato y ni siquiera probó el vino.

–¿Qué te ocurre? –quise saber.

–No lo sé. Ninguno de los otros casos en que te has visto implicado me había afectado tanto como éste.

–Se trata de un asunto especialmente cruel. Una mujer tan brillante muerta de un modo tan absurdo...

–Quizá sea por eso. O tal vez, simplemente, estoy harta de ver que asesinan a mujeres, única y exclusivamente por el hecho de ser mujeres.

Tendió la mano a través de la mesa, agarró la mía y me la apretó con fuerza.

–Es un agobio muy grande, Alex. Me refiero a lo de que una tenga que andar mirando constantemente por encima del hombro, que te digan que es tu responsabilidad estar en todo momento alerta y vigilante. Ya sé que habitualmente se culpa de la violencia a los hombres, pero también son ellos casi siempre los agresores. Supongo que, hoy en día, no hay nadie que esté a salvo. La humanidad se está dividiendo en cazadores y presas... ¿Qué sucede? ¿Acaso hemos vuelto a la selva?

–No estoy muy seguro de que alguna vez saliéramos de ella –dije–. La verdad es que me preocupo mucho por ti. Sobre todo, cuando sales sola por la noche. No te digo nada porque comprendo que sabes cuidar de ti misma y no creo que te agrade que te recomiende prudencia.

Ella tomó su copa de vino, la observó y bebió.

–No le conté a Holly en qué trabajas, sólo que eras mi novio, un psicólogo, que quería saber cosas sobre el centro. Ella es muy años sesenta, y quizá la palabra «policía» no le hubiera hecho gracia.

–Me las arreglaré con ella. –Le toqué la mano–. Me gusta ser tu novio.

–A mí también me gusta ser tu novia.

Dirigiendo una mirada a su intacto plato, dijo:

–Pondré esto en la nevera. Quizá por la noche te apetezca picar algo.

Yo comencé a recoger y ella me puso una mano en el hombro.

–¿Qué tal si vamos con *Spike* a dar una vuelta por el cañón? Aún hay luz de día.

13

El café Caimán estaba situado en la planta baja de un viejo edificio de Broadway, en el centro de Santa Mónica, a diez calles de la playa. Los ladrillos de la fachada estaban pintados de color verde ciénaga, y había un reclamo con un saurio enroscado en torno a un letrero negro que anunciaba: CAFÉ EXPRÉS. MENÚ DEL DÍA.

En el interior, las paredes eran del mismo color verdoso, y había cuatro mesas cubiertas con hules amarillos y un mostrador donde se despachaban pasteles y comida para llevar. En los estantes de detrás había bolsas de café y té para vender. Un gordo de cabeza cuadrada daba vueltas a las alubias de un puchero con la concentración de un pianista absorto en su recital. De los altavoces del techo salía música *reggae* a moderado volumen.

La noche anterior había escuchado el último LP de Holly Bondurant, *Polícromo*. Aunque el álbum databa de hacía quince años, reconocí a la mujer inmediatamente.

En la foto de la funda del disco, su cabello era pelirrojo y le llegaba hasta la cintura, casi ocultando un bello rostro celta. Ahora el pelo era corto y entre rubio y gris, y ella había engordado como quince kilos. Pero su rostro seguía terso y juvenil.

Llevaba un vestido bastante largo, de terciopelo rojo, chaquetilla negra, botas de cordones y un collar de ónice. Una boina de terciopelo negro reposaba sobre una silla contigua.

–¿Alex? –Holly sonrió, permaneció sentada, me tendió la mano y luego miró la mediada taza que tenía delante–. Dispensa que haya empezado sin ti, pero necesitaba imperiosamente un café. ¿Te apetece?

–Sí, por favor.

Ella le hizo una seña al gordo. Éste llenó una taza y nos la acercó a la mesa.

–¿Alguna otra cosa, Holly?

–¿Quieres comer algo, Alex? Los *muffins* son excelentes.

–Me comeré uno.

–¿Qué nos recomiendas tú, Jake?

–Los pasteles de arándanos –dijo el gordo, como de mala gana–. Y los de naranja. Los de chocolate con chips tampoco están mal.

–Pues tráeme un surtido, por favor. –Holly se volvió hacia mí–. Me alegró tener noticias de Robin al cabo de tantos años. Ella cuidaba de todos mis instrumentos.

Tenía la voz melodiosa y los ojos le relucían al sonreír. Hablaba con todos los músculos del rostro, como lo hacen las actrices y los que viven de la adulación pública.

–Ya me lo contó.

–Supongo que sigue dedicándose a construir y reparar instrumentos de cuerda, ¿no?

–Muy activamente.

Jake trajo mi café y la bandeja de pasteles y volvió a sus alubias.

Holly tomó un pastel de arándanos y le dio un mordisco.

–Así que eres psicólogo.

Asentí con la cabeza.

–En el centro siempre hay lugar para los psicólogos. Financieramente, corren malos tiempos, y cada vez tenemos menos voluntarios. Te agradezco tu interés.

–La verdad es que no pretendo trabajar como voluntario.

–¿Ah, no? –preguntó, dejando el pastel.

–De vez en cuando la policía pide mi colaboración. En estos momentos investigo un caso de asesinato. El de Hope Devane.

Ella se echó hacia atrás y, aunque daba la sensación de que sus ojos carecían de la capacidad de endurecerse, en ellos apareció una expresión dolida, como si creyera que habían abusado de su buena fe.

–La policía –dijo.

–Lo lamento –dije–. No era mi intención inducirte a error. Pero el caso sigue sin resolverse y me han pedido que averigüe lo que pueda sobre ella. Sabemos que trabajaba como voluntaria en el centro.

Holly no dijo nada. Desde el otro extremo del local, Jake captó la tensión e interrumpió su tarea.

Holly estudió la dorada superficie del pastel. Le dio vueltas. Dirigió una sonrisa a Jake y éste volvió al trabajo.

–¿Qué sabes acerca del centro? –preguntó Holly.

–No mucho.

–Se estableció para que las mujeres sin recursos tuvieran acceso a los cuidados sanitarios básicos: consulta prenatal, nutrición, exámenes de mama y pruebas Papanicolau, planificación familiar... Ya sabes. En tiempos formaba parte del sistema de rotación de la Facultad de Medicina, pero eso terminó hace mucho, y ahora tenemos que depender de los voluntarios. Yo di algunos conciertos para ellos, los apoyé para conseguir ayuda.

–¿Material clínico?

–Material clínico, donativos... Creen que sigo siendo una persona con contactos. A veces sí consigo cosas. La semana pasada me enteré de que un tipo estaba redecorando su oficina, y conseguí parte de sus antiguos muebles.

La mujer miró hacia el mostrador de los pasteles.

Jake preguntó:

–¿Todo en orden?

Ella le dirigió una sonrisa y se volvió de nuevo hacia mí.

–Coincidí con Hope un par de veces; pero la verdad es que ella no estaba realmente implicada en el proyecto, aunque todas esperábamos que llegara a estarlo. La vi por primera vez en la fiesta para recaudar fondos del año pasado. Tuvimos una función benéfica en el teatro Aero y luego hubo un cóctel en Le Surph. Ella pagó una invitación de quinientos dólares que le daba derecho a disponer de toda una mesa, pero como nos dijo que no tenía con quién ir, la pusimos en la presidencia. Por sus credenciales. Nos pareció que una persona como ella podía venirnos bien. E impresionó a todo el mundo muy gratamente con su inteligencia y su dinamismo. Poco después alguien la recomendó para el consejo de gobierno, y votamos por ella. Pero en realidad apenas se ocupó del centro. –Se pasó los dedos por el cabello y los movió sobre la mesa–. A lo que voy es a que lo ocurrido con esa mujer me parece horroroso; pero la relación que Hope tuvo con el centro fue muy escasa, y me preocupa la mala publicidad.

–Pues tranquila –dije–. Sólo trato de conseguir información general. Intento comprender a Hope Devane lo mejor posible. ¿Por qué crees que no se implicó más en el centro?

Holly tardó largo rato en responder.

–La verdad es que no era... ¿Cómo puedo expresarlo...? En la fiesta para recaudar fondos, parecía llena de ideas. Habló de conseguir la colaboración de otros psicólogos y estudiantes graduados de la universidad para montar un programa voluntario de salud mental. Sus cualificaciones eran impecables, y la persona que la recomendaba aseguraba que Hope era fantástica. Apareció en la siguiente reunión del consejo de gobierno, estuvo yendo por la clínica unas semanas, trató a algunas pacientes. Y luego ya no vino más. Publicaron su libro y supongo que estaba muy ocupada con él. Ninguno de los programas que propuso llegó a hacerse realidad.

Masticó un nuevo bocado de pastel, lentamente, sin pausas.

–Así que la profesora estaba muy ocupada –dije.

–Mira, no me gusta juzgar a nadie, y menos a personas que ya han muerto.

–¿Quién os recomendó a Hope Devane? ¿El doctor Cruvic?

–¿Lo conoces?

–Lo he visto una vez.

–Sí, fue él quien la recomendó. Un motivo más para que nos tomáramos a Hope en serio. El doctor Cruvic es uno de los miembros del consejo de gobierno más activos. Realmente, él no nos regatea ni tiempo ni esfuerzos.

–¿O sea que Cruvic y Hope se conocían de antes de la fiesta para recaudar fondos?

–Claro. Él la llevó... Robin me comentó que eras guitarrista.

–Bueno, toco algo.

–Según ella, eres muy bueno.

–Viniendo de Robin no es un juicio muy objetivo.

Se limpió los labios con una servilleta.

–Yo ya no toco casi nunca. Después de dar a luz, mi hijo me pareció lo único importante... Respecto a todas esas preguntas que me has hecho acerca del doctor Cruvic... ¿Sospecha la policía de él?

–No –dije–. No hay ningún sospechoso claro. ¿Hay algo sobre Cruvic que yo deba saber?

–Se ha portado muy bien con el centro –dijo Holly, pero su voz era opaca.

–Y él fue quien llevó a la fiesta a Hope.

–¿Estás preguntando si había algo entre ellos?

–¿Lo había?

–Lo ignoro. Además, ¿qué importa? A Hope la mataron por sus opiniones, ¿no?

–¿Eso piensan en el centro?

–Eso pienso yo. ¿Qué otro motivo iba a haber? Se atrevió a hablar, y la enmudecieron. –Holly me miró fijamente–. La verdad es que sospechas de Cruvic, ¿no? –dijo.

–No –repliqué–. Pero hay que investigar a todos los que tuvieron relación con Hope.

–Investigar. Ni que fueras de la CIA.

–Es una indagación policial como tantas otras. Comprendo el valor que Cruvic tiene para el centro, pero si existe algo que yo deba saber...

Meneó la cabeza.

–La relación entre ambos... Me siento como una traidora... pero... teniendo en cuenta lo que le sucedió... –Cerró los ojos y aspiró varias veces profundamente, como haciendo un ejercicio de yoga. Abrió los ojos, acarició el pastelito y luego cogió su boina y le pasó el dedo por el borde–. Esto te lo cuento porque creo es mi deber hacerlo, aunque al mismo tiempo me hace sentir mal.

Asentí con la cabeza.

Volvió a tomar aliento.

–En una ocasión, tras la reunión del consejo de gobierno, los vi a los dos. Era ya de noche, y yo estaba midiendo unas habitaciones para amueblarlas. Pensaba que ya todos se habían ido. Pero cuando llegué al aparcamiento, el coche del doctor seguía allí, en el extremo más alejado. Es fácil distinguirlo, porque conduce un Bentley. Él y Hope estaban junto al automóvil, charlando. El coche de Hope, un pequeño deportivo rojo, se encontraba estacionado junto al Bentley. No estaban haciendo nada físico, pero se encontraban frente a frente, muy cerca, casi pegados. Como a punto de besarse, o como si acabaran de hacerlo. Al oírme, se volvieron, sobresaltados. Luego ella corrió a su coche y se alejó. Mike se quedó unos momentos, con una pierna doblada. Como para que yo me diera cuenta de que estaba tranquilo y relajado. Luego me saludó con la mano y se montó en el Bentley. –Holly hizo una mueca–. No es gran cosa, ¿verdad? Y, por favor, si hablas con Mike, o con cualquier otra persona, te ruego que no menciones mi nombre, ¿vale?

–Vale –dije–. Cuando Hope dejó de ir por el centro, ¿hubo críticas hacia Mike por haberla recomendado?

–Si las hubo, yo no me enteré. Como te dije, Mike es nuestro médico voluntario más activo.

–¿Con qué frecuencia atiende a pacientes en el centro?

–Yo no me ocupo de la cuestión de horarios, pero sé que lleva años yendo por allí.

–¿Su consulta es de obstetricia y ginecología?

Ella pareció crisparse.

–Sí, supongo.

–¿Abortos?

–Ya te he dicho que no lo sé. –Su voz adquirió un tono cortante–. Y si los hace, ¿qué?

–A veces, ante el aborto la gente reacciona de modo violento.

–Pero el asesinado no fue Mike, sino Hope. La verdad es que no quiero seguir hablando de esto. –Se puso en pie–. De veras que no.

–No te preocupes. Lamento haberte molestado.

–No importa –dijo ella–. Pero, por favor, te suplico que no saques a relucir el tema del aborto. Hasta ahora no hemos tenido problemas, pero los tendremos si la prensa comienza a ocuparse de esto.

–No te preocupes –dije.

Ella se echó a reír.

–Chico, en buen lío me has metido. Cuando Robin me llamó, pensé que querías presentarte voluntario, así que le hablé de ti a la directora, y te concerté una cita con ella para dentro de media hora. Ahora tengo que llamarla para decirle que no.

–Me interesa hablar con ella.

–Y yo no puedo impedirte que lo hagas, ¿verdad?

–Yo no soy el enemigo, Holly.

Ella me dirigió una pensativa mirada y al fin dijo:

–Aguarda.

Se dirigió al fondo del restaurante, torció a la derecha y desapareció. Jake terminó de dar vueltas a las alubias y procedió a concentrarse en mirarme fijamente, cosa que estuvo haciendo hasta que Holly regresó.

–No está muy contenta, pero ha accedido a verte unos minutos. Se llama Marge Showalsky. Te aconsejo que no esperes averiguar gran cosa sobre Hope.

–Gracias –dije–. Y lo siento. De veras.

–Olvídalo –replicó ella–. Estoy segura de que no eres el enemigo. Me fío del gusto de Robin.

14

La zona de Olympic que albergaba el Centro Femenino de Salud era una de esas mescolanzas típicas de Los Ángeles: fábricas, depósitos de chatarra, almacenes, una moderna escuela preparatoria que, rodeándose de una barrera de maceteros con ficus, trataba de simular que se encontraba en una mejor situación.

La clínica se encontraba en un edificio de una sola planta y su fachada era de sucios ladrillos. Estaba situada junto a un estacionamiento rodeado de postes de hierro y gruesas cadenas. La puerta principal estaba cerrada. Llamé al timbre, di mi nombre y al cabo de un momento me abrieron.

En la sala de espera había tres mujeres y ninguna de ellas alzó la vista. Al fondo había unas puertas batientes de madera con pequeñas ventanillas. Las paredes estaban cubiertas de carteles de información sobre el sida, sobre los exámenes de mama, métodos de nutrición, y grupos de apoyo para mujeres en situaciones críticas. En un rincón había un televisor sintonizado con el Discovery Channel. Animales persiguiéndose entre sí.

Se abrió una puerta y por ella asomó una mujer de unos sesenta años, gruesa y con gafas. Su cabello era corto, canoso y rizado y el rostro redondo y sonrosado. Su expresión no tenía nada de alegre. Las gafas eran cuadradas, de montura metálica. Llevaba un jersey verde oscuro, vaqueros y mocasines.

–¿Doctor Delaware? Soy Marge –anunció, con sonora voz–. En estos momentos estoy ocupada. Aguarde un minuto.

La puerta se cerró y las mujeres de la sala de espera alzaron la vista.

La más próxima a mí era una muchacha negra de unos dieciocho años. Sus enormes ojos tenían una expresión dolida, y sus labios estaban fuertemente crispados. Llevaba el uniforme de un restaurante de comida rápida, y tenía entre las manos un libro de bolsillo de Danielle Steel. Frente a ella se encontraban las que parecían ser una madre y una hija; ambas rubias, la hija de quince o dieciséis años, la madre de cuarenta y tantos, con las raíces del cabello negras, grandes ojeras. Demacrada en cuerpo y espíritu.

Quizá la hija tuviera algo que ver con ello. Me miró directamente a los ojos, me hizo un guiño y se relamió los labios.

La chica, evidentemente retrasada, tenía el rostro anormalmente enjuto, la nariz torcida, las orejas situadas a un nivel más bajo del normal, y el cuello corto. El color de su cabello parecía natural, salvo por las puntas, que estaban teñidas de un tono rosa encendido. Llevaba el cabello largo, exageradamente cardado y echado hacia atrás. Sus pantalones cortos apenas le cubrían las descarnadas caderas, y un top negro dejaba al descubierto unos brazos como espaguetis, parte del liso abdomen y unos mínimos hombros. Llevaba tres pendientes en una oreja y cuatro en la otra. Lucía también un aro metálico en la nariz y la piel de las inmediaciones a la perforación aún estaba inflamada. Calzaba altas botas negras que le llegaban hasta la mitad de la pantorrilla.

Me hizo un nuevo guiño. Cruzó malévola y furtivamente las piernas. Su madre se dio cuenta y agitó la revista que estaba leyendo. La muchacha me dirigió una amplia e insinuante sonrisa. Los dientes eran grandes y desiguales. Movió los dedos en saludo. Sus pulgares eran más cortos de lo normal.

La muchacha debía de padecer algún tipo de malformación

genética. Nada con nombre oficial. Lo que en mi época de interno llamábamos simplemente síndrome anómalo.

Volvió a mover las piernas. Su madre le dio un codazo y ella se quedó quieta, enfurruñada y con la vista en el suelo.

La muchacha negra lo había visto todo. Ahora volvió a su libro frotándose el abdomen con una mano, como si le doliese.

La puerta se abrió de nuevo. Marge Showalsky me hizo seña de que pasara y me condujo por un pasillo al que daban varios consultorios.

–Tiene usted suerte. Hoy es un día tranquilo.

El despacho de la mujer era grande y sombrío, con manchas de humedad en el techo. Muebles desparejados y estanterías que no parecían a prueba de terremotos. Por entre las hojas de la persiana se veía el asfalto del aparcamiento de al lado.

Se acomodó tras un escritorio que no era mucho más ancho que sus hombros y frente al cual había dos sillas plegables. Me senté en una de ellas.

–Esto era una fábrica de material electrónico. Transistores o algo así. Creía que nunca nos libraríamos del olor a metal.

En la pared, tras ella, había dos grandes pósters feministas.

–Así que trabaja usted con la policía. ¿Me puede decir qué hace?

Se lo expliqué a grandes rasgos.

Marge se encajó las gafas y sonrió irónicamente.

–Parece usted un experto en evasivas –dijo–. Y la verdad es que yo tampoco puedo decirle gran cosa. A las mujeres que acuden aquí, lo único que les queda es su intimidad.

–La única persona que me interesa es Hope Devane.

La mujer sonrió de nuevo.

–¿Cree que no estoy al corriente de quién es usted? Es el alienista que trabaja con Sturgis. De todas maneras, me anticiparé a sus preguntas y le daré las respuestas: sí, aquí efectuamos abortos cuando disponemos de un médico dispuesto a realizarlos. No, no pienso decirle cuáles son esos médicos.

Y, por último, Hope Devane apenas tenía relación con nosotros, así que estoy segura de que su asesinato no tiene nada que ver con esta clínica.

–O sea que apenas tenía relación con ustedes –dije–. Lo contrario que el doctor Cruvic.

Soltó una risa capaz de corroer el metal. Abrió un cajón, sacó de él una pipa de madera de brezo y frotó la boquilla.

–Mike Cruvic es un médico con excelentes credenciales que ha decidido dedicar parte de su tiempo a ayudar a las mujeres necesitadas. ¿Cree que hay muchos como él haciendo cola para colaborar con nosotros? Este lugar sobrevive de milagro. La mayor parte del personal son enfermeras que nos dedican su tiempo libre. Nuestro teléfono lo atiende un contestador, y tratamos de atender las urgencias. Quizá el mes que viene tengamos un buzón de voz: «Si se está usted muriendo apriete el uno».

Se puso la pipa en la boca y la mordió con tal fuerza que la cazoleta se inclinó hacia arriba.

–Aprietos económicos –dije.

–Estamos totalmente estrangulados. –Marge alzó un puño–. Hace unos años, disponíamos de subsidios del gobierno, de personal en nómina, y de un magnífico programa de inmunización y prevención. Luego el gobierno comenzó a hablar de reforma sanitaria, llegaron de Washington unos cretinos hablando de responsabilidad contable y cosas así, y la situación se fue poniendo cada vez más fea. –Se quitó la pipa de la boca y, apuntándola como si fuera un periscopio, siguió–: Bueno, ¿y qué tal le va como colaborador de Milo Sturgis? Sólo he accedido a verlo para hacerle esa pregunta.

–¿Conoce usted al detective Sturgis?

–Conozco su fama. Y también la de usted: el psicoanalista «hétero» que siempre va con Sturgis. Su amigo, doctor, es un personaje legendario.

–¿En la comunidad gay?

–No, en el Club de Campo de Los Ángeles –replicó con

ironía–. ¿Dónde si no? –En sus ojos relució un brillo malévolo–. ¿Sabe? Hay quien piensa que es usted un homosexual oculto, y que si fuera un profesional de veras competente, se daría cuenta de que está enamorado de Sturgis.

Sonreí.

–Vaya, si tenemos a un Giocondo. –Sonrió desde detrás de su pipa. Aquella mujer tenía un extraño parecido con Theodore Roosevelt–. Dígame una cosa: ¿por qué su amigo se niega a implicarse?

–¿En qué?

–En la política sexual. Debería utilizar de un modo constructivo su buena imagen.

–Le aconsejo que le pregunte usted misma al detective Sturgis por qué no lo hace.

–Vaya, parece que puse el dedo en la llaga. Sturgis debería implicarse. Un policía gay que logró superar todas las barreras, que plantó cara al departamento... ¿Cuándo fue? ¿Hace cinco años o así, no? Le rompió la mandíbula a un teniente porque lo llamó marica. –Masticó la boquilla de la pipa, satisfecha–. En ciertos bares, aún se habla de eso.

–Ésa es una versión nueva –dije.

–¿Conoce usted otra?

–Mi amigo le rompió la mandíbula al teniente porque el teniente puso en peligro su vida.

–Bueno, supongo que ésa también es una buena razón –dijo ella–. Pero... ¿por qué esa falta de conciencia social? Nunca acepta invitaciones para participar en marchas ni en actos para recaudar fondos, jamás se ha afiliado a ningún movimiento ni asociación. Y a ese novio médico que tiene le ocurre tres cuartos de lo mismo. Dos tipos como ellos podrían hacer mucho bien.

–Tal vez crean que ya lo hacen.

Marge me miró de arriba abajo.

–¿Es usted bisexual?

–No.

–Entonces, ¿qué tienen que ver el uno con el otro?

–Somos amigos.

–Nada más que amigos, ¿eh? –La mujer se echó a reír.

–¿Como Hope y Cruvic?

Su risa se cortó.

–Comprendo que desee usted mantener la discreción –dije–. Pero en un caso como éste, hay que investigarlo todo.

–Entonces consiga un mandamiento judicial. Además, ¿qué más da que estuvieran echando tres polvos diarios encima de este mismo escritorio? Y no digo que lo hicieran. ¿A quién le importa? El caso es que Mike no la mató. Que se acostara o no con ella es indiferente. A Hope Devane la asesinaron porque se hizo famosa y algún maldito cerdo se cabreó por ello.

–¿Se le ocurre quién puede ser ese cerdo?

–Hay demasiados sueltos para contarlos. Lo repito: la doctora Devane apenas trabajó para nosotros. Lamento enormemente la muerte de cualquier mujer, pero no puedo decirle nada concreto acerca de Hope Devane.

Se puso en pie no sin esfuerzo y rodeó el escritorio camino de la puerta.

–Salude de mi parte a su legendario amigo. Y dígale que, por mucho que se esfuerce en contentar a sus jefes, ellos siempre lo considerarán un simple maricón.

Las dos muchachas habían desaparecido de la sala de espera, en la que sólo estaba la madre de la rubia retrasada. La mujer alzó la vista de su lectura cuando yo pasé. Tenía entre las manos la revista *Prevention.*

Estaba a punto de montarme en mi Seville cuando la vi correr hacia mí con cansino trote. Baja y menuda, tenía la cintura alta y la espalda encorvada. Su labio inferior era fino, y el superior casi inexistente. Llevaba vaqueros azul claro, blusa blanca y zapatillas de lona color carne.

–La enfermera me dijo que era usted psiquiatra.

–Psicólogo.

–De pronto se me ocurrió que...

Le dirigí una sonrisa.

–¿Sí?

Se acercó más, con cautela, como quien se aproxima a un perro desconocido.

–Soy el doctor Delaware –dije, tendiéndole la mano.

Ella se volvió hacia la clínica. En el cielo sonó un rugido y ella respingó. Una Cessna en vuelo bajo, que probablemente acababa de despegar del aeródromo privado de Santa Mónica. La mujer observó cómo la avioneta se alejaba en dirección al océano. Al cesar el ruido, ella dijo:

–Me preguntaba si... ¿Trabaja usted por casualidad en la clínica?

–No.

–Oh. –Desilusión–. Bueno, perdone la molestia.

Se volvió, dispuesta a irse.

–¿Puedo ayudarla en algo? –pregunté.

Ella se detuvo. Se retorció las manos.

–No, déjelo, disculpe.

–¿Está segura? –le pregunté, tocándola en el hombro con extrema suavidad–. ¿Le ocurre algo malo?

–Simplemente, pensé que tal vez en la clínica hubieran conseguido al fin a un psicólogo.

–¿Para su hija?

Seguía retorciéndose las manos.

–¿Problemas de adolescencia? –quise saber.

Asintió con la cabeza.

–Se llama Chenise –dijo, insegura, como si fuera a deletrear el nombre ante algún funcionario–. Tiene dieciséis años.

Se llevó la mano al bolsillo de la camisa, pero en seguida la retiró.

–Constantemente olvido que he dejado de fumar... Sí, son problemas de adolescencia. Me vuelve loca. Siempre ha sido así. Yo... ya no sé qué hacer con ella... La he llevado a un millón de clínicas, e incluso al hospital del condado. Siempre la atiende algún estudiante que no tiene ni idea de nada. La última vez, terminó sentada en las piernas del tipo y él no supo qué hacer. En los colegios se lavan las manos. Ha tomado todo tipo de medicaciones desde niña, y ahora está... El doctor Cruvic, el médico de aquí, el que la operó, dijo que convenía que a Chenise la viera un psicólogo, y consiguió que viniera uno, una mujer. De veras buena: en seguida comprendió de qué pie cojeaba mi hija. Ya le digo: era muy lista, y por eso a Chenise no le gustaba hablar con ella. Pero yo la obligaba. Luego... –bajó la voz– ...le ocurrió algo terrible. A la psicóloga, quiero decir. –Meneó la cabeza–. No quiero ni contárselo... Bueno, tengo que volver, probablemente ya habrán terminado de examinar a Chenise.

–La psicóloga que el doctor Cruvic consiguió para ella, ¿se llamaba Devane?

–Sí –dijo ella, sin apenas aliento–. La doctora Devane. ¿Está usted enterado de lo que le sucedió?

–En realidad, ése es el motivo por el que he venido por aquí, señora...

–Farney, Mary Farney. –Tenía los ojos muy abiertos, que eran del mismo color que los de su hija. Bonitos. En tiempos, ella también debió de serlo. Ahora tenía el agobiado aspecto de alguien condenado a no poder olvidar ninguno de sus errores–. No... No entiendo lo que quiere usted decir.

–Soy psicólogo y a veces colaboro con la policía, señora Farney. En estos momentos trabajo en el caso de la doctora Devane. ¿Sabe usted...?

Los ojos azules reflejaron terror.

–¿La policía sospecha que el asesinato está relacionado con este lugar?

–No. Simplemente, tratamos de hablar con todos los que conocieron a la doctora.

–Bueno, realmente, yo no la conocía. Ya le he dicho que sólo habló con Chenise unas cuantas veces. A mí me gustaba, porque siempre que quise hablarle me atendió bien y sin prisas, comprendía las cosas de Chenise... Pero eso es todo. Tengo que volver.

–¿Y el doctor Cruvic?

–¿Qué pasa con él?

–¿También comprendía a Chenise?

–Sí, claro, es muy bueno... Llevo sin verlo desde... Desde hace tiempo.

–¿Desde la operación?

–No tenía por qué volverla a ver. Ella está bien.

–¿Quién está atendiendo hoy a Chenise?

–Maribel... La enfermera. Me tengo que ir.

–¿Le importaría darme su dirección y su teléfono?

–¿Para qué?

–Por si la policía quiere hablar con usted.

–Ni hablar, olvídelo, no quiero líos.

Le tendí una de mis tarjetas.

–¿Para qué me da eso?

–Por si recuerda algo.

–No voy a recordar nada –dijo, pero se guardó la tarjeta en el bolso.

–Gracias. Y si necesita usted que atiendan a Chenise, yo puedo conseguirle a alguien.

–No, ¿para qué? Esa niña se encierra en sí misma. No hay quien saque partido de ella.

Me alejé en mi coche.

Cirugía. Dada la promiscuidad de Chenise Farney, no era difícil imaginar qué tipo de cirugía.

Cruvic y Hope juntos en un asunto de abortos.

¿Pidió Cruvic la ayuda de una psicóloga porque le preocupaba la muchacha? ¿O por otra razón?

Adolescente promiscua de reducida inteligencia. Una menor, que ni siquiera podía dar su consentimiento. ¿Y que quizá fuera demasiado obtusa hasta para dar consentimiento asesorado? ¿Deseaba Cruvic cubrirse las espaldas?

Cruvic y Hope...

Holly Bondurant pensaba que entre los dos había algo, y la furia con que Marge Showalsky lo desmintió parecía confirmar tal posibilidad.

Me daba cuenta de que Cruvic nos había mentido al darnos a entender que conoció a Hope en la fiesta para recaudar fondos. Holly estaba segura de que los dos se conocían de antes.

Lo cual parecía confirmar la corazonada de Milo.

La relación entre ambos era más que profesional.

Pero, teniendo en cuenta el asesinato de Mandy Wright, ¿qué importancia tenía todo eso? Aparentemente, en el caso de Las Vegas el homicida era un desconocido.

Un psicópata que seguía suelto, al acecho, vigilando, haciendo planes. Ansioso de ejecutar una sonata de cuchillo bajo la protección de grandes y umbrosos árboles.

Pasando por Overland, me fijé en una pequeña cafetería y detuve el coche ante ella. Compré un periódico de la mañana, y lo leí, mientras me tomaba una hamburguesa y una coca-cola. Luego saqué la lista de los estudiantes que habían pasado por el Comité de Comportamiento.

Ya puesto, ¿por qué no terminar el trabajo?

Había tres que aún no habían sido interrogados. O, en realidad, cuatro, ya que el encuentro con la aterrada Tessa Bowlby no contaba como entrevista.

Llamé al número de Deborah Brittain en Sherman Oaks. Un contestador me dijo que aguardara la señal, pero no le hice caso.

Reed Muscadine había abandonado la universidad, así que su horario de clases carecía de importancia.

Lo llamé. Su contestador dijo: «Hola, soy Reed. O no estoy en casa o estoy haciendo ejercicio y no puedo parar. Pero ardo en deseos de hablar contigo, sobre todo si vas a ofrecerme mi gran oportunidad, uf, uf, uf... Así que te suplico de rodillas que dejes tu nombre y tu número. Los actores en paro también necesitan amor».

Amable, suave, bien modulada. La clásica voz del que es consciente de lo bien que suena.

Si era seropositivo, ese hecho no había alterado su humor ni su deseo de estar en forma. O bien no había cambiado el mensaje del contestador.

¿Actor en paro? ¿Acaso no había conseguido trabajo en una telenovela?

¿Habría surgido algún problema con el papel?

Muscadine vivía en Fourth Street. Con un poco de suerte, yo llegaría cuando él hubiese acabado sus ejercicios y me enteraría de cómo estaba de salud y de cuáles eran sus sentimientos hacia Hope Devane y hacia el Comité de Comportamiento.

Y con mucha suerte, quizá lograse averiguar qué tenía tan asustada a Tessa Bowlby.

15

Muscadine vivía en una cabaña de estuco con pretensiones de castillo: dos torretas, una enorme sobre la puerta principal y otra mucho más reducida, en la esquina derecha. Una vieja cubierta con un ancho sombrero de paja estaba frente a la casa, inclinada, arrancando malas hierbas. Una vez me hube apeado del Seville, ella ya se había enderezado y me aguardaba con los brazos en jarra. Llevaba pantalones de lona de jardinero, con almohadillas de goma en las rodillas. La mujer tenía la piel curtida y en sus ojos había recelo.

–Hola, busco a Reed Muscadine.

–Vive en la parte de atrás. –Dicho esto, hizo una mueca, como si lamentase haberme dado aquella información–. ¿Quién es usted?

Me bajé del coche y le mostré mi identificación policial.

–¿Doctor?

–Soy psicólogo. Trabajo para la policía.

Miré hacia el fondo de la rampa de acceso. Sobre el garaje había un apartamento al que se llegaba por medio de unas empinadas escaleras.

–No está en casa –dijo ella–. Soy la señora Green, la propietaria del edificio. ¿Qué sucede?

–Queremos interrogar al señor Muscadine respecto a un asesinato. No como sospechoso, sino como persona que conocía a la víctima.

–¿Quién es la víctima?

–Una profesora universitaria.

–¿Y él la conocía?

Asentí con la cabeza.

–Llevo cuarenta y cuatro años viviendo aquí, y hasta hace poco nunca había conocido a una víctima –dijo ella–. Ahora no puede una salir a la calle sin ponerse nerviosa. El sobrino de una amiga mía, que es policía en Glendale, le dice a su tía que la policía no puede hacer nada por ella hasta que la hieran o la maten. Le recomienda que se compre una pistola y la lleve siempre, y si la sorprenden con ella, la cosa no tiene más importancia que una multa de tráfico. Así que eso es lo que he hecho, comprar un arma. Y también tengo a *Sammy.*

La señora Green lanzó dos silbidos, en la parte trasera del edificio se escuchó un sonido, y doblando la esquina apareció un gran perrazo de negro y triste rostro. Por su mal encarada expresión, parecía primo de *Spike.* Pero aquel animal pesaba como mínimo cincuenta kilos y, a juzgar por su mirada, no parecía andarse con bromas.

La señora Green alzó una mano y el perro se detuvo.

–¿Mastiff? –pregunté.

–Bullmastiff. La única raza que se ha adiestrado específicamente para atacar a las personas. En Inglaterra los adiestraban contra los cazadores furtivos. Ven aquí, preciosidad.

El perro olfateó, bajó la cabeza y se acercó a paso lento. Sus enormes miembros se movían con ágil armonía. Por las comisuras de sus labios caían gotas de baba. Sus ojos eran pequeños, casi negros, y no se apartaban de mi rostro.

–¿Qué hay, *Sam*, bonito? –dije.

–*Samantha.* Las que tienen auténtico instinto protector son las hembras... Ven, bonita.

La perra se acercó, inspeccionó mis rodillas y miró a la señora Green.

–Anda, dale un beso –dijo la mujer.

Una gran boca me rozó la mano.

–Es simpática –dije.

–Es simpática con los simpáticos. Con los antipáticos...

Lanzó una risa tan seca como su cutis. La perra se frotó contra sus piernas y ella la acarició.

–¿Sabe cuándo volverá Reed?

–No. Es actor.

–¿Tiene un horario irregular?

–En estos momentos es horario nocturno, y estará trabajando de camarero en el Valle.

«¿De las telenovelas a eso?» Comenté:

–¿No consigue trabajo como actor?

–La culpa no es suya –dijo la señora Green–. Es una carrera muy dura, créame. Yo lo sé muy bien. Hace una eternidad, trabajé para el cine, casi siempre como extra, aunque tuve una frase en *Noche tras noche,* una película de Mae West. Un clásico. A la West pretendían hacerla pasar por una lagarta sin seso, pero era más lista que todos ellos. Yo debí comprar terrenos para edificar cuando ella lo hizo. En vez de eso, me casé.

Se sacudió los pantalones y palmeó la gran cabezota de la perra.

–Así que han matado a una profesora. ¿Está usted interrogando a todos sus estudiantes?

–Tratamos de ser meticulosos.

–Bueno, pues ya le digo: Reed es un buen chico. Paga el alquiler con bastante puntualidad, y cuando no puede hacerlo, siempre me avisa antes. Yo soy paciente con él porque el chico es grande y fuerte y mañoso, y cuando se estropea algo, él lo arregla. Y se lleva muy bien con *Sammy*, así que cuando voy a visitar a mi hermana en Palm Springs, tengo quien la cuide. A decir verdad, Reed me recuerda a mi marido. Stan era tramoyista cinematográfico. ¿Sabe lo que es?

–Los que trasladan los decorados.

–Y no sólo los decorados: todo. Stan era puro músculo. Trabajó como especialista hasta que se rompió la clavícula en una película de Keaton. Mi hija también está en el negocio, es lectora de guiones para una productora. Así que siento una especial debilidad por cualquiera que sea lo bastante romántico como para dedicarse al cine. Por eso, cuando le alquilé el apartamento a Reed, sólo le pedí un mes de fianza. Normalmente, pido dos. Y el chico ha sido un buen inquilino. Incluso cuando se lesionó, no se quedó holgazaneando mucho tiempo.

–¿Se lesionó?

–En la espalda levantando pesas... Fue hace unos meses. Vaya, ahí lo tiene, podrá usted hablar con él personalmente.

Un maltratado Volkswagen amarillo se detuvo en la rampa de acceso. Los tapacubos estaban llenos de óxido.

Ningún Porsche, de momento.

El hombre que se apeó era mayor de lo que me esperaba –unos treinta años–, y enorme. Metro noventa y cinco, muy bronceado. Ojos color gris pálido. Llevaba la densa cabellera echada hacia atrás, y el pelo le llegaba hasta bien por debajo de los hombros. Sus facciones eran fuertes, viriles, perfectas para la cámara. En el mentón tenía un hoyuelo del calibre del de Kirk Douglas. Llevaba una gruesa sudadera gris con las mangas recortadas para dejar al descubierto unos musculosos bíceps, pantalones negros muy cortos, y sandalias sin calcetines. Traté de imaginármelo con Tessa Bowlby.

Me dirigió una rápida mirada. Los ojos grises eran curiosos e inteligentes. Tarzán con un buen coeficiente intelectual. Sonriendo cordialmente, tendió a la señora Green la bolsa de papel que llevaba en una mano.

–¿Qué tal, Maidie? Hola, *Sammy.*

Acarició a la bullmastiff y me miró de nuevo. El cuello del animal se llenó de pliegues cuando alzó la cabeza para mirarlo. Los negros ojos se habían suavizado. Una gran lengua sonrosada lamió la mano de Reed.

–Este señor trabaja para la policía, Reed, aunque él no es policía, sino psicólogo, mira tú. Ha venido a hablarte de no sé qué profesora asesinada.

Muscadine enarcó las pobladas cejas.

–¿Una profesora mía?

–Hope Devane –dije.

–Oh... La fruta es fresca, Maidie, recogida hoy mismo.

–¿De dónde la has sacado? ¿De ese sitio de comida dietética?

–¿De dónde si no?

–Alimentos orgánicos –dijo desdeñosamente la señora Green–. ¿Nunca te has parado a pensar en que si he vivido tantos años puede que sea gracias a que todos los aditivos que he tomado en mi vida me conservan como si yo fuese un pepinillo en vinagre? –Miró el contenido de la bolsa–. ¿Melocotones fuera de temporada? Deben de haberte costado una fortuna.

–Sólo te compré dos –dijo Muscadine–. Eran muy baratos, y mira qué color tienen. –Se volvió hacia mí–. Así que psicólogo.

–Trabajo con la policía.

–No comprendo.

–Investigo las actividades del comité de la profesora Devane.

–Ah, ya. ¿Quiere subir?

–Devane –dijo la señora Green, rascándose la nariz–. Ese nombre me suena de algo.

–La asesinaron en Westwood –dijo Muscadine–. Fue hace... ¿Cuánto? ¿Tres meses?

Asentí con la cabeza.

–Ah, sí, la que había escrito un libro –dijo la señora Green–. ¿Era profesora tuya, Reed?

–Más o menos –dijo Muscadine, mirándome.

–Una profesora. –La mujer meneó la cabeza–. En un vecindario como ése. Qué mundo... Gracias por la fruta, Reed.

–No tiene importancia, Maidie.

Muscadine y yo comenzamos a andar hacia la casa.

La señora Green dijo:

–Pero no quiero que vuelvas a gastarte tanto dinero. Para derrochar, espera a ser estrella.

Cuando llegamos a la escalera, Muscadine dijo:

–¿Sabe qué edad tiene esa mujer?

–¿Ochenta años?

–El mes que viene cumplirá noventa. Quizá me convendría comenzar a comer cosas con aditivos.

Subió los peldaños de tres en tres y, cuando yo llegué arriba, él ya estaba abriendo la puerta.

El apartamento constaba de una sola habitación, con una cocina del tamaño de un armario, y un baño en la parte de atrás.

Dos de las paredes estaban cubiertas de espejos, y las otras estaban pintadas de blanco. Una enorme máquina de ejercicio cromada ocupaba el centro, flanqueada por una tabla de abdominales, una barra de pesas y, contra la pared, un montón de discos ordenados por pesos. Un gran ventanal doble con primorosos visillos de encaje daba a una huerta donde crecían naranjos. Frente al ventanal había una rampa y una escalera eléctricas, para hacer ejercicio, una bicicleta estática y una máquina de esquí. Uno de los rincones lo ocupaba un canapé con colchón grande y dos almohadas. Las sábanas eran negras. Imaginé a Tessa y Muscadine forcejeando.

Los únicos muebles convencionales eran una barata mesilla de noche de madera y una cómoda. De un perchero de aluminio con ruedas colgaban camisas ordenadas por colores, pantalones, vaqueros y chaquetas de deporte. Muscadine no tenía mucha ropa, pero la que tenía parecía buena. En el suelo, bajo las ropas, había dos pares de zapatillas de lona, unos mocasines marrones, zapatos negros de vestir y unas botas vaqueras de color gris.

En la resquebrajada repisa de la cocina no había más que una batidora y un pequeño hornillo. La nevera era minúscula. En su puerta, un cartel rezaba: SÉ POSITIVO... PERO APRENDE A PRONUNCIAR. Bajo la repisa había dos taburetes de acero y plástico. Muscadine los sacó y dijo:

–Dispense. No recibo muchas visitas.

Los dos nos sentamos.

–Le agradezco que no se extendiera hablando sobre el comité delante de Maidie. Ella se muestra comprensiva cuando me retraso en el alquiler, y en estos momentos necesito toda su comprensión.

Mirando los aparatos de gimnasia, comenté:

–Tiene usted un buen equipo.

–Trabajé un tiempo en un gimnasio que quebró. Lo conseguí todo a muy buen precio.

–¿Era usted instructor personal?

–Más bien impersonal. Era uno de esos gimnasios para ricos, prácticamente una estafa. Ya sé que parece raro tener tantos aparatos en un sitio de este tamaño; pero la verdad es que me resulta más barato que pagar las mensualidades de un gimnasio, y en estos momentos mi cuerpo es mi único capital.

En la habitación hacía calor, pero la piel de Muscadine estaba seca, pese a la gruesa sudadera. El hombre se pasó una mano por el cabello y se echó a reír.

–Creo que eso no ha sonado del todo bien. A lo que voy es a que, por mucho intelectualismo que le quieras echar al trabajo de actor, lo que cuenta en la industria es la primera impresión que produces, y cuando se llega a cierta edad, hay que esforzarse al máximo.

–¿Qué edad es ésa?

–Depende de la persona. Yo tengo treinta y un años, y hasta ahora el físico aguanta.

–La primera impresión –dije–. ¿Hay que deshacer camas para conseguir trabajo?

–Bueno, eso sigue sucediendo, pero yo me refiero a otra cosa. Por mucho que practique el método de actuación de Stanislawsky, si mi cuerpo se echa a perder, lo mismo ocurre con mis posibilidades de conseguir trabajo. –Señaló con un pulgar hacia abajo.

–¿Cuánto tiempo lleva usted en la profesión?

–Un par de años. Estudié contabilidad y trabajé en una

empresa como contable durante nueve años. Al fin, me harté de números y volví a la universidad para estudiar bellas artes. ¿Quiere beber algo?

–No, gracias.

–Yo, sí.

Abrió la nevera y cogió una de las dos docenas de botellas de agua mineral que había en el interior, y que tenían como única compañía un pomelo.

Muscadine abrió el tapón con dos dedos y dio un largo trago.

–¿Por qué abandonó usted los estudios? –quise saber.

–Vaya, las noticias vuelan. ¿Quién se lo dijo?

–El profesor Dirkhoff.

–El bueno del profesor Dirkhoff. La vieja reinona en su trono. Está muy cabreado conmigo. En su opinión, debería pasarme otros dos años aprendiendo a desarrollar mis recursos ocultos.

Dobló un brazo y abrió y cerró los dedos de la mano.

–Quizá debí llevar a Dirkhoff ante el Comité de Comportamiento. Eso hubiera dejado patidifusa a la Devane.

–¿Por qué?

–La víctima no era una mujer. Y es que en eso consistía el comité: en enfrentar a hombres contra mujeres. En cuanto puse el pie en aquella sala, la profesora Devane comenzó a atacarme. –Se encogió de hombros y engulló el resto del contenido de la botella–. ¿Está usted interrogando a todos los que tuvieron relación con el comité? –preguntó.

–Sí.

–Me dijeron que las actas de las sesiones eran confidenciales, pero cuando se produjo el asesinato supuse que dejarían de serlo. Dígame una cosa: ¿qué pinta un psicólogo en el caso? Por cierto, ¿cómo se llama usted?

Le mostré mi identificación. Él le echó un vistazo y luego me miró.

–Sigo sin entender qué pinta usted en este asunto.

–La policía me ha pedido que hable con las personas que conocieron a la profesora Devane, que hiciera un análisis de su personalidad.

–¿Que la analizase a ella? Qué interesante. Siempre pensé que el que la mató era un chiflado, quizá alguien que leyó su libro. Tengo entendido que en él manifestaba una considerable hostilidad hacia los hombres.

–¿En persona también se mostraba hostil? –pregunté.

–Pues sí. Me quedé estupefacto cuando me acusaron de violación. Cuando me citaron para que compareciese. Aunque quizá fue lo mejor que pudo ocurrir. Aquella experiencia fue lo que terminó con mis dudas respecto a seguir los estudios, y lo que me impulsó a probar otras posibilidades. ¿Ha tenido oportunidad de hablar con la chica que me acusó?

–Ayer lo hice –dije–. Parece atemorizada.

Él enarcó las cejas.

–¿Por qué?

–Eso es lo que quería preguntarle a usted.

–¿Cree usted que...? No, por Dios, me he mantenido lejos de ella. Esa muchacha es conflictiva, y yo preferiría que viviéramos en planetas distintos.

–Conflictiva, ¿en qué sentido?

–Tiene graves problemas. Una noche con ella fue más que suficiente.

Cogió otra botella.

–Aunque parezca absurdo, a veces pienso que fue precisamente eso lo que inicialmente me hizo sentir interés por ella. Su impredecibilidad. Es muy distinta a las chicas con las que suelo salir.

–¿Qué clase de chicas son ésas?

–Normales. Y, si le soy sincero, bastante mejor parecidas que Tessa. Por lo general, me gustan las muchachas que se cuidan. Las atletas.

–¿Tessa no se cuida?

–Usted mismo la ha visto. Es una chica triste.

–Así que piensa que lo que la atrajo de ella fue su impredecibilidad.

–Eso y... no sé, me dio la sensación de que podía ser interesante. –Se encogió de hombros–. La verdad es que no sé qué diablos me pasó. Aún estoy tratando de entenderlo... ¿Le contó Tessa cómo nos conocimos?

–¿Por qué no me da usted su versión?

–Nos conocimos como suele conocerse la gente en el campus. Al principio, todo fue de lo más normal. Estábamos en la unión de estudiantes, estudiando, almorzando. Nuestras miradas se cruzaron y... ¡bum! Sus ojos eran apasionados, muy expresivos. Y, a su modo, esa chica es realmente atractiva. Fuera lo que fuese, el caso es que algo hizo clic entre nosotros. –Meneó la cabeza y el negro cabello se agitó para quedar luego en su lugar.

»Quizá fue una simple reacción bioquímica. He leído que existen ciertas sustancias que influyen sobre la atracción sexual. Feromonas. Quizá ese día nos encontrásemos químicamente en armonía, ¿quién sabe? El caso es que se trató de algo mutuo al mil por ciento. Cada vez que yo volvía los ojos en su dirección, la veía a ella mirándome. Al fin, me levanté, fui a sentarme junto a Tessa, y ella, inmediatamente, se movió en el banco y su cadera quedó pegada a la mía. Al cabo de dos minutos, la invité a salir y ella me dijo que sí, como si llevara meses esperando que se lo propusiera. Esa noche fui a recogerla a su residencia. Fuimos al cine, a cenar, charlamos... Pero evidentemente, hicimos todo aquello por cubrir las apariencias, por hacer que la cosa pareciera cortés y civilizada. Pero los dos íbamos a lo mismo. Y ella fue la que propuso que viniéramos aquí. A mí la idea no me apetecía mucho, porque esto no es exactamente la mansión Playboy, pero ella me dijo que en su residencia no tendríamos intimidad. La traje aquí, le preparé una copa, me metí en el baño, y cuando salí, ella estaba en esa cama. –Muscadine señalaba hacia el rincón–. Llevaba una combinación corta negra, y se había quitado los panties, que estaban en el suelo, hechos un rebujo. Al verme aparecer, sonrió y separó las piernas. Todo fue rapidísimo. –Juntó fuertemente ambas manos–. Como una colisión. Y los dos nos corrimos. Ella, antes que yo. Luego, de pronto, se apartó de mí y se echó a llorar. Traté de abrazarla y ella me empujó. Después el llanto arreció, y se fue poniendo más y más histérica. Comenzó a gritar. Lo único que faltaba era que la señora Green se despertara y viniera a ver qué ocurría, trayéndose quizá a *Sammy*. A la perra no le gustan los extraños. Así que le tapé la boca con la mano. No lo hice violentamente, sólo pretendía que se calmase. Y ella va y me muerde. Entonces me puse en pie y me aparté de la cama. Estaba completamente perplejo. Hacía un momento habíamos hecho el amor, y, de pronto, parecía querer matarme. Me dije que era un idiota por haber buscado un ligue fácil. Y no parecía que ella fuera a calmarse. Al fin, lanzó un sollozo más fuerte que los otros, gateó por el suelo en busca de los *panties*, logró ponérselos y salió como una exhalación del apartamento y comenzó a bajar la escalera. Yo la seguí. Quería que me dijera qué le pasaba, pero ella no estaba dispuesta a hablar. Siguió camino de la calle. Y de pronto *Sammy* se puso a ladrar, y en la habitación de la señora Green se encendió la luz.

–¿Llegó a salir su casera?

–No, porque todo fue muy rápido. Al llegar a la calle, Tessa echó a andar en dirección norte. Yo le dije que ya era muy tarde, y que la llevaría a casa, y ella me mandó a la mierda y dijo que prefería caminar. Lo cual era una chifladura, ya que el campus se encuentra a ocho o diez kilómetros de distancia. Traté de persuadirla, pero cada vez que le decía algo, me amenazaba con ponerse a gritar, así que al final la dejé por imposible. –Lanzó un profundo suspiro–. Fue algo auténticamente demencial. Me pasé varios días intentando comprender lo sucedido, y lo único que se me ocurrió fue que tal vez a Tessa la habían violado o molestado con anterioridad y mezcló sus recuerdos con la realidad de lo que había sucedido entre nosotros. Luego, un mes más tarde, recibí la notificación de que debía comparecer ante el comité. Fue como si me pegaran un puñetazo aquí. –Se apretó el estómago–. Más tarde me enteré de que no estaba obligado a comparecer. Pero no era eso lo que parecía dar a entender la notificación.

–¿Qué tal le sentó verse obligado a hacerse el análisis del sida?

–¿También está al corriente de eso?

–Hay transcripciones de lo que se dijo ante el comité.

–¿Transcripciones? Vaya por Dios. ¿Van a hacerse públicas?

–No, a no ser que se demuestre que tienen alguna relación con el asesinato.

Muscadine se frotó la frente.

–Jesús... En la industria se dice que la mala publicidad no existe, que lo importante es que hablen de uno. Pero eso sólo les ocurre a los que ya han conseguido el éxito. Yo soy un don nadie. Lo último que necesito es que la gente piense que soy un violador o que estoy infectado.

–¿Resultó usted ser seronegativo?

–¡Pues claro! ¿Acaso tengo aspecto de enfermo?

–¿Qué tal su espalda?

–¿Mi espalda?

–La señora Green me comentó que se había usted lesionado.

–Ah, eso. La culpa fue mía. Una mañana estaba nervioso y me puse a hacer ejercicios en la tabla de abdominales. Puse demasiada energía en ello y sentí como si un cuchillo me atravesara. Tardé una hora en poder volver a levantarme. Los dolores me duraron un mes, y la señora Green se ocupó de hacer la compra por mí. Por eso le traigo alguna golosina siempre que puedo. De vez en cuando aún noto alguna punzada, pero aparte de eso me siento bien. Y en la prueba del sida di totalmente negativo.

Repetí mi pregunta acerca de cómo le sentó verse obligado a hacerse la prueba.

–¿Que cómo me sentó? Me pareció una intrusión en mi intimidad. ¿Cómo hubiera reaccionado usted? Creo que dije que todo aquello me parecía kafkiano. ¿Trataron igual a todos los que comparecieron ante el comité?

–No estoy autorizado para decírselo.

Tras mirarme fijo por unos momentos, Muscadine dijo:

–Bueno, da lo mismo. El caso es que ésa fue toda mi relación con la profesora Devane. ¿Cree que la prensa aireará el asunto?

–Supongo que todo depende de quién resulte ser el asesino.

Él quedó unos momentos pensativo y al fin preguntó:

–¿Le parece posible que lo del comité tenga alguna relación con el asesinato?

–¿Le sorprendería que así fuera?

–Pues claro. Fue muy desagradable, pero al fin se quedó prácticamente en nada. No creo que alguien pueda matar por algo así. Además, no me imagino a mí mismo matando a alguien por ningún motivo. –Sonrió–. Salvo quizá, por un buen papel. Es broma. –Ahogó un bostezo y siguió–: Dispense. Si no quiere usted nada más, me gustaría echarme una siesta. A las seis empiezo a trabajar.

–¿Dónde?

–En el restaurante Delvecchio, en Tarzana. –Hizo una inclinación y burlonamente dijo–: «¿Cómo desea el señor el filete? ¿Poco hecho?». Pero así... ¿cómo me motivo?

–El profesor Dirkhoff dijo que había conseguido usted trabajo como actor.

El atractivo rostro se ensombreció.

–Ay...

–¿Le duele algo?

–El fracaso. Sí, lo que le dije al profesor era cierto, cierto al estilo Hollywood, y ése fue el motivo de que dejara los estudios. Pero los hubiera dejado en cualquier caso. Las clases eran demasiado teóricas. Una pérdida de tiempo y esfuerzos.

–¿Qué quiere decir con lo de que era cierto al estilo Hollywood?

–Un sándwich de aire con pan imaginario.

–¿El trabajo no llegó a concretarse?

–Se quedó en puras palabras. Cometí la ingenuidad de ser optimista porque hice una prueba excelente y mi agente me dijo que la cosa estaba hecha.

–¿Qué sucedió?

–Le dieron el papel a otro.

–¿Por qué?

–No tengo ni idea. Nunca dan explicaciones.

–¿Qué telenovela era?

–No sé. La hacía una productora independiente para la televisión por cable.

–¿Llegó a iniciarse la producción?

–De momento, no era más que un simple proyecto. Ni siquiera tenía título. Trataba de espías, diplomáticos, embajadas extranjeras... La directora de reparto me dijo que mi personaje era una especie de James Bond. Tenía que llevar un parche sobre el ojo y me llevaba de calle a todas las mujeres. Luego me dio un pellizco en el culo y me dijo: «Estás buenísimo, cariño». ¿Dónde están los comités de comportamiento cuando uno los necesita?

16

A las siete, Milo llegó a casa procedente del aeropuerto. Su aspecto era desaliñado.

–¿Dónde están las zapatillas blancas? –pregunté.

Él se miró las arañadas botas de campo.

–Decidí ir con indumentaria formal. –Se sentó a la mesa de la cocina y sacó de su portafolios una foto veinte por treinta.

Era una fotografía de promoción de medio cuerpo de una joven sumamente atractiva, con largo y sedoso cabello oscuro, sonrosadas mejillas, labios sensuales ligeramente separados y atónitos ojos almendrados del color del café exprés.

Llevaba un vestido blanco sin tirantes adornado con lentejuelas blancas, y estaba inclinada hacia delante, dejando ver un gran escote. En torno al cuello lucía una gran gargantilla también de brillantes. Demasiados quilates para ser auténticos. Se había utilizado un ventilador para que el cabello ondease ligeramente. Su sonrisa era a un tiempo invitadora y burlona.

Debajo de la foto se leía:

AMANDA WRIGHT
ACTRIZ Y BAILARINA
REPRESENTANTE: ONYX ASSOCIATES

–¿Sus agentes? –pregunté.

–Según la policía de Las Vegas, se trata de una ya extinta

empresa entre elegante y sórdida especializada en facilitar atracciones *topless* a los casinos. Mandy no tenía antecedentes delictivos, lo cual no es raro en las profesionales de postín que se materializan en torno a los jugadores gananciosos. Otros datos vitales: estaba soltera, le gustaban las fiestas, consumía hierba, píldoras y coca. Su último novio fue un crupier de blackjack llamado Ted Barnaby, también cocainómano, que se trasladó a Reno poco después del asesinato. La policía de Las Vegas lo interrogó al día siguiente y él se mostró cooperador y tenía coartada: estuvo trabajando toda aquella noche, y su jefe de turno lo confirmó. Además, el hombre parecía sumamente afectado por la muerte de Mandy.

–Pero se fue de la ciudad.

–Eso no resulta sospechoso, porque la gente de los casinos nunca para mucho en un sitio. Anoche, un detective me condujo al lugar del crimen. Una tranquila zona residencial de clase media. La calle no estaba tan arbolada como la de Hope, pero frente al edificio de Mandy crecía un enorme eucalipto, y bajo él fue asesinada. Tanto los de Las Vegas como yo estamos haciendo indagaciones en todo el país y no han aparecido otras muertes que encajen con esa pauta, pero hay mucho terreno por cubrir.

–¿Existe constancia de que Mandy hubiera vivido en Los Ángeles?

–De momento, no. Llevaba tres años en el mismo apartamento alquilado. Nació y creció en Hawai, donde tampoco tenía antecedentes policiales. No me sorprendería que hubiese venido a Los Ángeles en más de una ocasión, pero los movimientos de sus tarjetas de crédito no lo indican, aunque sí indican que realizó otros viajes.

–¿Adónde?

Milo volvió a echar mano de su portafolios y sacó una gruesa carpeta negra que abrió y colocó junto a la foto. Mi amigo se humedeció el pulgar y fue pasando páginas hasta encontrar el resumen de dos años de movimientos de una

Visa y una MasterCard reducidos a letra pequeña. Tres columnas por página.

Las cuentas mensuales de Mandy Wright oscilaban entre los quinientos dólares y los cuatro mil. Gran cantidad de retrasos en el pago y de cobros de intereses. Un par de impagados. En ambas ocasiones le retiraron la tarjeta y ella cambió de compañía.

Recorrí con el dedo la pormenorizada relación de compras. Casi todo era ropa, cosméticos, joyas y restaurantes. Los gastos de viaje estaban rodeados por un círculo. Una docena de vuelos: dos viajes a Aspen y Park City, Utah; seis a Honolulú; uno a Nueva York y otro a Nueva Orleans.

–Una dama cosmopolita –comenté–. ¿Viajes de trabajo?

–Los que hizo a Hawai tal vez fueran personales, porque tenía un hermano allí, pero sí, lo demás pudo ser trabajo. A los centros de esquí fue en invierno... trabajaría en ellos como conejita de nieve. A Nueva Orleans fue durante los carnavales, una gran época para las prostitutas. Nueva York puede ser cualquier cosa en cualquier época del año.

–Pero a Los Ángeles no vino –dije–. Las Vegas-Los Ángeles es un trayecto que las prostitutas hacen con bastante frecuencia. ¿No te parece extraño que fuera en avión a todas partes menos aquí?

–Quizá no le gustase el *smog* –replicó Milo–. Quizá viniera en coche. Pero tienes razón: muchas chicas hacen la ruta del desierto regularmente. El año pasado tuvimos varios casos de mujeres casadas del Westside que se ganaban un dinerito de bolsillo haciendo mamadas en los moteles y volvían a casa a tiempo para servir la cena. Así que tal vez Mandy tenía un cliente fijo en Los Ángeles que no quería que quedase constancia de los viajes de ella. –Golpeó la foto con un dedo–. No sería raro que hubiera algún tipo rico que, a espaldas de su esposa, pagase a una mujer con este aspecto para que viniera regularmente a hacerle discretas visitas.

Milo cogió una cerveza y yo examiné el resto de la carpeta,

comenzando con el resumen del interrogatorio de Ted Barnaby. Un solo párrafo, escrito por un detective llamado A. Holzer, que había hablado con el novio de Mandy antes de que éste se fuera a Reno. Barnaby mostró: «Lágrimas y otros indicios de dolor. El sujeto asegura no conocer ningún motivo para el homicidio. Dice estar al corriente de que la víctima "trabajaba a veces como *callgirl.* Ése es el motivo de que no viviéramos juntos. Ella necesitaba su propio apartamento". El sujeto afirma también que no le gustaba que la víctima se dedicase a la prostitución y que, en el pasado, había discutido con ella al respecto, pero al fin llegó a aceptar la situación. "Hay que admitir a la gente como es." Su coartada es sólida, y está confirmada por Franklin A. Varese, jefe de turno en el casino, y por dos de sus compañeros de trabajo, los crupieres Sandra Boething y Luis Maldonado».

A continuación, la autopsia y los informes del laboratorio.

Las pruebas toxicológicas pusieron de manifiesto la presencia de una moderada cantidad de cocaína en la sangre de Mandy Wright la noche del asesinato.

El asesinato había sido a medianoche. Hope fue acuchillada poco después de las 23.00.

Pasé página.

Las heridas estaban descritas casi palabra por palabra como en el expediente de Hope.

El golpe inicial al corazón había colapsado el órgano, y la muerte se produjo a causa de la hemorragia y el *shock.* Con anterioridad a eso, el sistema cardiovascular de Mandy Wright se encontraba en excelente forma, con las arterias limpias y sin obstrucciones. Ninguna enfermedad venérea, sida incluido. Ningún indicio de dolencias ni infecciones graves, excepción hecha de leves erosiones endonasales producidas probablemente por el consumo excesivo de cocaína.

En el párrafo final se mencionaba una significativa expansión del esfínter anal y unos rasguños fibroides en el recto, lo cual era indicio de un historial de sexo anal, pero en las últimas veinticuatro horas no había existido actividad sexual vaginal. El examen *post mortem* de la región pélvica no reveló tumores ni otras patologías; sin embargo, se percibían cambios atribuibles a una pasada preñez.

Aquello me hizo pensar. Y el último párrafo, también:

«Las trompas de Falopio han sido ligadas; por el grado de atrofia, la operación debió de realizarse hace uno o dos años.»

–¿Esterilizada? ¿Se sabe si tuvo algún hijo?

Milo negó con la cabeza.

–Había estado preñada con anterioridad –dije–. Lo cual significa que abortó, aunque tal vez fuera un aborto natural. Lo cual pudo ser antes de la ligadura o al mismo tiempo. Es una especulación muy aventurada; pero el doctor Cruvic está especializado en ese tipo de cirugía. ¿Y si él era el contacto de Mandy en Los Ángeles?

Milo dejó la cerveza.

–No parece muy verosímil. Hay montones de tocólogos.

–Digo lo que me viene a la cabeza. Si quieres me callo.

–No, no: sigue.

–Cruvic tiene dinero –dije–. Conduce un Bentley. Las ropas que lleva no son precisamente de hipermercado. Encaja con el tipo de hombre que podría hacer venir desde Las Vegas a una amiguita pagándole el billete de avión en efectivo.

–¿Primero es su médico, y ahora es su compañero de juergas?

–Podría ser lo uno y lo otro. Quizá por eso se ocupó personalmente del ligado, en vez de dejar que lo hiciera un médico de Las Vegas. Qué demonios, quizá Cruvic fuera incluso el padre de su hijo. ¿Quién estaría en mejor posición que un ginecólogo para salir de un apuro de ese tipo? Ya lo hemos cogido al menos en una mentira: la de que no conocía a Hope antes de la fiesta para recaudar fondos. ¿Por qué iba a tratar de desorientarnos? Probablemente, porque acertaste con tu corazonada: la relación entre Hope y Cruvic fue más que una simple amistad. Y tengo otras pruebas de ello.

Le conté lo que Holly Bondurant había visto en el aparcamiento, y el enorme, exagerado énfasis con que Marge Showalsky desmintió la posibilidad de que hubiera nada entre Hope y Cruvic.

–Luego tenemos lo de que Cruvic pagase directamente los servicios de Hope. Eso no huele bien. Además, hoy me he enterado de algo que indica que el tipo también se saltaba otras barreras éticas.

Repetí mi conversación con Mary Farney.

–Operó a una menor que era deficiente mental a sabiendas de que ella, probablemente, no podía dar su consentimiento, ni siquiera asesorada. Quizá utilizó a Hope para cubrirse las espaldas. Quizá anduvieran metidos en otros asuntos turbios.

–¿Por ejemplo?

–¿Quién sabe? Chanchullos económicos. O también es posible que hicieran algo de veras feo, como extraerle óvulos a una paciente sometida a tratamiento de fertilidad para vendérselos a otra.

–¿Y dónde encajaría Mandy en eso?

–Aunque quizá sea descabellado, tal vez la chica, siendo joven y saludable, fuera donante de óvulos. Y se enteró de algo que no debía. O trató de hacer chantaje a Cruvic. O quizá Cruvic sea de los que primero aman y luego matan. Qué demonios, podría seguir todo el día, pero a lo que voy es a que mi instinto me dice que merece la pena investigar al doctor Cruvic, pese a que todo haga pensar que el asesinato de Mandy tenga motivaciones sexuales.

Milo se levantó y comenzó a pasear por la cocina.

–Los dos reparamos en lo excitado que estaba Cruvic –dijo mi amigo–. Trató de convencernos de que sus nervios eran debidos al ejercicio, pero la causante quizá fuera la cocaína, y ésa podría ser su relación con Mandy. Sin embargo, cuando le hicieron la autopsia a Hope no encontraron coca en su organismo, y no hay nada que indique que fuera consumidora. Con lo cual vuelvo al punto de partida: si Hope tenía un lío con Cruvic, o con Locking, o con cualquier otro, tal vez Seacrest se enteró y decidió que ya había llevado bastantes cuernos.

–¿Pero qué conexión podría existir entre Seacrest y Mandy Wright?

Siguiendo con sus paseos, Milo replicó:

–Los tipos llamativos no son los únicos que tienen líos con jovencitas. A un pacífico profesor de mediana edad también puede apetecerle divertirse. Y un pacífico profesor de mediana edad tendría excelentes motivos para pagar en efectivo a su amiguita. Tal vez la amiguita se dio cuenta de lo vulnerable que era el profesor y decidió extorsionarlo, y quizá el profesor decidió solucionar de modo tajante el problema: corazón, vagina, espalda. Y, hecho esto con éxito, ¿por qué no hacer lo mismo con la esposa que estaba convirtiéndose en una fuente de molestias?

–Una teoría muy imaginativa –dije.

–Tú eres una gran inspiración.

–Muy bien, ya que nos hemos metido a guionistas, ¿qué tal esto? Un trío. Cruvic, Hope y Mandy. O Seacrest, Hope y Mandy. O algún desconocido, Hope y Mandy. Hacía venir en avión a una *callgirl* para salpimentar una relación que ya estaba en las últimas. Luego, por el motivo que sea, el tipo decide acabar con el asunto. Definitivamente, se libra de Mandy primero porque asesinar a una *callgirl* a quinientos kilómetros de distancia no llamará la atención en Los Ángeles. Pero Hope es harina de otro costal. Es una profesional de éxito, inteligente, y reside en Los Ángeles. Así que el tipo se lo toma con paciencia y decide esperar el momento oportuno. Luego la propia Hope lo ayuda al hacerse famosa con su libro. Lo cual representa la tapadera perfecta: el asesino fue un chiflado que actuó a impulsos de la polémica suscitada por Hope.

Milo reflexionó sobre mis palabras.

–Pero si Mandy y Hope se conocían, el asesinato de Mandy hubiera puesto sobre aviso a Hope.

–Si ya se habían separado, ¿cómo iba Hope a enterarse del

asesinato de Mandy? ¿Sabes si la muerte de Mandy fue aireada por la prensa?

Mi amigo negó con la cabeza.

–Sólo apareció una pequeña nota en el *Sun* de ese mismo día. Sin embargo, si Hope hubiera participado en un trío con Mandy, ¿no sería lógico que se hubiese enterado de la muerte de la chica?

–Muy bien –dije–. Digamos que sabía que Mandy había sido asesinada, pero no creyó que eso tuviera relación con ella. Constantemente se producen asesinatos de prostitutas.

Milo dio un sorbo a su cerveza y miró por la ventana de la cocina. El sol, pequeño y cálido, cubría de plata las copas de los pinos, dándoles una apariencia tan brillante como la del vestido de Mandy Wright.

–Todo eso son especulaciones muy bonitas –dijo al fin–. Pero, aunque sólo fuera por cambiar, resultaría agradable disponer de algún hecho.

–Al menos –dije–, puedo investigar las credenciales de Cruvic, a ver si descubro algo raro.

–Hazlo. Mi siguiente paso es una charla con Kenny Storm. Quiero dejar zanjado todo lo referente al comité. También pediré a la policía de Las Vegas que averigüe si Mandy tenía seguro médico. Quizá quede constancia de su esterilización, y logremos averiguar quién la intervino. Barnaby, el novio, tal vez estuviera enterado de cómo fue la cosa, así que pediré que también lo interroguen. ¿Ocurrió algo más durante mi ausencia?

–Hablé con Reed Muscadine. Como Kenny, él también abandonó la universidad, aunque por otros motivos. Creyó haber encontrado trabajo en una telenovela, pero luego el asunto no prosperó. Negó haber violado a Tessa Bowlby, y repitió la misma historia que contó ante el comité.

–¿Verosímil?

–Más o menos; pero hay que tener en cuenta que estamos hablando de un actor, así que tomemos su declaración en lo que valga.

–¿Y cuánto crees que vale?

–No sé qué decirte. Tessa parecía sumamente traumatizada. Me gustaría saber qué la atormenta. Quizá vuelva a charlar con ella.

–¿Qué pinta tiene el tal Muscadine?

–Alto, fuerte y musculoso. Cuida mucho su forma física. Tiene la casa convertida en un gimnasio.

–¿El tipo de hombre capaz de inmovilizar a una mujer mientras le asesta una cuchillada en el corazón?

–Pues sí. Podría haber dominado a Tessa con sólo dos dedos. Pero durante el interrogatorio parecía muy calmado, así que, una de dos: o es inocente, o se había preparado bien su papel en previsión de que alguien lo interrogara. Su casera lo aprecia, dice que no crea problemas. Él asegura que es seronegativo y, aunque mintiese, aún no muestra ningún síntoma de la enfermedad. Tessa, por otra parte, tiene muy mal aspecto. Pero, después de lo de Mandy, ¿qué importancia puede tener ya lo del comité?

–Excelente pregunta; pero quiero terminar con ese asunto. He visto muchas meteduras de pata que, en su momento, parecieron perfectamente lógicas. Ya sólo queda por interrogar a una estudiante, ¿no?

–Deborah Brittain. Intentaré localizarla mañana.

Milo volvió a guardar la carpeta en el portafolios.

–Gracias por tus teorías –dijo–. Es preferible tener hipótesis a no tener nada.

Lo acompañé hasta la puerta.

–¿Adónde te vas ahora?

–A casa a ducharme. Luego hablaré con unos cuantos colegas. Quizá descubra que ha habido otras muchachas bonitas que han recibido tres cuchilladas debajo de grandes árboles, y entonces podré disfrutar a mis anchas de la sensación de encontrarme total y completamente desorientado.

No dejaba de darle vueltas en la cabeza al hecho de que Cruvic hubiese mentido al decir que, antes de la fiesta para recaudar fondos, él no conocía a Hope, y a las siete de la tarde, mientras Robin trabajaba en su taller, me fui en coche hasta Civic Center.

¿Esperando qué? ¿La oportunidad de echarle un vistazo al Bentley cuando Cruvic saliera de su consulta? ¿Ver algún rostro bonito en la ventanilla del pasajero?

Inútil. La rosada fachada del edificio carecía de ventanas y era imposible saber si había alguien dentro.

Aquel tipo de arquitectura no resultaba exactamente acogedor. Vuelta a la misma pregunta: ¿por qué motivo instaló Cruvic su consulta allí, tan lejos del resto de los médicos de Beverly Hills?

La mera discreción profesional no era respuesta suficiente. Los psiquiatras y psicólogos logran mantener la confidencialidad de sus pacientes trabajando en edificios de oficinas convencionales.

¿Tenía Cruvic algo que ocultar?

Todas las calles de Beverly Hills disponen de callejones que discurren paralelos, lo cual forma parte de una planificación urbana que trata de mantener lejos de la vista del público la carga y descarga de mercancías y la recogida de basura. Hice un giro en U y regresé al cruce más próximo –con Foothill Drive–, donde torcí a la derecha y me metí por la pista de asfalto que discurría por la parte posterior de los edificios. Fachadas traseras, andenes de carga, contenedores de basura. Al fin, un alto muro color rosa.

Tres plazas de estacionamiento, todas vacías. La entrada posterior del edificio era una vieja puerta de garaje de madera oscura y entrecruzada por tablones. Un enorme cierre asegurado por un gran candado. Aquello se parecía más a la entrada a un almacén que a la de la consulta privada de un médico.

El hecho de que no hubiera coches significaba que Cruvic había terminado su jornada allí. ¿Estaría tal vez ocupándose de su trabajo voluntario en la clínica?

Volví a dar media vuelta, tomé por la pequeña Santa Mónica hasta Century City, y luego enfilé la Avenida de las Estrellas hacia el sur, hasta Olympic Boulevard West. Veinte minutos más tarde estaba en Santa Mónica. Para entonces ya había oscurecido por completo.

En el Centro Femenino de Salud se veían unas cuantas luces, y, en el estacionamiento contiguo, había más de una docena de coches aparcados. Casi todos eran modelos corrientes, con la excepción de un reluciente Bentley Turbo plateado que permanecía cerca de la puerta principal del edificio.

La cadena de la rampa de acceso a la clínica estaba alzada y cerrada con un candado, y un vigilante uniformado patrullaba lentamente. Pese a la escasa luz, pude ver la pistolera que llevaba a la cintura. Al advertir mi presencia, el hombre aceleró el paso. Me alejé en mi automóvil antes de que tuviéramos oportunidad de vernos las caras.

17

Tenía que atar cabos sueltos.

A la mañana siguiente llamé al departamento de psicología y conseguí el número de Mary Ann Gonsalvez. Debido a la diferencia horaria, en Londres eran las 17.00. No obtuve respuesta y no había contestador.

Preparé café y una tostada y comí sin paladear, pensando en lo que había visto la noche anterior en la clínica femenina. El vigilante armado, el estacionamiento cerrado con cadena.

El doctor Cruvic debía de estar todavía operando.

¿A pacientes como Chenise Farney?

Quince coches. Aun descontando los del personal, aquello significaba diez intervenciones o más. Y, probablemente, cuando yo me pasé por la clínica, Cruvic llevaba ya horas trabajando, operando a una paciente tras otra.

¿Idealismo o negocio?

El negocio podía ser excelente si el hombre utilizaba las instalaciones de la clínica sin pagar por ellas y cobraba luego al estado. Y los de la clínica se sentirían felices de contar con un voluntario que atendiese a su menesterosa clientela.

Mujeres pobres significaba Medi-Cal, atención médica estatal. Los fondos para abortos siempre estaban sujetos a fluctuaciones políticas, y yo no sabía si Medi-Cal pagaba aquel tipo de intervenciones.

Llamé a la oficina de Medi-Cal en Los Ángeles y allí me remitieron a un número 900 de Sacramento, donde estuve aguardando diez minutos y luego me cortaron la línea. Probé de nuevo, soporté otra espera, conseguí comunicación y me transfirieron a otro número 900. Más esperas, dos funcionarios que parecía que estaban sonados, y, por fin, se puso alguien coherente que admitió que, efectivamente, Medi-Cal reembolsaba los gastos de abortos y ligaduras de trompas; pero que, para conseguir acceso a tales subvenciones hacían falta ciertas claves y códigos de procedimiento.

Telefoneé a la Facultad de Medicina del otro extremo de la ciudad y me aproveché de mi condición de miembro del claustro universitario para conseguir que me pusiesen con el departamento de administración del Hospital Femenino. La funcionaria encargada me dijo que debía hablar con el departamento de contabilidad, y de allí me remitieron al departamento de contabilidad de Medi-Cal. Al fin, alguien cuyo tono parecía implicar que yo debería haber estado al corriente de aquello sin necesidad de preguntar, me informó de que, en efecto, los abortos eran reembolsados por el estado a razón de novecientos dólares por intervención, cifra que no incluía costes de hospital, anestesia, ni otros gastos.

Colgué.

Novecientos por intervención. Y si a uno se le daba bien hacer malabarismos con las cuentas, como parecía ser el caso de Cruvic, podía añadir cosas como gastos de personal auxiliar, quirófano, medicinas y anestesia, aumentando considerablemente con ello el reembolso a percibir.

Veinte abortos a la semana suponían unos ingresos anuales de casi un millón.

Bonita forma de complementar los ingresos obtenidos como experto en fertilidad.

Implantar fetos a las ricas, extraérselos a las pobres.

Naturalmente, existían riesgos. Algún fanático antiabortista podría reaccionar violentamente. Y si los periódicos se enteraban del asunto, la publicidad sería pésima: «Experto en fertilidad de Beverly Hills dirige clínica de abortos nocturna». Los antiabortistas pondrían en la picota a Cruvic como asesino de bebés, y los liberales se rasgarían las vestiduras por aquel ejemplo de desigualdad de clases.

Y, con independencia de su ideología política, aquella publicidad espantaría a los pacientes que deseaban someterse a tratamiento de fertilidad. Y, también, les desagradaría el hecho de que, pese a lo que aseguraba su tarjeta profesional, su médico no limitase su actividad profesional a facilitar los embarazos.

Pero, estando aquellas cantidades de dinero en juego, probablemente Cruvic pensó que merecía la pena correr el riesgo.

Un edificio médico apartado.

El estacionamiento de la clínica cerrado con cadenas, un vigilante armado.

¿Se volvió Cruvic codicioso y quiso ganar aún más?

¿Hinchó las cuentas? ¿Manipuló los libros?

¿Fue Hope cómplice del fraude?

Pero Cruvic sólo le había pagado treinta y seis mil al año, una cantidad ridícula tratándose de un negocio de un millón de dólares.

Quizá los treinta y seis grandes fueran sólo la parte que ella declaraba a Hacienda, y hubo otros pagos en efectivo.

O quizá Hope se negó a colaborar en el fraude y, al enterarse de la verdad, o renunció, o amenazó con denunciar a Cruvic.

¿Y la mataron a causa de ello?

¿Y dónde encajaba Mandy Wright? Hasta el momento, su única relación con la obstetricia era un aborto y una ligadura de trompas.

Desvarías, Delaware.

Lo más probable era que Mandy y Hope hubieran sido asesinadas por un psicópata desconocido, y que Cruvic, pese a su comportamiento mercenario y a su ética poco escrupulosa, no tuviese nada que ver con ello.

Sin embargo, yo le había prometido a Milo investigar las

credenciales de Cruvic. Deborah Brittain estaría en clase durante las siguientes horas, y la aterrada Tessa Bowlby tenía el día libre. Lo cierto era que la muchacha disponía de montones de días libres, ya que sólo estaba matriculada en dos asignaturas cuyas clases se impartían los martes y los miércoles.

Una carga académica reducida.

¿Tendría Tessa dificultades para soportar el peso de los estudios?

Probaría otra vez con ella; pero había que hacerlo en orden.

Primero llamé al Consejo Médico Estatal y averigüé que no había habido ninguna denuncia por negligencia profesional contra el doctor Mike Cruvic. Su licencia médica no corría riesgo.

Sí; probablemente mis teorías eran desvaríos.

Me vestí y me dirigí en coche a la universidad.

En la Biblioteca Biomédica, busqué a Cruvic en el *Directorio de Especialistas Médicos.*

Estudios secundarios en Berkeley, el *alma mater* de Hope, otro posible vínculo. Además, los dos eran de la misma edad y se habían graduado en la misma promoción.

¿Serían viejos amigos? Seguí leyendo. Cursó estudios de medicina en la Universidad de San Francisco. De nuevo había vuelto a estudiar en la misma ciudad que Hope.

Luego, ella se trasladó a Los Ángeles para realizar las prácticas clínicas, y él se fue a Seattle para efectuar su internado como cirujano en la Universidad de Washington.

Hasta el momento, todo era de lo más normal.

Pero luego la cosa se puso interesante.

Cruvic sólo completó un año de residencia en la Universidad de Washington. Luego, consiguió permiso para ausentarse y pasó un año en el Instituto Brooke-Hastings de Corte Madera, California.

Después, en vez de regresar a Washington, cambió de especialidad. De cirugía a obstetricia y ginecología, y se inscribió como residente de primer año en el Centro Médico Fidelity de Carson, California. Completó la residencia y obtuvo su título de especialista en obstetricia y ginecología.

No se citaba ningún tipo de estudios de posgrado en fertilidad.

Aquello no era ilegal. Una titulación universitaria y una licencia estatal permitían a cualquier doctor realizar casi cualquier tipo de trabajo médico. Sin embargo, resultaba sorprendente e indicaba una cierta irresponsabilidad por parte del interesado, ya que las técnicas de fertilidad eran sumamente complejas.

¿Dónde las habría aprendido Cruvic?

¿Durante el año que pasó en el Instituto Brooke-Hastings? No, porque por entonces no era más que un residente de primer año, y ninguna institución seria lo hubiera aceptado en un curso de capacitación tan avanzado.

¿Autodidacta?

¿Optó por acortar camino de forma osada y peligrosa?

¿Era aquél el auténtico motivo de que tuviera su consulta lejos de los demás médicos de Beverly Hills?

De ser así, ¿quién le enviaba los pacientes?

¿Otros que también se saltaban las reglas?

Pero quizá la respuesta fuera mucho más simple: había recibido la capacitación adecuada, pero, accidentalmente, el dato no fue incluido en su currículo.

Sin embargo, lo lógico hubiera sido que él se apresurase a corregir el error. Y el directorio se actualizaba cada año.

¿Estaría practicando las técnicas de fertilidad sin tener la capacitación necesaria?

¿Acortando camino?

¿Aceptando casos de los que nadie quería ocuparse?

Actividades fronterizas con la ilegalidad...

¿Se sentiría Hope atraída por la osadía de Cruvic?

Alguien tan distinto al aburrido y rutinario Seacrest.

Un viejo Volvo contra un resplandeciente Bentley.

Actividades fronterizas con la ilegalidad...

¿Habría surgido algún problema grave?

Ahora Hope estaba muerta y Cruvic, como él mismo había señalado, seguía vivito y coleando y dedicado a hacer sabe Dios qué cosas.

Pero... ¿y Mandy Wright?

¿Qué tenían en común la profesora universitaria y la prostituta de lujo, aparte de haber sufrido ambas una muerte horrible?

Nada encajaba con nada.

Seguí insistiendo, y busqué el nombre de Cruvic en todos los bancos de datos científicos y médicos disponibles en la biblioteca. No se hacía mención de publicaciones, así que el año que mi hombre pasó en Brooke-Hastings no lo dedicó a la investigación.

Además, el nombre de aquel instituto tampoco aparecía por ninguna parte.

Cuando terminé, me sentía lleno de recelos y sospechas, pero no podía hacer nada más, y ya era hora de ir en busca de Deborah Brittain.

La vi salir de Monroe Hall y dirigirse al aparcamiento de bicicletas.

La foto de su ficha no daba indicación de su estatura.

Medía más de metro ochenta, era delgada, aunque de constitución fuerte, con cabello rubio sucio y pómulos marcados. Vestía un polo blanco con el escudo de la universidad, pantalones cortos azul marino, calcetines blancos y zapatillas de goma. A la espalda llevaba una mochila roja de ciclista.

Su bicicleta de carreras se encontraba junto a una docena

de otras similares, amarrada a unas barras en la parte posterior del rojo edificio de ladrillos. La observé ponerse una banda elástica en la frente y luego quitar la cadena de seguridad. Mientras sacaba la bicicleta, me planté ante ella y me presenté.

–¿Qué desea?

En sus azules ojos, la preocupación dio paso a la alarma. Le mostré mi identificación.

–¿La profesora Devane? –preguntó, con voz ronca–. Sí que han tardado ustedes. –Crispó las manos en torno al manillar–. Dentro de media hora tengo entrenamiento de voleibol, pero quiero hablar con usted. Paseemos.

Empujó la bicicleta acera adelante. Para seguir a su altura, tuve que aumentar la longitud de mis zancadas.

–En primer lugar, quiero decirle que la profesora Devane era una gran mujer. De veras. Una persona maravillosa. Al tarado que la mató deberían condenarlo a muerte, pero naturalmente no lo harán.

–¿Y eso?

–Aunque lo atrapen y lo condenen, la sentencia nunca se cumplirá.

Me miró sin dejar de caminar.

–¿Quiere que le hable de Huang? –preguntó.

–Quiero enterarme de todo lo que usted me pueda contar.

–¿Piensan que Huang lo hizo?

–No. Simplemente, hablamos con todos los que tuvieron relación con el Comité de Comportamiento.

–¿Así que creen que el comité tuvo algo que ver con el asesinato?

–No sabemos mucho y punto, señorita Brittain.

–Bueno, ya sé que hay quien ha estado echando pestes del comité, pero en mi opinión fue una excelente idea. A mí me salvó la vida. No literalmente, claro; pero Huang me estuvo amargando la existencia hasta que la profesora Devane puso fin a la cuestión.

De pronto se detuvo. Tenía los ojos húmedos y la banda elástica se había deslizado por su frente. Volvió a subirla y comenzamos a andar de nuevo.

–Huang siempre me seguía hasta la biblioteca. Yo me volvía a recoger un libro, y allí me lo encontraba a él. Mirándome, sonriendo. Sonrisas insinuantes, ¿comprende?

Asentí con la cabeza.

–¿Eso fue antes o después de haberla invitado a salir?

–Después. El muy cretino. Evidentemente, era su forma de vengarse de mí. Tres veces me pidió que saliéramos y tres veces me negué. A la tercera se abandona, ¿no? Pero él no se resignaba. Fuera a donde fuera, en cuanto me volvía lo veía a él, con los ojos fijos en mí. La cosa estaba comenzando a sacarme de quicio.

–¿Eso ocurría en cualquier lugar del campus?

–No: sólo en la biblioteca –dijo ella–. Era como si la considerase su terreno de caza. Probablemente, iba allí para ligar, porque otra razón no había. Él estudia para ingeniero, y en ingeniería tienen su propia biblioteca. –Se pasó el dorso de la mano por la frente–. No estoy paranoica y siempre he sido capaz de cuidar de mí misma. Pero aquello era horrible. No lograba concentrarme. La universidad ya es bastante difícil sin esos atosigamientos. ¿Por qué tenía que soportarlos? Pero, si no es por la profesora Devane, creo que no habría tenido valor para hacer nada. –Se mordió los labios y, con los ojos llenos de lágrimas, dijo–: ¡Ha sido una pérdida tan horrorosa, tan injusta!

La muchacha empujó la bicicleta más deprisa. Yo le pregunté:

–¿Dejó Huang de molestarla?

–Sí. Así que Dios bendiga a la profesora Devane y al infierno con los de administración por acobardarse.

–¿Ante quién se acobardaron?

–Tengo entendido que hubo un ex alumno rico que los obligó a desmantelar el comité. –Echó el mentón hacia delante–. ¿Huang es peligroso?

–Hasta ahora, no tenemos motivo para creer que lo sea.

Deborah rió, insegura.

–Bueno, eso tranquiliza mucho.

–¿Sigue usted preocupada por él?

–No, después de lo del comité, ya no lo estaba. Cuando, yendo por el campus, me cruzaba con él, me sentía poderosa, fuera de su alcance. Pero luego me puse a pensar si el asesinato de la profesora Devane estaría relacionado de algún modo con el comité, y la simple idea me descompuso.

Caminamos unos momentos en silencio y luego Deborah siguió:

–Cuando comienzo a inquietarme, recuerdo algo que la profesora Devane me dijo: los acosadores son cobardes que carecen de seguridad en ellos mismos, por eso andan por ahí hostigando a mujeres. La clave está en hacerles frente, en demostrarles que una es más fuerte que ellos. Y eso es exactamente lo que hago cuando me tropiezo con Huang. Pero... mire lo que le pasó a la profesora.

La bicicleta se detuvo tan bruscamente que a la muchacha le costó mantenerla en equilibrio.

–El asesinato de la profesora me enfurece. Tengo que encontrar un modo de asimilarlo. ¿Hay alguna posibilidad de que Huang sea el culpable?

–Su coartada parece excelente.

–Así que al menos se tomaron a Huang lo bastante en serio como para investigarlo. Bien. Que se entere de lo que supone sentirse controlado. Pero, si no sospecha de él, ¿por qué me interroga?

–Trato de conseguir toda la información posible sobre la profesora Devane. Sus relaciones, sus actividades, las personas que podían sentir rencor hacia ella.

–Bueno, ella y yo no éramos íntimas. Sólo hablamos un par de veces, antes de la sesión del comité y después, cuando ella me aconsejó sobre el modo en que debía comportarme. Fue extraordinariamente amable y comprensiva. Como si, realmente, supiera lo que era aquello.

–¿El qué? ¿El acoso?

–Como si realmente supiera lo que significaba ser una víctima.

–¿Le dijo ella si había pasado por una experiencia similar?

–No, nada de eso. Era simple empatía, auténtica empatía, no una simulación. –Meneó la cabeza–. Era una mujer asombrosa. Nunca la olvidaré.

La residencia de Tessa Bowlby se encontraba en uno de los edificios cuadrados de seis pisos situados en el extremo noroeste de los amplios terrenos de la universidad. Un gran cartel de madera sostenido por postes decía: RESIDENCIA DE ESTUDIANTES. PROHIBIDO APARCAR SALVO A VEHÍCULOS AUTORIZADOS. En los alrededores, todo eran palmeras y cocoteros. Un poco más allá se encontraba el centro recreativo de estuco, color crema y con cristales ahumados donde años atrás se conocieron Philip Seacrest y Hope Devane.

Aparqué en una zona de carga contigua al edificio, entré en el vestíbulo y fui hasta el mostrador de recepción. Una negra de veintitantos años estaba marcando un libro con un grueso rotulador rosa del mismo tono que sus labios. Detrás de donde estaba la joven había una centralita. Una de las luces parpadeó y se escuchó un pitido. Cuando se volvió para contestar la llamada, me vio. Su libro estaba lleno de letra menuda y de gráficos. Logré leer el título, aunque el libro estaba invertido. *Fundamentos de economía*.

Tras atender la llamada, la joven se volvió hacia mí.

–¿Qué desea?

–Tessa Bowlby, por favor.

Sacó unos folios grapados. Una lista mecanografiada de nombres. La «B» comenzaba en la segunda página y pasaba a la tercera. La recepcionista revisó la lista dos veces antes de menear la cabeza.

–Lo siento, no hay nadie con ese nombre.

Quizá Tessa sea un apodo.

Ella me miró de arriba abajo y volvió a consultar la lista.

–No hay ninguna Bowlby. Pruebe en otra residencia.

Probé en todas ellas. Con idéntico resultado.

Quizá Tessa hubiera decidido mudarse a vivir fuera del campus. Los estudiantes cambiaban de domicilio frecuentemente. Pero, sumada al miedo que percibí en sus ojos y a su reducida carga de trabajo académico, la desaparición casi equivalía a una fuga.

En la última residencia, llamé a Milo desde un teléfono público con la esperanza de que él tuviera la dirección particular de la chica Bowlby. Además, quería hablar a mi amigo de las lagunas en la carrera académica de Cruvic. Milo no estaba, y su teléfono móvil tampoco respondió. Quizá hubiera encontrado un tercer cadáver con tres cuchilladas o cualquier otra cosa que haría inútiles mis esfuerzos deductivos.

Me fui de la universidad en el Seville, y me detuve en la primera gasolinera que encontré en Westwood Village. La cabina telefónica se encontraba en pésimo estado, pero, debajo del teléfono, aún colgaba una guía telefónica de Westside, sin tapas y con muchas de las hojas desgarradas o arrancadas. Pero la página en que aparecían los Bowlby seguía allí.

Sólo había dos:

Bowlby, T. J., Venice, sin dirección.

Bowlby, Walter E., en Mississippi Avenue, West Los Ángeles.

Los Ángeles es una mescolanza de urbanizaciones residenciales y, existiendo en el condado una docena de listines telefónicos, era poco probable que ninguno de los dos Bowlby estuviera relacionado con Tessa. Pero, como no tenía otra cosa, decidí ir a visitarlos, comenzando con Walter, debido a que Mississippi Avenue se encontraba cerca.

Muy cerca. Entre Santa Mónica Boulevard y Olympic, a cosa de kilómetro y medio de la universidad, en un distrito de pequeñas casas construidas después de la guerra, donde también había algunos proyectos urbanísticos de mayor envergadura.

En el vecindario era día de recogida de basura. Desbordantes cubos y corpulentas bolsas constituían una especie de homenaje al consumo. Las ardillas se removían nerviosas por entre los desperdicios. Por la noche, sus primas, las ratas, las sustituirían. Años atrás, los electores californianos votaron la reducción de los abusivos impuestos catastrales y los políticos se vengaron eliminando el control de roedores y otros servicios. Como el de poda de árboles. Sin embargo, para otras cosas sí parecía haber dinero. El año anterior, observé cómo, después de una tormenta, un equipo municipal de trece hombres tardó cuatro días completos en cortar y retirar un pino caído.

Walter Bowlby vivía en un bungaló color pardo con techo negro de tablas. El césped estaba tan recortado como el pelo de un recluta de los marines, y su color tiraba más a gris que a verde. El amplio porche delantero albergaba tiestos con plantas, un sillón de aluminio y una pequeña bicicleta azul con ruedecitas de aprendizaje. En la rampa de acceso estaba estacionado un viejo Ford Galaxie marrón. Caminé hasta la puerta por un pasillo de cemento. Una pequeña placa esmaltada, de las que se consiguen en las ferias o en los parques de atracciones, anunciaba: ¡LOS BOWLBY! Llamé primero al timbre y luego con los nudillos, pero no obtuve respuesta.

Volví al Seville dispuesto a marcharme y entonces apareció por Olympic una furgoneta azul y blanca que, entre humos y traqueteos, se detuvo tras el Ford. La puerta del conductor se abrió.

Del vehículo se apeó un hombre de cuarenta y tantos años, con bigote negro y piernas arqueadas. Llevaba un polo de nailon blanco con una franja verde horizontal que a Milo le hubiese gustado. Completaban su indumentaria unos pantalones color banco desvaído y unos zapatos de trabajo negros. Tenía los brazos gruesos y bronceados, pero era de cuerpo menudo. Una incipiente tripa abombaba la franja verde del polo, y por el bolsillo de la camisa asomaba una cajetilla de cigarrillos. Permaneció jugueteando con las llaves del coche, con la vista en el césped. Luego, tocó la cajetilla de cigarrillos, como para cerciorarse de que seguían allí. El hombre se volvió en el momento en que Tessa Bowlby se apeaba por la portezuela delantera izquierda.

La muchacha parecía llevar el oscuro y holgado jersey y los ceñidos vaqueros que ya le había visto en el edificio de psicología, y su aspecto era aún más demacrado. Dando la espalda al del bigote, abrió la portezuela trasera de la furgoneta, para que saliera una mujer de agradable aspecto y cabello entrecano vestida con top rojo y vaqueros. La mujer parecía fatigada. Pelo canoso pero rostro juvenil. En los brazos llevaba a un niño moreno de unos cuatro años.

El pequeño parecía dormido, pero de pronto comenzó a removerse y a agitar las piernas. La mujer canosa estuvo a punto de perder el equilibrio. Tessa la sostuvo y dijo algo. El del bigote había sacado un cigarrillo y permaneció inmóvil, viendo cómo la mujer entregaba el niño a Tessa.

En los labios de la muchacha apareció una sonrisa tan dulce y tan súbita que me produjo un doloroso escalofrío, como cuando uno come helado demasiado deprisa.

Abrazó estrechamente al pequeño, que reía y continuaba removiéndose. Aunque Tessa parecía demasiado frágil para aguantar su peso, separó los pies y logró sostenerlo, haciéndole cosquillas y riendo. El chiquillo siguió agitando los pies unos momentos y luego se quedó quieto. Ella lo abrazó con fuerza, cruzó el césped y llegó con él hasta el porche.

Los cuatro subieron el tramo de peldaños y el hombre metió una llave en la cerradura de la puerta. El niño comenzó a agitarse de nuevo y Tessa lo dejó en el suelo. El chiquillo corrió directamente a la bicicleta azul, trató de montar y estuvo a punto de caerse. Tessa lo colocó sobre el sillín, lo sostuvo y luego lo levantó y volvió a dejarlo en el suelo. Él intentó encaramarse a la barandilla del porche y se echó a reír cuando Tessa corrió a cogerlo de la mano.

El hombre y la mujer entraron en la casa, dejando la puerta abierta. El niño hacía equilibrios sobre la barandilla, sin soltarse de la mano de Tessa. De pronto saltó y ella lo atrapó. El pequeño se le escurrió pierna abajo y corrió hacia la puerta. Tessa se dio la vuelta y fue entonces cuando me vio.

La misma expresión de pánico.

Miró cómo el niño entraba en la casa. Se tocó la mejilla, permaneció un segundo indecisa, y luego desapareció también en el interior del bungaló.

El del bigote salió de la casa instantes después. Como yo no tenía nada que ocultar, me quedé donde estaba.

Caminó hacia mí, con los gruesos brazos oscilando. A cosa de tres metros de distancia se detuvo e inspeccionó el Seville desde el radiador hasta la cola. Luego rodeó la parte delantera del coche, hasta quedar frente a mi ventanilla.

–Soy Walt Bowlby. Dice mi hija que es usted de la policía.

En su voz no había recelo ni hostilidad, sólo la débil esperanza de que no fuera cierto. Su tez, vista de cerca, estaba muy curtida. Una fina cadena de oro le rodeaba el cuello, y por entre los eslabones asomaba el vello del pecho.

Le mostré mi identificación.

–Soy consultor de la policía, señor Bowlby.

–¿Un consultor? ¿Hay algún problema?

–He venido a hablar con Tessa.

–¿Podría explicarme por qué motivo?

–En las proximidades del campus asesinaron a una profesora de Tessa. Estamos interrogando a todos los que conocieron a la víctima.

El hombre dejó caer los hombros.

–La profesora. Tessa no sabe nada sobre ese asunto y... bueno, está un poco... trastornada.

–¿Por el asesinato?

Se volvió a tocar el bolsillo del tabaco, sacó un paquete blando de Salem y luego se palpó los bolsillos buscando con qué encender.

Saqué una carterita de cerillas de la guantera y le di fuego.

–Gracias –dijo Bowlby–. No es exactamente por lo de la profesora. Tessa... –Volvió la vista hacia la casa–. ¿Le importa que suba al coche?

–En absoluto.

Rodeó la parte trasera del automóvil y se acomodó en el asiento contiguo al mío. Tocó el cuero de la tapicería.

–Tiene usted el coche muy bien conservado. Siempre me gustó este modelo. ¿Del setenta y ocho?

–Nueve.

Bowlby asintió, dio una calada y expulsó el humo por la ventanilla.

–La General Motors lo fabricó sobre el chasis de un Chevy Two. Hubo mucha gente que lo consideró un error, pero la verdad es que el coche salió bien. ¿Es propiedad de la ciudad, producto de algún embargo?

–No, es mío.

–¿Lo tiene desde hace mucho?

–Unos cuantos años.

De nuevo asintió con la cabeza. Con la mirada en el suelo del coche, dijo:

–Tessa tuvo un problema. No sé si está usted al corriente de ello.

Como no sabía si Tessa le había hablado de la violación, pregunté:

–¿Un problema que la profesora Devane le ayudó a resolver?

–Sí. Tessa es... muy brillante. Su coeficiente intelectual es casi de genio. Cuando nos dijo que deseaba dejar la universidad, le preguntamos por qué, pero ella no quiso darnos explicaciones, sólo dijo que quería volver a casa. Su decisión nos sorprendió mucho, porque era ella la que se había empeñado en vivir por su cuenta. Al fin se echó a llorar y nos habló de... bueno, ya sabe. La agresión de que fue objeto. Y también nos contó que la profesora hizo comparecer al tipo ante una especie de tribunal. Y luego la asesinaron. Al principio, la historia nos pareció tan absurda que no supimos qué creer. Luego vimos la noticia del asesinato.

–¿Qué les pareció absurdo, el asesinato o la violación?

Bowlby aspiró una profunda bocanada y la retuvo largo tiempo en los pulmones.

–A decir verdad, todo.

Sacó el brazo por la ventanilla y sacudió la ceniza de su cigarrillo.

–Bueno, no sé cómo decir esto... Quiero muchísimo a mi hija y ella... bueno, es una muchacha muy inteligente. Siempre lo ha sido, desde niña; pero... es distinta. Le entran esas... no sé, depresiones. Toda su vida ha sido así, de humor muy cambiante. Y tiende a encerrarse en su pequeño mundo... Tiene una imaginación fantástica. A veces... –Meneó la cabeza y siguió fumando. El cigarrillo estaba consumido casi hasta el filtro–. A veces la imaginación se le desboca.

–¿Había acusado a otros de violarla, señor Bowlby?

Él suspiró, dio otra bocanada, miró la colilla y la apretó entre los dedos. Abrí el cenicero y Bowlby la tiró en él.

–Gracias. ¿Le importa que encienda otro?

–Adelante.

–Es un feo hábito del que todos los días me libero. –Lanzó una risa.

Sonreí y repetí la pregunta.

Bowlby dijo:

–Antes vivíamos en Temple City. Probablemente, la policía de allí aún guarda los expedientes del caso. Aunque puede que no, porque el chico era un menor, y tengo entendido que, tratándose de menores, no guardan los expedientes.

–¿De cuándo me habla?

–Tessa está a punto de cumplir los veinte, y por entonces tenía doce, así que fue hace ocho años. El muchacho... Conocíamos a su familia, yo trabajaba con su padre en la Ford, cuando la fábrica de Montebello aún estaba abierta... El chico era algo mayor que mi hija. Trece años, creo. Las dos familias estábamos muy unidas. Fuimos de acampada al parque nacional de Yosemite. Supuestamente, la cosa ocurrió en una tienda de campaña. Tessa y el chico se quedaron allí mientras los demás nos íbamos a ver a los osos. La cuestión es que Tessa no dijo nada hasta que regresamos a casa. Tres o cuatro días más tarde. La policía de Temple City dijo que, en realidad, el asunto correspondía a la jurisdicción de los rangers del parque, pero de todas maneras interrogaron al muchacho. Luego, me dijeron que, en su opinión, el chico era inocente; pero que, si queríamos, podíamos hacer una denuncia formal. También dijeron que convenía que a Tessa la viera un psiquiatra.

Aspiró golosamente de su segundo cigarrillo y luego expulsó el humo muy despacio. Tenía los dientes sucios y muy espaciados. En los gruesos y musculosos brazos resaltaban las venas. Las puntas de sus uñas estaban negras como el carbón.

–Mi hija... Bueno, es muy lista, pese a sus problemas, y en la escuela sacó excelentes notas. Todo sobresalientes. Y, ya le digo, tiene una gran imaginación... Nosotros esperábamos que... Tcht... La verdad es que preferiría que no hablase usted con ella. Es una muchacha espléndida, pero... tan delicada. Criarla fue como caminar por la cuerda floja. Uno de sus médicos nos lo dijo. Y nos dijo también que Tessa es muy frágil. No se me ocurre de qué le serviría a usted hablar con ella.

–Así que no termina usted de dar crédito a ninguna de las dos historias.

Bowlby meneó la cabeza.

–Honestamente, no sé qué creer. El chico lo negó todo tajantemente y, que yo sepa, nunca se metió en problemas. El año pasado se alistó en la Marina y le fue muy bien. Se casó y tuvo un hijo.

Bowlby parecía anonadado. Recordé lo que había dicho Reed Muscadine acerca de Tessa: «Tiene graves problemas».

–¿Ha acusado su hija a otras personas, señor Bowlby?

Otra larguísima pausa. Se quitó algo de los dientes y lo tiró por la ventanilla.

–Como probablemente se enterará usted de todas maneras, quizá sea mejor que se lo cuente.

Iba a fumar, pero en vez de ello lanzó un ahogado gemido que me sorprendió. Alzó una mano y se protegió con ella los ojos.

–Me acusó a mí –dijo, con voz temblorosa–. Dos años más tarde, cuando tenía catorce. Por entonces ya la habíamos llevado a un psiquiatra, porque no dejaba de amenazar con hacerse daño, y se negaba a comer... Ya ha visto lo flaca que está. Tuvo esa enfermedad, anorexia. Cuando se miraba al espejo se veía gorda, y no dejaba de hacer ejercicio para adelgazar. Empezó a los catorce años, y se quedó en veintitrés kilos. El psiquiatra la mandó hospitalizar, y la alimentaron por vía intravenosa. Además, estuvo durante un tiempo hablando con un consejero y fue entonces cuando, según ella, le vino el recuerdo. –Se quitó la mano de la frente. Tenía los ojos húmedos, pero su mirada era firme.

»Según ella, la cosa ocurrió cuando era pequeña, cuando tenía dos o tres años. –Meneó la cabeza–. No era cierto, se lo juro. Todos me creyeron a mí: los del hospital, la policía y mi esposa. Pero, según la ley, estaban obligados a investigar, y yo tuve que pasar por aquel calvario. Un auténtico infierno. De nuevo intervino la policía de Temple City. Un detective llamado Gunderson. Muy buen tipo, quizá siga en el cuerpo. En resumidas cuentas, al final todo resultó ser cosa de la imaginación de Tessa, que otra vez se le había desbocado. Cuando era pequeñita, en cuanto veía algo en la televisión, quería imitarlo. ¿Comprende? Quería volar como Supergirl y cosas así. Así que supongo que vio algo en una película y se convenció de que a ella le había ocurrido lo mismo. –Se pasó una mano por el bigote y siguió:

»Antes de casarme, yo fui un muchacho problemático, y pasé algún tiempo en un reformatorio por robar. Pero luego acepté mis responsabilidades, aprendí mecánica... Le digo todo esto para que se dé cuenta de que soy de los que van por lo derecho. ¿Entiende a qué me refiero?

–Sí.

–Lo que pasa es que, con Tessa, no hay manera de saber lo que va a hacer. Cuando la investigación concluyó, reconoció que estaba equivocada, dijo que se sentía culpable y que quería matarse. Su madre y yo le dijimos que no se lo tomara así, que nosotros seguíamos queriéndola. Para empeorar las cosas, la cobertura del seguro hospitalario se terminó y tuvimos que traerla de nuevo a casa cuando aún no había terminado de reponerse. En el hospital nos dijeron que no le quitáramos ojo. Y eso hicimos. En ningún momento la perdimos de vista. Luego nos sometimos a terapia familiar en una clínica del condado, y la cosa pareció hacer efecto. Creímos que Tessa ya se había repuesto por completo. Para que vea lo inteligente que es mi hija, durante todo ese tiempo siguió sacando excelentes notas, y aprobó el ingreso en la universidad. Pensábamos que todo iba bien. Luego, este mismo año, nos dijo que quería volver a casa. Y después se vino abajo y nos contó lo de la violación. Un tipo había abusado de ella durante una cita. Yo le dije que la creía; pero... –Aplastó el segundo cigarrillo en el cenicero.

»Si hubiese tenido la seguridad de que lo que contaba mi hija era cierto, yo mismo hubiera ido a por el chico. Pero ella me había acusado a mí mismo falsamente. Y lo mismo hizo con aquel pobre chiquillo. ¿Qué iba yo a pensar? Además, en su momento no dijo nada. Sólo habló después de conversar con esa profesora. Y luego asesinan a la profesora. Al enterarme, me asusté.

–¿En qué sentido se asustó?

–Bueno, yo soy un tipo sin estudios, y pensaba que la universidad era un lugar seguro. Y de pronto me di cuenta de que no era así.

–¿Le habló Tessa de la profesora Devane?

–Sólo dijo que le caía bien. Porque la profesora la creyó. Tessa pensaba que nadie volvería a dar crédito a sus palabras. Luego habló de lo que había dicho acerca de mí, y se echó a llorar como una Magdalena. Dijo que no quería que todos la tomasen por una mentirosa. Yo le dije que no, que lo pasado, pasado, y que si ella me aseguraba que lo que decía era cierto, yo la creía. Le propuse que fuéramos a la policía y denunciáramos al tipo. Pero entonces ella sufrió un auténtico ataque de pánico y dijo que no, que nadie la creería, que era una pérdida de tiempo, que no habría pruebas, y que, de todas maneras, nadie hacía caso de las chicas que aseguraban haber sido violadas durante una cita.

–Nadie, salvo la profesora Devane.

–Sí, exacto. Creo que ése fue el único motivo por el que nos lo mencionó: habían matado a la profesora y ella estaba asustada. Yo le pregunté si creía que el asesino era el mismo muchacho que la había... agredido. Pero Tessa no me contestó, se limitó a repetir que la profesora la había creído, la trató bien, y ahora estaba muerta, que la vida era un asco, que los buenos morían jóvenes... Cosas así. Luego dijo que había cambiado de idea respecto a lo de regresar a casa, y que pensaba volver a la residencia. Y se fue. Nosotros se lo permitimos, pero al día siguiente la llamamos y no contestó. Así que nos acercamos a verla y la encontramos tumbada en la cama, con la mirada en el techo y rodeada de varias bandejas de comida que no había tocado. Ya la habíamos visto otras veces así, con la mirada perdida en el techo. Fue cuando dejó de tomar su medicina.

–¿Qué medicina?

–Primero fue Nardil, luego Tofranil, después Prozac. Ahora está tomando otra cosa, algo así como Sinequan. Cuando se medica, está bastante bien. Incluso con todos sus problemas, sigue sacando un promedio de notable, lo cual, para mí, es verdaderamente asombroso. Si estuviera tranquila, sólo sacaría sobresalientes. Es una muchacha muy lista, siempre lo ha sido. Quizá demasiado lista. No sé... –Separó las manos, con las palmas hacia arriba.

–Así que la encontraron en la cama –dije–. Negándose a comer.

–La sacamos de la residencia y me la traje a casa. De todas maneras, sólo se había matriculado de dos asignaturas, porque el médico no quería que estuviera sometida a presiones. Le propusimos que abandonara los estudios durante un trimestre. Para volver a la universidad siempre habría tiempo. Ella dijo que no, que quería seguir yendo a clase. Y su médico dijo que aquello era bueno, porque indicaba que Tessa estaba motivada. Así que le dejamos que hiciese lo que quisiera. –Bowlby se volvió hacia mí–. Y, bueno, se matriculó, pero no hace nada. Ni lee, ni estudia, ni nada.

–¿Sigue yendo a clase?

–A veces. Mi esposa se encarga de llevarla y recogerla. A veces Tessa se queda durmiendo y no va. Nosotros no estamos contentos, pero... ¿qué podemos hacer? No podemos vigilarla todo el día. Hasta el psiquiatra lo dice.

–O sea que sigue yendo al psiquiatra.

–No regularmente, pero continuamos llamándolo, porque es un hombre muy amable, que siguió atendiéndola incluso después de que el seguro médico venciese. El doctor Emerson, de Glendale. Si quiere, puede usted hablar con él. Albert Emerson. –Me dio un número telefónico que yo anoté.

–¿Diagnosticó la enfermedad de Tessa?

–Dijo que sufría de depresión, y que utilizaba la imaginación como escudo protector.

Bowlby se frotó los ojos y lanzó un suspiro.

–Muchos problemas –dije.

–Sí, nunca faltan. Pero mi hijo pequeño es un niño fantástico.

–¿Cuántos años tiene?

–Cumplirá cuatro el mes que viene. Está muy crecido para su edad.

–¿Tiene otros hijos?

–No, sólo dos. Con todo el trabajo que nos daba Tess, no sabíamos si debíamos tener más. Además, mi esposa tiene un hermano retrasado que se encuentra internado en una institución. Así que temíamos que pudiera existir algún problema hereditario. –Sonriendo, añadió–: El pequeño vino por sorpresa.

–¿Fue una sorpresa agradable? –pregunté.

–Sí, claro. Robbie es estupendo, y juega al béisbol de maravilla. Estar con él es lo único que hace feliz a Tess. Yo permito que lo cuide, pero no dejo de vigilarla.

–¿Por qué?

–Por sus cambios de humor. El pequeño es feliz, y deseo que siga siéndolo. Cuando dieron la noticia de lo que le había ocurrido a la profesora, Tess comenzó a llorar a gritos, y Robbie se asustó. Para calmar a mi hija le dije que se controlara, porque estaba asustando a su hermanito. Después de eso no volvió a haber problemas. Después de eso, ni siquiera quiso hablar del asesinato. De momento, parece que se encuentra bien. Pero yo, por si acaso, no le quito ojo.

18

Conseguí de Bowlby permiso escrito para hablar con el doctor Albert Emerson y regresé a casa. La camioneta de Robin no estaba, y en la cocina encontré una nota de ella diciendo que había salido a realizar una reparación de emergencia para un cantante country de Simi Valley y que volvería a las siete o las ocho.

Llamé al psiquiatra esperando que me respondiera un contestador automático o una recepcionista, pero él mismo contestó a la llamada, con voz dinámica y juvenil... La voz de alguien listo para la aventura.

Me presenté.

–Delaware... Su apellido me suena. Intervino usted en el asunto Jones, ¿no?

–En efecto –dije, sorprendido.

Se trataba de un caso en el que el acusado era rico y que se resolvió mediante un pacto entre la fiscalía y la defensa. Los periódicos no habían hecho mención de nada de ello.

–La defensa me llamó –dijo Emerson–. Fue cuando estaban tratando de decidir dónde internaban a aquel cabrón. Querían que yo testificase en su favor, que le consiguiera una cama con colchón de plumas. Le dije al abogado que se equivocaba de número. Mi esposa es fiscal de distrito auxiliar, y mis simpatías tienden a estar del lado de la ley. ¿Permanecerá Jones mucho tiempo encerrado?

–Esperemos que sí –dije.

–Sí, cuando hay dinero de por medio, nunca se sabe. Bueno, ¿en qué puedo servirlo?

–Estoy trabajando con la policía en otro caso. El de una profesora de psicología que fue asesinada hace unos meses.

–Lo recuerdo –dijo Emerson–. Ocurrió cerca de la universidad. ¿Le gustan los casos criminales?

–Me gustan los casos resueltos.

–Comprendo. ¿Cuál es mi relación con su caso?

–Tessa Bowlby. Ella conocía a la víctima. Acusó a un estudiante de haberla violado durante una cita y lo llevó ante un Comité de Comportamiento sexual presidido por la profesora Devane. Estamos interrogando a todos los estudiantes que tuvieron que ver con el comité, pero Tessa no quiere hablar y, debido a los problemas que tiene esa muchacha, no me ha parecido bien insistir.

–Un Comité de Comportamiento sexual –dijo él, y por su tono pude darme cuenta de que Tessa no le había mencionado el asunto. Walter Bowlby había dicho que la relación de Tessa con Emerson fue sólo ocasional.

–Llevo algún tiempo sin ver a Tessa. Y con eso, ya estoy hablando de más.

–Tengo una autorización firmada por el señor Bowlby.

–Tessa es mayor de dieciocho años, así que una autorización paterna no sirve para mucho. ¿Qué sospecha la policía? ¿Que alguno de los convocados ante el comité se enfureció y tomó venganza?

–A falta de pruebas, las teorías abundan –dije–. La policía está investigando todas las posibilidades concebibles.

–Un Comité de Comportamiento –repitió Emerson–. Y dice usted que Tessa presentó una queja ante él.

–Sí.

–Vaya... El asunto no apareció en los periódicos, ¿verdad?

–No.

–¿Hubo hostilidad durante las sesiones?

–No fueron agradables –repliqué–. Pero el comité no duró

mucho, porque las autoridades universitarias decidieron ponerle fin.

–Y, luego, alguien puso fin a la vida de la profesora Devane. Muy extraño. Lamento no poder ayudarle, pero... la verdad es que no tengo casi nada que decir.

–¿Ni sobre Tessa ni sobre su padre?

–Sobre ninguno de los dos –dijo–. Y yo en su lugar no le dedicaría mucho tiempo a esta cuestión. Ahora, si me disculpa, tengo un paciente en la sala de espera, así que terminemos nuestra charla mientras nuestra ética profesional continúa intacta.

Y, de momento, eso era todo en cuanto al comité de la profesora Devane.

Volví a ocuparme del doctor Cruvic y de las curiosas lagunas en su formación médica.

El instituto donde pasó un año tras marcharse de Washington –Brooke-Hastings, en Corte Madera– se encontraba en las proximidades de San Francisco. Cruvic había vuelto al norte de California, su territorio habitual.

Llamé a información de Corte Madera para conseguir el número del instituto. Nada. Y tampoco conseguí nada en San Francisco, Berkeley, Oakland, Palo Alto ni en ninguna población en un radio de ciento cincuenta kilómetros.

El siguiente interrogante: el hospital donde Cruvic reanudó sus estudios de especialización, esta vez en obstetricia y ginecología.

El Centro Médico Fidelity, en Carson.

El teléfono tampoco aparecía por ninguna parte.

¿Sería Cruvic un impostor total?

Pero en la Universidad de Berkeley me informaron de que el hombre era un distinguido miembro de la asociación de ex alumnos. Y lo mismo me dijeron en la Facultad de Medicina de la Universidad de San Francisco.

Así que las cosas raras comenzaron una vez el hombre obtuvo el diploma de doctor en medicina.

Estaba reflexionando sobre ello cuando llamó Milo.

–Hasta ahora, no ha aparecido ningún otro asesinato que encaje en la pauta. Los de Las Vegas intentan localizar a Ted Barnaby, el novio de Mandy, para ver si él puede arrojar alguna luz sobre el historial médico de la chica o sobre cualquier otra cosa. Hasta ahora no han logrado dar con él. Rastrearon su pista hasta Tahoe, y luego nada.

–El circuito de los casinos –dije.

–Sí. Lo que resulta interesante es que en Las Vegas conocen a Cruvic. El tipo va a la ciudad varias veces al año, y tiene fama de jugar fuerte.

–La clase de hombre hacia el que Mandy se inclinaba.

–Nadie recuerda haberlos visto juntos, pero he enviado la foto a la brigada contra el vicio de Los Ángeles, por si la chica tiene antecedentes allí, y esta noche pienso visitar unos cuantos clubes, los locales de Strip que frecuentan las prostitutas de lujo.

–Casinos, clubes... Mala vida te das.

–Si el delito nunca duerme, ¿por qué iba a hacerlo yo? Además, esta mañana recibí un paquete de la Federal Express enviado por los abogados del padre de Patrick Huang. Dentro estaban las pruebas de la coartada del chico. Fotos, menús, declaraciones notariales del *maître*, camareros, ayudantes de comedor y familiares.

–No hay nada como tener un padre abogado –dije–. De todas maneras, me alegra saberlo, porque Deborah Brittain sigue sintiéndose nerviosa respecto a Huang.

–¿Por qué?

–La experiencia la dejó muy perturbada, aunque la chica admite que Huang no ha vuelto a molestarla. Deborah adoraba a Hope, dice que Hope cambió realmente su vida. También localicé a Tessa Bowlby y averigüé algo bastante interesante.

Relaté a mi amigo mis charlas con Walter Bowlby y con el doctor Emerson.

–Graves problemas psicológicos –dijo Milo–. ¿Crees que el padre es sincero al decir que su hija lo acusó falsamente?

–¿Y yo qué sé? El doctor Emerson me dio a entender que no sacaría nada investigando el asunto. Emerson parece un tipo inteligente, pero Tessa no acude con regularidad a su consulta, y ni siquiera le había mencionado su relación con Hope. Y tampoco le dijo nada del comité. El señor Bowlby me pareció sincero. Me dio el nombre del detective de Temple City que investigó la denuncia. Un tal Gunderson.

–Lo llamaré –dijo Milo–. Falsas acusaciones... O sea que Muscadine puede estar diciendo la verdad.

–Aunque no la diga, no se me ocurre qué relación puede tener él con Mandy Wright.

–Lo cual nos deja sólo a *monsieur* Kenny Storm, hijo, al que veré mañana por la tarde en la oficina de su padre. ¿Quieres acompañarme y ver qué tal anda el equilibrio mental del muchacho?

–Claro. Además, me he enterado de unas cuantas cosas acerca del doctor Cruvic.

Comencé contándole lo de los coches en el estacionamiento de la clínica a última hora de la noche y lo del vigilante armado. Múltiples abortos en horas extra, a novecientos dólares por aborto.

–De algún modo hay que pagar el Bentley –dijo Milo.

–Aguarda, que hay más. La tarjeta profesional de Cruvic pone «consulta limitada a problemas de fertilidad», pero carece de capacitación formal sobre fertilidad, y en su currículo existen otras irregularidades. Abandonó su internado de cirujano en la Universidad de Washington al cabo de sólo un año, pasó un tiempo en un lugar llamado Instituto Brooke-Hastings, y luego cambió de especialidad, pasando a obstetricia y ginecología, en un hospital de Carson, el Centro Médico Fidelity. No logro localizar ninguno de los dos sitios.

–¿Crees que es un farsante?

–Su certificado de estudios secundarios y su título de médico son reales, y no hay constancia de ninguna demanda contra él. No hay que descartar la posibilidad de que tanto Brooke-Hastings como Fidelity hayan cerrado. Pero pasar de un prestigioso hospital universitario a unos oscuros centros médicos privados resulta raro. Así que, probablemente, no se fue debido a un cambio en sus intereses profesionales. Quizá lo echaron por conducta indebida, se replanteó las cosas, y luego buscó que lo admitieran como interno en otra especialidad y en un lugar de menos categoría. Pero quizá no haya dejado los malos hábitos. Lo de hacerse pasar por experto en fertilidad, desde luego resulta sospechoso.

–Interesante –dijo Milo–. Indiscutiblemente, la cosa comienza a adquirir un cierto tufillo. Y Hope le servía de consultora. ¿Habría algún desacuerdo entre ellos por motivos económicos?

–Quizá ése sea el motivo de que Seacrest se muestre tan evasivo. En vez de una infidelidad, quizá se tratase de un asunto de dinero. Eso justificaría que hiciese tanto hincapié en el hecho de que él no se metía para nada en las actividades profesionales de Hope.

–Quizá sí. Tal vez su intención fuera distanciarse.

–¿Quieres que vuelva a hablar con él?

–¿De profesor a profesor? Sí, claro que sí... Aunque el doctor Cruvic es el único al que hemos atrapado en una mentira.

–¿Te gusta más Cruvic como sospechoso?

–Digamos que siento una incipiente pero muy marcada simpatía hacia él. Si logro relacionarlo de algún modo con Mandy, creo que la simpatía se convertirá en loco amor.

Eran las siete y diez y Robin aún no había vuelto. Las reparaciones de urgencia podían ser complicadas. Telefoneé al estudio de grabación del cantante country y Robin me dijo:

–Lo siento, cariño, pero tengo para rato. Al menos, para otro par de horas.

–¿Has cenado?

–No, antes quiero terminar. Pero no te molestes demasiado. Me conformo con algo normal y corriente.

–¿Foie gras?

Ella se echó a reír.

–Claro, busca un buen ganso.

Me quedé allí un rato, bebiendo café y reflexionando.

La pizza era normal y corriente.

Y en Beverly Hills había un pequeño y magnífico local donde aún creían que el lugar de los gansos estaba en el agua, y no sobre una tostada.

De camino, me pasaría otra vez por Civic Center Drive.

Esta vez miré primero en el callejón. De nuevo las tres plazas de aparcamiento de detrás del edificio rosa estaban vacías. De nuevo no había luces.

En la parte delantera, la calle estaba silenciosa y oscura, salvo por los muy espaciados faroles y por los faros de algún que otro coche en movimiento. La gente se había retirado ya a sus casas a pasar la noche. Estacioné a cincuenta metros de la entrada del edificio rosa, y me mantuve alerta imaginando las cosas que un médico sin escrúpulos podía hacerle a un paciente.

Los finos zapatos de Cruvic, cubiertos de sangre...

Mi exaltada imaginación. De pequeño, siempre tuve problemas a causa de ella con mis maestros.

Unos faros se acercaron. Un coche patrulla de Beverly Hills hacía la ronda desde la comisaría situada al otro lado de las vías del tren.

A los policías de Beverly Hills les ponía nerviosa la gente

sentada en vehículos estacionados sin causa aparente. Pero el coche pasó de largo.

De pronto, me sentí como un idiota. Aunque Cruvic apareciera, ¿qué podría decirle?

«Hola, sólo quería que me aclarase usted un par de cosas: ¿qué es exactamente el Instituto Brooke-Hastings, y qué hizo usted en él? Ah, por cierto... ¿se puede saber dónde se especializó usted en fertilidad?»

Puse en marcha el motor del Seville y estaba a punto de encender los faros cuando un ruido a mi espalda me llamó la atención.

El cierre acanalado de la puerta del edificio contiguo al de Cruvic estaba ascendiendo y dejó ver un coche con las luces ya prendidas.

No era un Bentley, sino un pequeño sedán oscuro. Salió a la calle y torció a la derecha. Dentro, dos personas. Conducía la enfermera Anna, la del *lifting* facial y los cigarrillos manchados de lápiz de labios. Junto a ella, un hombre.

Así que el edificio contiguo también formaba parte de la organización de Cruvic.

Anna enfiló Foothill Drive, redujo marcha y giró a la derecha.

Puse el coche en marcha y la seguí.

Anna giró otras dos veces a la derecha, en Burton Way y en Rexford Drive, dando un largo rodeo que la condujo a los llanos del norte de Beverly Hills, pasando ante mansiones de más de un millón de dólares. Luego, subió por Sunset y cruzó en dirección a Coldwater Canyon. Iba camino del Valle. Quizá se tratara de algo tan poco truculento como de una trabajadora regresando a casa con su marido o con su novio.

Dos coches se interpusieron entre el de Anna y el mío. La hora punta de salida de la ciudad ya había pasado, pero el tráfico en dirección al Valle seguía siendo intenso, obligándonos a ir a poco más de treinta por hora. Logré no perder de vista al pequeño sedán y cuando éste se detuvo ante un semáforo en rojo en Cherokee Drive, me desvié un poco a la derecha para ver mejor. El coche era un Toyota, más bien nuevo. Dentro, dos cabezas, ninguna de las cuales se movía.

Anna se inclinó hacia la derecha y una ambarina pavesa apareció en el interior del coche, como una luciérnaga en vuelo. Se desplazó hacia la izquierda hasta que la mano de Anna asomó por la ventanilla y dejó caer el cigarrillo. Sobre el asfalto relucieron las pequeñas chispas. El hombre sentado junto a la conductora seguía sin moverse. O era más bien bajo, o estaba apoltronado en el asiento.

Cruvic no era ningún gigante. ¿Le habría pedido a su enfermera que lo acercara a casa? ¿O sería la relación entre ambos más que laboral?

Ojo con tu imaginación, Delaware. Y eso que yo ni siquiera veía telenovelas.

El semáforo cambió a verde. El Toyota se puso en movimiento y tomó velocidad en dirección a las montañas de Santa Mónica. No hubo nuevas paradas hasta Mulholland Drive, punto en el que casi todo el tráfico seguía bajando en dirección sur hacia Studio City. Pero el Toyota tomó rumbo este en Mulholland, y yo seguí tras él.

Mantuve la distancia entre mi coche y el de ella. Anna aceleró. Tomaba las curvas con la seguridad de alguien que conocía el camino. Años atrás, Mulholland era zona verde desde Woodland Hills hasta Hollywood, kilómetros y kilómetros de espacio abierto, con una fantástica vista de las luces de la ciudad. Ahora, las casas impedían casi por completo ver el paisaje.

No tenía ningún coche detrás. Apagué los faros. Mulholland Drive estaba cada vez más oscura y silenciosa, y la calle se hizo más angosta. El Toyota siguió doblando curvas durante otros tres o cuatro kilómetros y luego se detuvo bruscamente.

Yo iba bastante por detrás, pero tuve que frenar en seco, logrando evitar que los neumáticos chirriaran y derrapando sólo ligeramente. El Toyota seguía en el centro de la calle, con las luces de freno encendidas. Me arrimé a la derecha de la calle y, manteniendo el Seville en ralentí, me quedé mirando.

Un coche llegaba de frente.

Cuando pasó, el Toyota cruzó diagonalmente Mulholland, se metió por una rampa de acceso y se detuvo en una amplia explanada de hormigón frente a una gran puerta de hierro.

Dos lucecitas en sendos pilares de ladrillos. Todo lo demás era follaje y oscuridad.

Entonces la portezuela derecha del Toyota se abrió y el hombre se apeó, brevemente iluminado por la luz interior del coche. Pero me daba la espalda y no pude distinguir sus facciones.

Caminó hasta la puerta y tocó uno de los pilares de ladrillos, sin duda oprimiendo un botón.

Mientras la puerta comenzaba a abrirse, puse el coche en movimiento.

El Toyota dio marcha atrás y enderezó. Yo esperé a que se alejara.

La puerta estaba abierta, y el hombre la cruzó. Aún con las luces apagadas, pasé ante el tipo, que sin duda me tomaría por un simple conductor distraído. Como yo había esperado, el hombre se volvió a mirar.

Durante una fracción de segundo tuve oportunidad de verlo iluminado por las luces de los pilares.

Un rostro que yo conocía.

Anguloso, inteligente. Labios gruesos. Pelo largo echado hacia atrás. Mejillas hundidas, cejas muy pobladas.

James Dean en versión actual.

Aunque bajo, no era Cruvic.

Casey Locking, el estudiante favorito de Hope.

Se rascó la oreja.

De no haber sabido que el muchacho llevaba el anillo de la

calavera, no me habría fijado en él, pues relucía débilmente en la blanca y delicada mano de Locking.

Aceleré en dirección al cruce con Mulholland.

Hope y Cruvic.

El estudiante de Hope con la enfermera de Cruvic.

¿Vivía Locking tras la gran puerta de hierro?

Bonita residencia para un estudiante. ¿Padres en buena posición? ¿O sería la casa de Cruvic, y el chico sólo iba a hablar con él?

Paré, hice un giro en forma de u con maniobra y enfilé de nuevo hacia la casa. Me detuve lejos de la puerta, me cercioré de que ya no había nadie en las inmediaciones y luego avancé lentamente. La dirección estaba inscrita con pequeños números blancos en el pilar de la izquierda. Me la aprendí de memoria.

¿Qué tenía que ver un estudiante graduado de psicología con la fertilidad o los abortos?

¿Había reemplazado a Hope en el cargo de consultor? ¿Una red de corrupción lo bastante amplia como para englobar a Hope y a Mandy Wright?

¿O se trataría quizá de algo tan inocuo como una tesina sobre embarazos no deseados o sobre los efectos psicológicos de la esterilidad?

Pero Locking nunca mencionó nada parecido, y Hope nunca había escrito sobre tales temas.

Además, una cuestión académica así no justificaba que la enfermera de Cruvic llevara en su automóvil a Locking.

Todo aquello carecía de sentido.

Cuando detuve el coche frente a mi casa, Robin y *Spike* estaban subiendo las escaleras de la entrada. Me había olvidado de ir a por la pizza.

Robin me dirigió un saludo y el perro giró y se cuadró, con la cabeza alta y las patas en el suelo, como si estuviera posando en una exposición canina. Su actitud fue de recelo hasta que me escuchó decir «Hola». Entonces, comenzó a tirar de la correa. Robin lo soltó y *Spike* se acercó a hacerme caricias.

Mientras le acariciaba la cabeza, no dejó de lanzar ahogados gemidos ni de frotarse contra mí. Al fin, se sacudió y fue conmigo hacia Robin.

La alcé en brazos y la besé intensa y prolongadamente.

–Vaya –dijo Robin–. Será el perfume que me he puesto esta mañana.

–No es el perfume, sino mi imperecedero amor –dije. La besé de nuevo y luego ella abrió la puerta y entramos–. ¿Qué tal te fue el trabajo de reparación? –quise saber.

Ella se echó a reír e inclinó la cabeza hacia delante, flexionando el cuello y sacudiendo el rizado cabello.

–Logré salvar casi todos los instrumentos. Pobre Montana. Y, encima, esta noche aún me queda trabajo. Prometí arreglar la guitarra de doble mástil de Eno Burke. La necesita mañana para una grabación.

–Supongo que bromeas.

–Ojalá. Al menos, me pagan triple.

Le froté los hombros.

–¿Tienes para toda la noche?

–Espero que no. Antes de ponerme, quiero dormir un rato.

–¿Te preparo café?

–No, gracias, me he pasado el día atiborrándome de cafeína. Lo siento, Alex. ¿Planeabas algo especial?

–Yo siempre estoy abierto a cualquier proposición.

Ella apretó la espalda contra mi pecho.

–¿Qué tal una siestecita juntos? Puedes contarme un cuento para que me duerma.

Aquella misma noche, más tarde, me puse la bata y me senté a la mesa de mi despacho para repasar la correspondencia. Facturas, farsantes tratando de venderme cosas, y el cheque que me debía hacía tiempo un abogado que coleccionaba Ferraris.

No dejaba de pensar en Locking y la enfermera Anna... Debía controlar mi imaginación.

No me había sido posible localizar a Milo en ninguna parte. De pronto recordé que aquella noche estaba visitando los clubes de Strip.

Codeándose con gente de postín.

Pensar en ello hizo que mis labios se curvaran en una sonrisa.

Llamé a mi servicio de contestación telefónica.

La profesora Julia Steinberger había llamado poco después de que yo saliera en dirección a Beverly Hills.

Había dejado un teléfono del campus y otro de Hancock Park.

Su marido contestó al segundo timbrazo y dijo:

–Mi esposa no está en casa, y probablemente tarde en regresar ¿Por qué no la llama mañana a su despacho?

Cordial, pero fatigado.

Dejé mi nombre, me puse una camiseta y un chándal, y fui a por *Spike*, que dormía como siempre en la cocina. Le pregunté si le apetecía hacer un poco de ejercicio. Él hizo caso omiso de mí, pero cuando cogí su correa se levantó de un salto y me siguió hasta la puerta.

En el exterior, escuché a Robin, trajinando.

Spike y yo dimos un largo paseo hasta Beverly Glen, y nos metimos por oscuras calles laterales en las que la fragancia a laurel era casi sofocante.

De vez en cuando me detenía para que *Spike* olisquease, mirase en torno o gruñera a invisibles presencias.

19

A las nueve de la mañana llamé al despacho de Julia Steinberger, pero ella no estaba, y en el departamento de química me dijeron que se encontraba dando clase en un seminario para graduados hasta el mediodía.

Yo tenía otras cosas que hacer en el campus.

En la oficina de psicología, había tres secretarias sentadas ante ordenadores, pero el escritorio de la recepcionista estaba vacío. Sobre la repisa del mostrador se amontonaba el correo, y varios estudiantes se agrupaban frente al tablón de avisos, mirando los anuncios de empleos.

–Dispense –dije.

La mecanógrafa más próxima alzó la vista de su trabajo. Joven, bonita, pelirroja.

Le mostré mi identificación de la Facultad de Medicina del otro extremo de la ciudad y dije:

–Probablemente, esto me convierte en persona *non grata*, pero tal vez tenga usted la amabilidad de ayudarme.

–Vaya –dijo ella, sonriendo y aún oprimiendo teclas–. ¿Traición, doctor? Bueno, yo no soy aficionada al fútbol, así que me da igual. ¿En qué puedo servirle?

–Busco a un estudiante graduado llamado Casey Locking.

–Tiene un despacho en el sótano, pero apenas viene por aquí. Realiza casi todo su trabajo en casa.

Fue hasta la parte de atrás de la oficina y volvió con las manos vacías.

–Qué raro. La carpeta de su expediente no aparece. Aguarde.

Tecleó y en la pantalla de su ordenador apareció una lista de nombres.

–Aquí está. Despacho Ese-cinco-tres-tres-uno, puede utilizar el teléfono del mostrador.

Lo hice, sin obtener respuesta. De todos modos, bajé por las escaleras. La mayor parte de las salas del sótano eran laboratorios. La de Locking estaba marcada con una ficha de cartulina. Nadie contestó a mi llamada.

Volví arriba y le dije a la pelirroja:

–No está. Es una lástima. Solicitó un empleo y yo venía con intención de concertar una cita con él.

–¿Quiere el número de su domicilio?

–No me vendría mal.

La muchacha anotó algo en un papel. Ya en el vestíbulo, lo leí. Era un número 213 con prefijo 858. Hollywood Hills, cerca de La Ciénaga. No era la casa de Mulholland.

Así que el chico había ido a Mulholland a ver a alguien. Probablemente, a Cruvic.

Su expediente había desaparecido. Utilicé uno de los teléfonos públicos del vestíbulo para llamar al número que me había dado la pelirroja. Al otro lado del hilo, la fluida voz de Locking respondió:

–No hay nadie en casa. Deja mensaje u olvídame.

Colgué y salí del edificio.

Había llegado el momento de hacer una visita al departamento de historia.

Hays Hall era uno de los edificios más antiguos de la universidad, y se encontraba junto a la Biblioteca Palmer. Como ésta, era de piedra caliza amarilla, y estaba igualmente manchada por la contaminación. El despacho de Seacrest se encontraba en el piso alto, y había que subir tres tramos de escalera para llegar a él. Un largo y resonante corredor con puertas de caoba tallada. La puerta de Seacrest se encontraba abierta, pero él no estaba dentro.

El despacho era amplio, frío, con las paredes pintadas de verde, el techo en forma de cúpula, ventanas emplomadas que necesitaban una buena limpieza, descoloridas cortinas de terciopelo marrón pendientes de aros de latón, librerías empotradas, una vieja alfombra persa que en tiempos fue roja y ahora era rosada.

Un feo escritorio victoriano de más de dos metros y, tras él, un sillón anatómico tapizado con tela negra. Delante de la mesa, tres maltrechas butacas de cuero rojo, una de ellas remendada con cinta aislante. El escritorio estaba tan ordenado como el despacho de su casa: sobre el tablero, un montón de exámenes ordenadamente apilados, dos urnas neolíticas, y una máquina de escribir manual marca Royal. Sobre un papel secante de color verde, medio sándwich de ensalada de huevo y una lata de Sprite Light sin abrir. Ni una mancha, ni una miga.

Entró Seacrest, secándose las manos con una toalla de papel. Llevaba un jersey gris de cuello de pico sobre una camisa marrón a cuadros y una corbata de punto. Los puños del jersey estaban desgastados. Los ojos de Seacrest parecían nublados. Pasó junto a mí, se sentó tras el escritorio y fijó la vista en el sándwich.

–Buenos días –saludé.

Él cogió el sándwich y le dio un bocado.

–¿En qué puedo servirlo?

–Si dispone de tiempo, me gustaría hacerle unas preguntas.

–¿Respecto a qué?

–Respecto a su relación con su esposa.

Dejó el sándwich. No me había invitado a tomar asiento y yo continuaba de pie.

–Mi relación con mi esposa –repitió con voz suave.

–No deseo entrometerme...

–Pero supongo que lo va a hacer, porque para eso le paga la policía.

Arrancó un pedazo de corteza de pan y lo masticó lentamente.

–Bonito trabajo –dijo.

–¿Perdón?

–¿Cuál es el motivo de su intromisión?

–Si éste es mal momento, profesor...

–Déjese de tonterías. –Se echó hacia atrás en el sillón–. ¿Sabe una cosa? Hasta la visita nocturna que me hicieron Sturgis y usted, no me di cuenta de que me consideraban sospechoso. ¿A qué fueron, por cierto? ¿Intentaban pillarme por sorpresa? ¿Esperaban que yo mismo me incriminase de algún modo? ¿Dice que si éste es mal momento? Siempre es mal momento. –Meneó la cabeza y siguió–: Esta cochina ciudad. Todos quieren escribir su gran reportaje sensacionalista. Dígale a Sturgis que lleva demasiado tiempo viviendo en Los Ángeles, y debería aprender a investigar como es debido. –Su rostro había enrojecido vivamente.

»Supongo que sus sospechas no deberían sorprenderme. Sin duda, existe algún estúpido manual policial según cuyos dictados el marido siempre es sospechoso. Y los dos payasos que se ocuparon antes que ustedes de la investigación se mostraron hostiles hacia mí desde el principio. ¿Pero para qué lo metieron a usted en el asunto? ¿Creía realmente Sturgis que iba a dejarme impresionar por su agudeza psicológica? –Meneó la cabeza y de nuevo la emprendió a feroces bocados con el sándwich.

»Y no es que me importe en absoluto que sospechen de mí –siguió–. No tengo nada que ocultar, así que pueden ustedes husmear todo lo que les dé la gana. En cuanto a mi relación con mi esposa, ninguno de los dos éramos personas fáciles, así que el hecho de que siguiéramos juntos debería significar algo para ustedes. Además, ¿qué motivos podía tener yo para hacerle daño a Hope? ¿Dinero? Sí, es cierto que Hope ganó una fortuna el año pasado, pero el dinero no significa nada para mí. Cuando se establezca la testamentaría, quizá lo done todo para obras de caridad. Y si no me cree, aguarde y lo verá. ¿Qué otro motivo pude tener? –Se echó a reír–. No, Delaware, mi vida no ha mejorado en absoluto desde la muerte de Hope. Incluso cuando ella seguía entre nosotros, yo era bastante misántropo. Perderla me ha dejado totalmente solo, y ésa es una situación que no me hace nada feliz. Ahora, tenga la bondad de dejarme comer en paz.

Mientras me dirigía hacia la puerta, él dijo:

–Lástima que Sturgis tenga tan poca imaginación. Si se atiene al manual, lo único que conseguirá es desaprovechar las escasas posibilidades que tiene de descubrir la verdad.

–No es usted optimista.

–¿Acaso me ha dado la policía algún motivo para serlo? Quizá me conviniese contratar a un abogado. Aunque no se me ocurre a quién podría recurrir. –Lanzó una risa sonora–. Ni siquiera tengo abogado. Y no por falta de oportunidades. Alguien debió de dar mi número de teléfono al club de picapleitos, o quizá esos cabrones olfateen la desgracia. Inmediatamente después del asesinato, estuve recibiendo varias llamadas todos los días, hasta que al fin dejaron de molestarme; pero aún ahora, siempre hay alguno que lo intenta.

–¿Qué quieren de usted?

–Que demande al ayuntamiento por no podar los árboles. –Una nueva risa, tan sonora como la anterior–. Como si el aseo urbano fuese el problema.

–¿Cuál es entonces?

–El total derrumbamiento de cualquier tipo de orden. Lástima que yo no sea codicioso. Podría escribir un libro que se vendiese bien. ¿A que resultaría fantástico? El afligido viudo metido en la ronda de los programas de debate, siguiendo las huellas de Hope.

–A Hope se le daba muy bien.

–A Hope se le daba bien todo. ¿No lo comprende? Era una mujer excepcional.

Asentí con la cabeza.

–En realidad –siguió Seacrest–, ella despreciaba el juego de la publicidad, pero sabía que era útil.

–¿Ella misma se lo dijo?

–Sí, Delaware. Hope era mi esposa. Confiaba en mí.

Abrió el bote de refresco y miró el interior por el orificio.

–Cristo bendito, no sé por qué pierdo el tiempo hablando. ¿Imagina usted siquiera lo que supuso para mí vivir bajo el mismo techo con una persona como ella? Fue como vivir con una obra maestra prestada, un Renoir o un Degas. Aunque uno sepa que nunca llegará a ser su dueño, y que ni siquiera podrá comprenderla del todo, se siente inmensamente agradecido a la suerte.

–Una obra maestra prestada... ¿por quién? –quise saber.

–Por Dios, por el destino... elija la superstición que más le plazca. –Dio un sorbo de refresco y dejó el bote–. Supongo que ahora se está preguntando si me sentía celoso. La respuesta es no. Me sentía abrumado; pero abrumado de agradecimiento y felicidad. Ya sé cuál es la siguiente duda que acude a su psicoanalítico cerebro: ¿qué vio ella en él? Y la respuesta es que, a veces, yo también me lo pregunto. Y ahora, Hope ha desaparecido... Y esos policías cretinos amigos suyos piensan que soy el culpable... ¿Está usted versado en historia, doctor Delaware?

–No la he estudiado formalmente desde que dejé la universidad, pero trato de aprender del pasado.

–Me parece admirable... ¿Se ha parado alguna vez a pensar qué es realmente la historia? Una relación de fracasos, iniquidades, errores de juicio, fallos de carácter, sangrientas crueldades, trágicos tropiezos. Los seres humanos son tan abyectos... El mayor argumento en favor del ateísmo es la repulsiva naturaleza de esos jirones de carne llenos de debilidades creados supuestamente a imagen y semejanza de Dios. O quizá sí exista un ser supremo, y sea tan cretino e incompetente como sus criaturas. ¿A que sería fantástico? Y ahora, tenga la bondad de dejarme en paz.

20

Cuando salí del edificio, resultó un alivio volver al sol.

Tal vez su calidez disipara la amargura que se había metido dentro de mí en el despacho de Seacrest.

¿El dolor y la ira habían sido auténticos, o una simulación para evitar que yo siguiera insistiendo?

Ante la pregunta de cómo se llevaban Hope y él, Seacrest en ningún momento dijo que bien, se limitó a afirmar que ninguno de los dos eran personas fáciles, y que el hecho de que hubieran seguido juntos significaba algo.

Luego admitió que sentía celos, aunque los convirtió en agradecimiento.

Vivir con una obra maestra.... eso era algo que podía llegar a ser agobiante.

Recordé lo rápidamente que Seacrest había enrojecido. Tenía la mecha corta.

La gente que tiene graves problemas para controlar su temperamento suele traicionarse fisiológicamente.

«Pueden ustedes husmear todo lo que les dé la gana.» ¿Lo dijo porque era inocente o fueron las palabras de un psicópata retándonos a atraparlo si podíamos?

Mi cita en el despacho de Kenneth Storm, padre, en Pasadena, no era hasta la una. Julia Steinberger terminaría su clase en veinte minutos.

Desde la biblioteca, llamé de nuevo al teléfono de Casey Locking. Me respondió la misma grabación.

En Inglaterra ya habría anochecido, pero aún era una hora adecuada para llamar a la otra estudiante de Hope, Mary Ann Gonsalvez.

De nuevo, el teléfono sonó y sonó, sin que nadie lo contestara.

Debía volver al mundo de la verdadera ciencia.

Julia Steinberger iba camino de su despacho en compañía de dos estudiantes graduados. Al verme, frunció el entrecejo y les dijo:

–¿Me permitís unos minutos, muchachos? Luego pasaré por el laboratorio.

Los dos estudiantes se alejaron y Julia abrió la puerta de su despacho. La mujer llevaba un vestido negro con falda por la rodilla y un collar de ónice negro. Parecía preocupada. Cuando la puerta se cerró a nuestras espaldas, ella siguió de pie.

–No sé si lo que voy a hacer está bien –dijo–, pero la primera vez que vino usted por aquí hubo algo que no le conté. Probablemente, no tenga importancia... Todo esto me resulta de lo más desagradable.

–¿Algo referente a Hope? –quise saber.

–Sí. ¿Recuerda que le dije que me daba la sensación de que Hope había sido víctima de malos tratos?

–La mirada de ferocidad.

–Exacto. Tenía esa mirada. Pero... bueno, hubo algo más. Fue el año pasado, en el club de la facultad. No en el té de bienvenida, en otra ocasión, después de una conferencia, no recuerdo quién la daba.

Fue hasta el escritorio y apoyó las palmas de las manos en el tablero. Miró la muñeca con la que había jugueteado durante la primera entrevista, pero no la tocó.

–Charlamos un rato, y luego Hope se puso a charlar con otros invitados y Gerry y yo hicimos lo mismo. Después, quizá una hora más tarde, ya al final de la velada, entré en el servicio de señoras y estaba Hope en él, ante el espejo. Antes de entrar en el aseo propiamente dicho, hay un pequeño vestíbulo, también con espejos, y está dispuesto de modo que, al pasar, se puede ver el interior del baño. El suelo está enmoquetado, así que probablemente Hope no me oyó. –Julia bajó los ojos–. Hope estaba examinándose los brazos. El escote de su vestido dejaba los hombros al aire, pero las mangas le llegaban al codo. Yo ya me había fijado en su ropa, porque era muy elegante y supuse que habría costado una fortuna. Hope se había dejado al descubierto uno de los hombros y se estaba mirando la parte superior del brazo. En sus ojos había una mirada extraña, casi hipnótica, y su expresión era ausente. En el brazo tenía un hematoma. Un gran hematoma. Negro y azul. Justo aquí. –Se tocó uno de los bíceps–. En realidad, eran varias marcas. Puntos. Huellas de dedos. Como si la hubiesen apretado con gran fuerza. Hope tenía la piel muy blanca, bellísima, así que el contraste era marcadísimo. Como si tuviera el brazo tatuado. Y las magulladuras parecían recientes. Aún no habían tomado el típico color verde púrpura. –Conteniendo apenas las lágrimas, Julia volvió a la puerta–. Eso es todo –dijo.

–¿Cómo reaccionó Hope al verla entrar a usted?

–Se bajó la manga, enfocó la mirada y dijo «Hola, Julia», como si no pasara nada. Luego comenzó a retocarse el maquillaje y a charlar. Habló de lo distintas que serían las cosas si a los hombres se les forzase a tener siempre un aspecto impecable. Yo estuve de acuerdo con ella, y las dos hicimos como si no hubiese ocurrido nada. ¿Qué iba a hacer yo? ¿Preguntarle quién le había causado los hematomas? –Abrió la puerta–. Quizá no fuera nada. Quizá tuviese la piel delicada y le salieran morados con facilidad... pero cuando me pidió que formara parte del comité, me sentí obligada a aceptar.

Oscuros moretones sobre la blanca piel.

La súbita ira de Seacrest.

Volví al Seville y enfilé la 405 Norte.

Aunque Pasadena suele estar saturada de *smog*, aquel día el aire se encontraba limpio y los edificios de oficinas de Cordova Street parecían resplandecientes, como una pintura de Richard Estes.

Inversiones y Bienes Raíces Storm ocupaba un edificio neocolonial de una sola planta rodeado por resplandecientes parterres de flores y árboles de jacarandá aún en flor. El estacionamiento adjunto se encontraba magníficamente cuidado. Aparqué junto al coche sin identificación policial de Milo en el momento en que mi amigo se apeaba de él. Milo llevaba su portafolios y un magnetófono y vestía traje gris, camisa blanca y corbata roja y azul.

–Llevas un atuendo muy conservador –dije, bajando la vista a sus botas de campo y tratando de no sonreír.

–En el mundo de los negocios, hay que vestir como un negociante. Por cierto: visité un par de bares de Sunset Strip que quizá Mandy Wright frecuentó.

–¿Quizá?

–No obtuve una identificación segura; pero sí probable. A esos sitios no van más que mujeres de largos cabellos y cuerpos perfectos. Una chica fea hubiera llamado más la atención. O sea que tuve suerte encontrando a dos camareros que hace un año ya trabajaban allí. Ninguno de ellos está dispuesto a jurar que conocía a la chica, sólo dijeron que su rostro les resultaba familiar.

–¿Iba por allí por trabajo o por pasar el rato?

–En esa profesión, ¿cuál es la diferencia? Y si Mandy iba por allí en busca de clientes, los de los bares no lo admitirían, porque correrían el riesgo de que se les retirase la licencia para vender licores. Lo que me hace pensar que podemos encontrarnos ante una pista significativa es el hecho de que los dos locales se hallen a sólo una manzana de distancia el uno del otro, así que tal vez Mandy estuviera efectivamente haciendo la carrera. El Club None y The Pit. Lo malo es que ninguno de los camareros recuerda haberla visto en compañía de nadie.

–Pero eso sitúa a Mandy en Los Ángeles.

Milo cruzó los dedos.

–Otra cosa. Hablé con Gunderson, el detective de Temple City que se ocupó de la denuncia de Tessa contra su padre. Ahora Gunderson es subjefe, y apenas recuerda el caso, pero sacó el expediente y dijo que, según sus notas, nunca se tomaron en serio la denuncia de la chica. Pensaban que Tessa no estaba del todo bien de la cabeza. Gunderson recordaba vagamente al padre como a un tipo decente que confesó tener antecedentes juveniles no estando obligado a ello, y que se mostró muy franco en todo cuanto dijo. Así que cada vez parece más probable que Muscadine diga la verdad y ya no tengamos que preocuparnos más por ese maldito comité. ¿Listo para enfrentarte al viejo Storm?

–Sí, pero... He descubierto indicios de que Hope fue víctima de malos tratos.

Le resumí lo que me había contado la profesora Steinberger, y luego conté mi breve conversación con Seacrest.

–Moretones y mal genio –comentó mi amigo, frunciendo el entrecejo–. ¿Qué fue exactamente lo que lo alteró?

–Estaba molesto desde el principio, y enrojeció cuando le pedí que me hablara de su relación con Hope.

–Bien. Quizá estemos comenzando a ponerlo nervioso. Quizá yo deba trabajarlo un poco más... Resultaría muy interesante que él la hubiera maltratado durante años y luego Hope hubiese escrito un libro explicando a las mujeres cómo defenderse de los malos tratos.

–No sería la primera vez –dije.

–¿Qué quieres decir?

–Que no sería la primera vez que el cómo tiene más importancia que el qué. Pequeños esquemas. Pero si Hope y Seacrest tenían problemas, el libro y la notoriedad que su publicación dio a Hope tal vez hicieran que la insatisfacción de ella cristalizase y tomara la decisión de romper con su marido. Quizá, en ese sentido, la fama fue, en efecto, su sentencia de muerte. Pero lo que no se me ocurre es qué relación puede tener todo eso con Mandy Wright. Ah, otra complicación: anoche volví a pasar frente a la consulta de Cruvic. Él no estaba, pero la enfermera Anna, sí. Acompañada por Casey Locking.

Le conté lo de la casa de Mulholland, y Milo tomó nota de la dirección.

–Mierda –dijo–. Tan contento que estaba yo con mis bonitas teorías... De acuerdo, averiguaré quién es el dueño de la casa. Mientras, vamos a amargarle un poco la vida al muchacho malhablado.

Cruzamos una amplia y tranquila zona de recepción para llegar al despacho de Kenneth Storm, padre. Pasamos ante un par de secretarias que al vernos alzaron por un momento la vista de sus teclados. Como sonido de fondo, se oía un programa radiofónico de debate.

Los Storm constituían un buen ejemplo de herencia genética. Los dos tenían cuello de toro, amplios hombros, pelo rubio rojizo cortado al cepillo, y ojos pequeños y recelosos con tendencia a clavarse en lo que miraban.

Storm padre era un cincuentón con el descuidado aspecto de un delantero de fútbol americano dado a la molicie. Llevaba un *blazer* azul marino con botones dorados y un distintivo masónico prendido de la solapa. La chaqueta del hijo era verde oscuro, con botones tan brillantes como los del padre.

Los dos se encontraban acomodados tras el escritorio de madera amarillenta y forma de canoa del padre. El tablero estaba totalmente despejado salvo por una figura en bronce que representaba un cowboy, y por una escribanía de ónice verde.

El despacho era mucha habitación para tan poco mueble. Las paredes estaban forradas de roble y el suelo se encontraba cubierto por una moqueta color beige. En las paredes había gran cantidad de diplomas y testimonios honoríficos que daban fe de la notoriedad del padre en el terreno de los seguros y los bienes raíces. La estancia olía a humo de cigarro, aunque no se veía ningún cenicero.

En pie frente al escritorio había un tipo corpulento, de nariz aguileña y cabellos grises, vestido con un traje de tres piezas gris marengo, camisa azul claro con gemelos y corbata color rosa intenso. Se presentó como Pierre Bateman, abogado de Storm. Recordé su nombre, pues era él quien había firmado la carta de queja por lo del Comité de Comportamiento. Antes de que tuviéramos oportunidad de sentarnos, Bateman comenzó a recitar con voz grave y monótona las condiciones en que debía realizarse el interrogatorio. Kenneth Storm, hijo, bostezó, se rascó la oreja y metió y sacó por un ojal la punta del índice. Su padre mantenía la vista clavada en el tablero del escritorio.

–Además –dijo Bateman–, en cuanto a los temas que se van a tratar...

–¿Es usted abogado criminalista, señor Bateman?

–Soy el abogado del señor Storm. Me ocupo de todos sus negocios.

–¿Considera que esto es un asunto de negocios?

Bateman mostró los dientes.

–¿Me permite continuar, detective?

–¿Ha contratado el señor Storm, hijo, sus servicios profesionales?

–No creo que eso tenga importancia.

–La tiene si pretende usted establecer normas para la entrevista.

Bateman acarició uno de sus gemelos de zafiros y miró al muchacho.

–¿Deseas nombrarme tu abogado, Kenny?

El chico puso los ojos en blanco. El padre se golpeó una manga con un índice.

–Sí, claro.

Bateman siguió:

–Perfecto. Respecto al interrogatorio, detective, se abstendrá usted de...

Milo dejó el magnetófono sobre el escritorio.

–Dispense, pero me opongo –dijo Bateman.

–¿A qué?

–A que grabe usted la conversación. Esto no es ni un testimonio judicial ni una declaración en regla, y mi cliente no ha sido acusado oficialmente de nada...

–Entonces, ¿por qué actúa usted como si lo hubiera sido?

–Detective –insistió Bateman–, le ruego que me deje seguir hablando, porque...

Milo lo interrumpió con un ruidoso suspiro. Cogió el grabador y lo examinó.

–Señor Bateman, hemos venido aquí por cortesía, hemos alterado varias veces nuestro horario por cortesía, y por cortesía hemos permitido que el padre de su cliente esté delante pese a la circunstancia de que el muchacho ya es mayor de edad. No hemos venido a hablar de un delito juvenil. El muchacho nos interesa porque tuvo un enfrentamiento sumamente hostil con una mujer que posteriormente fue asesinada a puñaladas.

El hijo rezongó algo y el padre le dirigió una penetrante mirada.

–Detective –dijo Bateman–, sin duda...

–Abogado –dijo Milo, acercándose al otro unos pasos–. Aunque su representado no es sospechoso de momento, tantas condiciones y tantos circunloquios lo que consiguen es dar la sensación de que el chico tiene algo que ocultar. Si quiere usted seguir pavoneándose, allá usted. Pero si al final hablamos, la conversación quedará grabada, y en cuanto a las preguntas, haré las que me dé la gana. De lo contrario, los citaré en la Comisaría Oeste de Los Ángeles y tendrán ustedes que enfrentarse al ambiente y a la prensa.

El hijo volvió a rezongar entre dientes.

–Ken –dijo el padre, en tono reprensor.

El muchacho puso de nuevo los ojos en blanco y se tocó una espinilla que tenía en el cuello. Sus manos eran grandes, fuertes y lampiñas.

Milo dijo:

–Lamento tener que molestarte, muchacho. Aunque supongo que, habiendo dejado los estudios, tendrás tiempo de sobra.

El chico alzó la mandíbula y los tendones del cuello se le tensaron. El padre volvió a tocarse el gemelo.

Bateman dijo:

–Ha sido un bonito discurso, detective. Ahora, permítame seguir con las estipulaciones.

Milo recogió el magnetófono y se dirigió hacia la puerta.

–*Sayonara*, caballeros.

Estábamos cruzando la zona de recepción cuando Bateman llamó:

–Detective...

Seguimos caminando y el abogado tuvo que apretar el paso para ponerse a nuestra altura. La zona de recepción había quedado en silencio. Las dos secretarias no nos quitaban ojo. El locutor radiofónico estaba pontificando acerca de lo que cobraban los deportistas profesionales. El lugar olía a enjuague bucal.

–Eso ha sido un exabrupto, detective –susurró melodramáticamente Bateman–. Kenny es un chiquillo.

–Tiene diecinueve años y tamaño más que suficiente para hacer mucho daño, señor Bateman. Espere nuestra llamada.

Milo abrió la puerta y Bateman nos siguió hasta el estacionamiento.

–El señor Storm está muy bien considerado en esta comunidad, detective, y Kenny es un buen muchacho.

–Me alegra mucho oírlo.

–Habiendo problemas como los de las bandas y el de la gran delincuencia, parece que la policía debería ocuparse de cosas mejores que...

–¿Que atosigar a respetables ciudadanos? –dijo Milo–. ¿Y qué le vamos a hacer, si somos así de estúpidos?

Llegamos junto al coche de Milo.

–Aguarden un minuto. –La tensa voz de Bateman reflejaba más nerviosismo que indignación.

Milo sacó las llaves.

–Escuche, detective, estoy aquí para que ellos se sientan protegidos. Kenny es buen muchacho, se lo digo de veras. Lo conozco desde hace años.

–Para que se sientan protegidos, ¿de qué?

–Últimamente, tanto el padre como el hijo han estado sometidos a muchas y muy graves tensiones.

Milo abrió la portezuela del coche y metió en él sus cosas.

Bateman se le acercó más y bajó la voz.

–Supongo que eso a usted no le importará mucho, pero Ken, el padre, tiene problemas financieros. Bastante graves. El mercado inmobiliario.

Milo se irguió pero no dijo nada.

–Son momentos difíciles para padre e hijo –siguió Bateman–. Primero murió la esposa de Ken, súbitamente, a causa de un aneurisma. Y ahora esto. Ken forjó su empresa partiendo de cero. Construyó este edificio hace veinte años, y ahora están a punto de embargarlo. Y ni siquiera el embargo resolverá todos sus problemas, ya que los acreedores son muchos, demasiados. O sea que ése es el motivo de que todo lo que tenga que ver con la ley lo ponga nervioso. Yo, además de su abogado, soy su amigo, y me siento en la obligación de protegerlo cuanto me sea posible.

–No hemos venido aquí a hablar de cuestiones inmobiliarias.

El abogado asintió con la cabeza.

–La verdad es que apenas sé nada sobre leyes criminales, y le advertí de ello a Ken. Pero él y yo fuimos juntos al colegio, y él se empeñó en que yo estuviera presente.

–¿O sea que el padre piensa que el muchacho necesita consejo legal?

–No, no... Lo único que desea es evitar que el sistema abuse de ellos. A decir verdad, Kenny no es ningún genio y tiene bastante mal carácter. A Ken le pasa lo mismo. Y el padre de Ken era igual, si vamos a eso. Toda la familia tiene malas pulgas.

Bateman sonrió, pero Milo no le devolvió la sonrisa.

–¿Kenny es hijo único?

–No, tiene una hermana que estudia en Stanford Med.

–La hermana lista.

–Cheryl es una lumbrera.

–¿Qué tal se llevan Kenny y ella?

–Bien. Pero Kenny nunca ha estado a la altura de Cheryl, y todo el mundo se da cuenta de ello. A lo que voy, detective, es que, teniendo en cuenta los temperamentos de mis representados, y añadiendo a ello las múltiples tensiones a que están sometidos, existe la muy probable posibilidad de que tanto uno como otro se acaloren y terminen estallando, y produciendo una pésima impresión.

–¿Cuál?

–La de que Kenny es capaz de cometer actos violentos. Y no lo es, puede creerme. En la escuela secundaria, jugó al fútbol con mi hijo. Tenía la velocidad y la fuerza necesarias, pero dejó el equipo porque le faltaba agresividad.

–Lo que quiere decir es que el chico no tiene instinto asesino, ¿no?

Bateman dirigió a mi amigo una mirada de reproche.

–Además, Kenny me ha asegurado que la noche del asesinato él estaba en San Diego.

–¿Confirma alguien eso?

–No, pero ya le he dicho que Kenny no es ningún Einstein.

–¿Y...?

–Por lo que leí sobre el crimen, saqué la conclusión de que había sido premeditado. El asesino acechó a la mujer, no dejó pruebas materiales... Eso no es propio de Kenny. Él puede perder los estribos y soltar de todo por la boca. Quizá incluso pueda dar algún puñetazo. Pero en seguida se calma.

–Tiene inteligencia suficiente para cursar estudios universitarios –comenté.

–Entró en la universidad de auténtico milagro –dijo Bateman–. Créame. Ken buscó y consiguió que lo recomendaran varios distinguidos ex alumnos y le pusieron tutores al chico, y, con todo eso, Kenny tuvo que pasar cuatro veces por el test de aptitud escolar. Luego, aunque se mató a estudiar, no fue capaz de dar la talla. Y la misma historia se repitió en la Universidad de Palms. Y ahora esto. La cosa no ha podido producirse en peor momento. El muchacho tiene la autoestima por los suelos. Por eso lo que dijo usted sobre el mucho tiempo libre de que Kenny dispone resultó cruel. Que la policía lo interrogue a uno no tiene nada de agradable. Sinceramente, detective, el chico está muy asustado.

–Pues no lo parecía.

–Disimula; pero créame; no le llega la camisa al cuerpo.

Milo sonrió al fin.

–Aprecia usted al chico, ¿verdad?

–Pues sí, detective.

La sonrisa se hizo más amplia.

–Pues yo no, señor Bateman. Ese muchacho no ha hecho nada por ganarse mi simpatía.

–Detec...

–Tengo entre manos un asesinato brutal sin resolver en el que se mezclan todo tipo de connotaciones violentas. Lo que veo es que su cliente es un muchacho fuerte y agresivo con muy mal carácter, que no ha hecho más que tratar de darnos esquinazo, y que cuando al final accede a vernos lo hace en presencia de su padre y de un abogado que se dedica a enmendar cada sílaba que sale de mi boca. ¿Qué pretende usted? ¿Que le sirva mis preguntas en bandeja, adornadas con perejil?

Bateman mostró de nuevo los dientes. Su mirada era firme, pero su expresión corporal hablaba de derrota.

–Claro que no, detective, claro que no. Lo único que intento es... Bueno, probemos de nuevo. Pregunte lo que quiera y grabe lo que le dé la gana, pero yo tomaré nota detallada de cuanto se diga. Y, por favor, trate de recordar que se trata realmente de un buen chico.

Cuando volvimos al despacho, ambos Storm fumaban cigarros y sobre el escritorio había aparecido un cenicero.

–¿Panameños? –preguntó Milo.

Ken asintió y exhaló humo suficiente para ocultar sus rasgos faciales. Kenny hizo una mueca que tal vez pretendía ser una sonrisa.

Milo puso en marcha el magnetófono, recitó la fecha y el lugar, su número de placa, y citó el nombre de Kenny como el del sujeto de una «entrevista personal con referencia al caso policial uno-ocho-siete, caso forense número nueve-cuatro barra siete-siete-seis-cinco, profesora Hope Devane».

Al escuchar su nombre, Kenny se puso muy serio. Aspiró una bocanada y contuvo un amago de tos.

Bateman y yo nos sentamos, pero Milo siguió de pie.

–Buenas tardes, Kenny.

Gruñido.

–¿Conoces el motivo de que estemos aquí?

Gruñido.

–¿Cuántas veces viste a la profesora Devane?

Gruñido.

–Tienes que responder.

–Una vez.

–¿Cuándo?

–En el comité.

–¿En la audiencia del Comité de Comportamiento interpersonal presidido por la profesora Devane?

Gruñido.

–¿Qué quieres decir?

–Que sí.

–He leído las transcripciones de esa audiencia, hijo. Parece que las cosas se pusieron desagradables.

Gruñido.

–¿Cómo?

–Esa mujer era una hija de puta.

El padre se quitó el cigarro de entre los labios.

–Ken.

–Qué demonios, las cosas como son –dijo el chico.

–Así que la profesora no te caía bien.

–No ponga palabras en su boca –ordenó el padre.

Milo le dirigió una mirada.

–Muy bien, respetaremos tus palabras textuales. Crees que la profesora era una hija de puta.

El padre frunció los labios y Bateman le pidió calma con un gesto.

Milo repitió la pregunta.

El chico se encogió de hombros.

–Esa mujer era lo que era.

–¿El qué?

–Una jodida hija de puta.

–¡Ken!

–Le ruego que deje de interrumpir, señor Storm –dijo Milo.

–¡Se trata de mi hijo, maldita sea, y tengo derecho a...!

–Déjalo, Ken –recomendó Bateman–. No pasa nada.

–Ya –dijo el padre–. No pasa nada, todo va sobre ruedas.

–Abogado –dijo Milo.

Bateman se levantó, fue junto a Ken y le puso una mano en el hombro. Ken se la sacudió y fumó furiosamente.

–¿Por qué dices que era una hija de puta, Kenny? –preguntó Milo.

–Por lo que hizo.

–Procura ser más concreto.

–Por la trampa que me tendió.

–¿Qué trampa?

–En la carta me decía que sólo íbamos a discutir el asunto.

–Ante el comité.

–Sí. Esa mujer estaba empeñada en conseguir que Cindy dijera que yo era una especie de violador, lo cual es una perfecta imbecilidad. –Miró de reojo a su padre–. No fue más que una pelotera estúpida entre Cindy y yo. Luego, ella me llamó.

–¿Te refieres a la profesora Devane?

–Sí.

–¿Cuándo te llamó?

–Después.

–¿Después de la audiencia?

–Sí.

–Después, ¿cuándo?

–Al día siguiente. Por la noche. Yo me encontraba en la fraternidad Omega.

–¿Para qué te llamó?

–Para atosigarme.

–¿A qué te refieres, hijo?

–Estaba cabreada porque su jueguecito le había salido mal.

–¿Por qué dices que trató de atosigarte?

–Me dijo que, aunque Cindy no quisiera acusarme, yo tenía problemas... problemas para reprimir mis impulsos o una mierda así. Dijo que, si no me controlaba, ella misma se ocuparía de que recibiese mi merecido.

–¿Te amenazó?

El chico se removió en el asiento, miró su cigarro y lo dejó en el cenicero. Su padre no le quitaba ojo.

–No lo dijo tan a las claras. Fueron más bien insinuaciones.

–¿Qué clase de insinuaciones?

–No recuerdo las palabras exactas. Me vino a decir que me estaría vigilando, y que ella tenía el control de todo.

–¿Utilizó la palabra «control»? –pregunté.

–No... Bueno, no sé. Pero más que lo que dijo fue cómo lo dijo. «Ojo con lo que haces.» O algo por el estilo. Esa mujer era una radical.

–¿Radical? –preguntó Milo.

–Izquierdosa.

–¿Habló contigo de sus tendencias políticas?

El chico sonrió.

–No, pero era evidente. Pertenecía a ese feminismo radical que trata de establecer un nuevo orden, ¿comprende a qué me refiero?

–No del todo, hijo.

–Socialismo. Control central. –Una mirada a su padre–. El comunismo murió en Rusia, pero hay gente que sigue empeñada en convertir a Norteamérica en un país totalitario.

–Ya –dijo Milo–. Así que crees que la profesora Devane formaba parte de una conspiración de izquierdas.

Kenny se echó a reír.

–No, no soy un fanático de ultraderecha. Sólo digo que existen ciertas personas a las que les gusta controlar las cosas, establecer normas para todo el mundo... Como lo de que *Playboy* es una revista obscena y odiosa que habría que prohibir. Acción afirmativa para todos.

–Y la profesora Devane pertenecía a esa clase de personas.

Kenny se encogió de hombros.

–Lo parecía.

–Y dijo que te iba a vigilar.

–Algo por el estilo.

–¿Te explicó cómo pensaba vigilarte?

–No, no le di oportunidad.

–¿Y eso?

–La mandé a la mierda, colgué y volví a jugar al billar. Como de todas maneras pensaba largarme, ¿qué demonios me importaba lo que esa hija de puta me dijese?

–¿Pensabas dejar la universidad?

–Sí. Ese sitio es una cagada, una puta pérdida de tiempo. En la universidad no se aprende a llevar un negocio.

Otra mirada de reojo a su padre. Éste, con la cabeza envuelta en una nube de humo, miraba los diplomas enmarcados.

Milo dijo:

–Así que pensabas que la profesora era una hija de puta y que trataba de amenazarte. ¿Te asustó su amenaza?

–Qué va. Ya le digo que todo aquello eran gilipolleces, y yo ya tenía pensado largarme.

–¿Pensaste en tomar alguna acción contra ella?

–¿Qué clase de acción?

–La que fuera.

El padre se volvió hacia Bateman.

–¿Puede hacer preguntas tan genéricas, Pierre?

–¿Le importa formular de otro modo la pregunta, detective? –preguntó Bateman.

–Sí me importa –dijo Milo–. ¿Pensaste en tomar alguna acción contra la profesora Devane, Kenny?

La mirada del chico fue de su padre a Bateman.

Milo golpeó el suelo con el pie.

–¿Papá?

El padre miró a Kenny con desagrado.

Milo insistió:

–¿Tengo que repetir la pregunta?

Bateman dijo:

–Adelante, Kenny.

–Nosotros... mi padre y yo, hablamos de demandarla.

–Demandarla –repitió Milo.

–Por hostigarme.

–Eso fue justamente lo que hizo esa mujer –dijo el padre–. Fue un completo atropello.

–Le hubiera estado bien –dijo el chico–. Pero no llegamos a hacer nada.

–¿Por qué no?

Para aquello no hubo respuesta.

–¿Porque la asesinaron? –preguntó Milo.

–No, porque mi padre tuvo ciertos... Se tuvo que ocupar de cosas de la empresa.

–Muy bien, hablamos de demandarla –dijo Ken, en tono vivo–. ¿Y qué? Salvo que me haya perdido alguna noticia de última hora, creo que éste sigue siendo un país libre.

Milo mantenía la vista fija en el chico.

–¿Pensaste alguna vez en tomar otro tipo de represalia contra la profesora Devane, Kenny?

–¿Como cuál?

–Cualquiera.

–¿Como cuál?

–Como agredirla físicamente.

–Qué va. Además, de haber querido golpear a alguien, no hubiera sido a ella, sino al mamón de su compinche. Yo nunca pegaría a una mujer.

–¿De qué mamón hablas?

–Del maricón ese que siempre andaba con ella, el tipo que la agarró conmigo, no recuerdo su nombre.

–¿Consideraste la posibilidad de agredirlo a él físicamente?

Bateman dijo:

–Detective, eso no es...

Kenny dijo:

–No, no lo consideré; pero de haber pensado en sacudir a alguien, él habría sido el elegido. No dejó de meterse conmigo, como si tratase de ser aún más feminista que la profesora.

–O sea que, de haber hecho algo contra alguien, habría sido contra el muchacho, no contra la profesora Devane.

El padre intervino:

–Mi hijo en ningún momento ha dicho que quisiera agredir a nadie.

–Exacto –dijo el chico–. A él le hubiera sacudido de buena gana. Pero ella era una mujer. Soy de los que abren las puertas a las damas.

–Las puertas y las portezuelas de los coches –dijo Milo–. Eso hiciste con Cindy, ¿no?

El chico cuadró los hombros.

Milo le echó un vistazo al magnetófono.

–Muy bien. Ahora cuéntanos dónde estabas la noche del asesinato.

–En La Jolla. –La respuesta fue rápida.

–¿Qué hacías allí?

–Es donde vivo y donde trabajo.

–¿Dónde trabajas?

–En la Inmobiliaria Excalibur, en el programa de prácticas. Aunque eso pasó a la historia, porque el negocio inmobiliario anda por los suelos.

–Así que lo dejaste.

–Sí.

–¿Y qué estás haciendo ahora?

–Reflexionar.

–Reflexionar, ¿sobre qué?

–Sobre las opciones que se me presentan.

–Comprendo –dijo Milo–. Pero el día del asesinato seguías en el programa de prácticas de la Inmobiliaria Excalibur, ¿no?

–Sí –dijo el chico–. Pero concretamente ese día estaba con unos amigos en la playa. –Chasqueó los dedos–. Corey Vellinger, Mark Drummond, Brian Baskins.

–¿Amigos de La Jolla?

–No, de aquí. De la fraternidad Omega. Vinieron a visitarme.

–¿Cuánto tiempo pasaste con ellos?

–Desde las diez hasta las cinco. Luego ellos volvieron a Los Ángeles.

–¿Qué hiciste a las cinco?

–Paseé un rato en coche, alquilé una película en un Blockbuster, y creo que luego fui a la tienda Wherehouse a por unos CD.

–¿Compraste alguno?

–No. Sólo miré.
–¿Te dieron recibo de la película que alquilaste?
–No.
–¿Pagaste con tarjeta de crédito?
–No. Había rebasado el límite de mi tarjeta, así que les dejé un depósito y pagué en efectivo.
–¿Qué alquilaste?
–*Terminator Dos*.
–¿Luego te fuiste a casa a verla?
–Primero cené.
–¿Dónde?
–En el Burger King.
–¿Te vio alguien allí?
–No. Sólo paré a recoger la hamburguesa.
–¿Dónde te la comiste?
–En casa.
–¿Un apartamento?
–Sí.
–¿Dónde?
–Motel Coral, cerca de Torrey Pines.
–¿Te vio alguien allí?
–No creo, pero puede.
–¿Puede?
–No conozco a nadie, es un cuchitril que él alquiló para que yo me alojase mientras me encontraba en el programa.
–¿Quién es él?
–Mi padre.
El mayor de los Storm fumaba con la vista en la pared.
–Era un sitio que se alquilaba por meses –dijo.
–Así que volviste a tu habitación con la película y la cena. ¿A qué hora fue eso?
–A las seis o las siete.
–¿Qué hiciste luego?
–Ver la tele.
–¿Qué viste?

–La MTV, creo.
–¿Qué pasaban?
Kenny se echó a reír.
–Yo qué sé, vídeos musicales y mierdas de ésas.
–¿Volviste a salir aquella noche?
–No.
–Una velada tranquila, ¿no?
–Sí. En la playa me había quemado y no me sentía del todo bien. –Sonreía, aunque en sus últimas palabras hubo un matiz de inseguridad.
–¿Hiciste algo aquella noche, aparte de ver la tele? –preguntó Milo.
Una pausa.
–No.
–¿Nada en absoluto?
–Realmente, no.
–¿Realmente, no?
El chico miró a su padre.
–¿Kenny? –dijo Milo.
–Prácticamente, eso fue todo.
–¿Prácticamente?
El padre se volvió hacia el chico frunciendo el entrecejo.
–¿Prácticamente? –repitió Milo.
Kenny se tocó la espinilla del cuello.
–No te hurgues –dijo el padre.
–¿Qué más hiciste esa noche? –preguntó Milo.
La respuesta del chico fue casi inaudible.
–Beber cerveza.
–¿Te tomaste una cerveza?
–Sí.
–¿Sólo una?
–Un par.
–¿Cuántas?
Nueva mirada a papá.
–Un par.

–¿O sea dos? –quiso saber Milo.
–Tal vez tres.
–¿O cuatro?
–Quizá.
–¿Te emborrachaste, hijo?
–No. –Ahora los pequeños ojos se removían inquietos.
–¿Consumiste algo, aparte de la cerveza?
–¡No!
–Cuatro cervezas –dijo Milo–. ¿No sería un paquete de seis?
–No. Sobraron dos.
–Así que seguro que fueron cuatro.
–Probablemente.
–¿Probablemente?
–Quizá por la mañana me bebí otra.
El padre miró al chico y meneó lentamente la cabeza.
–Desayuno de campeones –dijo Milo.
Kenny no respondió.
–Cenaste, viste la tele y luego cuatro cervezas. ¿A qué hora te bebiste la cuarta?
–No sé, a eso de las ocho, digo yo.
Lo cual dejaba tiempo suficiente para el trayecto de dos horas hasta Los Ángeles, y luego una hora para acechar a su víctima. Pero la perra se había puesto mala a primera hora de la noche.
–Y luego, ¿qué?
–Luego, nada.
–¿Te dormiste a las ocho?
–No. Seguí mirando la tele.
–¿Estuviste viendo televisión toda la noche?
–Más o menos.
–Te convendría que alguien te hubiera visto, hijo.
–La habitación es pequeña –dijo Kenny, como si eso lo explicase todo.
–¿Llamaste por teléfono?

–Pues... no.
–¿Seguro que no?
–No... no recuerdo.
–Podemos examinar tus recibos telefónicos.
El chico miró a Bateman.
Bateman dijo:
–Eso tendremos que discutirlo.
–Discuta lo que quiera –dijo Milo–, pero sin coartada y después del enfrentamiento que Kenny tuvo con la profesora Devane, obtendré un mandamiento judicial con toda facilidad.
El chico se irguió en su asiento y luego dejó caer los hombros y murmuró:
–Este... ¿podemos hablar usted y yo en privado?
–¿Por qué, Kenny? –quiso saber el padre.
–Desde luego –dijo Milo.
–Ni hablar –dijo el padre–. ¿Pierre?
–Kenny –dijo el abogado–, si hay algo que quieras...
El chico se puso en pie y agitando los puños gritó:
–¡Quiero que se respete mi intimidad!
–Precisamente yo estoy aquí para protegerla, y...
–¡Me refiero a la auténtica intimidad, no a zarandajas legales!
–¡Ken! –exclamó el padre.
–¡Hablamos de un asesinato, papá, pueden hacer lo que les dé la gana!
–¡Cállate!
–No pido tanto, papá. Sólo un poco de jodido respeto a mi jodida intimidad.
Bateman dijo:
–Kenny: es evidente que tú y yo tenemos que...
–¡No! –exclamó el chico–. ¡No voy a decir que la maté ni ninguna chifladura así! Lo único que hice fue llamar por teléfono, ¿vale? Sólo fue una puta llamada telefónica sin la más puta importancia, pero la policía terminará enterándose de

que la hice, así que lo único que quiero es hablar a solas con la policía.

Silencio.

Al fin, el padre preguntó:

–¿Qué hiciste? ¿Llamar a una puta?

El chico palideció, se sentó pesadamente y se tapó el rostro con las manos.

–Espléndido –dijo el padre–. Te felicito por tu sensatez, Kenny.

El muchacho comenzó a sollozar. Entrecortadamente, dijo:

–Lo... único... que... te... pedía... era... que... respetases... mi... intimidad.

El padre aplastó su cigarro.

–Con la de enfermedades que hay... Jesús...

–¡Por eso no quería decirte nada!

–Magnífico –dijo el padre–. Estarás orgulloso.

Kenny bajó las manos. Le temblaban los labios.

El padre dijo:

–Si tanto te preocupaba lo que yo pensase, ¿por qué lo hiciste?

–¡Usé una goma!

El padre meneó la cabeza.

Milo dijo:

–Lo que hagas en tu tiempo libre no me preocupa, Kenny. En realidad, la cosa podría ayudarte. ¿A quién llamaste exactamente?

–A un servicio.

–¿Nombre?

–No lo recuerdo. –Voz baja, insegura.

–¿Lo habías usado con anterioridad?

Silencio.

El padre apartó la vista del chico.

–¿Kenny? –insistió Milo.

–Una vez.

–¿Antes de esa noche?

El chico asintió con la cabeza.

–¿Y no recuerdas el nombre?

–Acompañantes Starr. Con dos erres.

–¿De qué conocías ese servicio?

–Lo busqué en la guía de teléfonos. En las páginas amarillas.

–¿Cómo se llamaba la chica?

–No sé... Hailey, creo.

–¿Crees?

–Lo que hicimos no fue precisamente charlar.

–¿Las dos veces fue con Hailey?

–No, sólo la segunda.

–Descríbela.

–Mexicana, bajita, cabello negro largo. De cara, no estaba mal. Buen cuer... Aspecto agradable.

–¿Edad?

–Unos veinticinco años.

–¿Cuánto cobró?

–Cincuenta dólares.

–¿Pagaste en efectivo?

–Sí.

–¿A qué hora llamaste a Acompañantes Starr?

–A eso de las diez.

–¿Y a qué hora llegó Hailey?

–A las diez y media o las once.

–¿Cuánto tiempo se quedó?

–Media hora. Quizá más. Después... estuvo un rato viendo la tele conmigo, y nos tomamos las dos cervezas que quedaban.

–¿Y luego?

–Luego se marchó y yo me dormí. Al día siguiente puse la radio y estaban hablando de ella... de la profesora Devane. Decían que alguien la había liquidado y yo pensé... jo, mientras a ella se la estaban cargando, yo estaba... –Miró a su padre y se enderezó en el asiento–. En el momento en que a ella la mataron, yo estaba pasándomelo en grande. Grotesco pero también... fue como una especie de venganza, no sé si me entiende.

–Por Dios –exclamó el padre–. Terminemos de una vez.

–O sea que no tengo nada que temer, ¿no? –preguntó el chico a Milo–. Dispongo de coartada. A ella la mataron a media noche y yo estaba... con Hailey, así que no pude ser yo, ¿verdad? –Suspiró profundamente–. Me alegro de que esto haya terminado. ¿Qué te parece, papá? Resulta que no maté a nadie. ¿No te alegras?

–Estoy muy contento –dijo el padre.

–Acompañantes Starr –dijo Milo.

–Búsquelo en la guía. Si quiere, me someteré al jodido detector de mentiras.

–¡Cierra la boca! –le ordenó su padre–. ¡Basta de palabrotas! –Se volvió rápidamente hacia Milo–. ¿Ya está contento? ¿Le parece que ya le ha sacado bastante sangre a la piedra? ¿Por qué no nos dejan en paz y se van a detener a algún delincuente verdadero?

Milo miró al muchacho.

–¿Qué me cuentas de Mandy Wright?

El chico pareció auténticamente desconcertado.

–¿De quién?

–¡Cristo bendito, déjelo en paz de una vez! –exclamó el padre.

–Ken –dijo Bateman.

–Ken –repitió el padre, como si el sonido de su propio nombre le desagradase. Señalando hacia la puerta dijo–: Largo. Los dos. Ésta sigue siendo mi oficina, así que respeten mi intimidad.

21

Cuando regresamos al coche de Milo dije:

–¿Crees que el chico ha dicho la verdad?

–Lo de la puta es el tipo de cosa que haría un chico atolondrado y solitario. Y, probablemente, no tiene suficiente inteligencia para actuar con premeditación. Si encontramos a la tal Hailey, si ella confirma la coartada del chico, y si no sospecho que el padre la haya pagado, tendremos que borrar otro nombre de la lista de sospechosos.

–Hablando de nombres, pareció que el de Mandy no le sonaba realmente de nada.

Milo sacó un purito y lo miró. Las copas de las palmeras se mecían bajo el impulso de la cálida brisa procedente de los montes San Gabriel.

–Así que ya podemos ir olvidándonos del comité. Probablemente, a Hope la mataron por algo relacionado con su vida privada. Lo de las magulladuras en el brazo me devuelve a Seacrest. O a Cruvic, porque probablemente él andaba tonteando con ella. Lo malo es que no puedo acercarme a ninguno de los dos... Además, no me es posible imaginar con claridad a Hope. Todo son opiniones extremas: o la retratan como a la gran salvadora del sexo femenino, o como a una manipuladora que odiaba a todos los hombres. No sabemos nada acerca de su... personalidad íntima.

–Lo malo es que su único familiar es Seacrest –dije–. No disponemos de nadie que nos hable de su evolución como persona, de su niñez, de cómo se mostraba fuera del ámbito profesional.

–Lo único que sé de su infancia es que la pasó en esa ciudad agrícola, Higginsville. Padres muertos, ningún hermano. Y si tiene otros parientes, deben de ser muy lejanos, porque ninguno de ellos salió a relucir después del asesinato.

Mi amigo se metió en el coche.

–Sin embargo –dije–, el hecho de que no haya familia no quiere decir que no existan antecedentes familiares. Podría acercarme por Higginsville a hacer preguntas. En una población pequeña, es posible que alguien recuerde a Hope.

–Claro –dijo Milo, sin mucho entusiasmo–. Llamaré a la policía local y les avisaré de que vas para que te permitan acceder a los expedientes. ¿Cuándo quieres ir?

–No hay razón para que no sea mañana.

Mi amigo hizo un gesto de asentimiento.

–Lleva ropa ligera, porque ésas son calurosas tierras de labrantío. Tengo entendido que por allí se cultivan alcachofas o algo por el estilo.

Aquella noche, Robin y yo cenamos en un restaurante. Cuando dieron las ocho, ella estaba a remojo en la bañera y yo me encontraba tumbado en el sofá de mi despacho, releyendo las transcripciones del Comité de Comportamiento. Contra su costumbre, *Spike* había optado por quedarse conmigo, atraído quizá por los efluvios del filete que yo había cenado. El perro tenía su gran cabezota reposada en mis piernas y estaba roncando. El sonido resultaba adormecedor, y mis oscuras especulaciones comenzaban a difuminarse ante mis ojos.

No me estaba enterando de nada que no supiera ya y tenía cada vez más sueño. Decidí que había llegado el momento de suspender el trabajo.

En el instante justo en que iba a dejar las transcripciones

sonó el teléfono. *Spike* se incorporó sobresaltado y, ladrando, corrió hacia el aparato que había perturbado su sueño.

–Doctor, soy Joyce, del servicio de contestación de llamadas. Tengo al teléfono a una señora que parece bastante alterada. Dice llamarse Mary Farney. ¿La conoce?

La mujer del centro femenino de Santa Mónica. La atribulada madre de Chenise.

–Pásemela, por favor.

Una destemplada voz saludó:

–¿Hola?

–Soy el doctor Delaware. ¿En qué puedo servirla, señora Farney?

–Usted me dio su tarjeta... Fue en el centro. Dijo que yo podía... Es usted el que trabaja para la policía, ¿no?

–Sí. ¿Qué le ocurre, señora Farney?

–Yo... Yo sé quién lo hizo.

–¿Quién hizo qué?

–Quién mató a la profesora Devane.

Aquello me espabiló por completo.

–¿Quién fue?

–Darrell. Y ahora va a matar al doctor Cruvic, o quizá ya lo haya hecho, no lo sé, quizá debí llamar a la policía, pero... usted...

–¿Darrell, qué?

–Darrell... Jesús, ¿cómo puedo haber olvidado su apellido...? Es el último... novio de Chenise. Ah, sí: Darrell Ballitser. Él fue quien lo hizo, estoy segura.

–¿Cómo lo sabe?

–Porque odiaba con toda su alma a la doctora Devane. Y también al doctor Cruvic. Por lo que hicieron.

–¿Por el aborto de Chenise?

–Esta noche Darrell vino y estaba furioso, fuera de sí, gritando. Como si hubiese tomado alguna droga. Se llevó a Chenise. ¡Dijo que iban a por él!

–¿A por el doctor Cruvic?

–Sí, y tiene a Cheni...

–¿Iba hacia la clínica?

–No, no: dijo que ya había ido a buscarlo a la clínica y que todo estaba cerrado, lo cual lo puso aún más furioso.

–¿Adónde fue, señora Farney?

–A la otra consulta del doctor Cruvic. En Beverly Hills. Traté de impedirle que se llevase a Chenise, pero él me empujó... Creo que tiene un cuchillo, porque me pareció vérselo. Pero Chenise no...

Puse su llamada en espera, llamé al número de la policía, dije a la telefonista que el problema estaba en Beverly Hills y me pusieron con la comisaría correspondiente.

–¿Civic Center Drive? –preguntó la telefonista de Beverly Hills–. Eso nos pilla muy cerca. Podríamos ir hasta allí andando.

–Pues más vale que corran –dije.

Colgué e intenté localizar a Milo en su casa. Contestador. Llamé a la comisaría primero y a su teléfono móvil después, y lo localicé en este último.

–Acabo de salir del Club None –dijo mi amigo–, y a que no sabes...

–Emergencia –dije, y procedí a contarle lo de Darrell Ballitser–. La señora Farney dice que el tipo detestaba a Hope y Cruvic por lo del aborto de Chenise. Probablemente, el hijo de Chenise era de Ballitser.

–¿Los de la policía de Beverly Hills van ya hacia allí?

–Sí.

–Vale, yo también voy... Mira tú qué cosas. Tantas teorías, y al final va a resultar que es un simple muchacho perturbado.

–La mujer me dijo que Ballitser ya había salido de la clínica, pero tal vez sea conveniente que, de todas maneras, pongas también sobre aviso a la policía de Santa Mónica. Cruvic suele trabajar en esa zona por las noches, y es posible que vaya camino de allí.

–Lo haré. Mientras tanto, consigue el teléfono y la dirección de esa mujer, y averigua todo lo que puedas mientras a ella le duren las ganas de colaborar.

–De acuerdo –dije; pero cuando traté de recuperar la llamada, la señora Farney ya había colgado.

Llamé a mi servicio telefónico de contestación por si Mary Farney había dejado un número. No lo había hecho. En la guía del oeste de Los Ángeles sólo había un Farney, y la primera inicial era M. La dirección correspondía a Brooks Avenue, en Venice. La cosa parecía prometedora, pero cuando llamé no obtuve respuesta. La señora Farney, o me había telefoneado desde otro lugar, o se había marchado.

Copié el número, me puse ropa de calle, entré en el baño, donde Robin seguía a remojo, y le dije que me marchaba y por qué.

–Cuidado, cariño.

–Tranquila –dije, y me incliné para besarla en la mejilla–. El sitio está pegadito a la comisaría.

La policía de Beverly Hills había enviado tres coches patrulla al lugar, que se encontraba a sólo dos manzanas de la comisaría. Desde Santa Mónica Boulevard pude ver las luces giratorias de los vehículos policiales. El acceso occidental a Civic Center Drive estaba bloqueado por una barrera policial, y en el extremo este, cerca de Foothill, un agente uniformado me hizo señas de que me volviese. Cuando me disponía a hacerlo apareció Milo de entre las sombras, y le dijo al hombre que me dejara pasar.

Estacioné a veinte metros del edificio de Cruvic. Antes de que me apeara, un vehículo se detuvo junto al mío. Era una unidad móvil de una de las emisoras locales y de ella bajó una nerviosa rubia platino que, más que apearse de una furgoneta, pareció como si se estuviera lanzando en paracaídas desde un avión en vuelo. La mujer se detuvo, miró a su alrededor e hizo señas a un técnico de sonido y a un cámara. Permanecí en el Seville mientras ellos tres corrían hacia el edificio de Cruvic. La reportera no dejaba de gesticular. Al ver a Milo se detuvieron de nuevo.

Mi amigo movió negativamente la cabeza y les hizo seña de que siguieran adelante. Luego se acercó a donde yo estaba. Llevaba el mismo traje gris de la entrevista en el despacho de Kenneth Storm, aunque había sustituido la camisa y la corbata por una camiseta gris. Aquélla era, en su opinión, la indumentaria adecuada para ir a un bar de copas de Los Ángeles. Las luces rojas del coche patrulla más cercano lo hacían sonrojar intermitentemente, y en sus ojos brillaba la intranquilidad.

–¿Qué sucede? –pregunté.

–El sospechoso está detenido.

–Vaya rapidez.

–El terrible Darrell ha resultado ser un chico más bien esquelético y con malos reflejos. Sorprendió a Cruvic cuando salía del garaje contiguo al edificio, metió un cuchillo por la ventanilla y le ordenó que saliera. Cruvic le dio una patada a la puerta, hizo caer a Darrell, le quitó el cuchillo, y se disponía a darle una buena tunda cuando apareció la policía de Beverly Hills.

–¿Y Chenise?

–Si te refieres a una rubia menudita con blusa roja, estaba en la acera, llorando a moco tendido, y se la llevaron a la comisaría al mismo tiempo que a Darrell. Les dije a los de Beverly Hills que el chico es uno de los sospechosos en la investigación del caso Devane, y que actuaran con discreción, pero es evidente que alguien se ha ido de la lengua. Me dicen que podré hablar con Darrell en cuanto terminen de empapelarlo. ¿Qué hay de la madre?

–Cortó la comunicación. Probablemente, vive en Venice.

Apareció otra unidad móvil. Y otra más.

–Buitres en busca de carnaza –dijo Milo–. Vente, vamos a ver qué tal le va a nuestro héroe.

La puerta corredera del garaje estaba abierta, y el Bentley Turbo plateado se había detenido a medio salir. La portezuela del conductor se encontraba abierta, y la luz interior iluminaba el cuero negro de los asientos, los cromados tiradores y la bruñida madera.

Pero el conductor no estaba. Cruvic se encontraba cerca, vestido con un traje negro y un jersey de cuello alto del mismo color, hablando con un agente al tiempo que se frotaba los nudillos. Un coche patrulla dio marcha atrás y giró a la izquierda, rodeando el estacionamiento municipal.

El policía sonrió a Cruvic. Éste le devolvió la sonrisa y señaló hacia el Bentley. El agente corrió hasta el gran coche, se montó, lo condujo hasta la esquina y lo dejó con el motor al ralentí. Cuando regresó junto a Cruvic, el doctor le dio la mano, y luego estrechó la de un segundo policía. Todo eran sonrisas de camaradería masculina. Luego Cruvic se fijó en los de la prensa y dijo algo a los policías.

Mientras los agentes mantenían a raya a los portadores de micrófonos, Cruvic corrió hacia el Bentley. Milo y yo llegamos al coche en el momento en que el médico ponía la mano en el tirador.

–Buenas noches, doctor –saludó Milo.

Cruvic se volvió vivamente, como dispuesto a defenderse de nuevo. El jersey negro se ceñía como una segunda piel al amplio tórax. Frotándose otra vez los nudillos, Cruvic dijo:

–Vaya, ¿cómo le va, detective Sturgis?

–Noche movidita, ¿no?

Cruvic se miró la mano y sonrió.

–¿Se hizo daño? –preguntó Milo.

–Un poco, pero la cosa se remedia con hielo y unos antiinflamatorios. Menos mal que para mañana no tengo prevista ninguna operación.

Cruvic montó en el Bentley, y Milo se situó entre la abierta portezuela y el coche.

–Bonito automóvil.

Cruvic se encogió de hombros.

–Tiene cuatro años. Es un poco delicado, pero, en conjunto, no va mal.

–¿Puedo hablar con usted un momento?

–¿Sobre qué? Ya presté declaración ante la policía de Beverly Hills.

–Lo sé, doctor, pero, si a usted no le importa...

–Me importa. –Amplia sonrisa–. Tuve un día muy pesado, y esto ha sido la guinda. –Se miró la mano y luego la metió en el bolsillo–. Debo ponerme hielo antes de que se hinche.

–Escuche...

Meneando la cabeza, Cruvic dijo:

–Lo siento. Tengo que pensar en mi mano.

Hizo girar la dorada llave de ignición y el Bentley se puso silenciosamente en marcha. De los múltiples altavoces del coche comenzó a brotar música country. El cantante era Travis Tritt. Cruvic subió el volumen aún más y puso el coche en ralentí.

Milo siguió donde estaba. Un equipo de televisión venía hacia nosotros.

Cruvic alzó el pie del freno y el coche se puso en movimiento. La portezuela comenzó a cerrarse contra la espalda de Milo. Mi amigo se retiró rápidamente y Cruvic cerró.

–¿Cuándo podrá hablar conmigo?

Los oblicuos ojos de Cruvic se fruncieron.

–Llámeme mañana.

El Bentley se puso en marcha con gran majestuosidad mientras la policía le abría paso deferentemente.

22

Darrell Ballitser era sin duda esquelético. Metro setenta y ocho y cincuenta y tres kilos, según el agente que le había hecho la ficha. Diecinueve años, nacido en Hawaiian Gardens. Su actual dirección era un hotelucho de los barrios bajos.

Se encontraba sentado en la sala de interrogatorios de la comisaría de Beverly Hills, con un vaso de papel lleno de refresco de naranja en la mano. Tenía el rostro largo y enjuto, y la rasurada cabeza adornada por pequeños bultos. Una barba y un bigote rubios eran poco más que pelusilla. Los enrojecidos ojos, que fluctuaban entre la dureza y el miedo, tenían la vista perdida.

Un tatuaje azul con el logotipo de la Harley Davidson marcaba el punto en que la nuca se unía a la espalda. Otra inscripción magenta en el bíceps derecho proclamaba ¡FIESTA! En los dedos de la mano derecha llevaba la inscripción V-I-V-I-R, y M-O-R-I-R en los de la izquierda. En el cuello tenía escrito con letras góticas azules y rojas la palabra CHENISE. Llevaba una holgada y sucia camisa blanca y unos vaqueros no mucho más limpios sujetos por una ancha correa de cuero negro. Dos pendientes en una oreja y tres en la otra. Un aro en la nariz. La naturaleza había aportado una decoración adicional en forma de fuertes manchas de acné repartidas aleatoriamente por rostro, espalda y hombros. Gracias a Cruvic, Darrell tenía además un ojo negro, un labio partido y magulladuras en la barbilla y la mandíbula.

Se mecía en su silla, moviéndose todo lo que le permitían

las esposas, que estaban sujetas a una mesa atornillada al suelo. Al principio no lo esposaron, pero él gritó, se debatió y trató de atacar a Milo.

Mi amigo permanecía sentado frente al muchacho. Su actitud era plácida, casi aburrida. Ballitser bebió el resto del refresco de naranja. Era su tercer vaso. Había engullido además dos donuts recubiertos de azúcar que le llevó una menuda detective morena llamada Angela Boatwright. El chico los masticó trabajosamente, y cada vez que tragaba, la nuez de Adán, que tenía el tamaño de una ciruela, le subía y bajaba en el cuello.

Boatwright parecía simpática y hubiera sido más bonita de haber tomado algo menos el sol. Tenía aspecto de surfista, tenues pecas, ojos claros, cuerpo atlético y manos grandes. Llevaba un traje pantalón azul oscuro, y zapatos sin tacón con medias. En presencia de Ballitser, parecía más preocupada que desdeñosa, como si fuera la sufrida hermana mayor del chico, pero cuando él no podía oírla, la detective se refería al muchacho como a «ese patético mequetrefe».

Ahora la mujer estaba bebiendo café sentada tras el cristal monorreflejo, abriendo y cerrando las manos. El papeleo de Ballitser había llevado casi una hora. Me sorprendía la facilidad con que Boatwright y su compañero, un tipo calvo llamado Hoppey, habían cedido el control del interrogatorio a Milo. Quizá ella me leyó los pensamientos, porque cuando entramos en la sala de observación, me dijo:

–Lo hemos fichado por intento de agresión, pero la acusación de asesinato tiene precedentes. Menos mal que ese médico fue rápido de reflejos.

En una mesa imitación de madera que había entre ella y yo había una copia impresa del historial delictivo de Ballitser. En él apenas había nada, excepto la anotación de unos antecedentes juveniles ya cancelados, y veinte multas de estacionamiento sin pagar.

–Desventajas del oficio –había explicado Milo–. Cuando trabaja, Darrell hace de mensajero.

–¿En coche o en bici? –quise saber.
–En coche y en bici.
Sonrió cansadamente y comprendí lo que pensaba: «Más tiempo perdido en estupideces».
Ahora mi amigo le dijo al muchacho:
–Te voy a conseguir un abogado, Darrell, lo hayas pedido o no.
Ballitser arrugó el vaso de papel y lo tiró al suelo.
–¿Deseas que llame a algún abogado en particular?
–Mierda.
Milo se puso en pie.
–Mierda.
–¿Mierda sí, o mierda no?
–Mierda no.
–¿Mierda significa que no quieres abogado?
–No, mierda, no lo quiero. –Ballitser se tocó la dolorida mandíbula.
–Parece que la aspirina aún no te ha hecho efecto, ¿no?
No hubo respuesta.
–¿Darrell?
–Mierda.
Angela Boatwright se desperezó.
–Bonito concierto de una sola nota –dijo.
Milo entró en la sala de observación.
–¿De cuántos abogados de oficio disponéis?
–Todos ellos están ocupados –dijo Boatwright–. Llevamos algún tiempo recurriendo a abogados privados, profesionales compasivos de Wilshire Boulevard que trabajan *pro bono*. Veré si encuentro alguno.

Al cabo de otro par de refrescos de naranja, de una hamburguesa con patatas fritas y de dos visitas al baño, apareció un ceñudo abogado llamado Leonard Kasanjian, con un maletín de piel de avestruz excesivamente pequeño para contener gran cosa. El tipo llevaba el negro cabello largo y cepillado hacia atrás, lucía barba de cinco días y usaba minúsculas gafas. Sus ojos eran oscuros y resignados. Vestía un traje de gabardina color verde oscuro, camisa beige, corbata marrón y oro pintada a mano y mocasines marrones de cuero.

Cuando el abogado se acercó, Boatwright sonrió y dijo en voz baja:

–Lo saqué del restaurante Le Dome.

–Hola, Angela –dijo Kasanjian, con una amplia sonrisa–. ¿Esta noche es usted quien manda? ¿Cómo es que...?

–Buenas noches, señor Kasanjian –dijo ella, en tono seco, y la sonrisa del abogado se desvaneció. Boatwright siguió–: Lo pondré en antecedentes sobre su cliente.

El tipo escuchó atentamente las explicaciones de la detective y al fin dijo:

–Parece que la cosa está bastante clara.

–Para usted, puede.

–Señor Ballitser... –dijo Kasanjian, dejando su maletín sobre la mesa.

El chico cerró la mano libre y, de un puñetazo, tiró el maletín al suelo.

Kasanjian lo recogió y se quitó una mota de polvo de la solapa. Sonrió, pero sus ojos reflejaban furia.

–Señor Ballit...

–¡Mierda!

Milo dijo:

–Muy bien, traslademoslo a la central y consigamos un mandamiento para registrar su domicilio.

Kasanjian bajó la vista al expediente del chico.

–¿Has oído... Darrell?

Ballitser se meció en la silla, con la vista en el techo.

–Van a llevarte a la cárcel del condado, Darrell. Mañana por la mañana iré a verte. No hables con nadie hasta entonces.

Nada.

Luego:

–Mierda.

Kasanjian meneó la cabeza y se puso en pie. Él y Milo se dirigieron a la puerta.

Ballitser dijo:

–*¡Lacapado!*

El abogado y mi amigo se volvieron hacia él.

–¿Cómo has dicho, muchacho? –preguntó Kasanjian.

Silencio.

–*¿Lacapado?* ¿Qué es eso? ¿Un apellido?

–¡Mierda! –dijo el chico, lanzando goterones de saliva y pateando fuertemente.

–Calma, Darrell –dijo Kasanjian.

Ballitser golpeó la mesa con el puño.

Sus ojos buscaron la puerta. Su torso se estremeció y crispó. Bajo la maltrecha piel se definían todos los músculos, como en una lámina anatómica.

–¡Mierda! *¡Lacapado!*

Kasanjian parpadeó.

–¿Qué quieres decir, muchacho?

–*¡Lacapado!* ¡Mierda! *¡Lacapado!* ¡Por eso lo hice!

Kasanjian estaba demudado.

–Intenta calmarte, Darrell –le dijo al chico. Luego, volviéndose hacia Milo–: Es evidente que necesita atención psiquiátrica, detective. Solicito formalmente que le pongan a mi...

–*¡Lacapado! ¡Lacapado!*

Ballitser retorció el cuerpo, se golpeó el pecho, pateó la silla y la emprendió a puñetazos con la mesa.

–¿Lo que dices tiene algo que ver con tus motivos para atacar al doctor Cruvic?

–¡Mierda, sí!

–*Lacapado* –repitió Kasanjian.

–¡Sí! ¡Eso ha hecho ese cabrón! –El chico se echó a llorar, y luego se arañó las mejillas con la mano libre.

Milo lo agarró, tratando de inmovilizarlo. El magullado rostro del chico era una agónica máscara.

–¿Fue algo que hizo Cruvic? –preguntó Milo con voz suave.

–¡Sí!

–¿Algo que le hizo a Chenise?

–¡Síiii! *¡Lacapado!* Como a una jodida perra. ¡Guau, guau!

Ballitser se aferró a la mesa, jadeante.

–Chenise –dijo el desconcertado Milo.

Ballitser torció el cuello con tanta fuerza que fue un milagro que no se lo luxara. Alzó la mano, en gesto más suplicante que agresivo.

Milo se acercó más.

–Cuéntamelo, hijo.

Los ojos del muchacho se llenaron de lágrimas.

–No pasa nada, cuéntamelo, hijo.

El esquelético cuerpo de Darrell se estremeció.

–¿Qué hizo Cruvic, hijo?

Darrell alzó una mano y la agitó. Con ojos desorbitados, dijo:

–¡La-ha-capado! ¡Ese hijoputa capó a mi chica!

23

Veinte minutos más tarde, tras conferenciar con su cliente, Kasanjian salió con una amplia sonrisa en los labios.

–Bueno, ya tengo la circunstancia atenuante.

Angela Boatwright llegó desde la sala de detectives con una taza de café en las manos.

–Muchas gracias por el cliente que me consiguió, Angie –dijo el abogado–. Lo que más me gustó fue dejar plantada a mi amiga en mitad de la cena.

–Cualquier cosa por ayudar a un amigo.

Los dos cambiaron sonrisas como dardos. Milo preguntó:

–¿Dónde está Chenise?

–Al fondo del pasillo.

–¿Hay noticias de su madre?

–Todavía no –dijo Boatwright–. ¿Qué ocurre?

–Su heroico médico se dedica a esterilizar a la gente sin permiso –dijo Kasanjian.

–¿Cómo?

–Hace siete meses, el doctor Cruvic le practicó un aborto a la señorita Chenise Farney. El padre de la criatura era mi cliente. Pero mi cliente no estaba al tanto de lo que iban a hacerle a la muchacha, ni le consultaron, pese al hecho de que la señorita Farney es menor, lo cual deja a mi cliente como único padre adulto.

–¿Adulto? Lo dirá en broma –comentó Boatwright.

–Para empeorar las cosas –siguió Kasanjian–, el doctor Cruvic no se conformó con el aborto. Esterilizó a la chica sin decírselo.

Le ligó las trompas. Ella era una menor, y como tal no podía dar su consentimiento. Y otra cosa, amigos: según me ha informado el señor Ballitser, la doctora Devane, que asesoraba a Chenise, en ningún momento le dijo que iban a esterilizarla. Por consiguiente, resulta claro que hubo una confabulación. Lo cual significa que su héroe, detective, no es ningún santo, y su nada escrupulosa conducta profesional fue, evidentemente, un factor muy significativo en lo ocurrido esta noche. Por otra parte, si ustedes sospechan que el señor Ballitser tuvo algo que ver con el asesinato de la doctora Devane, debo insistir en que presenten pruebas inmediatamente o que pongan al muchacho en li...

Milo lo interrumpió con un ademán y se volvió hacia Boatwright.

–Hablemos con la chica.

–Sí, será lo mejor –dijo Kasanjian.

–Lo siento –dijo Milo–. Se trata de un asunto policial y no puede usted estar presente.

Kasanjian abrió y cerró la boca, se abotonó la chaqueta del traje y dijo:

–Esa muchacha puede ser...

–Esta noche, no, Len –lo interrumpió Boatwright, apartándose un mechón del rostro. Dio la sensación de que no era la primera vez que le decía aquello al abogado.

La detective puso los brazos en jarra y chasqueó la lengua. El abogado recogió su maletín.

–Como ustedes quieran. Pero si se les ocurre acusar a Ballitser, aunque sólo sea de intento de agresión, conseguiré el testimonio de la muchacha en un dos por tres.

Kasanjian se disponía a irse, y Boatwright le preguntó:

–¿De veras piensa quedarse con el caso?

–¿Y por qué no?

Boatwright se encogió de hombros.

–Me alegra verlo al fin comprometido con un cliente.

Al cabo de diez minutos de hablar con Chenise, Milo dijo:

–Aún no lo tengo claro, cariño. ¿Sabías o no lo que el doctor Cruvic se proponía hacerte?

La aturdida muchacha meneó la cabeza. Llevaba unos ceñidos vaqueros negros, una blusa roja con encaje, pesadas botas negras con las suelas rojas, y utilizaba un gran pañuelo rojo a modo de cinturón. Iba muy maquillada, como cuando la vi en la sala de espera, pero los toques de color rosa encendido de su cabello habían sido sustituidos por una gran mecha negra en el centro que convertía su peinado en el negativo de la cabeza de una mofeta. La muchacha parecía ofuscada, y la coquetería de que había hecho gala en la sala de espera brillaba por su ausencia. Se había pasado casi todo el tiempo llorando, sin articular más que murmullos y monosílabos.

–¿Lo sabía Darrell? –preguntó Milo.

La pregunta consiguió que la muchacha alzara la cabeza.

–¿Dónde está Darrell?

–Camino de la cárcel, Chenise. Se ha metido en un buen lío.

A ella le temblaron los labios y se rascó nerviosamente el brazo.

Milo estaba sentado junto a la chica, echado hacia delante, con una mano en el respaldo de la silla de Chenise y la otra sobre la mesa. Se acercó un poco más a la joven, y ella retrocedió instintivamente.

–Chenise –dijo mi amigo, con voz suave–. No digo que tú estés en un lío. Sólo Darrell. Hasta ahora.

Ninguna reacción.

–Quizá tú puedas ayudarnos y ayudar también a Darrell.

Más lágrimas.

Angela Boatwright se acercó y puso una mano sobre el huesudo hombro de Chenise.

–¿Quieres que te traiga algo, cariño?

Chenise abrió la boca y pareció reflexionar sobre la oferta. Sus grandes dientes eran color caramelo, y tenía los labios cortados y resecos.

Se rascó la mejilla con el corto pulgar, y luego la franja negra del pelo, y luego otra vez el brazo.

–¿Algo de comer, Chenise? –preguntó Boatwright–. ¿Un refresco?

–¿Un dulce? –aventuró la muchacha, con voz insegura.

–Claro. ¿De cuáles te gustan?

–Pues... un Mound.

–Muy bien. Y si no tenemos de esa marca, ¿de cuál?

–Pues... Crunch.

–Te gusta el chocolate, ¿eh? –Boatwright le dirigió una sonrisa y la chica asintió. Una nueva palmadita en la espalda y la detective dijo–: Ahora vuelvo, cariño.

Cuando se cerró la puerta, Chenise se retiró más de Milo. Su pequeño tamaño hacía que mi amigo pareciera inmenso. Milo me dirigió una mirada y tomé la palabra.

–Así que Darrell y tú os conocisteis en una clase –dije.

Ella asintió con la cabeza.

–¿Asistíais los dos a esa clase?

Ahora la cabeza dijo que no.

–¿Tú sí pero él no?

Asentimiento.

–Pero os conocisteis allí.

–Sí.

–¿Dónde estaba Darrell?

–Se fue.

–¿Dejó la clase?

Asentimiento.

–¿Terminó el curso?

Asentimiento.

–Se graduó –dijo la chica.

–¿Él se graduó pero tú seguiste en la clase?

Asentimiento.

–¿Recuerdas dónde dabais esa clase, Chenise?

–Sí.

–¿Dónde?

–North Bower.

–¿Eso es una calle?

Negativa.

–Una academia. En la parte de atrás.

–En la parte de atrás de la academia North Bower –dije–. ¿Qué tipo de clase era?

La pregunta pareció confundirla.

–¿Qué cosas aprendías en esa clase?

–A dar cambio.

–¿A dar cambio?

Asentimiento.

–¿Qué quieres decir?

–A dar cambio de un dólar.

–¿A calcular el cambio que tenías que dar?

Asentimiento.

–¿Alguna otra cosa? –pregunté.

–Sí.

–¿Como qué?

Encogimiento de hombros.

–A fregar. –Se tocó tras una oreja y un pequeño pendiente en forma de rayo se meció de delante atrás–. Comida.

–Comida –repetí.

Enfático asentimiento.

–¿Te enseñaban a preparar comida?

–A comprar comida saludable.

–¿Se llamaba la clase QCB?

–¡Sí! –Amplia sonrisa.

–Quehaceres Cotidianos Básicos –expliqué a Milo.

Era un programa estatal para educar a los retrasados que se había suspendido hacía seis meses.

Chenise dijo:

–«Queremos Comportarnos Bien.» También la llamaban así.

Las pestañas cubiertas de rímel aletearon, la muchacha se tocó el estómago, apretó las rodillas, y luego las separó ligeramente.

–Así que Darrell terminó el curso de QCB –dije.

–Sí.

–¿Y vosotros os conocisteis en esa escuela?

Asentimiento.

–Él tiene un trabajo. –Lo dijo con orgullo.

–De mensajero, ¿no?

–Tenía una habitación.

–¿Su propia habitación?

–Sí. –Me hizo un guiño y se humedeció los labios–. Se emancipó.

Aquello requirió una breve reflexión.

–¿Darrell estaba emancipado?

Asentimiento.

–¿Darrell era un menor emancipado?

A Chenise el significado de mi pregunta se le escapó por completo.

–Emancipado –repetí.

Ella frunció los ojos.

–Él le pegó.

–¿Quién?

–Lee. El novio de su madre.

–¿El novio de la madre de Darrell?

–Sí.

–¿El novio de su madre le pegó? –pregunté, inseguro de si la muchacha se refería a una paliza o a abusos sexuales.

–Sí.

–¿Cómo?

–Con una correa.

–¿Por eso Darrell se escapó y se emancipó?

Asentimiento.

–¿Cuándo?

–No sé.

–Debió de ser hace tiempo, porque ahora Darrell tiene diecinueve años.

Se encogió de hombros y se humedeció los labios.

Regresó Boatwright con una barra de Crunch.

–Aquí tienes, cariño.

La muchacha cogió la chocolatina con inseguros dedos, le quitó la envoltura de un extremo y mordió suavemente.

–Despacio –dijo.

Boatwright preguntó:

–¿Cómo?

–Si no te quieres atragantar, despacio debes masticar –recitó Chenise.

–Buen consejo –dije–. ¿Te enseñaron eso en QCB?

–Llega a tu hora, la servilleta sobre las piernas... tu sonrisa es tu... –Frunció el ceño–. Tu... ¿manera?

–¿Bandera? –sugerí.

–¡Sí!

–¿Algo más?

–Sí. –Nuevo guiño.

–¿Qué?

–El sexo seguro es la vida.

Esto último lo dijo con voz más grave y firme.

Se echó a reír tontamente.

–¿Qué pasa, Chenise?

La risa se hizo más fuerte. Luego, una sugerente sonrisa.

Las pestañas hicieron horas extra.

–Sexo... seguro –dijo, incapaz de contener la risa.

–¿Qué significa sexo seguro? –pregunté.

Risita.

–Gomas. A Darrell no le gustan. –Puso los ojos en blanco.

–¿No?

–Es un chico malo. –Movió reprensivamente un índice. Se rió más. Se tocó el estómago.

–¿Cuándo te enteraste de que estabas embarazada? –quise saber.

Ella se puso seria. Se encogió de hombros y chupó la chocolatina.

Repetí la pregunta.

–No me vino la regla. Luego se me revolvieron las tripas. –Risita–. Mamá dijo: «¡Mierda, no!».

Risita.

–Así que te llevó a ver al doctor Cruvic.

Asentimiento.

–¿Te explicó por qué?

Silencio. De pronto, bajó la cabeza y volvió a acariciarse el estómago.

Me incliné hacia ella y, con voz suave, pregunté:

–¿Qué te dijo tu madre sobre el doctor Cruvic, Chenise?

Silencio.

–¿Te dijo algo?

Ella asintió lentamente con la cabeza.

–¿Qué te dijo?

–Ya lo sabes –dijo ella.

Le sonreí.

–¿Por qué no me lo dices, Chenise?

–Pero si ya lo sabes.

–No lo sé, de veras.

Se encogió de hombros.

–Aborto.

–¿Te dijo que el doctor Cruvic te haría un aborto?

–Sí.

–¿Hablaste con el doctor Cruvic antes del aborto?

–Sí.

–¿Hablaste con alguna otra persona antes del aborto?

Asentimiento.

–¿Con quién?

–Con ella.

–¿Quién es ella?

–La doctora Vane.

–¿La doctora Devane?

–Sí.

–¿Qué te dijo la doctora Devane?

–Que era lo mejor para mí.

–¿Tú estuviste de acuerdo?

No obtuve respuesta.

–¿Pensabas que el aborto era lo mejor que...?

–Lo tuve que pensar –dijo con voz clara. Su mirada también era clara. Purificada por la ira.

–¿Tuviste que pensar que el aborto era lo mejor para ti?

Enfático asentimiento.

–¿Por qué, Chenise?

–Mamá lo dijo.

–¿Tu mamá dijo que tú...?

–«¡No puedes criarlo, estúpida y, desde luego, yo no voy a cuidar de tu bastardo!»

La muchacha me miró retadoramente. Luego bajó la cabeza y comenzó a juguetear con la envoltura de la chocolatina. Volvió a llevarse la mano a la barriga. Aquello me recordó algo... La muchacha negra de la sala de espera de la clínica hizo exactamente el mismo movimiento.

–Así que sabías que te iban a practicar un aborto.

No obtuve respuesta.

–Chenise...

–¿Sí?

–¿Sabías que el doctor Cruvic se proponía hacerte otra operación?

Silencio. Luego la muchacha negó levemente con la cabeza.

–¿Te hizo otra operación?

No hubo respuesta. Apartó la chocolatina y ésta se cayó de la mesa. Milo la recogió y la hizo girar entre los gruesos dedos. Angela Boatwright, desde su rincón, observaba sin perder detalle.

–¿Chenise? –dije.

La chica acarició los encajes de la blusa. Tiró de ellos hacia arriba y hacia abajo. Deslizó la mano bajo la tela y volvió a acariciarse la barriga.

–¿Te hizo algo más el doctor Cruvic, Chenise?

Silencio.

–¿Te explicó la doctora Devane que el doctor Cruvic te iba a hacer otra cosa?

Silencio.

–¿Te pidió la doctora Devane que firmases algo?

Asentimiento. Chenise se humedeció los labios y luego se los secó con el dorso de la mano. Se removió en la silla, retorciendo incómodamente el cuerpo.

–Chenise...

–Me ligó. –Emitió un tenue gruñido, y movió la cabeza como al compás de una música.

–Te ligó –dije.

Ella tosió y sorbió por la nariz.

–¿Qué significa eso de que te ligó, Chenise?

–Me capó. Como a una perra.

–¿Quién te dijo eso, Chenise?

Pareció a punto de contestar, pero de pronto apretó los labios. La mano continuó frotando el abdomen, describiendo rápidos círculos sobre el ombligo. De vez en cuando se detenía, pellizcaba la piel y continuaba.

Cambió de posición. Se enderezó. Luego se encorvó. Siguió frotándose el abdomen.

Frotándose el ombligo... el punto de entrada para la ligadura de trompas.

–Cuando despertaste después del aborto, ¿tenías un esparadrapo en alguna parte del cuerpo?

La mano se detuvo. Los pequeños dedos apretaron la blanca piel sobre el estómago. La blusa se le subió, dejando ver el principio de las costillas.

De pronto, la otra mano palmeó contra el pubis, cubriéndolo.

–Aquí –dijo, arqueando la pelvis–. Y aquí. –Se levantó, echó para atrás la espalda y mostró el ombligo–. Hmm. Hmm... –gruñó, presionando las dos zonas de la operación y mostrándolas de nuevo–. Me molestó mucho. ¡Estuve todo el día tirándome pedos!

–¿Cuándo te enteraste de que el doctor Cruvic, aparte del aborto, te había hecho otra cosa?

–Más tarde.

–¿Cuánto tiempo más tarde?

Encogimiento de hombros.

–¿Quién te lo dijo?

–Mamá.

–¿Qué te dijo?

–«Ya puedes joder todo lo que quieras, no importa, te arreglamos, te ligamos las trompas, no habrá bastardos.»

El rímel se le había corrido y en los ojos de Chenise refulgía la ira.

–¡Me caparon!

Me miró fijo, luego miró a Milo y luego a Angela Boatwright. Se sentó, cogió la chocolatina y comenzó a comer.

Cuando el dulce hubo desaparecido, miró con pesar el envoltorio.

–¿Otra chocolatina, cariño? –preguntó Boatwright.

–*Esposabilidad* –dijo la chica.

–¿Responsabilidad? –sugerí.

–Para los bebés.

–¿Los bebés son una gran responsabilidad?

Asentimiento.

–¿Quién te lo dijo?

–Mamá. Y ella.

–¿Quién es ella?

–La doctora Vane.

–¿Qué significa responsabilidad, Chenise?

Ella torció la boca.

–Llegar a tiempo.

–¿Algo más?

Ella reflexionó.

–Lavarse, pedir las cosas por favor. –Amplia sonrisa–. Sexo seguro. –A Boatwright–: ¿Tienes un Mars?

–Miraré –dijo Boatwright, y volvió a salir.

Yo dije:

–Así que tu mamá y la doctora Devane te hablaron de la responsabilidad.

–No.

–¿No te dijeron nada?

–Antes, no.

–¿Quieres decir antes de la operación?

–Sí.

–¿Entonces, de qué te hablaron?

–Del aborto. Me dieron una pluma.

–Una pluma. ¿Para firmar algo?

Asentimiento.

–¿Qué firmaste?

–Así. –Simuló escribir en el aire–. Sé hacerlo. –No le quitaba ojo a mi bolígrafo.

Se lo tendí, junto con una hoja de papel. Chenise se mordió la lengua, se inclinó y trazó afanosamente una serie de garabatos indescifrables.

Fue a guardarse el bolígrafo, se cortó, lanzó una risita y me lo devolvió.

–Puedes guardártelo –dije.

Ella lo miró y negó con la cabeza. Recuperé mi bolígrafo.

–Así que escribiste tu nombre para la doctora Devane.

–Sí.

–Antes de la operación.

–Sí.

–Pero ella no te habló de la responsabilidad hasta después de la operación.

–No.

Volvió a bajar las manos a las zonas operadas.

–No –repitió, entre dientes–. Me caparon. ¡Como a una perra! Dolores, y gases, y retortijones. ¡Estuve todo el día tirándome pedos!

A las once telefoneé a Robin para decirle que estaba bien y que volvería tarde a casa.

Me comentó que estaba enterada del caso.

–Lo han dado en las noticias. Ya lo están relacionando con Hope.

Se lo dije a Milo y a Boatwright. Él lanzó una maldición y ella dijo:

–Probablemente habrá sido el idiota de Kasanjian. Quiere convertirse en una estrella de la televisión judicial para así conseguir casos importantes.

Mary Farney apareció poco después de media noche, ataviada con un vestido corto de rayón amarillo, medias negras y unos escarpines dorados de tacón alto y sin talón. Su pálido maquillaje estaba cuarteado, llevaba sombra de ojos color marrón y el aliento le olía a licor y a pastillas de menta.

Habló con voz tan estrangulada que me pareció ver unas manos en torno a su cuello.

Preguntó:

–¿Cómo está Chenise?

–Bien –dijo Milo frunciendo el entrecejo–. Llevamos un buen rato buscándola, señora.

–Estaba asustada y me fui a casa de unos amigos.

Estudié su indumentaria. ¿Ataviada para las cámaras y la celebridad?

–¿Dónde está mi hija? Quiero verla.

–Dentro de un momento, señora Farney.

–¿Se metió Chenise en algún lío?

–De momento, no la hemos acusado de nada.

–¿Quiere decir eso que tal vez la acusen? –Agarró a Milo por una manga–. No, no, no pueden hacer eso... Ella es... ¡Ella no entiende nada!

–Tengo que hacerle unas preguntas, señora.

–Ya he contado... –Se tapó la boca con una mano.

–¿Qué ha contado y a quién?

–A una gente... Fuera, en la calle.

–¿Frente a la comisaría? ¿Ha hablado con los reporteros?

–Había unos cuantos.

Milo forzó una sonrisa.

–¿Qué les dijo, señora Farney?

–Que Darrell es un asesino. Que fue él quien mató a la doctora Devane.

Boatwright puso los ojos en blanco.

–¡Lo es! ¡Tenía un cuchillo!

–Muy bien –dijo Milo–. Entremos en algún sitio y hablemos.

–¿De qué?

–De Chenise, señora.

–¿Qué pasa con ella?

–Entremos en esa habitación.

La señora Farney permanecía sentada en el borde de la silla, y miraba con desagrado la escasamente amueblada estancia.

–¿Café? –ofreció Milo.

–No, y no entiendo por qué tengo que estar aquí. No he hecho nada.

–Sólo unas preguntas, señora. Chenise dice que la llevaron con el doctor Cruvic para practicarle un aborto, y que él le hizo además una ligadura de trompas sin decirle nada.

–¡Ah, no, no se le ocurra acusarme! La chica miente. Como embustera, no tiene nada que envidiarle a nadie.

–¿Fue esterilizada, o no?

–¡Pues claro! ¡Pero ella lo sabía perfectamente! Yo se lo expliqué todo, y todos los demás también.

–¿Todos los demás, señora?

–Los médicos. Las enfermeras. Todos.

–Los médicos –repitió Milo–. ¿Se refiere al doctor Cruvic y a la doctora Devane?

–Claro.

–El doctor Cruvic realizó la operación. ¿Qué hizo la doctora Devane?

–Hablar con ella. Aconsejarla. ¡Para que comprendiera! Chenise sólo dice lo que dice para sacar del apuro a ese cabrón...

–¿Hizo la doctora Devane algo más, aparte de hablar con Chenise?

–¿A qué se refiere?

–¿Realizó algún tipo de examen físico?

Una vacilación.

–No. ¿Para qué iba a hacerlo?

–¿Está usted segura?

–Yo... yo no estuve todo el tiempo en la sala.

–¿Quién vio a Chenise después de la operación?

–Pues... probablemente el doctor Cruvic y su enfermera, supongo.

–¿Supone?

–Era de noche. Me paso el día trabajando. La recogí a última hora. Estaba vomitando, aún aturdida. Me puso el coche perdido.

–Muy bien –dijo Milo, echándose hacia atrás en el asiento–. Eso ocurrió en el Centro Femenino de Salud de Santa Mónica.

–Pues claro.

–¿Quién les remitió a esa clínica?

Ella se removió en la silla y se tocó una pestaña.

–Nadie. Todo el mundo sabe lo que hacen allí.

–¿Abortos y esterilizaciones?

–Sí, ¿y qué?

–¿Sabía Chenise lo que le iban a hacer?

–Pues claro.

–Según ella, nadie se lo advirtió.

–Mentira. Esa chica tiene problemas de atención. Se pasa la mitad del tiempo como en otro mundo. –Me lanzó una mirada–. Problemas de atención. Aparte de todo lo demás. ¿A qué vienen tantos aspavientos? La esterilización es una operación que no tiene la menor importancia. Al día siguiente ya estaba en pie.

–Dijo que tuvo retortijones –intervino Boatwright.

–¿Y qué? ¿Es eso un drama? ¿No tiene usted misma retortijones todos los meses? Tuvo retortijones y gases, estuvo... con flatulencias todo el día. Le pareció divertidísimo. Los soltaba fuertes y rotundos. Chenise no se preocupó en absoluto hasta que apareció el chico. ¡Ese estúpido *punky*! ¡Queriendo ser padre! ¡Sí! Le dijo que la habían capado. El muy idiota. Ella ni siquiera sabía lo que significaba esa palabra. Les aseguro que no hubo el menor drama. Bum, bum. Los gases se deben a que te meten aire aquí –se tocó la región púbica–, para poder ver lo que hay dentro, y luego operan a través del ombligo y, zas, listo. Ya les digo: al día siguiente ya estaba paseando tan campante.

Angela Boatwright comentó:

–Por lo que dice, parece que conoce usted a otras mujeres que se han sometido a esa operación.

Mary Farney la miró, primero a la defensiva y después con exasperación.

–¿Y qué?

Boatwright se encogió de hombros.

–Vale –dijo Mary–. Yo también me hice un ligado, ¿satisfecha? El doctor Cruvic me dijo que, con mi constitución, era peligroso que tuviera otro hijo. ¿Le parece bien, señorita? ¿Tengo su permiso?

–Claro –dijo Boatwright.

Mary Farney agitó un índice en dirección a la detective.

–¿Usted qué sabe? Cuando nació Chenise y nos notificaron que no era normal, el padre me abandonó inmediatamente. ¿Tiene usted hijos?

–No, señora –dijo Boatwright.

En los labios de Mary apareció una sonrisa de condescendencia.

–Lo de que la chica no sabía lo que le iban a hacer es un cuento. Ella firmó el consentimiento. La culpa de todo la tiene ese gilipollas, que le llenó la cabeza de estupideces, la convenció de que podían jugar a mamás y papás. ¡Como si él fuera el padre de la criatura para empezar!

–¿No lo era? –preguntó Milo.

–¿Quién sabe? Ésa es la cuestión. Y aunque fuera el padre, ¿qué? Su capacidad de lectura es la de un niño de primaria. Con suerte. ¿Creen que un tipo así podía ocuparse de Chenise y el niño?

–¿Chenise sabe leer? –pregunté.

–Algo.

–¿Cuál es su nivel?

Pausa.

–El resultado que tengo es de la última vez que la evaluaron, hace ya mucho.

–Pero puso su firma en el consentimiento –dijo Milo.

–Le dije lo que ponía y ella lo firmó.

–Ah.

Mary puso los brazos en jarra.

–¿Tiene usted hijos?

Mi amigo negó con la cabeza.

–Nadie tiene hijos –dijo ella–. Yo debo de ser la única que está lo bastante loca. ¿Y usted?

–Yo tampoco –dije.

Respondió con una risa.

–¿Les importa que fume? –Sin esperar respuesta, sacó del bolso una cajetilla de Virginia Slims y encendió un cigarrillo.

–¿Cuándo fue la última vez que evaluaron el coeficiente intelectual de Chenise? –quise saber.

–Sabe Dios. Sería en el colegio, digo yo.

–¿No está segura?

–¿Acaso cree que me cuentan todo lo que hacen? Se dedican a emborronar papeles, a llenar expedientes así de grandes. –Separó las manos, marcando sesenta centímetros.

–¿Cuál fue el último coeficiente intelectual de Chenise? –pregunté.

–¿Qué pasa, cree que no tiene inteligencia suficiente para entender? Pues yo soy su madre, y permítame que le diga que entiende perfectamente. Cuando le doy cinco dólares para salir y ella me pide diez, entiende muy bien. Cuando vuelve tarde a casa y se inventa excusas, entiende muy bien. Cuando Darrell o cualquier otro vagabundo le pide que lo espere en la puerta y ella está en la puerta mucho antes de la hora, entiende muy bien. Sólo tiene dificultades de comprensión para ciertas cosas. ¿Comprende?

–¿Qué cosas? –preguntó Boatwright.

–Limpiar su habitación. Conservar puestas las bragas. –Su risa fue brutal–. La chica es como un imán. Desde que tenía once años, los chicos no dejan de merodear en torno a Chenise. Ella camina con esos contoneos, les guiña un ojo... Durante años y años se lo he repetido hasta la saciedad, le he dicho cómo se acaba siguiendo por ese camino. Pero ella lo que hace es sonreír y luego se saca una teta y me la enseña. Como diciéndome: mira lo que tengo, soy una mujer. Y al final consiguió su propósito y demostró que lo era.

Nadie dijo nada.

–Quiero a mi hija, ¿vale? Antes de que le viniera el período, Chenise era un encanto. Después, ya sólo viví para preocuparme. Por el sida y esas cosas. Ahora tengo una preocupación menos. –Otra risa–. ¿Saben lo que les digo? Pues que a Chenise quizá le vendría bien que la acusaran ustedes de algo. Quizá como mejor esté sea encerrada. Porque yo, desde luego, no puedo evitar que ande por ahí acostándose con todo el mundo. ¿Y quién me ayudará a mí cuando se me presente con el sida?

Más silencio.

–¿Creen que Chenise es capaz de criar a un hijo? La protegí del mejor modo que se me ocurrió, y ella lo comprendió perfectamente. ¿Saben lo que me dijo una vez? Estábamos sentadas en el coche, en una hamburguesería. Ella me miró con una de sus sonrisas y yo comprendí que algo malo pasaba. Le pregunto: «¿Qué pasa, Chenise?». Y ella contesta: «Me gusta cuando los hombres sudan, mamá». Yo le digo: «¿Ah, sí?». Y ella me suelta: «Me gusta cuando sudan entre las piernas». Yo casi me atraganto, Chenise tenía trece años. Y luego me pregunta: «¿Sabes por qué me gusta, mamá?». Yo le pregunté por qué, y ella tomó aliento y con una gran sonrisa me dijo: «Me gusta porque sabe rico».

24

Poco después de la una de la madrugada, Chenise fue confiada a la nada entusiasta custodia de su madre. Una furgoneta del sheriff había acudido para llevarse a Darrell Ballitser a la cárcel del condado.

En la comisaría de Beverly Hills, Milo, Boatwright y yo contemplamos la repetición de las noticias de las once por el canal de Beverly Hills. La nerviosa rubia platino leyó el boletín con una afectada sonrisa en los labios.

Plano de Cruvic subiéndose en su Bentley. En síntesis: «Médico de Beverly Hills rechaza el ataque de un *skinhead* enloquecido. La furia del agresor fue motivada por la esterilización no autorizada de su novia. La policía investiga la posible relación entre el ataque y el asesinato aún no resuelto de la psicóloga feminista Hope Devane. Ahora, otras noticias locales».

Milo apagó el aparato.

–Más vale que te ocupes de conseguir el mandamiento antes de que los buitres de la prensa comiencen a revolotear en torno al tugurio donde vive Darrell –dijo mi amigo a Boatwright.

–Ahora mismo –replicó ella–. ¿Crees que Ballitser se cargó a Devane?

–Él admite que atacó a Cruvic, pero niega haber hecho nada contra Devane.

–Es posible que eso sea porque lo de Cruvic fue asalto

frustrado, y lo de Devane homicidio. Por otra parte, el chico es repartidor y suele ir en bicicleta.

–Ya –asintió Milo–. Investigaré lo de la bici, registraré su habitación y quizá me entere de algo. Gracias de nuevo.

–De nada –dijo ella–. Aparte de algunos niñatos ricos que se cargan a escopetazos a sus padres, por aquí no tenemos muchas distracciones.

Civic Center Drive volvía a encontrarse vacío, y la puerta de acero del garaje estaba perfectamente cerrada. Milo parecía fatigado, pero caminaba deprisa. Yo comenté:

–Aun a riesgo de parecer reiterativo, ¿qué relación podía haber entre Darrell y Mandy Wright?

–Eso mismo me pregunto yo. Y en cuanto a coeficiente intelectual, comparado con Darrell, Kenny Storm es Einstein, así que no espero que esto nos conduzca a ninguna parte. Y lo que iba a decirte, acerca del Club None: a una camarera que trabajaba allí también la asesinaron. Cuatro días antes de que mataran a Mandy en Las Vegas.

–¿Fue acuchillada del mismo modo?

–No. La estrangularon. En el callejón, a las cuatro de la madrugada, después del cierre. La chica se llamaba Kathy DiNapoli. La dejaron detrás de un contenedor de basura, con las piernas separadas, la blusa rasgada y las bragas bajadas. Pero no hubo penetración sexual. Quizá fue un intento de violación, y al tipo lo interrumpieron, o no se le levantó. O quizá alguien trató de hacer que pareciese un crimen sexual. Ya sé que el *modus operandi* es distinto y que en esa parte de Sunset son frecuentes los homicidios; pero... ¿dos en cuatro días? El camarero no supo decirme si Kathy atendió a Mandy, pero la chica estaba de turno la noche que él creyó ver a Mandy.

–O sea que es posible que a Kathy la eliminasen porque vio a Mandy con alguien. Pero el hecho de que a ella la asesinaran indica que el asesino tenía pensadas todas sus acciones con bastante anticipación.

–Exacto –asintió Milo–. Un planificador.

–Lo cual descarta a Darrell.

Mi amigo se echó a reír.

–El Club None, desde luego, no es sitio para Darrell. Allí sólo va gente con muy buena pinta, mucho pelo y muchos dientes. Por otra parte, con lo que tengo hasta el momento, en la fiscalía de distrito se reirían de mí si intentase meter a DiNapoli en el paquete. Y, en cuanto a Darrell, el chico tiene un motivo y, además, trató de agredir a Cruvic con un cuchillo.

–¿La misma clase de cuchillo que usaron con Hope y Mandy?

–Parecía de tipo y tamaño similares: grande, con mango de cuerno y hoja bien afilada, pero hay muchísimos así. Veremos qué dice el departamento forense. Con suerte, los de la división central ya estarán en el cuchitril de Darrell. Quizá allí encuentren algo que nos sea útil.

–¿Te sigue interesando que yo vaya a Higginsville? –pregunté.

–Claro, ¿por qué no? El asunto de la esterilización es otra de las pequeñas cajas, y me gustaría averiguar por qué Hope era una ardiente defensora de los derechos de la mujer en público, pero en privado estaba dispuesta a ayudar a Cruvic a realizar una esterilización no autorizada. ¿Tú qué crees? ¿Estaba Chenise enterada de lo que le iban a hacer?

–Quizá lo comprendiera difusamente... si es que le dijeron algo. Sin embargo, dada su inteligencia, un consentimiento firmado por ella tendría muy poco valor. Incluso el hecho de que le hicieran firmar el consentimiento no deja de ser una marrullería, porque la chica es analfabeta.

–Gracias, mamá.

–Aunque todo sucediera así –dije–, ¿podemos criticar a la señora Farney por haber permitido la esterilización? Ése es un tema muy interesante para discutir en los programas de debate. Como ella misma dijo, nosotros no tenemos hijos, y ella es la que tiene que soportar las consecuencias de la promiscuidad de Chenise. Indiscutiblemente, Cruvic y Hope debieron haber actuado de modo más escrupuloso; pero tenían poderosas razones para hacer lo que hicieron. Novecientos dólares por el aborto, otros novecientos por la ligadura, aparte de los honorarios de Hope y otras prebendas.

–Más de dos mil dólares por una hora de trabajo. No está mal.

–Y, probablemente, Cruvic realizó otras intervenciones aquella misma noche.

–Quizá los dos fueran socios y Hope se llevara en realidad una tajada de los beneficios mayor de lo que pensábamos... por ayudar a su socio a intervenir a menores. Teniendo en cuenta el dineral que ganó con su libro, no le hubiera costado mucho enmascarar tales ingresos.

–Y tal vez Mandy estuviera relacionada de algún modo con ese tinglado –dije–. Quizá Cruvic fuera su médico y se hiciesen amigos. Quizá ella le llevó otras pacientes... prostitutas de lujo, coristas... Eso supondría un montón de abortos potenciales.

–Y un montón no menor de enemigos potenciales. ¿Qué motivo podría existir para asesinar a Mandy?

–O se enteró de algo que no debía, o le creó problemas a alguien.

–Pero volvemos a lo de siempre: ¿por qué ella y Hope murieron y Cruvic está en estos momentos en su casa, aplicándose hielo en la mano?

No obtuve respuesta.

–Con independencia de los detalles específicos –seguí–, tenemos pruebas concretas de que Cruvic se estaba saltando las normas. Quizá ése fue el motivo de que lo echaran de la Universidad de Washington. Es posible que allí hiciera cosas que pusieran a alguien furioso.

–¿Cosas como qué?

–Quizá le hizo alguna faena a alguien. A alguien más inteligente que Darrell. Cruvic y Hope actuaban juntos. Y, de algún modo, Mandy formó parte de lo ocurrido.

–Pero volvemos a lo mismo: ellas están muertas, mientras que él... Dime una cosa: ¿te dio la sensación esta noche de que estaba asustado?

–No, pero quizá se sienta muy seguro de sí mismo. Demasiado, para su propio bien. O, realmente, no se da cuenta de que anda suelto alguien aguardando el momento para acabar con él, para cobrarse el primer premio.

–¿Un asesino paciente?

–Si estás en lo cierto respecto a Kathy DiNapoli –dije–, tiene que ser un asesino con mucha paciencia.

Se pellizcó los labios con el pulgar y el índice.

–¿Qué pasa? –quise saber.

–El cariz que está tomando esto. Esperas, acechos, planes a largo plazo. Esas heridas. Toda una puñetera coreografía.

25

–¿Alcachofas? –dijo el empleado de la gasolinera–. Eso será en Castroville, lejísimos, cerca de Monterey.

El tipo tenía las piernas arqueadas, una gran tripa y una calva más que incipiente. Lucía una trenza color castaño y sus dientes eran de la misma tonalidad. Riendo, dijo de nuevo «Alcachofas», terminó de limpiar el parabrisas y se embolsó el billete de veinte dólares que yo le tendía.

Me había apartado de la Ruta 5 para llenar el depósito un poco más allá de Grapevine, donde el tráfico se congestiona súbitamente y, cuando hay niebla, los accidentes que afectan a cincuenta coches son el pan nuestro de cada día. Aquella mañana hacía calor y el cielo estaba manchado por la calina, pero la visibilidad era perfecta.

Volví a la carretera y seguí en dirección norte. Según el mapa, Higginsville se encontraba al oeste de Bakersfield y al sur del lago Buena Vista. A ciento sesenta kilómetros de Los Ángeles y a diez grados más de temperatura. El terreno era llano, y los verdes campos de labranza estaban protegidos del viento por altos árboles. Fresas, brécol, alfalfa y lechugas, todo ello esforzándose en crecer en el aire saturado de humos de gasolina.

Tras girar en una carretera de dos pistas, llegué a unos terrenos altos punteados por minúsculos ranchos y por pequeños puestos de venta situados al borde de la carretera que en aquellos momentos se encontraban cerrados. Después, la carretera descendía de nuevo y me encontré con un cartel coronado por un emblema del Rotary Club y que rezaba HIGGINSVILLE, 1234 HABITANTES. Las letras estaban casi borradas, y el metálico limón que había en la punta del poste parecía corroído por los elementos.

Pasé ante un pequeño robledal y crucé el cenagoso cauce de un arroyo. Luego, un pequeño estacionamiento vacío y un establo semiderruido en cuyo tejado una cuarteada inscripción anunciaba ROPAS DEL OESTE. Tras un solar vacío comenzaba la calle mayor, llamada Lemon Boulevard, formada por dos manzanas de edificios de un solo piso: un almacén de abastos que era también el café del pueblo, una tienda de baratijas, un bar y el local de una iglesia evangelista.

Aquella mañana, cuando habló conmigo por teléfono, Milo me dijo que el representante local de la ley era un sheriff apellidado Botula. La oficina del sheriff se encontraba al final de la calle y frente a ella estaba estacionado un viejo coche patrulla Ford de color verde.

En el interior de la oficina, sentada tras un alto mostrador donde había una centralita telefónica estática, una bonita rubia algo entrada en carnes y que parecía demasiado joven para votar leía atentamente. Tras ella, un muchacho hispano de oscura tez que vestía uniforme color caqui estaba sentado a un escritorio metálico. También él tenía un libro frente a sí. El chico no parecía mucho mayor que la muchacha.

Al oír la campanilla de la puerta, los dos alzaron la vista. Cuando el muchacho se puso en pie vi que medía más de metro ochenta. Su cutis era color nuez moscada y carecía totalmente de arrugas. La boca era grande, azteca. Tenía el cabello largo y fino, bien recortado y peinado. Su mirada era penetrante, observadora.

–¿Doctor Delaware? Soy el sheriff Botula. –Se acercó al mostrador, abrió una pequeña puerta batiente y tendió hacia mí una mano cordial y firme–. Ésta es Judy, nuestra alguacil, contable y mensajera.

La joven le dirigió una mirada como diciéndole «supongo que bromeas», y él, sonriendo, aclaró:

–Judy también es mi esposa.

–Judy Botula. –La joven cerró el libro y se nos acercó.

Leí el título de la cubierta. *Técnicas policíacas básicas de inspección y registro.*

Botula dijo:

–Pase. En previsión de su llegada, hemos hecho unas pequeñas investigaciones preliminares. Bueno, quien las ha hecho ha sido Judy.

Judy Botula dijo:

–Nada del otro mundo.

El sheriff aclaró:

–Somos nuevos aquí, y aún nos estamos aclimatando.

Rodeé el mostrador y me senté en una silla que había junto al escritorio.

–¿Desde cuándo están en el pueblo?

–Desde hace dos meses –dijo Botula–. Los dos trabajamos media jornada. Compartimos el puesto.

Había una escoba apoyada contra la pared y él la colocó tras un archivador. Las paredes estaban limpias y desnudas, sin los habituales boletines y carteles de «Se busca», y el suelo parecía impoluto, aunque con bastantes arañazos.

Judy acercó su silla y se acomodó. La joven era casi tan alta como su marido, tenía amplios hombros y rotundo pecho. Sus kilos de más estaban equitativamente repartidos entre músculos y grasa. Vestía una blusa blanca de punto, vaqueros y zapatillas deportivas, y llevaba su placa en el cinturón. Tenía ojos muy azules, serios y solemnes.

–Los dos completamos el programa de justicia criminal en la Universidad Estatal de Fresno –dijo Judy–. Queríamos ingresar en la academia del FBI, pero ahora el acceso se ha puesto muy difícil, así que pensamos que un año de experiencia no nos perjudicaría. Aunque la verdad es que por estos contornos no ocurre nada excitante.

–La vida es fácil y aburre –dijo su marido.

–Y que lo digas.

Botula sonrió.

–Así nos queda tiempo para estudiar. Respecto al caso de asesinato que lo trae por aquí... Tuvimos noticia del asunto cuando sucedió, y luego, hoy mismo, volvieron a mencionarlo en las noticias. Hubo algo... una detención.

–Probablemente se trate de una pista falsa –dije.

–Ya, eso dijo el detective Sturgis... Un psicólogo trabajando con los de homicidios... ¿Eso es corriente en Los Ángeles?

–No. A veces trabajo con el detective Sturgis, eso es todo.

–La psicología me interesa mucho, y una vez estemos en la academia del FBI en Quantico, intentaré entrar en la unidad de Ciencias del Comportamiento. ¿Alguna vez le ha hecho el perfil a un asesino en serie?

–No –dije.

El chico asintió, como si yo hubiera dicho «sí».

–Bueno, dígame qué le trae por aquí exactamente.

–Trato de averiguar todo lo posible acerca de la doctora Devane.

–¿Porque ella también era psicóloga?

–Principalmente, porque apenas sabemos nada de ella.

–Sí, claro... Bueno, le explico la situación. Después de hablar con el detective Sturgis, nos planteamos cuál era el mejor sistema de descubrir algo y decidimos que lo mejor sería: A, buscar en los archivos municipales; B, buscar en los registros escolares, y C, entrevistar a los más viejos del pueblo. Pero resulta que todos los archivos fueron embalados y enviados a Sacramento hace diez años, y aún no hemos sido capaces de localizarlos. Y las escuelas fueron clausuradas más o menos por la misma época.

–¿Qué fue lo que ocurrió hace diez años?

–Este sitio murió –dijo Judy–. Supongo que ya se habrá dado usted cuenta. Aquí el cultivo principal eran los limones. Había unos cuantos residentes, pero la mayoría eran trabajadores eventuales y las tiendas eran propiedad de las compañías de productos cítricos. Hace diez años, una gran helada acabó con los limoneros, y lo poco que quedó se lo cargó no sé qué plaga. Los trabajadores eventuales se marcharon, los campos se cerraron, y en vez de plantar de nuevo, las compañías compraron tierra en otras partes. Como los residentes dependían de la población ocasional, unos cuantos se fueron con ellos. Parece ser que algunos intentaron poner en marcha iniciativas turísticas: puestos de fruta y cosas de ésas, pero no tuvieron el más mínimo éxito. Esto se encuentra excesivamente apartado de la carretera general.

–Según un letrero que vi, el pueblo tiene mil doscientos habitantes.

–No tiene: tenía –dijo Judy–. Ese letrero es una antigüedad. Según nuestros cálculos, aquí no habrá más de trescientas personas, y buena parte de ellas son visitantes ocasionales que vienen los veranos a pescar en el lago. Todos los que viven aquí de modo permanente tienen trabajos en otras poblaciones, excepción hecha de las mujeres que llevan las tiendas de Lemon Boulevard. Casi todo es gente mayor, así que por aquí no se ven muchos niños, y los pocos que hay van a Ford City a estudiar primaria y grado medio, luego pasan a la secundaria de Bakersfield. O sea que aquí no tenemos escuelas.

Hope había cursado sus estudios de secundaria en Bakersfield, así que ya entonces el pueblo debía de ser muy poca cosa.

–En cuanto a los veteranos de la época en que la doctora Devane era niña, la mayor parte parecen haber muerto, pero logramos encontrar a una señora que quizá le dio clase a la profesora Devane cuando aquí había escuela. Al menos, tiene edad suficiente para ello.

–¿Quizá le dio clase? –dije.

Botula explicó:

–No es una persona fácil de interrogar. –El hombre se llevó un dedo a la sien–. Quizá a usted le ayude el hecho de ser psicólogo.

Judy intervino.

–Nosotros podríamos acompañarlo; pero lo más probable es que nuestra presencia resultase contraproducente.

–¿Tuvieron ustedes problemas con esa señora?

–Fuimos a verla ayer –dijo Botula–. No fue una entrevista productiva.

–Eso es decirlo muy suavemente. –Judy frunció el entrecejo y regresó a la centralita, en la que no había parpadeado ni una luz desde mi llegada.

Botula salió conmigo de la oficina.

–Judy cree que el motivo de la hostilidad de la señora fueron los prejuicios raciales. Nuestro matrimonio.

–¿Usted no está de acuerdo?

Él alzó la vista al sol y se puso unas gafas.

–No sé por qué la gente hace lo que hace. El caso es que la señora se llama Elsa Campos, y vive al principio de Blossom Lane. Gire a la izquierda en la primera esquina.

Mi sorprendida expresión le hizo sonreír.

–Cuando mencioné los prejuicios raciales, creyó usted que la señora era de ascendencia inglesa, ¿a que sí?

–Efectivamente.

–Ya –dijo él–. Es lógico. Pero la gente es como es. La dirección es Blossom Lane número ocho, pero no le hará falta. Cuando llegue, ya se dará cuenta.

Blossom Lane carecía de aceras, y sólo había dos polvorientas franjas a los lados del maltratado camino. Junto a la cuneta crecían unos cuantos limoneros que parecían enanos junto a los gigantescos eucaliptos. La jardinería urbana brillaba también por su ausencia.

El lado norte de la calle estaba ocupado por casas; el lado sur, por resecos campos. Los números del uno al siete correspondían a cabañas más o menos desmanteladas. La casa de Elsa Campos era mayor, un bungaló de dos pisos de madera de secuoya, con un porche cerrado flanqueado por dos inmensos cedros. La tierra de los alrededores estaba reseca y cuarteada, y no había indicios de que recibiera el menor cuidado. Una cerca de alambre de más de dos metros rodeaba la pequeña finca. El cartel de CUIDADO CON LOS PERROS resultaba redundante, pues al otro lado de la cerca una jauría de no menos de veinte canes ladraba, aullaba y saltaba.

Terriers, spaniels, un esbelto doberman rojo, mestizos de todos los tamaños, clases y colores, y un inmenso animal negro con aspecto de oso que permanecía más atrás olisqueando el suelo.

El estrépito era ensordecedor, pero ninguno de los perros parecía fiero. Muy al contrario, las colas se agitaban al viento, las lenguas asomaban por las bocas, y los perros de menor tamaño saltaban alegremente y arañaban la cerca.

Me apeé del Seville. El estrépito se hizo más fuerte y algunos perros comenzaron a correr agitadamente en círculos.

Eran al menos dos docenas. Todos parecían cuidados y sanos. Pero con tantos animales, la higiene tenía límites, y percibí el olor del lugar mucho antes de llegar a la cerca.

No había timbre ni cerradura, sólo una simple aldaba. Los perros continuaban ladrando y saltando y algunos hociqueaban la cerca. Distinguí montones de excrementos en el terreno, pero el suelo estaba limpio en un radio de tres metros en torno a la casa, y en la zona despejada aún se veían las huellas del rastrillo.

Tendí la mano a uno de los spaniels, y él me la lamió. Luego la lengua de un mestizo de retriever asomó por la cerca y me babcó los nudillos. El doberman se acercó y, tras mirarme fijamente, volvió a alejarse. Otros perros comenzaron a competir por un hueco para asomar la lengua, y la cerca se estremeció. Pero el gran animal negro siguió donde estaba.

Estaba preguntándome si entraba o no cuando la puerta de

tela metálica del porche se abrió y en el umbral apareció una vieja vestida con sudadera rosa y vaqueros y que sostenía una escoba entre las manos. En cuanto la vieron, los perros dieron media vuelta y corrieron hacia ella.

–Dejadme en paz –dijo la mujer, pero metió la mano en un bolsillo y echó un puñado de algo en la parte limpia del suelo–. ¡Ahí tenéis!

Los perros se dispersaron y comenzaron a olisquear frenéticamente por el patio. La escena parecía sacada de una vieja película de dibujos animados de la Warner Brothers. La vieja se volvió hacia mí y se acercó a la puerta, arrastrando la escoba por el suelo.

–Hola –saludé.

–Hola.

Lo dijo como si me imitase. Frunció los párpados y me inspeccionó atentamente. La mujer medía metro setenta y era muy flaca. Tenía el pelo negro recogido en una trenza que le llegaba a la cintura y las mejillas hundidas y resecas como el polvo. Las manos, aguileñas y bronceadas por el sol, tenían uñas gruesas y amarillentas. En la sudadera ponía RENO. Al extremo de las flacas piernas, unas zapatillas blancas de deporte.

El gran perrazo negro se acercó con paso lento y contoneante. Era tan peludo que los ojos apenas se le veían. La cabeza llegaba a la cintura de la mujer, y la lengua era del tamaño de una bolsa de agua caliente.

–Nada de eso, *Leopold* –dijo la mujer, con voz cascada–. Ve con los otros a buscar las golosinas.

El perro ladeó la cabeza como hace *Spike* y la miró con melodramáticos ojos.

–Nada de eso. Busca.

La enorme cabezota se frotó contra el cinturón de la mujer. Lo cual me hizo recordar algo: el bullmastiff de la señora Green. Aquélla era mi semana de viejas y perrazos. De la peluda boca escapó un hondo gemido. Advertí fuertes músculos bajo la negra piel.

La mujer miró hacia los otros perros, que seguían buscando lo que ella les había tirado. Echó mano a un bolsillo de sus vaqueros y sacó otro puñado de comida: trozos de galletas para perros.

–¡Busca! –dijo, al tiempo que los arrojaba.

Los animales del patio se arremolinaron, pero el gran perrazo negro siguió donde estaba. Tras echar una subrepticia mirada a los otros, la mujer sacó una galleta entera y la metió apresuradamente en la boca de la bestia.

–Bueno, *Leopold*, ahora lárgate.

El perro negro masticó con evidente satisfacción y luego se alejó lentamente.

–¿De qué raza es? Parece un perro de pastor.

–Es un bouvier des Flanders. Belga. ¿Entiende usted que alguien pudiera abandonar a una preciosidad así?

–Debe de tener calor, con todo ese pelo.

Ella me miró con escepticismo.

–Son muy resistentes. Y tienen un gran instinto protector.

–Yo tengo un bulldog francés –dije–. Mucho más pequeño, pero con la misma actitud ante la vida.

–¿Qué actitud?

–Soy una estrella. Aliméntenme.

Con impasible expresión, la vieja comentó:

–Bulldog francés. Pequeño y con orejas enormes, ¿no? Nunca he tenido uno de esa raza. ¿Es su único perro?

Asentí con la cabeza.

–Pues yo tengo veintinueve, contando a los tres enfermos de dentro de la casa.

–¿Recogidos?

–Pues sí. Algunos, de las perreras, los demás me los encontré yendo en el coche. –Olfateó–. Qué hediondez, ya es hora de echar el líquido desodorante: tiene un elemento químico que disuelve los excrementos. Bueno, ¿quién es usted y qué desea?

–Me han dicho que fue usted maestra en la escuela de este pueblo, señora Campos.

–¿Quién se lo ha dicho?

–El sheriff Botula y su...

Ella hizo un desdeñoso gesto.

–Esos dos. ¿Qué más le contaron? ¿Que soy la loca del pueblo?

–Me dijeron simplemente que tal vez usted pudiera darme información sobre una mujer que creció aquí. Lamentablemente, la asesinaron, y la policía de Los Ángeles me ha pedido que...

–¿La asesinaron? ¿De quién me habla?

–De Hope Devane.

Mis palabras hicieron que de su rostro desapareciese el color. Miró en dirección a los perros y cuando se volvió de nuevo hacia mí, en su expresión había una mezcla de inocencia hecha añicos y de pesimismo confirmado.

–¿Qué le ocurrió, y cuándo?

–Alguien la acuchilló frente a su casa hace tres meses.

–¿Dónde?

–En Los Ángeles.

–No podía ser en otro sitio. Dígame: ¿llegó a hacerse médico o algo así?

–Era psicóloga.

–Bueno, viene a ser lo mismo.

–¿De niña ambicionaba estudiar medicina? –pregunté.

Ella apartó la mirada, y la fijó en el reseco y vacío campo del otro lado de la calle. Se llevó ambas manos a las mejillas y se estiró la piel. Por un momento, vi ante mí a una mujer más joven.

–Asesinada. Qué cosa tan increíble. ¿Tienen idea de quién lo hizo?

–No. Hasta el momento, nos encontramos en un callejón sin salida, y la policía quiere averiguar todo lo posible sobre la víctima.

–Por eso le pidieron a usted que viniera a verme.

–Exacto.

–Habla usted de la policía en tercera persona. ¿Significa eso que no pertenece al cuerpo, o simplemente quiere decir que es usted pomposo?

–Yo también soy psicólogo, señora Campos. A veces actúo como consultor de la policía.

–¿Tiene usted algún documento que lo demuestre?

Le mostré mi identificación.

Ella la estudió con gran atención durante unos instantes y luego me la devolvió.

–Sólo quería cerciorarme de que no era usted periodista. Detesto a los periodistas porque una vez hicieron un reportaje sobre mis perros donde se me describía como a una chiflada. –La mujer se tocó la puntiaguda barbilla y siguió–: La pequeña Hope. No voy a decir que recuerde a todos mis alumnos; pero a ella no la he olvidado. Bueno, no se quede ahí. Pase.

Echó a andar hacia la casa, dejando que yo abriese la puerta. El bouvier se encontraba en el fondo del patio, pero cuando alcé la aldaba dio media vuelta y al verme echó a correr hacia mí.

–No pasa nada, *Lee* –dijo Elsa Campos–. No te comas al señor. De momento

Siguiendo a mi anfitriona, crucé el porche y entré en una oscura salita llena de muebles baratos y de cuencos para comida de perros. Las repisas estaban llenas de objetos de cerámica y cristal, y olía a piel canina húmeda y a antisépticos. Sobre la chimenea había un reloj de cuco que, más que de Suiza, parecía proceder de Lake Arrowhead.

La estancia era pequeña y se encontraba a sólo tres pasos de la cocina. La señora Campos me dijo que me sentara. Sobre una repisa había un secador de pelo, varias botellas de champús caninos, un horno microondas y un pequeño cajón de plástico. En el interior del cajón había algo menudo, blanco e inmóvil. Encima había ampollas de cristal, jeringuillas con capuchón de plástico y rollos de vendas.

–Hola –dijo Elsa Campos, inclinándose sobre el cajón. El diminuto perro sacó la lengua y gimió. Ella lo acarició mientras me hablaba–. Se llama *Shih Tzu* y tiene un año. Alguien le dio con un palo en la cabeza y le dejó paralizados los cuartos traseros. Luego la tiró en un cubo de basura. Las heridas se le infectaron. Cuando la recogí, no era más que un saco de huesos, y en la perrera estaban a punto de gasearla. Nunca será normal, pero conseguiré que se habitúe a vivir con los demás. *Leopold* me ayudará a conseguirlo. Él es el alfa, el jefe de la jauría. Trata muy bien a los débiles.

–Espléndido –dije.

Sin saber por qué, recordé el gran rostro de Milo, sus negras cejas, sus brillantes ojos, la lentitud de sus movimientos.

–¿Le apetece beber algo?

–No, gracias.

Me senté en un sillón cubierto con una funda gris. Los suaves cojines de plumas se cerraron en torno a mi cuerpo. A uno y otro lado del reloj de cuco había desvaídas fotos de paisajes. Las cortinas eran de felpilla marrón, y la lámpara imitaba una cornamenta de alce con polvorientas bombillas.

Elsa Campos sacó una cerveza de una vieja nevera Kelvinator.

–¿Piensa usted que tengo montado un zoo y teme contagiarse de alguna enfermedad? –Destapó el bote y bebió un trago–. Pierda cuidado: éste es un zoo limpio. No puedo evitar el mal olor, pero el hecho de que recoja animales no significa que me guste vivir entre la mugre, ¿no cree?

–Desde luego.

–Pues cuénteselo a esos dos.

–¿A los Botula?

–A los Botula –repitió ella, en tono burlón–. El señor y la señora Sherlock. –Se echó a reír–. En cuanto llegaron aquí, comenzaron a pasearse con ese viejo coche que les da el condado, como si tuvieran algo que hacer. Como en *Patrulla de caminos*, aunque probablemente es usted demasiado joven y no recuerda esa serie.

–Sólo me interesan los hechos, señora –dije.

Su sonrisa duró lo que un parpadeo.

–¿Y de qué hechos pretende que le hable? ¿De que los matojos crecieron otros cinco centímetros? ¿Piensa enviar muestras al FBI? –Dio otro trago de cerveza–. Qué pareja. No paraban de ir de un lado a otro en el coche patrulla. La primera vez que pasaron por aquí y vieron a mi jauría, detuvieron el automóvil, se apearon y comenzaron a zarandear la cerca. Como es natural, los perros se pusieron nerviosos. Por entonces tenía un golden retriever cojo al que realmente le encantaba ladrar. Daba unas serenatas extraordinarias. –Sonrió de nuevo–. Salí a ver cuál era el motivo de aquella algarabía y allí estaban esos dos, contando cabezas y tomando notas. Luego ella me miró de arriba abajo y él comenzó a recitarme las normas sanitarias referentes a la tenencia de animales: para tener tantos como yo había que sacar una licencia de perrera. Me eché a reír, di media vuelta y los dejé allí plantados. Desde entonces, no he vuelto a tener contacto con esa parejita. Pronto se irán, como pasó con los anteriores.

–¿Cuántos policías han pasado por aquí?

–He perdido la cuenta. Las autoridades del condado los envían desde Fresno para que pasen un año en el limbo. La inactividad y la ausencia de McDonald's y de televisión por cable termina sacándolos de quicio y se largan en cuanto pueden. –Rió de nuevo y luego se puso seria–. La generación de los cincuenta canales. Cuando ellos se hagan con el poder, que Dios se apiade de los animales y de los que no son animales.

Bajó la vista al interior del cajón de plástico.

–No te preocupes, bonita, que pronto correrás como las mejores. –Meneó la cabeza y su trenza osciló–. ¿Comprende usted que alguien le haga daño a un ser tan indefenso?

–No –dije–. Me resulta tan incomprensible como el asesinato.

Ella se enderezó y reposó la mano en la repisa. Dejó la cerveza y cogió una de las ampollas. Tras leer la etiqueta, la dejó. Arrimó una silla de mimbre, se sentó y plantó ambos talones sobre el suelo de linóleo.

–Hope, asesinada. ¿Sabe usted lo que hacían los griegos con los portadores de malas noticias? –Se pasó un dedo por la garganta, en movimiento de degüello.

–Espero que no sea usted griega –dije.

Ella sonrió.

–Por suerte para usted, no lo soy. Cuando en clase me tocaba hablar de los griegos, no lo hacía del modo habitual. No decía que eran cultos y nobles, ni que tenían una gran mitología, ni que iniciaron la tradición olímpica. Los utilizaba para ilustrar el hecho de que se puede ser culto y aparentemente noble y, pese a todo, cometer actos inmorales. Y es que los griegos avasallaron a todos aquellos con los que entraron en contacto, lo mismo que luego hicieron los romanos. En las escuelas ya no se enseña moral, sino sólo a fornicar sin morirse. Lo cual es lógico, porque poco provecho puede hacer uno por el mundo si está dos metros bajo tierra. Pero también deberían enseñar otras cosas... ¿Qué espera usted que le cuente?

–Quizá en la historia de Hope haya algo que contribuya a aclarar su muerte.

–¿Y por qué va a aclarar algo conocer su historia?

Sus ojos, agudos como los de un halcón, estaban fijos en los míos.

–Existen indicios de que tal vez fue sometida a malos tratos siendo ya adulta. Eso suele sucederles a las que de niñas también fueron maltratadas.

–¿Qué tipo de malos tratos sufrió?

–Físicos. Golpes, magulladuras.

–¿Estaba casada?

–Sí.

–¿Con quién?

–Con un profesor de historia bastante mayor que ella.

–¿Fue él quien la sometió a malos tratos?

–No sabemos.

–¿Sospechan que fue él quien la asesinó?

–No –dije.

–¿No, o todavía no?

–Es difícil decirlo. No hay pruebas contra él.

–Un profesor y una psicóloga –dijo Elsa Campos, cerrando los ojos, como si tratara de imaginarlo.

–Hope también se dedicaba a la enseñanza –dije–. Alcanzó bastante renombre como investigadora.

–¿Qué investigaba?

–La psicología femenina. Roles sexuales. Autocontrol.

La última palabra la hizo estremecerse. Me pregunté por qué.

–Comprendo... Cuénteme cómo la mataron exactamente.

Le resumí los detalles del asesinato, y le hablé del libro de Hope y de la gira de promoción.

–Parece que era algo más que renombrada. Por lo visto, fue de veras famosa.

–Durante el último año, sí.

Echó la cabeza ligeramente hacia atrás y entornó los párpados. Me sentí como una mazorca de maíz bajo el escrutinio de un cuervo.

–¿Y qué relación tiene su infancia con todo eso? –quiso saber.

–Estamos investigando los cabos sueltos, y usted es uno de ellos.

Ella me miró fijamente unos instantes más.

–Así que se hizo famosa. Eso es lo malo de no leer los periódicos y de no mirar la caja tonta. Dejé de hacer ambas cosas hace años. Es interesante.

–¿El qué?

–Lo de que Hope se hiciera famosa. Al principio de estar

en mi clase, era muy tímida. Ni siquiera le gustaba leer en voz alta. ¿Tiene usted alguna foto de ella de adulta?

–No.

–Lástima, me hubiera encantado verla. ¿Era atractiva?

–Mucho.

Cuando le describí a Hope, los ojos de la señora Campos se suavizaron.

–Era una niña preciosa... Me es imposible dejar de pensar en ella como en una niña. Menudita y rubia. Tenía el cabello casi blanco, con rizos en las puntas, y le llegaba por debajo de la cintura. Enormes ojos castaños... Yo le enseñé a trenzarse el cabello, e incluso le regalé un libro con diagramas de trenzas cuando se graduó.

–¿Cuando terminó el sexto grado?

Ella asintió, con aire ausente. El cuco salió del reloj y trinó una sola vez.

–Es la hora de las medicinas –dijo, poniéndose en pie–. En el dormitorio tengo a otros dos que están aún peor que *Shih Tzu*. Un collie que fue atropellado por un camión en la Ruta 5, y un mestizo de beagle al que dejaron semiasfixiado en un descampado.

Se dirigió a la cocina, llenó dos jeringuillas y desapareció por la puerta trasera.

Permanecí a solas en la penumbrosa habitación hasta que mi anfitriona regresó, con gesto adusto.

–¿Problemas? –pregunté.

–Sigo pensando en Hope. En todos estos años apenas me había acordado de ella. Albergaba la esperanza de que estuviera bien. Pero ahora tengo su rostro aquí. –Se señaló la frente–. Gracias por alegrarle el día a una vieja.

–¿Albergaba usted la esperanza de que estuviera bien? ¿Tenía algún motivo para pensar que estaba mal?

Ella se sentó y lanzó una risa.

–Se nota que es usted psicólogo –dijo.

Su vista vagó hasta el reloj y quedó clavada en él.

Yo comenté:

–No recuerda usted a todos sus alumnos, pero de Hope no se ha olvidado. ¿Qué tenía ella de particular?

–Su inteligencia. Fui maestra durante cuarenta y ocho años, y ella fue una de las alumnas más aventajadas que tuve. Quizá fue la más inteligente. Comprendía las cosas al instante. Y, además, era muy trabajadora. Los niños inteligentes no suelen serlo, como usted sin duda sabe. Se duermen en los laureles, piensan que les van a servir el mundo en bandeja. Pero Hope era muy aplicada. Y no porque en su casa le hicieran las cosas fáciles.

La piel que rodeaba los negros ojos se estremeció.

–¿No? –pregunté.

–No –replicó ella tajantemente–. No fue una buena alumna gracias a su vida familiar, sino a pesar de su vida familiar.

26

La señora Campos se puso en pie de nuevo.

–¿Seguro que no quiere beber nada?

–Si acaso, algo sin alcohol, gracias.

Abrió la puerta de la nevera y sacó del interior otra cerveza y una lata de naranjada.

–¿Le vale esto?

–Desde luego.

Abrió ambas latas, se sentó e, inmediatamente, comenzó a golpear el suelo con los pies. Luego enderezó el cojín del asiento, se echó la trenza hacia delante, la desanudó y comenzó a rehacerla.

–Hay algo que debe usted tener en cuenta –dijo–. En aquella época, las cosas eran muy distintas. –Bajó la vista a sus pies y apartó un cuenco de comida color rosa–. Hope vino con su madre cuando era muy niña. Al padre nunca lo conocí. La madre me explicó que era marino y murió en el mar... Ese profesor que se casó con ella... ¿por qué creen que la maltrataba?

–No tenemos la certeza de que lo hiciera. Únicamente lo sospechamos.

–¿Y por qué lo sospechan?

–Porque los que infligen malos tratos suelen ser los maridos.

–¿Tiene ese hombre mal genio?

–No lo sé –mentí–. ¿Por qué?

–He tenido dos maridos y, aunque a ninguno de ellos lo calificaría de brutal, ambos tenían caracteres muy fuertes, y hubo momentos en que me dieron miedo. ¿Cuántos años le sacaba ese hombre a Hope?

–Quince. ¿Por qué lo pregunta?

Elsa Campos se llevó la lata de cerveza a los labios y dio un largo trago.

–Siempre fue muy madura para su edad.

–¿De dónde eran Hope y su madre? –quise saber.

Ella meneó la cabeza y dio un trago aún más largo. Probé la naranjada, que sabía a caramelo mezclado con disolvente de pintura. Traté de reunir saliva para librarme del sabor, pero tenía la boca seca.

–La madre se llamaba Charlotte. Todos la llamaban Lottie. Ella y la niña aparecieron un buen día con el grupo de trabajadores eventuales. Lottie era agraciada, pero, por su aspecto, parecía okie[1]. Aunque quizá sólo fuera de ascendencia okie. ¿Sabe usted algo sobre los okies?

Asentí con la cabeza.

–¿De dónde procede su familia? –preguntó la señora Campos.

–De Missouri.

Ella reflexionó sobre mi respuesta.

–Bueno, a mí me pareció que Lottie era okie pura. Bonita, como ya le he dicho, pero flaca, casi esquelética. Hablaba con mucho acento y no parecía tener una gran educación. Ya sé que ahora lo de okie es un término que se considera despectivo, pero yo soy demasiado vieja para preocuparme por los cambios del viento. Por entonces nadie se escandalizaba por usar la palabra okie, así que los sigo llamando okies. Mi pro-

1. Nombre que se aplica a los trabajadores agrícolas itinerantes, en particular a los procedentes de Oklahoma. La familia Joad, protagonista de *Las uvas de la ira*, era okie. En la actualidad, el término se considera «políticamente incorrecto». *(N. de la T.)*

pia familia es californiana, pero a mí me han llamado de todo, desde comedora de tacos hasta pelo grasiento, y no me he muerto. ¿Sabe usted quiénes eran los californios?

–Los primeros colonos mexicanos.

–Los primeros colonos después de los indios. Antes de que los de Nueva Inglaterra acudieran al oeste en busca de oro. En mí se mezclan las ascendencias hispana y anglosajona, pero como no parezco exactamente el prototipo de la mujer norteamericana, toda la vida me han llamado *espalda mojada* y *chicana*. Aprendí a hacer oídos sordos y a ocuparme de mis asuntos. Lottie Devane, la madre de Hope, era okie.

Otros dos tragos y acabó con la cerveza.

–Era una chica atractiva: esbelta, con buen busto y buenas piernas. Pero tenía aspecto de haber corrido mucho y no por muy buenos caminos. Se contoneaba al andar, como si bailase. Además, era rubia natural, aunque al mes de estar aquí se tiñó el pelo de platino, como el de Hope. La madre tenía el cabello del tono de la miel. Usaba sombra de ojos azul, pestañas postizas, lápiz labial escarlata y vestidos muy ceñidos. Por entonces, todas las mujeres, pudieran o no, querían parecerse a Marilyn Monroe.

Apartó la mirada y siguió:

–La historia de Lottie es que llegó con los trabajadores eventuales pero ella nunca salió a recoger limones. Pese a ello, se las arregló para pagar el alquiler de una cabaña de dos habitaciones en Citrus Street. Eso está a tres manzanas de distancia. Al lugar lo llamábamos *la calle de las mondas*, porque los trabajadores se llevaban a casa la fruta que estaba excesivamente madura y la utilizaban para hacer limonada, así que las aceras estaban llenas de mondas de limón. La calle la formaban dos hileras de cabañas, prácticamente chozas, con baños comunales. En una de ellas vivían Lottie y Hope. Sin embargo, no tardaron mucho en conseguir una cabaña doble. Cuando Lottie no estaba de viaje, solía quedarse en casa.

–¿Viajaba con frecuencia?

La señora Campos se encogió de hombros.

–Solía pasar días enteros fuera.

–¿Adónde iba?

–Como no tenía coche, hacía autostop. Probablemente, iba a Bakersfield, y quizá incluso llegara a Fresno, porque volvía con cosas bonitas. Más adelante, se compró un automóvil.

–¿Volvía con cosas bonitas?

La piel que rodeaba los negros ojos se tensó.

–Mi segundo marido trabajaba en el departamento de personal de una de las compañías fruteras, y lo sabía todo acerca de todos. Me dijo que cuando Lottie hacía autostop se ponía en el borde de la carretera y se subía la falda hasta arriba... Ella y Hope vivieron aquí hasta que Hope cumplió catorce años. Entonces, se mudaron a Bakersfield. Hope me explicó que se mudaban para que ella pudiera asistir a una escuela de secundaria próxima a casa.

–Esa mujer estuvo muchos años pagando el alquiler sin necesidad de ir al campo a recoger limones –dije.

–Ya le digo: Lottie tenía buenos andares.

–¿Hablamos de un amante fijo, o de clientes?

Ella me miró fijamente:

–¿Por qué hoy en día todo tiene que decirse tan a las claras?

–Necesito información, no insinuaciones, señora Campos.

–Bueno, no entiendo de qué puede servirle este tipo de información; pero sí: Lottie aceptaba dinero de hombres. No me pregunte cuánto, porque no lo sé. Y tampoco sé si la cosa era por las claras, o bien ella les sugería que le dejasen un regalito bajo la almohada. Yo no entraba ni salía en eso, porque prefería ocuparme de mis propios asuntos. A veces Lottie se pasaba varios días fuera y al regresar traía un montón de trajes nuevos. ¿Eran simples viajes de compras, o algo más? Lo ignoro. Lo que sé es que también traía ropas para Hope.

Prendas caras. Le gustaba vestir bien a la niña. Otras chiquillas andaban en vaqueros y camisetas; pero la pequeña Hope siempre llevaba vestidos almidonados. Además, Hope era muy cuidadosa. Nunca se ensuciaba ni participaba en juegos violentos. Acostumbraba quedarse en la cabaña, leyendo y haciendo prácticas de caligrafía. Aprendió a leer a los cinco años, y siempre le encantaron los libros.

–¿Cree usted que Hope estaba al corriente de lo que hacía su madre?

Ella se encogió de hombros y se cambió de mano la lata de cerveza.

–¿Alguna vez Hope le habló de eso, señora Campos?

–Yo no era su psicóloga, sino sólo su maestra.

–Es más frecuente que los niños hablen con maestros que con psicólogos.

Dejó la lata de cerveza y cruzó los brazos sobre el pecho.

–No, nunca me habló de ello, pero todos lo sabían y Hope no tenía nada de estúpida. Siempre pensé que era la vergüenza lo que le impedía hablar del tema.

–¿Volvió a verla después de que ella se mudase a Bakersfield?

Los brazos se crisparon sobre el pecho.

–Al año de marcharse, vino a verme. Había ganado un premio y quería enseñármelo.

–¿Qué premio?

–Uno a los méritos escolares. Patrocinado por una compañía de piensos. La entrega fue durante una gran ceremonia en la feria del condado de Kern. Hope me mandó una invitación, pero yo estaba con la gripe y no pude asistir. Ella vino a verme un par de días más tarde y me enseñó las fotos. Los ganadores fueron ella y un chico. Los dos alumnos más aventajados. Hope no hizo más que repetirme que quien se merecía el premio era yo, por haberla enseñado tan bien. Se empeñó en regalarme el trofeo.

–Parecen sentimientos muy maduros para una adolescente.

–Ya le he dicho que siempre fue muy madura. La escuela tenía sólo un aula, y como la mayor parte de los chicos y chicas mayores trabajaban en los campos, me resultaba fácil dedicarle a Hope casi toda mi atención. Aunque en realidad lo único que hice fue darle libros y más libros. Ella era una lectora insaciable.

De pronto, la señora Campos se puso en pie y salió sin dar explicaciones. Me acerqué al cajón de la maltrecha *Shih Tzu* y la acaricié con la punta de un dedo. La perrita me miró con ojos suplicantes. Su respiración era rápida.

–Hola, bonita –dije–. Ponte buena.

Sus menudas orejas se irguieron. Le acaricié suavemente el sedoso pelo blanco.

–Mire –dijo Elsa Campos a mi espalda.

La vieja sostenía entre las manos un pequeño trofeo dorado. Una copa de bronce sobre una pequeña base de nogal.

El metal estaba oxidado y sucio. Tomé el trofeo y leí lo escrito en la base:

EL PREMIO BROOKE-HASTINGS
A LA EXCELENCIA ACADÉMICA
CONCEDIDO A
HOPE ALICE DEVANE
ESTUDIANTE DE ÚLTIMO CURSO

–¿Brooke-Hastings? –pregunté.

–La compañía de piensos.

Le devolví el trofeo y ella lo dejó en una mesita. Volvimos a tomar asiento.

–Insistió en que me lo quedase. Tras la muerte de mi segundo marido, guardé en los armarios muchas cosas, entre ellas esto. No había vuelto a recordarlo hasta ahora.

–¿Le contó Hope alguna otra cosa?

–Hablamos de qué universidad le convenía más, y de qué carrera debía cursar. Le dije que la Universidad de Berkeley no tenía nada que envidiar a las de la Ivy League[1] y era bastante más barata. Nunca supe si me hizo caso o no.

–Sí lo hizo: se graduó en Berkeley –dije, y mis palabras llevaron una sonrisa a sus labios.

–Yo por entonces ya había comenzado a recoger perros, y también hablamos de eso. De las excelencias de la piedad. A ella le interesaban las ciencias de la vida, y pensé que podría ser una buena doctora o veterinaria. Psicóloga... Sí, eso también iba con su carácter. –La señora Campos comenzó a juguetear con su trenza–. ¿Otra naranjada? –me ofreció.

–No, gracias –dije.

–Yo tampoco tomaré más cerveza, no vaya usted a pensar que soy una borrachina... Como le decía, Hope era una muchacha muy cortés y educada, y tenía un magnífico léxico. Esta ciudad era bastante salvaje, pero Hope nunca llegó a formar parte de ella. Era como si sólo estuviera aquí de visita. En cierto modo, con Lottie ocurría lo mismo... Pese a su... conducta, destacaba entre la sordidez general. Hope también me contó lo que hacía Lottie en Bakersfield. Era bailarina. Supongo que ya sabe a qué me refiero. Trabajaba en un antro llamado Blue Barn. Un sitio para vaqueros. Antes, en las afueras de la ciudad, pasados los corrales de ganado y las fábricas de fertilizantes, había un montón de tugurios. Country y sexo para los chicos blancos, y mariachis y sexo para los mexicanos. Chicas que bailaban y se sentaban en las piernas de los clientes... Mi segundo marido fue por allí unas cuantas veces hasta que yo me enteré y le ajusté las cuentas.

–El Blue Barn –dije.

–No se moleste en buscarlo, porque cerró hace años. Era propiedad de un gángster inmigrante que trataba en ganado de dudosa procedencia. Abrió el club durante los años sesen-

1. La Ivy League es una asociación atlética formada por las universidades más antiguas y prestigiosas de Estados Unidos: Brown, Columbia, Cornell, Dartmouth, Harvard, Pennsylvania, Princeton y Yale. *(N. de la T.)*

ta, cuando los hippies pusieron de moda quitarse la ropa, y amasó una gran fortuna. Luego lo vendió todo y se fue a San Francisco.

–¿Por qué?

–Probablemente, porque en San Francisco tenían aún más manga ancha que aquí.

–¿De qué época estamos hablando?

Tras reflexionar un momento, Elsa Campos replicó:

–De los setenta. Tengo entendido que el tipo también hizo cine porno.

–Estamos hablando del jefe de Lottie.

–Si a lo que ella hacía se le podía llamar trabajo, a lo que él hacía también se le podía llamar ser jefe.

–Esa vida debió de resultarle muy dura a Hope.

–La pobre lloró al contármelo. Y no sólo por las cosas que Lottie hacía para vivir, sino porque Hope estaba convencida de que su madre sólo las hacía por ella. Como si, caso de no haber tenido una hija, Lottie hubiera trabajado de secretaria o algo así. La verdad es que ciertas mujeres no se molestan en aprender una profesión si ven el modo de salir adelante por otros medios. La noche del día que llegó a Higginsville, Lottie ya salió a dar un paseo llevando un traje rojo muy ceñido que era como un reclamo.

–¿Se fue a San Francisco con el dueño del club?

–Pues no lo sé; pero... ¿para qué iba a querer él llevársela, habiendo tantas hippies jovencitas por todas partes? En aquellas fechas, Lottie ya era demasiado mayor para la clase de negocios a que se dedicaba aquel tipo.

–¿Cómo se llamaba el jefe de Lottie?

–Kruvinski. Polaco, yugoslavo, checoslovaco o algo así. Al parecer, durante la segunda guerra mundial, fue general en no sé qué ejército, se trajo dinero de Europa, se instaló en California y comenzó a comprar terrenos. ¿Por qué le interesa saber su nombre?

–Hope trabajaba con un doctor llamado Mike Cruvic.

–Pues parece que ha tropezado usted con una buena pista –dijo ella, sonriendo–. El nombre de pila de Kruvinski también era Mike. Pero todo el mundo lo llamaba Micky. Big Micky Kruvinski. Aunque, en realidad, más que grande, era recio. De cuerpo, de cuello, de todo. En una visita que hice a Bakersfield con mi segundo marido, nos lo encontramos desayunando en una cafetería. Gran sonrisa, cordial apretón de manos... Me pareció un hombre simpático. Pero Joe, mi marido, me dijo que no me fiara, que yo no tenía ni la menor idea de las barbaridades de que era capaz aquel tipo. ¿Qué edad tiene el doctor Cruvic?

–Más o menos, la de Hope.

–Entonces, tiene que ser el hijo. Big Micky sólo tuvo un hijo: Little Micky. Él y Hope asistían a la misma clase en la secundaria de Bakersfield. Precisamente, él fue el alumno varón que ganó el premio Brooke-Hastings con Hope, aunque todos sospecharon que había sido un premio amañado, pero si el chico llegó a ser médico, quizá fuera de veras inteligente.

–¿A qué se debieron esas sospechas?

–A que Big Micky era el propietario de la Compañía Brooke-Hastings. Y del principal matadero de la ciudad, y de plantas envasadoras, y de máquinas expendedoras, y de una gasolinera, y de grandes terrenos de labranza. Todo eso, además de los clubes. El hombre, simplemente, no paraba de adquirir propiedades.

–¿Vive aún?

–No sé. Yo no me acerco por la ciudad. Me quedo aquí, ocupándome de mis cosas.

Cogió el trofeo y lo golpeó con una uña. El chapado era de poca calidad, y de él se desprendieron unos fragmentos dorados que cayeron lentamente al suelo.

–Joe, mi marido, se fumaba cuatro paquetes diarios, así que acabó sufriendo un enfisema. El día que Hope vino a verme, él estaba en el dormitorio de atrás, bajo una tienda de oxígeno. Cuando ella se fue, yo fui a enseñarle a mi marido el trofeo y el artículo, y él se echó a reír. Lanzó tales carcajadas que estuvo a punto de desmayarse. Le pregunté dónde estaba la gracia y él me dijo: «¿A que no sabes quién es el ganador masculino? ¡El hijo de Big Micky!». Luego se rió un poco más y dijo: «Supongo que esa golfa trabajó horas extra para echarle una mano a su hija». Eso a mí me sentó fatal. Yo estaba tan contenta de mi éxito como maestra, y va mi marido y me pincha el globo en las narices. Pero no le dije nada, porque, ¿cómo iba a discutir con un hombre en aquel estado? Además, sospechaba que debía de haber algo de verdad en sus palabras, porque yo sabía cómo era Lottie y lo que hacía. Sin embargo, Hope era brillante, y estoy segura de que se mereció el premio. ¿Qué especialidad médica escogió Little Micky?

–Ginecología.

–Así que se dedica a tocar mujeres. De tal palo... ¿Y dice usted que Hope trabajó con él? ¿Por qué?

–Él es especialista en fertilidad –dije–. Nos dijo que Hope servía de consejera a los pacientes.

–Fertilidad. Qué risa.

–¿Por qué?

–El hijo de Big Micky trabajando por la vida. ¿Es un hombre decente?

–No lo sé.

–Sería estupendo que lo fuera. Que tanto él como Hope hubieran logrado elevarse por encima de sus orígenes. Está bien que el chico ayude a la creación de vida en vez de terminar con ella como hacía su padre.

–¿Big Micky mató a alguien?

–Pues podría ser, pero a lo que me refiero es a cómo liquidó espiritualmente a aquellas pobres muchachas. Las usó y punto. –Se apretó las manos–. Y su comportamiento con los animales. Eso siempre es significativo. Su matadero era un gran edificio gris con furgonetas sobre raíles que entraban y salían. En un extremo concentraban a los animales, los metían en las furgonetas mugiendo y gimiendo, y por el otro extremo salían despedazados y colgados de ganchos. Yo lo vi personalmente porque Joe tuvo la amabilidad de llevarme por allí una vez, al salir de un restaurante de la ciudad. Cosas así le parecían divertidas. Acabábamos de cenar estupendamente, y no se le ocurrió llevarme a mejor sitio. –Se humedeció los labios, como si tratara de librarse de un mal sabor.

»Aunque ya era tarde, el matadero estaba funcionando a pleno rendimiento. Se oía y se olía a un kilómetro de distancia. Yo me puse furiosa, y le ordené a Joe que diera media vuelta. Él lo hizo, pero no sin antes hablarme de Big Micky. Me contó que a ese tipo le gustaba ir por el matadero a eso de media noche. Al parecer, se ponía un delantal de goma y unas botas y luego empuñaba un bate de béisbol con clavos en la punta. Los trabajadores paraban la línea, llevaban ante su jefe unas cuantas reses y cerdos, y lo dejaban desfogarse con ellos durante el tiempo que le apetecía. –Elsa Campos se estremeció.

»Según Joe, ésas eran las cosas que a Big Micky le divertían.

27

La señora Campos se acercó a echarle un nuevo vistazo a *Shih Tzu*.

–Hope y Little Micky, al cabo de tantos años...

El alumno y la alumna más aventajados.

–Hope trabajaba como consultora para un abogado llamado Robert Barone.

–Ese nombre no me suena.

–¿Y estos otros? ¿Casey Locking?

Ella negó con la cabeza.

–¿Amanda o Mandy Wright?

–No. ¿Quiénes son?

–Personas a las que Hope conocía.

–Siendo famosa, debió de conocer a mucha gente.

–Eso es parte del problema. Su libro fue muy polémico. Es muy posible que a causa de él Hope fuera asesinada por un desconocido.

–¿En qué sentido fue muy polémico?

Se lo expliqué.

–¿Y dice que se vendió muy bien?

–Sí.

–Me siento como una estúpida por no haberme enterado.

Se inclinó y miró el interior del cajón de plástico.

Yo pregunté:

–¿De qué más le habló Hope el día que vino a visitarla?

La respuesta de Elsa Campos a varias de las preguntas directas que le hice había sido cambiar de tema. Esperé que volviera a hacerlo; pero en vez de ello regresó junto a mí, se sentó, y me miró fijamente.

–Me dijo que Lottie la ataba.

Los labios le temblaban.

Yo permanecí impasible, y puse cara de psiquiatra mientras el corazón se me aceleraba.

–¿Cuándo? –quise saber–. ¿Por qué?

–Cuando era pequeña y su madre tenía que dejarla sola durante largo rato. Y también cuando Lottie llevaba hombres a casa.

–¿Cómo la ataba?

–En su dormitorio. La amarraba a la cabecera de la cama. Como ya le he dicho, la cabaña sólo tenía dos habitaciones. Una era el dormitorio de Hope, la otra, el de Lottie. Lottie usaba una correa de perro y un candado de bicicleta. La amarraba bien a la cabecera, y luego la dejaba sola.

–¿Durante cuánto tiempo sucedió eso?

–Durante años. Entonces, yo no me enteré de nada, porque Hope jamás se quejó. Fue una suerte que nunca hubiera un incendio en la cabaña. Cuando ella me lo contó, me puse furiosa, pero ella no dejaba de decirme que no tuvo importancia, que nunca sufrió malos tratos. Lottie siempre le dejaba comida y bebida, juguetes, libros, una radio, un orinal. Más tarde, incluso un televisor. Hablando de ello, Hope no parecía sentir rencor alguno. Insistió en que no le daba importancia a todo aquello, porque estaba segura de que Lottie lo hizo todo por su bien.

–Entonces, ¿por qué lo mencionó?

–Me dijo que estaba preocupada por Lottie. Por las cosas que su madre se veía obligada a hacer para ganarse la vida. Por las cosas que Lottie permitía a los hombres que le hicieran.

–¿Lottie seguía llevando hombres a casa?

–A tipos que conocía en el Blue Barn y en sitios así. Hope

los llamaba «los fijos». Por entonces, ella y Lottie ya se habían mudado a una espaciosa casa de Bakersfield. El arreglo a que habían llegado consistía en que, cuando Lottie estaba trabajando, colgaba del pomo exterior de la puerta de su dormitorio uno de esos letreros de NO MOLESTAR, que usan en los hoteles. Hope debía entrar por la puerta de la cocina y echarle un vistazo al tirador. Si el cartel estaba puesto, se iba derecha a su cuarto y se quedaba allí hasta que Lottie le decía que la costa estaba despejada.

–O sea que incluso entonces seguía confinada.

Elsa Campos asintió con la cabeza.

–A veces, incluso encerrada en su dormitorio, escuchaba lo que sucedía en el de su madre. –Se frotó los ojos y añadió–: Y no me refiero sólo al sexo, sino también a los gritos. A veces, Lottie salía señalada.

–¿Hematomas?

–Y rozaduras de cuerda en las muñecas y los tobillos. Lottie trataba de ocultarlas con maquillaje, pero Hope se daba cuenta.

–O sea que a Lottie también la ataban.

–¿Se lo imagina? A eso me refería cuando le dije que fue buena alumna a pesar de su vida familiar.

–¿Habló Hope de ello con su madre?

–Me dijo que no, como si la pregunta fuera ridícula. «Claro que no, señora Campos. ¡Ella es mi madre!»

–Pero Hope no tuvo reparo en hablar abiertamente del tema.

–Sí... hasta que de pronto se interrumpió. Probablemente, lo que en realidad quería era desahogarse, pero no fue capaz de hacerlo del todo. Nunca la volví a ver. –Elsa Campos miró de nuevo hacia el reloj de cuco.

–¿Cuál fue su actitud cuando le contó todas esas cosas? –quise saber.

–Sólo perdió la calma cuando lloró por Lottie. Le preocupaba que a su madre le hiciera daño algún... cliente. Justificaba las acciones de Lottie diciendo que no tenía instrucción ni sabía hacer ningún trabajo, y que sólo trataba de ganar para las dos del mejor modo que conocía. ¿Qué podía decir yo a eso? ¿Enfréntate a ello, muchacha, tu madre es una golfa? Me daba cuenta de que todo aquello debía de resultar muy doloroso para ella. Pero... lo de ser una prisionera en su propio domicilio... ¿Imagina usted lo que sería llevar a amigos a una casa como aquélla? Intenté que me hablara de sus sentimientos, pero ella contestó con evasivas.

–Pobrecilla.

–Desde luego; pero mirándola no se le notaba absolutamente nada raro. Bonita, compuesta, cabello perfecto, el maquillaje justo. Y saltaba a la vista que Lottie seguía comprándole buena ropa. Blusa de seda, vestido de lana, medias de nailon, zapatos de charol. Representaba veinte años. Toda una damita. Y me repitió con especial insistencia que en Bakersfield sacaba un promedio de sobresaliente. Todos los semestres, su nombre aparecía en el cuadro de honor.

–Probablemente, las aulas eran el único lugar donde la pobre se sentía libre –dije, dándome cuenta por primera vez del largo camino que Hope había recorrido.

Triunfó sobre el temor, la vergüenza y el aislamiento sólo para terminar muriendo en una oscura y solitaria calle. Se me hizo un nudo en la garganta.

–Pero, pese a su magnífico aspecto, Hope seguía siendo una menor en un ambiente hostil. Y yo era la única persona en la que ella confiaba. Pensé en hacer algo, en denunciar los hechos, pero al fin me dije a mí misma que la chica parecía haberse adaptado a la situación y resultaba absurdo trastornarla. Además, por entonces las cosas eran distintas. ¿Qué habría pasado si yo hubiera denunciado a Lottie y Hope lo hubiese negado todo? ¿O si nadie me hubiera hecho caso? Recuerde que Lottie trabajaba para Big Micky, y él tenía excelentes relaciones con las autoridades. Si Lottie le pedía que la sacase del apuro, mi denuncia se quedaría en nada.

–¿Piensa usted que Big Micky era el chulo de Lottie? ¿O su amante?

Los ojos le refulgieron, como si al fin le hubiera dado la excusa que necesitaba para ponerse furiosa.

–Ya le he dicho que no conozco esos detalles.

–¿Dijo Hope algo acerca de Big Micky?

–No. Sólo habló de Lottie. Luego, ya le digo: se interrumpió y cambió de tema. Me dio la sensación de que, para ella, la visita había sido una especie de petición indirecta de ayuda a la única persona adulta en quien confiaba. Y yo no estuve a la altura de las circunstancias... Pensando en aquella pobre muchacha atada y en lo que yo podía haber hecho por remediar su situación perdí muchas horas de sueño, doctor Delaware. Luego, ocupándome de los pobres animales que tenía recogidos, me olvidé del asunto y no volví a pensar en él hasta que usted apareció. –Otra mirada al reloj de cuco–. Y esto es todo lo que sé.

Se puso en pie y fue rápidamente hasta la puerta. La abrió y salió al porche. Una oleada de ruidos caninos la saludó. Para cuando llegué junto a ella, la señora Campos se encontraba ya en el patio, rodeada por los perros. *Leopold*, el bouvier, me observaba con aspecto inquietante.

Recordé a la rottweiler de Hope, incapaz de proteger a su ama, probablemente envenenada.

Hope se transformó, pasando de víctima a defensora de los derechos femeninos.

Pero a ella nadie la defendió nunca.

Elsa Campos siguió hasta la puerta principal.

–Si averigua quién la asesinó, ¿encontrará usted tiempo para decírmelo?

–Descuide.

–¿Habla en serio? No quiero esperar en vano.

–Se lo prometo.

–Lo que voy a hacer es salir por una vez de este poblacho. Iré a la Biblioteca de Bakersfield a ver si encuentro el libro de

Hope. La verdad es que de estos contornos no ha salido mucha gente famosa.

La última palabra se le atragantó. De pronto, sus arrugadas mejillas estaban cubiertas de lágrimas. Se las secó con la manga.

–Adiós –dijo–. No sé si darle las gracias o echarlo a patadas.

–Adiós. Gracias por dedicarme su tiempo.

Ya iba a irme y ella dijo:

–Cuando todo esto salga a relucir, me convertiré en la insensible maestra que no denunció la situación.

–No tiene por qué salir a relucir.

–¿Ah, no? Pero usted está aquí porque cree que todo eso está relacionado con el asesinato.

–Pero puede que al final resulte que no.

La señora Campos lanzó una breve y seca risa.

–¿Sabe usted cómo había asimilado ella el hecho de que su madre la atase? Decía que eso la hizo más fuerte. La enseñó a concentrarse. Yo le dije: «Por favor, chiquilla, una cosa es que no te quejes, y otra muy distinta decir que ha sido por tu bien». Ella se limitó a sonreír y me puso una mano en el hombro. Como si la maestra fuera ella. Como si me compadeciese por no comprender. Aún recuerdo sus palabras: «La verdad, señora Campos, es que no hay para tanto. Fue una experiencia provechosa. De ella he sacado mi actual autocontrol».

28

Tardé veinticinco minutos en recorrer los cincuenta kilómetros que me separaban de Bakersfield, y cuando llegué a mi destino, comprendí que había perdido el tiempo.

¿Cuánto tiempo había pasado desde la última vez que estuve por allí? Al menos una década. La población conservaba parte de su sabor rural: tiendas de ropa del oeste, bares vaqueros demasiado nuevos para ser los locales de alterne descritos por Elsa Campos. Pero se había convertido en una ciudad más. Estaba homogeneizada por las tiendas Wal-Mart y los restaurantes de comida rápida. El frío y limpio confort de las franquicias.

Hablé con varias personas y ninguna sabía nada de la compañía Brooke-Hastings, pero cuando le mencioné los mataderos a un viejo que atendía el mostrador de un Burger King, el tipo me miró con extrañeza y me dio unas señas.

Correspondían a la parte norte de la ciudad, una zona que lentamente estaba volviendo a la agricultura.

Se veían aún algunos tramos de raíles, fragmentados, como juguetes rotos.

Lo mismo le ocurría al edificio, inmenso, gris y tan feo que se hacía difícil creer que alguien lo hubiese diseñado. Huecos cuadrados donde antes estuvieron las escasas ventanas. El techo había desaparecido.

Las blancas letras del reclamo de la Compañía Brooke-Hastings estaban prácticamente borradas. Otros carteles:

SALCHICHAS DE PURA CARNE DE CERDO. GANADO Y PIENSOS. CARNE DE PRIMERA.

Una alta alambrada de espinos rodeaba aquel cadáver de hormigón.

En todas direcciones se extendían hectáreas y hectáreas de terrenos plantados de tomate y maíz.

Por entre las rectas filas de las plantaciones pululaban peones afanados en la recolección.

Uno de ellos me miró y me dirigió una sonrisa.

Una mujer mexicana permanecía de rodillas, inmóvil. Pese al calor, llevaba ropas de abrigo. Sus manos estaban cubiertas de polvo, hasta el extremo de parecer modeladas en arcilla.

Había miedo en sus ojos cuando miró mi rostro, mis ropas, el reluciente radiador del Seville.

Decidí emprender el regreso a Los Ángeles.

«Autocontrol.»

Años más tarde, Hope lo redujo a una tesis académica.

La hija de una prostituta. Eso no habría sonado bien en el club de la facultad. Si Seacrest estaba enterado, era lógico que hubiera tratado de dar la menor importancia posible a la historia familiar de su esposa.

«El pequeño Micky y la pequeña Hope.»

El alumno y la alumna más aventajados.

La ceremonia de la feria del condado. Sonrisas, flashes, banderines 4-H[1], bandas de música. Casi me era posible oír el olor a mazorcas de maíz y a estiércol de caballo.

1. Programa creado en 1926 por el Departamento de Agricultura de Estados Unidos a fin de ayudar al pleno desarrollo como ciudadanos de los jóvenes campesinos, instruyéndolos en agricultura, ganadería, carpintería, servicios comunales, etc. Las cuatro haches del nombre hacen referencia al cuádruple propósito del programa: mejorar la cabeza, el corazón, las manos y la salud. *(Head, Heart, Hands, Health.) (N. de la T.)*

Una niña cautiva. Una adolescente, estudiante ejemplar, que todas las noches escuchaba desde su dormitorio los gritos de su madre. Que veía las constantes magulladuras.

¿Percibiría Cruvic el olor a matadero que se desprendía de su padre?

Él y ella, unidos por las buenas notas y las altas aspiraciones. Él y ella, ansiosos de respetabilidad.

Él y ella, condiscípulos en secundaria. Tal vez incluso novios.

Colaboradores. En trabajos de fertilidad, abortos, esterilizaciones.

«Control.»

Big Micky se trasladó a San Francisco. Clubes más depravados, producción de pornografía... Robert Barone, el abogado, solía defender a pornógrafos. Se ocupaba de ello desde su bufete de San Francisco.

Hope también trabajaba para él como consultora.

Fertilidad, abonos. ¿Qué más?

¿Proyectos 4-H para adultos? ¿Un nuevo giro a la cría de animales domésticos?

Yo hice mi proyecto para el club 4-H el verano del año que cumplí los trece. Escogí la cría de conejillos de angora, porque son animales de esquila y no se sacrifican. Mi maestra había sido la esposa de un granjero. Era una mujer bonita, morena, seria, de manos ásperas. La señora Dehmers... Susan Dehmers. Cuando empezamos, me aconsejó: «De todas maneras, no te encariñes con ellos, Alexander, porque no seguirán contigo para siempre».

Pensé en Big Micky y en su mazo. Comercialización y venta de mujeres como si fueran ganado.

Su hijo abandonó la residencia quirúrgica al cabo de sólo un año, y consiguió permiso para pasar doce meses en el Instituto Brooke-Hastings.

Un pequeño chiste privado.

¿Le habría parecido gracioso a Hope?

Regresé poco después de las cinco. La casa estaba vacía y Robin me había dejado una nota mecanografiada sobre la mesa del comedor.

Cariño:

Espero que te haya ido bien en tu viaje. En Saugus tienen una excelente oferta de vieja madera de arce tirolesa, y además tengo que entregar unos instrumentos en el estudio HotSound de Hollywood. *Spike* y yo esperamos regresar antes de las 10, pero puede que sea un poco más tarde.

Te dejo los números en los que voy a estar. Si no has cenado, mira en la nevera. Te ha llamado Milo. Un beso.

En la nevera había un sándwich de pollo cortado en seis trozos. Masticando uno de ellos, llamé a Milo a la comisaría. Mi amigo estaba hablando por otra línea y, mientras esperaba, me serví una cerveza. Cuando Milo se puso, le anuncié:

–He averiguado por qué Hope le daba tanta importancia al control.

Tras escuchar mis explicaciones, Milo murmuró:

–Nada como el amor materno... Escuchando a través de las paredes... ¿Tú crees que su madre llegaría al extremo de implicarla con sus clientes?

–Sabe Dios.

–Atarla por su bien. Jesús.

–Ella se convenció de que su madre lo hacía con la mejor voluntad, Milo. De adulta, la historia se repitió.

–Atada y magullada... ¿Quién pudo hacerle las magulladuras? ¿Seacrest, Cruvic, algún novio...? Qué demonios, ¿por qué no Locking?

–¿Por qué no? –repliqué–. ¿Lograste hablar con Cruvic?

–No, ese hombre no hace más que darme esquinazo tras esquinazo. Supuestamente, está muy ocupado. En Mulholland responde un contestador. La casa es suya, pero de alquiler, no de propiedad. Y cuando llamé a su consulta, nuestra amiga la enfermera Anna estuvo fría como el hielo y me dijo que hablara con el abogado de Cruvic. ¿Adivinas quién es?

–Robert Barone.

–Bingo, el caballero acaba de ganarse un lavavajillas. ¿Cómo lo sabías?

–Big Micky fue productor de espectáculos porno en San Francisco.

–De eso a padre de un respetable médico. ¿Cómo se escribe su apellido?

Se lo dije.

–Veremos qué nos cuenta de él la policía de San Francisco. Conseguí información sobre el hospital de Carson donde Cruvic hizo la residencia. Pertenecía a una cadena privada de hospitales que tuvo problemas financieros y fue vendida a una cadena mayor. Según me explicó el interventor, Fidelity era uno de los centros menos rentables, y al final decidieron cerrarlo. No logré que el tipo me dijera mucho, pero saqué la impresión de que Fidelity no era exactamente la clínica Mayo. Así que tenías razón al decir que, académicamente, el cambio supuso un descenso de categoría para Little Micky. Y el muy cabrón no deja de esconderse.

–El incidente con Ballitser lo ha puesto en el punto de mira –dije–, y hay demasiadas cosas que Cruvic desea evitar que se investiguen. Su modo de practicar la medicina, su lamentable expediente académico, lo de que es hijo de un gángster y, quizá, también, el asesino de Hope. ¿Descubriste algo en la habitación de Darrell Ballitser?

–Droga. Metadona. Probablemente, eso era lo que había consumido el chico. Pero absolutamente nada que lo relacionase con Hope, así que, a no ser que confiese, Kasanjian logrará que lo pongan en libertad bajo fianza. Y si Cruvic no presenta denuncia, no creo que al fiscal le interese iniciar un juicio por intento de agresión. La verdad es que no me importa. Nunca creí que Darrell fuera el asesino de Hope. En ese papel cada vez veo más a *Herr Doktor* Cruvic. Eso justificaría plenamente la muerte de Hope y las evasivas del tipo. Debió de ocurrir algo realmente grave de lo que nuestra querida profesora no quiso saber nada. Cruvic temía que se fuese de la lengua y la liquidó.

–En cuanto a Mandy Wright –dije–, tal vez Cruvic la conoció a través de los negocios de su padre.

–Muy cierto. El Club None es el tipo de local que frecuentaría el hijo de un gángster. Y puede que Mandy sea el supositorio que consiga que Barone se ensucie en los pantalones de su traje hecho a medida. Resulta que nos llamaron los de Las Vegas, benditos sean. Han localizado a Ted Barnaby, el novio. Sigue trabajando como crupier de blackjack, pero no en Nevada, sino aquí mismo, en Palm Springs, en uno de los casinos de la reserva india. Salgo para allí en cuanto termine con unos papeles. Tiraré los dados y veré qué sale.

–¿Vas con alguien?

–¿No tienes planes para esta noche?

–Robin no volverá hasta tarde. ¿Pensabas quedarte a dormir?

–No, no hay por qué: ni juego al golf ni me gusta tomar el sol. Rick se llevó el Explorer y me dejó el Porsche, lo cual significa hora y cuarto de ida y otro tanto de vuelta, y... ¿quién demonios me va a poner a mí una multa por exceso de velocidad?

29

Los doscientos kilómetros que separan Los Ángeles de Palm Springs se recorren en su totalidad por una enorme autopista interestatal, la número Diez.

El primer trozo del trazado atraviesa el centro de Los Ángeles, Boyle Heights y los suburbios orientales –Azusa, Claremont, Upland, Rancho Cucamonga–, adentrándose luego en el condado de San Bernardino, donde el aire fluctúa entre fragante y tóxico, dependiendo del viento y del capricho divino. Desde la autopista se divisa un homogéneo panorama de centros comerciales, avenidas, estacionamientos y viviendas ultramodernas. Después, cerca de Fontana, campos de labranza y apartaderos ferroviarios. A partir de Yucaipa desaparece casi todo el tráfico y el aire se vuelve seco y limpio. Desde los cerezales de Beaumont, se inicia una llanura de tierra gris y rocas blancas. Árboles de yuca y mezquite. A la derecha, los montes de San Bernardino, coronados de nieve.

La despejada carretera constituye una tentación de correr en la que casi todo el mundo cae. Durante las vacaciones de Semana Santa, bronceados chicos embriagados de cerveza, marihuana y sueños de inmortalidad, circulan por la autopista en camionetas o pequeños descapotables. Aunque corren como exhalaciones, la mayor parte de ellos llega a Palm Springs, pero no faltan los que se quedan al borde de la carretera, entre los restos de sus vehículos. La policía de tráfico se mantiene alerta y vigilante, y hace lo posible para que el número de muertos no rebase un límite aceptable.

A Milo sólo lo detuvieron una vez, ya de noche, poco antes del paso de San Gorgonio. A partir de Riverside, habíamos ido a ciento cincuenta por hora, sin que el Porsche lo notase apenas. El coche es un 928 blanco, tenía cinco años e iba como una seda. El joven agente de la patrulla de caminos contempló el Porsche con admiración y, luego, inspeccionó las credenciales de Milo. Sólo parpadeó una vez, cuando mi amigo le dijo que estaba trabajando en un caso de homicidio y que necesitaba atrapar por sorpresa a un testigo importante.

El agente le devolvió los papeles al tiempo que prevenía a Milo de que en la carretera había muchos locos y de que debía andarse con ojo. Luego, se quedó mirándonos mientras nos alejábamos.

A las diez de la noche, y ya a velocidad moderada, entramos en Palm Springs. Pasamos unas cuantas manzanas de viviendas baratas y llegamos a las estribaciones del distrito comercial. A diferencia de Bakersfield, allí los cambios eran casi imperceptibles. La misma mescolanza de tiendas de segunda mano con aspiraciones a comercios de antigüedades, moteles, boutiques, espantosas galerías de arte. El auténtico dinero estaba en Palm Desert y en Rancho Mirage, en calles bautizadas en honor de Dinah Shore y Bob Hope.

–Busca la salida de Palm Grove Way –dijo Milo–. Vamos al Casino Sun Palace.

–Esto no parece una reserva india.

–¿Qué esperabas, tipis y tótems? Los de aquí son los indios afortunados. Los desterraron al desierto, pero de los terrenos de su reserva brota un líquido negro y brillante, así que se hicieron ricos y aprendieron a buscarles las vueltas a las leyes. Partiendo de la base de que constituyen una nación, defendieron ante los tribunales su derecho a organizar juegos de azar. El estado les concedió al fin bingos, pero se mantuvo inamovible en su oposición a otros juegos inmorales.

–Pero luego el estado comenzó a organizar loterías –dije–, así que el argumento perdió mucha de su consistencia.

–Exacto. En todo el estado, los indios han decidido aprovechar la oportunidad. Hay un casino nuevo en Santa Inés. Las autoridades continúan incordiando, eternizándose en la concesión de permisos, negándoles a los indios el derecho de fabricar máquinas tragaperras y de importarlas de fuera del estado. Lo cual es grave, ya que las tragaperras son el juego más productivo. Así que meten de contrabando las máquinas en camiones de productos agrícolas y, una vez están en la reserva, nadie puede tocarlas.

–No me diga que aprueba usted esas infracciones de la ley, detective Sturgis.

–Hay leyes y leyes.

–Palm Grove –anuncié, señalando el siguiente cruce.

Milo giró a la derecha y se metió por otra calle comercial. Más moteles, una lavandería, un gimnasio abandonado, restaurantes de comida rápida atestados de gente atiborrándose de grasa y respirando el cálido aire nocturno. Más allá, en las alturas, parpadeantes luces color turquesa y amarillo daban forma al enorme sombrero vaquero que coronaba una torre de quince metros.

–Elegante, ¿no?

–Así que todo el centro de la ciudad es una reserva india –dije.

–No. La cosa varía, dependiendo del lugar. La clave es buscar entre los títulos de propiedad hasta encontrar unos cuantos metros de tierra que en uno u otro momento fuera propiedad de un indio. Luego, basta con encontrar un socio capitalista. Bueno, ya llegamos.

Se metió en el enorme estacionamiento de tierra que rodeaba el casino. Tras la torre del sombrero había un edificio de un solo piso sorprendentemente pequeño, engalanado también con luces azules y amarillas y unas enormes letras que anunciaban SUN PALACE con resplandecientes luces naranja de neón rodeadas de rayos escarlata.

Entre la torre y el edificio, había una plataforma brillante iluminada, y sobre ella un Chevrolet Camaro color púrpura nuevecito, con un gran lazo rosa sobre la capota. En el parabrisas, un cartel anunciaba: ¡ESTE COCHE SERÁ PARA EL QUE SAQUE CUATRO BLACKJACKS SEGUIDOS!

Otro cartel situado en la torre del sombrero prometía: ¡SERVICIO DE APARCACOCHES!, pero, como no se veía a nadie, Milo estacionó en el primer puesto vacío que encontró. Cuando nos apeábamos, vino hacia nosotros un fornido muchacho de morena tez vestido con camisa blanca y pantalones negros.

–Oiga, yo se lo hubiese aparcado –dijo, tendiendo la mano.

Milo le mostró su placa.

–Y yo habría sido de los Beatles si mi apellido fuese McCartney.

El chico cerró la boca. Se nos quedó mirando por unos instantes y luego corrió a abrir las portezuelas de un descomunal Cadillac color amarillo que llegaba con un cargamento de bronceados optimistas otoñales.

Atravesamos las dobles puertas de cristal del casino y nos cruzamos con un tipo que salía. Un hombre muy alto vestido de negro, a lo Johnny Cash. Tras él iba una mujer de unos ciento ochenta kilos con traje floreado y sandalias de playa. Ella parecía a punto de soltarle al hombre un sermón y él se mantenía a prudente distancia.

Las puertas se cerraron a nuestra espalda, y nos envolvió el ruido y el deslumbrante brillo de las luces fluorescentes. Nos encontrábamos en una pequeña plataforma elevada con barandillas de latón, cubierta por una moqueta industrial verdiazul de la que a caprichosos intervalos surgían columnas de madera bruñida. A uno y otro lado, unos peldaños conducían a la sala de juego. Ésta era un amplio espacio de treinta por quince más o menos. Más moqueta verdiazul y más columna. Techo con placas insonorizantes. Paredes blancas, sin ventanas ni relojes.

A la derecha había una única mesa de stud poker: hombres encorvados, con camisas a cuadros y cazadoras, gafas de lentes oscuros, rostros paralizados. Luego, fila tras fila de máquinas tragaperras, quizá hasta diez docenas, dando vueltas, parpadeando, lanzando jingles y pareciendo más vivas que los humanos que accionaban sus palancas. Las mesas de blackjack ocupaban el lado izquierdo de la sala, y estaban tan juntas que uno, o se sentaba, o seguía circulando. Los crupieres, ataviados con camisas de color rojo intenso con blancas placas de identificación, permanecían espalda contra espalda, cantando las cartas, recogiendo las fichas, sacando naipes del zapato.

Ruido de tragaperras, nicotina en el aire. La ventanilla para el canje de fichas por dinero estaba en la parte trasera de la sala, pero nadie quería hacer efectivas sus ganancias a hora tan temprana. Entre los jugadores se veían jubilados, turistas japoneses, obreros de vacaciones, motociclistas, indios y atildados jovencitos que pretendían dárselas de mundanos. Todos demostrando que ganar era su costumbre, todos simulando que aquello era Las Vegas. Chicas que lucían minivestidos blancos, con cuerpos perfectos y rostros algo menos que perfectos, traían y llevaban bandejas con bebidas. Fornidos hombres vestidos de blanco y negro como el aparcacoches patrullaban la sala, escrutándolo todo y sin hacer nada por disimular el bulto de las enfundadas pistolas bajo las chaquetas.

Desde un rincón de la plataforma, alguien pareció a punto de avanzar hacia nosotros, pero cambió de idea. Era un hombre de cabello y bigote grises, ataviado con traje gris marengo y corbata roja. El tipo tendría unos cincuenta y cinco años. Rostro largo e inexpresivo y labios finísimos. Llevaba un walkie-talkie en una mano e hizo ver que ni siquiera nos miraba. Pero debió de enviar algún tipo de señal, porque dos de los guardas armados se aproximaron para detenerse luego junto a la plataforma. Uno era un indio, y otro un pelirrojo con la cara llena de pecas. Ambos tenían brazos gruesos, amplios hombros y firmes estómagos. En el cinturón del indio, escrito con letras rojas, se leía: GARRETT.

Había un flujo constante de gente que entraba y salía del edificio. Milo se aproximó a la barandilla de latón y el tipo del bigote gris se le acercó. Garrett se volvió a mirar.

–¿Puedo servirles en algo, caballeros? –Voz grave e inexpresiva. En la chapa de identificación se leía: LARRY GIOVANNE, GERENTE.

Milo le mostró disimuladamente su identificación.

–Busco a Ted Barnaby.

Giovanne no reaccionó. Milo guardó su placa.

–Barnaby trabaja esta noche, ¿no?

–¿Se metió en algún lío?

–Sólo queremos hacerle unas preguntas.

–Es nuevo.

–El miércoles hizo dos semanas que comenzó a trabajar aquí –dijo Milo.

Giovanne alzó la vista, escrutó el rostro de mi amigo y luego bajó los ojos a la camisa verde que caía sobre los pantalones marrones. Buscaba el bulto de la pistola.

–¿Seguro que no pasa nada malo? –preguntó.

–Nada en absoluto. ¿Dónde está Barnaby?

–¿Tiene usted autorización de la policía de la reserva?

–No.

–Entonces, técnicamente, ésta no es su jurisdicción.

Milo sonrió.

–Técnicamente, nada me impide deambular por la sala hasta que encuentre a Barnaby, sentarme a su mesa, ponerme a jugar lo que se dice despacio, derramar una y otra vez mi copa, hacer preguntas idiotas. Y nadie me podrá impedir que lo siga cuando lo cambien de mesa.

Giovanne meneó la cabeza.

–¿Qué quiere de él?

–Su novia murió asesinada hace seis meses. No es que él sea sospechoso, pero quiero hacerle unas preguntas.

–Nosotros también somos nuevos en el negocio –dijo Giovanne–. Abrimos hace sólo tres meses y no queremos espantar a los clientes, no sé si me entiende.

–Claro que le entiendo –dijo Milo–. Le propongo una cosa: envíenos al chico cuando se tome su descanso, y yo no molestaré a nadie.

Giovanne se estiró los puños de la camisa y miró su reloj de oro.

–A Barnaby le toca descansar dentro de una hora. Si no causa usted problemas, le diré que se retire antes de tiempo. ¿Le parece bien?

–Perfecto. Gracias.

–Aguarde cinco minutos. ¿Les apetece jugar?

Milo sonrió.

–No, esta noche no.

–Entonces, vayan fuera y esperen junto al Camaro. Yo les mandaré al chico. ¿Algo de beber?

–No, gracias. ¿Han regalado ustedes muchos coches?

–Hasta el momento, tres. Cuando acabe con las preguntas, entre y pruebe suerte.

–Tal vez lo haga.

–¿Qué juego le gusta?

–Policías y ladrones –dijo Milo.

Una chica con minivestido nos llevó dos cervezas. Nos las bebimos apoyados contra la fresca pared del casino, aguardando tras el Camaro color púrpura, observando las entradas y salidas, oyendo de fondo el rumor de la sala de juego. El terreno del estacionamiento parecía prolongarse kilómetros, hasta fundirse con el cielo tachonado de estrellas. Se escuchaba el distante rumor de una autopista, y a lo lejos se veían faros de coches, pero casi todos los movimientos se producían en torno al casino.

Apenas habíamos vaciado nuestros vasos, cuando salió un

hombre alto y flaco con camisa roja. Miró a uno y otro lado. No dejaba de abrir y cerrar los largos dedos.

Alrededor de treinta años, pelo rubio y poblado. Replanchados pantalones negros y botas grises de cuero. Sus brazos eran delgados pero musculosos. Una pulsera de plata y turquesas rodeaba una muñeca casi lampiña, y una cadena de oro parecía constreñir un largo cuello dotado de una nuez sumamente móvil. Aunque el chico era de facciones atractivas, su piel estaba tan maltratada por el acné que, por comparación, la de Milo parecía una maravilla de tersura. La luz hacía resaltar dos grandes espinillas, y también permitía ver los furiosos latidos de su sien derecha. Bajo la oreja izquierda llevaba una pequeña tirita redonda. Su cuello estaba surcado por profundas cicatrices.

Milo dejó su vaso y salió de detrás del coche.

–Señor Barnaby.

Barnaby respingó y cerró los puños. Milo le puso la identificación ante la cara y el chico retrocedió un paso.

Milo le tendió una mano y Barnaby la estrechó de mala gana, como si tuviera las palmas húmedas. Milo hizo intención de apartarlo de la luz, pero Barnaby se resistió. Luego vio que se aproximaba el aparcacoches y se dejó llevar.

Ya detrás del Camaro púrpura, nos miró airadamente a los dos.

–¿Se puede saber a qué demonios viene todo esto? Han conseguido que me echen.

–Mandy Wright.

Los ojos color avellana dejaron de moverse.

–¿Qué tiene que ver con eso la policía de Los Ángeles?

Milo apoyó un pie en el parachoques del Camaro.

–Cuidado –dijo Barnaby–. Es nuevo.

–No pareces demasiado hecho polvo por la muerte de Mandy.

–Claro que estoy hecho polvo, pero... ¿qué quiere que haga al cabo de tanto tiempo? ¿Y por qué tengo que perder mi trabajo?

–Hablaré con Giovanne.

–Muchas gracias. Mierda. ¿Por qué han tenido que venir aquí? ¿Por qué no me llamaron a mi casa?

–¿Por qué te ha despedido Giovanne?

–No me ha despedido, pero la mirada que me ha echado ya me la conozco. Están tomando todo tipo de precauciones para no tener problemas, y ustedes acaban de convertirme en un problema.

Se tocó la tirita, apretó e hizo una mueca.

–Maldita sea. Acabo de alquilar un apartamento en Cathedral City.

Milo señaló hacia la entrada del casino con un movimiento de cabeza.

–Esto no es exactamente el Caesars Palace, Ted. ¿Por qué te fuiste de Las Vegas después del asesinato de Mandy?

–Pues... estaba jodido y no me apetecía ver a nadie.

–Así que te largaste.

–Sí.

–¿Adónde?

–A Reno.

–¿Y después?

–A Utah.

–¿Por qué Utah?

–Soy de allí.

–¿Mormón?

–En tiempos lo fui. Escuche, ya le dije a la policía de Las Vegas todo lo que sé. Es decir: nada. Lo más probable es que a Mandy la matara algún cliente. Nunca me gustó el trabajo que hacía, pero estaba loco por ella y me aguanté. Ahora, ¿qué quiere que le diga? ¿Y por qué se interesa la policía de Los Ángeles en el caso?

–¿Por qué no volviste a Las Vegas, Ted?

–Me traía malos recuerdos.

–¿Fue el único motivo?

–Fue motivo suficiente. Recuerde que a mí me tocó identificar el cuerpo. –Meneó la cabeza y se humedeció los labios.

–¿No sería que deseabas eludir a alguien?

–¿A alguien, como a quién?

–Como al asesino de Mandy.

–¿A un cliente? ¿Por qué iba a querer eludirlo?

–¿Cómo sabes que fue un cliente?

–No lo sé: lo supongo. Pero, ¿quién iba a ser? Las chicas de la vida no dejan de meterse en líos, no necesito decírselo. Usted lo sabe. Riesgos ocupacionales. Se lo repetí hasta cansarme.

–¿La habían maltratado otras veces?

–A veces venía con alguna señal. Nada serio. Hasta que ocurrió lo que ocurrió.

Se tocó de nuevo la tirita, y se frotó el picado cuello.

–¿Tienes idea de quién la había maltratado antes?

–No. Ella nunca mencionaba nombres. Eso formaba parte de nuestro acuerdo.

–¿Qué acuerdo?

–Yo no la molestaba y ella me dedicaba su tiempo libre. –Sonrió torcidamente–. Yo estaba mucho más por ella que ella por mí. ¿Ha visto usted alguna foto suya? En vida, quiero decir.

–Sí –dijo Milo.

–Preciosa, ¿verdad?

–¿Vivíais juntos?

–No, nunca. Eso intentaba decirle. Ella quería su propio apartamento, su propio espacio.

–Su propio lugar de trabajo.

–Sí –dijo Barnaby, alzando la voz. Chasqueó los nudillos y luego se miró tristemente los dedos–. Mandy era increíble. Mitad hawaiana, mitad polinesia. Son las mujeres más bellas del mundo. Yo me volví totalmente loco por ella. Al principio quise sacarla de esa vida... Le dije: pequeña, hazte crupier, con ese aspecto, ganarías una fortuna en propinas. Ella se echó a reír y dijo que le gustaba ser su propio jefe. Le encantaba el dinero, comprar cosas...

–¿Qué cosas?

–Ropa, joyas, coches. Se compraba un automóvil cada pocos meses, luego lo vendía y se compraba otro. Tuvo un Corvette, un Firebird, un BMW... El último fue un Ferrari descapotable. Lo consiguió en una de esas tiendas de las afueras, donde los perdedores venden sus coches a cualquier precio. Paseaba en él por el Strip. Yo le decía que nunca había conocido una chica a la que le gustaran tanto los coches. Ella se echó a reír y me dijo: me atraen los motores grandes, Teddy. Por eso me gustas tú. –Las manos comenzaron a moverse de nuevo–. Y mire dónde terminó.

Frente al casino acababa de detenerse una furgoneta de la que se apearon unos soldados con el pelo cortado a cepillo que se reían como chiquillos. Barnaby enderezó la espalda y miró hacia las puertas de cristales.

–Eso es todo lo que sé, ¿vale? Han venido a verme porque el mismo cabrón se cargó a una chica en Los Ángeles, ¿a que sí? La mató igual que a Mandy.

Milo no respondió.

–Uno de esos asesinos en serie, ¿no? –dijo Barnaby–. Es lógico.

–¿Por qué es lógico?

–Porque siempre eligen como víctimas a prostitutas. –Frunció el entrecejo–. Eso es lo que era Mandy, aunque ella se consideraba una actriz.

–¿Te decía que era actriz?

–Sí, medio en broma. –Barnaby bajó la vista al suelo, y se tocó un zapato con la punta del otro.

–Explíquese.

–Me decía: simulo ser lo que el cliente busca, Teddy. Soy una actriz.

–¿Trabajó en alguna película porno?

–Que yo sepa, no.

–¿No?

–¡No!

–¿Te especificó alguna vez qué tipo de simulaciones hacía?

–No.

–¿Ni tampoco te dijo para quién simulaba?

–Mis preguntas la cabreaban, así que dejé de hacerlas. Ya le digo que ella mantenía las cosas separadas.

Un vínculo psíquico entre la *callgirl* y el profesor. Milo me dirigió una mirada.

–¿Ella tenía su casa y tú la tuya, Ted?

–Eso es.

–¿Dónde os veíais?

–Normalmente, en mi casa.

–¿Nunca en la de ella?

–Sólo los martes. Era su día libre. –Se humedeció los labios–. Ahora tengo otra novia. Ella no sabe nada de Mandy. –Flexionó los dedos–. Menuda sorpresa se va a llevar la pobre.

–¿A qué se dedica tu novia?

–Su trabajo no tiene nada que ver con el de Mandy. –Las manos volvían a ser puños–. Cajera, ¿vale? Trabaja en el Thrifty Drug. En cuanto a aspecto, ni siquiera se acerca a Mandy, pero no me importa. Ella ahora reside en Indio, y pensábamos irnos a vivir juntos en mi nuevo apartamento.

–¿Dónde os conocisteis?

–Aquí. ¿Qué importa eso? En una fiesta.

–¿Dónde conociste a Mandy?

–En la sala de juegos del casino. Como yo era uno de los mejores crupieres, me pusieron en la mesa de quinientos dólares, y ella solía andar por allí. De vez en cuando, jugaba, pero yo sabía lo que buscaba.

–¿Qué buscaba?

–Atrapar a un ganador. Buscaba al tipo que tenía el montón de fichas más grande, se acercaba a la mesa con un vestido muy escotado, se inclinaba sobre él, le soplaba en la oreja... ya sabe.

–¿Y solía tener éxito?

–¿Usted qué cree?

–¿Tenía clientes fijos?

–No lo sé. ¿Puedo irme ya?

–En seguida, Ted –dijo Milo–. O sea que, en vuestra relación, la que llevaba la voz cantante era ella.

–A mí no me importaba –dijo Barnaby–. Mandy era preciosa. Pero aprendí la lección. Ya conoce el dicho: si quieres ser feliz, cásate con una fea.

–¿Mandy y tú hablasteis de matrimonio?

–Pues sí. Una casa rodeada por una bonita cerca de troncos, dos hijos y una puñetera ranchera. Ya se lo he dicho: le encantaba comprar cosas.

–Ropa, joyas y coches.

–Sí.

–Y cocaína.

Las manos de Barnaby volvieron a crisparse. Bajando la vista, dijo:

–De eso no voy a hablar.

–¿Por qué no?

–Usted no tiene jurisdicción en la reserva. Sólo he accedido a hablar con usted porque quería a Mandy. Si deseo largarme, tengo derecho a hacerlo.

–Desde luego –dijo Milo–. Pero... ¿qué tal si me acerco a Cathedral City y le hablo de tu pasado a la policía de allí?

–¿Qué pasado?

–Según la policía de Las Vegas, Mandy y tú erais grandes consumidores y tú eras quien le conseguía la droga.

–Cuentos.

–Dicen que, después de la muerte de Mandy, tú comenzaste a consumir cada vez más. Por eso nadie te quiso en Las Vegas.

El sudor daba al rostro de Barnaby el aspecto de un donut recién glaseado. Se volvió, dándonos la espalda. Las cicatrices de su cuello resaltaban como braille.

–¿Por qué me hace esto?

–No te hago nada, Ted. Únicamente quiero averiguar lo más posible acerca de Mandy.

–¡Pero si ya le he dicho todo lo que sé!

–He hablado de la droga porque me interesa conocer la clase de vida que hacía Mandy.

–¿Qué clase de vida cree que hacía? ¡Se acostaba con hombres por dinero!

–Droga significa mala gente, y la mala gente hace daño a las personas.

Barnaby no respondió.

–¿Le debía dinero a alguien? –preguntó Milo.

–Nunca vi su cuenta corriente.

–¿Se cabreó con ella alguno de los tipos a los que les comprabas droga?

–Lo de que yo compraba droga lo dice usted.

–¿Había algún tipo peligroso cabreado con ella?

–Que yo sepa, no.

–¿Cambiaba ella sexo por cocaína?

–Que yo sepa, no.

–Y supongo que tú nunca le organizaste un cambalache de ese tipo.

–No soy ningún chulo.

–No, simplemente eras su distracción para las horas libres.

–Mire –dijo Barnaby–, las cosas no eran así. Yo no tenía la menor influencia sobre ella, Mandy era su propio jefe. Yo le gustaba porque sabía escucharla. Soy buen oyente, ¿vale? Trabajando en los casinos, uno no para de escuchar historias tristes.

–¿Qué problemas tenía Mandy?

–Que yo sepa, ninguno.

–Una chica feliz.

–Eso parecía.

–Y tú no tienes ni idea de quiénes eran sus clientes fijos.

–No.

–La noche que la mataron, ¿dijo Mandy a quién iba a ver?

Barnaby se frotó el cuello.

–Se lo digo y usted no lo entiende. Ella nunca me hablaba de sus clientes.

–Le dijiste a la policía de Las Vegas que aquella noche estuviste trabajando.

–No hacía falta que lo dijese. Me vieron montones de personas. Ni siquiera me enteré de que la habían matado hasta el día siguiente, cuando la llamé y se puso al teléfono un policía. Me pidieron que me acercara a la comisaría. Cuando llegué, me pidieron que fuera al depósito de cadáveres a identificarla.

–¿Trabajaba Mandy en algún sitio que no fuera su apartamento?

–Probablemente.

–¿Probablemente?

–Si se enrollaba con un jugador alojado en el casino, supongo que subían a la habitación del tipo.

–¿Mandy hacía la calle?

–Qué va. Tenía demasiada categoría para eso.

–¿Se te ocurre algún motivo para que la asesinaran en la calle?

–Probablemente, acompañó a un cliente y al tipo le dio la locura.

–¿Tenía Mandy la costumbre de acompañar a los clientes después del... servicio?

–No tengo ni idea.

–¿Nunca fuiste a verla mientras trabajaba?

–¿Para qué? ¿Para que ella agarrase un cabreo monumental conmigo?

–Así que siempre era ella la que llevaba la voz cantante.

–Mandy era la estrella, amigo. –Débil sonrisa–. Una vez que estábamos... que ella estaba de buen humor, me dijo: «Ya sé que te jode lo que hago, Teddy, pero intenta sobreponerte. En realidad, no es tan grave. Una simple actuación». Sí, dije, un día te van a dar un Oscar. Ella se echó a reír y dijo: «Justo. Debería haber un Oscar para lo que hago: mejor actriz de reparto con las piernas abiertas». A mí... la cosa me incomodaba muchísimo. Pero a ella le parecía divertidísimo y se reía como loca.

–¿Cuándo se hizo esterilizar?

Barnaby dejó caer las manos.

–¿Cómo?

–¿Cuándo la esterilizaron? ¿Cuándo le ligaron las trompas?

–Antes de que nos conociéramos.

–¿Mucho antes?

–No sé.

–Pero Mandy te habló de ello, ¿no?

–Sólo me lo dijo porque yo me puse tonto y comencé a hablar de lo mucho que me gustaban los niños, y de que sería estupendo que un día tuviéramos una parejita. Ella se dio un buen hartón de reír. –Barnaby se humedeció de nuevo los labios.

»Yo le pregunté dónde estaba la gracia. Ella me dijo: eres un encanto, Teddy. Adelante, ve y hazle un par de ratas de alfombra a alguna buena chica. Y parid una más por mí, porque a mí me arreglaron. Le pregunté qué quería decir. Y ella dijo: me arreglaron, me operaron. Le pregunté cómo se le había ocurrido hacer una cosa así. Ella me dijo que así se quitaba problemas y no tenía que tomar píldoras que provocaban cáncer. Se echó a reír de nuevo y dijo que ella consideraba la ligadura como un gasto de trabajo, y añadió que debería ser deducible de los impuestos. Le pareció un chiste buenísimo. A mí no me hizo gracia, pero a Mandy, o la aceptabas tal como era o la dejabas. Si le seguías la corriente y te reías de lo que ella se reía, todo iba bien.

–¿Y cuando no le seguías la corriente?

–Te daba con la puerta en las narices.

–Así que se hizo esterilizar antes de que la conocieras. Es decir, hace más de un año.

–Yo la conocí año y medio antes de su muerte, y la cosa ya estaba hecha.

–¿Te mencionó dónde la operaron?
Un levísimo titubeo.
–No.
–¿Nunca mencionó el nombre del médico?
–No.
–¿No qué, Ted?
–Mandy nunca mencionó su nombre.
–Pero te contó algo sobre él.
–No, pero yo lo vi.
–¿Dónde?
–En el casino.
–¿Cuándo?
–Cosa de un mes antes.
–¿Un mes antes de que la mataran?
–Sí.
–Cuenta.
–¿Por qué? ¿Acaso el tipo...?
Milo alzó una mano.
–Cuenta, Ted.
–Vale, vale. Una noche yo estaba trabajando y la vi haciendo su ronda. Yendo de un lado a otro con un traje negro muy ceñido y escotado, con el pelo arreglado, y con unos pendientes de diamantes falsos. –Cerró los ojos un segundo, evocando la imagen, acariciándola. Luego los abrió y se estiró la camisa–. Traté de llamar su atención, por si podíamos vernos más tarde. Ella mostró una gran sonrisa, pero no iba dirigida a mí, sino a otro.
–Al médico –dijo Milo.
–Yo no sabía que el tipo era médico. Más tarde, ella me lo dijo. Mandy pasó de largo frente a mí. El tipo estaba sentado a otra de las mesas de quinientos dólares, y tenía un enorme montón de fichas ante sí. Ella lo saludó a él y a otro tipo. Se abrazaron y besaron como si fueran viejos amigos. Él recogió las fichas y los tres se fueron. Al día siguiente le dije: bonito caso me hiciste. Ella contestó: no te enfades, es alguien a

quien conozco de hace mucho. Es el médico que me operó. Estoy en deuda con él.

–¿Por qué estaba en deuda con él?

–Quizá le hizo la operación gratis, quién sabe.

–¿Un intercambio de favores?

Barnaby se encogió de hombros.

–¿Qué aspecto tenía el doctor? –quiso saber Milo.

–Nada especial. Treinta y cinco o cuarenta años. Más bien bajo, pero muy ancho de hombros. Como una rata de gimnasio. Cabello corto, casi a cepillo, ojos como de japonés. Buenas ropas: traje, corbata... todo impecable.

–¿Y el otro?

–¿Qué otro?

–Dijiste que había otro tipo.

–Ah, sí, pero era un viejo sin importancia. Parecía enfermo. Tenía la piel amarilla e iba en silla de ruedas. El médico la empujaba. Quizá fuera un paciente adinerado corriéndose la última juerga. Eso en Las Vegas es frecuente verlo. Gente muy, pero muy jodida, parapléjicos, tipos con respiración asistida, desgraciados que han perdido las dos piernas. Los llevan en sillas de ruedas por el casino y ellos sostienen ante sí un plato lleno de fichas. Ya le digo: una última juerga.

–¿Qué más te contó Mandy acerca de ellos?

–Del viejo no me dijo nada.

–¿Y del médico?

–Sólo que fue el que la operó.

–Y que ella estaba en deuda con él.

–Sí. ¿Qué pasa con el tipo? ¿Es un psicópata o algo así?

–No –dijo Milo–. Es un héroe.

Barnaby pareció confuso.

Milo dijo:

–¿Recuerdas algo más?

–No.

–Muy bien, gracias.

–De nada.

–¿Tu domicilio actual es la dirección de Vista Chino?

–Sí.

–¿Cuál es la dirección del apartamento que acabas de alquilar?

–¿Para qué la quiere? Me van a poner de patitas en la calle, así que ni siquiera podré instalarme.

–Por si acaso.

Barnaby recitó la calle y el número. Luego hundió las manos en los bolsillos y comenzó a alejarse.

–¿Quieres que hable con Giovanne? –preguntó Milo.

–No servirá para nada.

–Como quieras.

Barnaby se detuvo.

–Bueno, si desea hablar con él, hágalo. Si usted también quiere sentirse un héroe, yo no tengo inconveniente.

30

Jugamos cinco manos de blackjack, perdimos en todas, le dimos las gracias al jefe de sala, volvimos a la autopista e iniciamos la carrera por el desierto. La luna estaba baja en el cielo y la arena parecía nieve.

–Un viejo en silla de ruedas –dije–. ¿Sería Big Micky Kruvinski?

Milo acomodó mejor su corpachón en el asiento del Porsche y se frotó el cuello.

–También podía tratarse, efectivamente, de un paciente rico corriéndose una última juerguecita que luego sería pagada por Medi-Cal como tratamiento terapéutico. Sólo Dios sabe lo que Cruvic es capaz de hacer por un dólar.

–Pero lo principal es que Cruvic conocía a Mandy.

–El muy cabrón. Hay que encontrar el modo de acceder a sus historiales médicos. Barone es experto en levantar murallas de papel, y hasta ahora lo único que hay contra Cruvic son meras sospechas. Nada que justifique un mandamiento judicial.

–¿Le preguntaste a Barnaby por la cocaína porque crees que en este asunto también puede haber drogas?

–Le pregunté porque sigue consumiendo. ¿No te fijaste en el sudor, en sus ojos? Lo que dije sobre lo peligrosos que pueden ser los traficantes fue en serio.

–¿Hope y cocaína? No hay pruebas de que la consumiera.

–Sobre Hope no hay pruebas de nada, punto.

–Quizá por medio de Casey Locking averigüemos algo –dije–. El chico tiene algún tipo de relación con Cruvic. No dejo de recordar cuando hablamos en el campus. Locking es un fanático de la ley y el orden. El comportamiento psicopático habitual: las reglas se han hecho para todo el mundo menos para mí. Tal vez logre averiguar algo sobre él por medio de la otra alumna de Hope, la que vive en Londres. Volveré a intentar localizarla.

Milo conducía el Porsche a casi ciento cincuenta por hora.

–Esto es muy raro, Alex. Este caso tenía al principio un nivel muy alto: profesores, gente con altos coeficientes intelectuales... Y ahora volvemos al terreno de costumbre: traficantes, camellos, prostitutas, facinerosos.

–Las pequeñas cajas de Hope –dije.

Mi amigo reflexionó sobre mis palabras durante tres o cuatro kilómetros y al fin dijo:

–Ya; pero... ¿en qué caja está encerrada la serpiente de cascabel?

Nos detuvimos a tomar café en una cafetería de Ontario y regresamos a Los Ángeles poco antes de las dos de la madrugada. En la mesa del comedor había otra nota.

> Decididamente, somos como barcos que se cruzan en la noche. Despiértame si te apetece.
>
> Tu corresponsal. R.

Pese a cuatro tazas de descafeinado, notaba la garganta seca a causa del aire del desierto. Me serví una soda con hielo y me senté a la mesa de la cocina a beberla. De pronto me di cuenta de que en Inglaterra era de día. Fui a la biblioteca a buscar el número de Mary Ann Gonsalvez.

Esta vez me respondió una voz suave y curiosa.

–Dígame.

Le expliqué quién era.

–Sí. Recibí sus mensajes. –Ninguna emoción.

–¿Dispones de tiempo para hablar de la profesora Devane?

–Sí, supongo. Qué horrible. ¿Saben ya quién lo hizo?

–No.

–Qué horrible –repitió–. Yo tardé una semana en enterarme. Lo supe porque el departamento me lo notificó por fax. Me pareció imposible. Pero... ¿Cómo puedo ayudarle yo?

–Intentamos averiguar lo más posible sobre la profesora Devane –dije–. Saber qué clase de persona era. Conocer sus relaciones.

–¿Por eso está usted metido en el caso, doctor Delaware?

–Sí.

–Interesante... nuevos usos para nuestra profesión. Lamento no haber contestado a sus llamadas, pero la verdad es que no tenía nada que decir. Para mí fue una excelente tutora.

A su última frase le faltó convicción.

–¿Para ti sí, pero para otros no? –quise saber.

–Lo que quiero decir es que su modo de hacer las cosas iba con el mío. No se metía en nada, vivía su vida. A lo que sí me ayudó fue a conseguir fondos para venirme a Inglaterra.

–¿Cómo que no se metía en nada?

–Me dejaba hacer las cosas a mi manera. Como soy más bien compulsiva, la cosa funcionó.

–Autosuficiente.

Ella rió.

–Dicho así, suena mejor.

–O sea que alguien que necesitase una ayuda más activa podía tener dificultades con la profesora Devane.

–Sí, supongo; pero no es más que una especulación.

–¿Qué me dices de Casey Locking? ¿También es autosuficiente?

–No conozco a Casey. –Había frialdad en su voz.

–¿Nada en absoluto?

–No lo conozco bien. Usted es ex alumno, doctor Delaware, sabe cómo funciona el programa de posgrado: tres años de cursos, notas, y luego la investigación de la tesis. Ciertos estudiantes saben lo que quieren, y en seguida encuentran el consejero adecuado. Yo no lo hice. Entre mi trabajo, mi hija y las clases, andaba muy corta de tiempo.

–¿Qué edad tiene tu hija?

–Tres años. Acabo de dejarla en la guardería. Aquí tienen excelentes guarderías.

–¿Mejores que en Los Ángeles?

–Mejor que ninguna de las que encontré en Los Ángeles. Quería encontrar alguna que proporcionara algún tipo de enriquecimiento y no se limitase a ser un almacén de chiquillos. El caso es que estaba apurada y pendiente de terminar, así que no tuve mucho tiempo para relacionarme socialmente, ni con Casey ni con nadie.

–¿Tuviste algún contacto con él?

–Mínimo. Seguíamos caminos distintos.

–¿En qué sentido?

–El trabajo clínico, que es lo que a mí me interesa, a él no le atrae en absoluto.

–¿Él prefiere la investigación pura?

–Supongo.

–Parece un muchacho un poco raro –dije.

–¿A qué se refiere?

–Al cuero negro.

–Sí –dijo ella–. Trata de proyectar una imagen.

–Así que, aunque erais los dos únicos alumnos de la profesora Devane, teníais muy poco en común.

–Exacto.

–¿Sabes algo acerca de sus trabajos?

–Tratan del autocontrol. Estudios con animales, creo.

–¿La profesora Devane también lo dejaba a él a su aire?

–Bueno –dijo ella–, publicaron cosas juntos, así que debían de tener más en común. ¿Por qué? ¿Está Casey... implicado de algún modo?

–¿Te sorprendería que lo estuviera?

–Claro que sí. La simple idea de que alguien que yo conozca, sea quien sea, haya cometido un acto así me parece increíble. Doctor Delaware, debo decirle que esta conversación me hace sentir incómoda. Ni siquiera estoy segura de que sea usted quien dice ser.

–Si lo deseas, te puedo dar el teléfono del inspector de policía asignado al caso.

–No, no importa. De todas maneras, no tengo nada más que decir.

–Pero hablar de Casey te incomoda.

Ella rió suave y burlonamente.

–¿Intenta psicoanalizarme, doctor Delaware?

–Pero, ¿tengo razón en lo que digo?

–No me gusta hablar de la gente. Detesto el chismorreo.

–O sea que no es porque se trate concretamente de Casey.

–Pues... Bueno, tengo ciertos sentimientos hacia él, pero no creo que sean pertinentes.

–¿No te cae bien?

–Prefiero no contestar –dijo, en voz algo más alta.

–Escúchame –dije–. La profesora Devane fue brutalmente asesinada. No hay pistas y no nos es posible saber qué cosas son las relevantes.

–¿Quiere decir que sospechan de Casey?

–No. No oficialmente. Pero si notaste en él algo que te preocupe, me gustaría saberlo. Si lo prefieres, puedo hacer que te llame el propio detective Sturgis.

–Tcht... La verdad es que me preocupa que Casey se entere de que he hablado a sus espaldas. No es que le tenga miedo; pero... No me gustaría enfrentarme a su lado oscuro.

–¿Conoces ese lado oscuro?

–No; pero yo... lo he visto trabajar. No fui del todo sincera cuando dije que creía que investigaba con animales. Sé que lo hacía porque una noche yo estaba por casualidad en el sótano y pasé frente a la puerta de su laboratorio. Yo había bajado para recoger unas notas en la sala de profesores. Debían de ser como las once, y no había nadie. Escuché música, música heavy metal, y vi que salía luz de una puerta entornada. Me acerqué a mirar y vi a Casey, de espaldas a mí. Tenía jaulas con ratones, laberintos y equipo psicofisiológico de todo tipo. La música estaba muy alta y le impidió oírme. Tenía un ratón en la mano, entre los dedos. Le estaba apretando el cuello. El pobre animal se debatía y chillaba, era evidente que Casey le estaba haciendo daño. Luego Casey comenzó a moverse al ritmo de la música, sin soltar al ratón, que no dejaba de agitar la cola... Fue un espectáculo horrible. Quise intervenir, impedirle que siguiera; pero no lo hice. Estábamos solos allá abajo y tuve miedo. Supongo que, desde entonces, Casey siempre me ha intimidado... El cuero, su forma de comportarse. ¿Se ha fijado en el anillo que lleva?

–La calavera.

–De pésimo gusto. Infantil. Una vez Casey me vio mirándolo y me dijo que Hope se lo había regalado. Lo cual me resulta difícil de creer.

–¿Por qué?

–Porque ella tenía muchísima clase. Lo que Casey pretendía era darme envidia, hacer que me sintiera postergada... El caso es que lo del ratón estuvo mucho tiempo preocupándome. Me decía a mí misma que debía informar a alguien de lo ocurrido. A fin de cuentas, en el departamento hay normas para el trato humano de los animales. Pero Hope era la consejera de Casey y me constaba que sentía debilidad por él, así... Ya sé que lo que digo puede sonar a envidia, pero la verdad es que él era su alumno favorito. Y si yo le creaba problemas a Casey, Hope podría reaccionar mal. Fui cobarde, doctor Delaware, pero mi meta es terminar los estudios, conseguir un trabajo y formar un buen hogar para mi hija. Hope no se ocupaba de mí, y yo, simplemente, me acostumbré a ello.

–¿Te sentiste desatendida por la profesora Devane?

–Pues la verdad es que hubo veces en que la necesité y no pude hablar con ella, y eso me perjudicó. Como yo tenía un programa de trabajo tan apretado, las demoras me hacían polvo. En una ocasión traté de decírselo. Ella se mostró muy amable, pero lo cierto es que no me hizo el menor caso, así que no volví a mencionárselo. Cuando la escogí, pensé que, siendo feminista, resultaría ideal. Mi terreno de investigación son los roles sexuales interculturales y la educación infantil. Pensé que el tema le interesaría, pero resultó que no.

–Sin embargo, con Casey era otro cantar.

–Totalmente distinto. Hope siempre tenía tiempo para él. No me interprete mal: en las ocasiones en que logré hablar con ella, se portó estupendamente. Me fue de gran ayuda y siempre manifestó una inteligencia admirable. Y, como le digo, me ayudó a conseguir el dinero para venirme aquí. Pero lograr que me hiciera caso siempre me fue difícil, y a partir de la aparición de su libro, me resultó por completo imposible. Para cuando salí hacia Inglaterra, me sentía como una huérfana.

–¿Cómo sabes que a Casey le dedicaba más tiempo?

–Porque los vi muchas veces juntos, y además él me lo decía. «Hope y yo estuvimos almorzando», «El otro día estuve en casa de Hope». Casi cayéndosele la baba... ¡Cristo!, todo esto parecen chismorreos de criticona, ¿no?

–En época de graduación, los nervios están a flor de piel.

–Posiblemente. Hope incluso llevó a Casey a la televisión. Él me contó que había estado en la sala Vips y había conocido a muchas celebridades. Y con eso no quiero decir que Hope no tuviera derecho a trabajar con quien quisiera.

–Así que Casey se divertía apretándole el cuello al ratón –dije–. Parece que su interés por el control tiene manifestaciones bastante desagradables.

–Sí. Decididamente, lo veo como un tipo muy dominante. Es una de esas personas que sólo se meten en lo que pueden controlar. Pero es listo. Brillante.

–¿Cómo lo sabes?

–Durante los tres primeros años de clase, siempre sacó calificaciones muy altas, y recuerdo que alguien dijo que en Berkeley fue de los primeros de la clase.

–Pero no le interesan las investigaciones clínicas.

–Nada en absoluto. Hablaba con desprecio de los trabajos clínicos, decía que la psicología era una patraña, ya que no había establecido bases científicas que le permitieran ayudar a la gente. Ese punto de vista tiene gran aceptación entre muchos de los mandamases del departamento, así que probablemente acabará siendo profesor. Qué demonios: con su talento y sus ansias de dominio, acabará siendo catedrático.

–¿Un catedrático con cuero negro?

–Seguro que eso no es más que una fase pasajera –dijo ella–. Quizá el año que viene lleve chaquetas de tweed con coderas de cuero.

Me quedé un rato pensando en Locking atormentando al ratón entre sus dedos. El chico de la calavera.

Regalo de Hope.

Otro graduado de Berkeley.

La conexión de California del norte... Big Micky se mudó a San Francisco, porque allí era posible llegar a mayores extremos.

¿Cuántos cabos tenía la conexión? ¿Hasta dónde llegaban sus hilos?

Fui de puntillas hasta el dormitorio, decidido a no despertar a Robin. Me deslicé entre las sábanas con cuidado de no mover el colchón.

Pero ella dijo:

–¿Cariño? –Y a continuación tendió los brazos hacia mí.

Yo cerré los míos en torno a ella.

31

A la mañana siguiente mi cabeza era como una mira telescópica en el centro de cuya cruz estaba Casey Locking.

Comencé a telefonear a las nueve, aún en bata. No obtuve respuesta ni en la casa ni en su despacho del campus. ¿Estaría en el sótano, con sus ratones?

No disponía de las señas de su domicilio familiar porque su expediente había desaparecido. ¿Lo habría retirado él mismo? ¿Ocultaba Locking algo?

Llamé al teléfono del departamento de psicología y, con la voz más solemne y autoritaria que me fue posible poner, le dije a la secretaria:

–Soy el doctor Delaware. Necesito localizar a un estudiante de posgrado que está haciendo un trabajo de investigación. Casey Locking. Han extraviado ustedes su expediente, y me dio usted el teléfono, pero necesito también la dirección.

–Un momentito, doctor. –Un par de chasquidos más tarde–: Aquí tengo una dirección: Londonderry Place, número 1391.

–¿Y su laboratorio? ¿Tiene alguna extensión?

–Un momento... No, ninguna.

–Gracias. ¿Me dice el código postal de Londonderry Place?

–Ele, a, noventa, cero, sesenta y nueve.

Hollywood Hills, al norte de Sunset Strip. Bonita dirección para un estudiante recién graduado. Le di las gracias a la secretaria, colgué y empecé a vestirme.

Enfilé Sunset y, tras cruzar Beverly Hills, llegué a West Hollywood, pasando por entre agencias artísticas, bufetes de abogados de postín, vitrinas llenas de Ferraris y Lamborghinis usados. Pasado el Roxy, la House of Blues, el Snake Pit, y el lugar en el que, antes de que un incendio terminase con él, se alzaba Gazzarri's. En Holloway vi un letrero color magenta y bronce que anunciaba: CLUB NONE.

Así que Locking vivía cerca del lugar donde Mandy Wright hacía la carrera, y donde tal vez conociera a su peor y último cliente.

Llegué a Sunset Plaza, con sus boutiques de modas para la gente del cine y sus cafés con terrazas atestadas de aspirantes a actrices y de mal afeitados buitres que aguardaban a que ellas se enriquecieran o reventaran. Si alguna de las mujeres encontraba trabajo en el cine, lo más probable era que fuese para actuar sin ropa. De uno u otro modo, los hombres harían de espectadores.

Londonderry Place se encontraba algo más allá del último café, junto a la cafetería de Ben Frank, en un tramo en cuesta situado por encima del tráfico. Las casas eran de buen tamaño, y tenían menos ornamentos arquitectónicos que una parada de autobús.

El edificio de Locking era de un solo piso, blanco, y no había sufrido modificaciones desde que fue construido allá en los años cincuenta. Como la zona era alta, la casa debía de tener buenas vistas sobre la ciudad, pero sus ventanas eran más bien estrechas. Gran cantidad de matas y arbustos crecían frente al portal, sobre el que se veía el distintivo de una compañía de seguridad.

Subí por una rampa de acceso muy larga que seguía más allá de la casa. Existía espacio para media docena de vehículos, pero sólo había uno estacionado: un BMW 530i negro. A través de una abierta arcada de madera, vi una piscina de azules aguas. Aunque el sitio no era exageradamente lujoso, el alquiler no debía de bajar de los dos mil dólares al mes.

Subí las escaleras que conducían a la puerta. Por el buzón no asomaba correspondencia, pero era demasiado temprano para que ya hubieran hecho el reparto. El coche indicaba que Locking podía encontrarse en casa.

Toqué el timbre y esperé. Al otro lado de la puerta sonaba música fuerte, resonante, de letra aullada.

Heavy metal. La banda sonora preferida por Locking para martirizar ratones.

Llamé con los nudillos, volví a tocar el timbre, y seguí sin obtener respuesta. Me separé de la entrada principal y miré hacia la calle. No se veía a ningún vecino, cosa frecuente en Los Ángeles.

Dejando atrás el BMW, caminé por la parte lateral de la casa. Más ventanas diminutas.

La piscina era enorme, al estilo de los años cincuenta. De forma ovalada, ocupaba el noventa por ciento del patio posterior. Las sillas del jardín estaban oxidadas. Cerca de ellas había una barbacoa de gas y una manguera de jardín retorcida e inutilizada.

Allí detrás la estrepitosa música sonaba mucho más fuerte.

Un techo de fibra de vidrio arrojaba su sombra sobre unas puertas correderas que habían quedado sin cerrar.

Me acerqué y miré el interior. La habitación parecía un estudio. Mueble bar, espejos de pub con anuncios de cerveza, vasos colgando, grandes ceniceros de plástico. La única luz era la de unos números verdes que brillaban entre las sombras. Un gran equipo estéreo. El reproductor de CD estaba funcionando. La música sonaba estruendosamente alta.

Tratando de hacer caso omiso de ella, puse la mano en el cristal y escruté el interior de la sala. En un rincón, el panel de la alarma. Otra luz verde: no estaba conectada.

La moqueta era de color gris y estaba sucia. Divanes de cuero negro, mesas negras lacadas, una escultura de una mujer desnuda inclinada, en actitud sumisa. En una de las paredes, una gran litografía con marco cromado reproducía a una mujer de grandes pechos que llevaba ajustados pantalones de cuero y una gorra de motorista caída sobre un ojo. Frente a ella, una chimenea de granito gris. Ningún leño. Un par de sillas. Sobre una de ellas, el estuche de un CD.

La estruendosa música seguía sonando.

No se veía ni rastro de Locking.

Abrí unos centímetros más las puertas correderas y asomé la cabeza al interior.

–Hola...

En la moqueta, colillas y ceniza. Sobre una de las mesas, un montón de revistas.

Avancé unos pasos y repetí:

–Hola...

Las revistas eran una mescolanza de publicaciones de psicología que me eran familiares, y de otras publicaciones que, para entenderlas, no hacía falta estar en posesión de un título universitario.

Portadas a todo color: rosados pezones, labios escarlata, vello púbico rubio. El nacarino brillo del esperma recién eyaculado.

Bonita mezcla: el *Journal of Clinical Practice* y revistas pornográficas.

¿Sería aquél el material de trabajo de Locking para su tesis?

Sobre otra mesa, una lata de refresco abierta, una botella de Bacardí casi vacía, y un vaso lleno de un aguado líquido de color vagamente ambarino. Los cubitos de hielo se habían deshecho. La bebida debió de servirse hacía horas.

Un vaso. Al parecer, la fiesta había sido de un solo invitado.

Quizá Locking se hubiese atiborrado de ron con cocacola y estuviera sumido en un profundo estupor que le impedía oír el ruido.

Llamé de nuevo.

Ninguna respuesta.

Probé otra vez. La habitación apestaba a nicotina y a comida preparada. Los grandes ceniceros negros que había junto al mueble bar rebosaban de colillas. En el borde de uno de los ceniceros, el logo de un casino de Las Vegas, el lugar en el que había trabajado Ted Barnaby.

El estuche del CD que había sobre la silla era de un conjunto llamado Sepultura.

Así, en español.

Sin duda, todo formaba parte de la imagen que Locking pretendía proyectar.

Apagué la música.

Silencio. Ninguna protesta.

–Hola...

Nada.

Era mejor no seguir explorando. La mitad de los habitantes de Los Ángeles tiene armas y, por su relación con Cruvic y por la imagen de sí mismo que le gustaba proyectar, Locking debía de ser uno de ellos. Si el chico había conseguido dormir con todo aquel estruendo, despertarlo podía resultar peligroso. Y, a fin de cuentas, yo estaba cometiendo allanamiento de morada.

Cuando me volví, dispuesto a marcharme, advertí que debajo de uno de los ceniceros había algo.

Una foto Polaroid con un ángulo sujeto por un alfiler.

Alineada perfectamente con el borde de la repisa.

Parecía puesta allí para que se viera bien.

Era la foto de una mujer.

Desnuda hasta la cintura, con los brazos alzados sobre la cabeza. Las muñecas atadas y sujetas al cabecero de madera. Los pequeños pechos estaban levantados por la presión. La pálida piel estirada sobre las delicadas costillas.

El rostro estaba cubierto por una capucha de cuero negro llena de pequeñas cremalleras.

Dos cremalleras abiertas en la zona de la nariz. Una, cerrada, sobre la boca.

Las cremalleras de los ojos también estaban abiertas.

A través de ellas se veía el brillo de unos ojos pardos.

Más abajo, un par de manos pellizcaban los erectos pezones.

Manos masculinas.

De dos hombres distintos.

La de la izquierda era velluda y estaba unida a un brazo desnudo. En el antebrazo, un tatuaje: una pequeña ancla.

La mano de la derecha era blanca y lampiña, y surgía de un puño de punto negro.

Un anillo en la mano lampiña. Calavera de plata, ojos de cristal rojo.

Me acerqué para mirar mejor la foto.

Y vi a Locking.

En el suelo, detrás del mueble bar.

Recostado contra un rincón, las piernas separadas, los brazos exánimes. Una mano vuelta hacia dentro. Los dedos de la otra, totalmente extendidos.

Uñas azules. Labios azules.

La calavera del anillo me sonreía.

Locking tenía la cabeza echada para atrás, de modo que el cuello se encontraba arqueado hacia el techo. Pómulos en relieve, el largo cabello revuelto.

Una bata de seda negra cubría apenas el flaco y blanco cuerpo.

Blanco salvo en los puntos en que unas lívidas manchas señalaban los lugares en los que la sangre se había acumulado cuando Locking dejó de respirar.

Boca entreabierta.

En vida había buscado parecer frío e imperturbable, pero había abandonado este mundo con una expresión de enorme sorpresa.

En el centro de la despejada frente, un negro orificio rodeado de sangre seca.

Salpicaduras de color rojo oscuro sobre el rostro y el lampiño pecho. También sobre la bata, convirtiendo el negro en marrón.

Sangre en la moqueta y en la pared, tras el cadáver.

Sangre también bajo el cuerpo.

Sangre a raudales. ¿Cómo era posible que no me hubiese fijado en ella inmediatamente?

Los ojos estaban entornados, secos y opacos como los de un pez caído sobre el muelle. Largas pestañas cubiertas de sangre seca.

Yo había visto la muerte muchas veces. La última, el hombre había muerto a mis manos. Defensa propia.

Escuchaba mi propia respiración.

De pronto, la habitación apestaba.

La postura de la cabeza de Locking me llamó la atención. Debería estar caída.

Pero estaba vuelta hacia arriba, apoyada contra la pared, como en actitud de plegaria.

¿Colocada así por alguien?

En torno al cadáver, más Polaroids.

Muchas más. Silueteando el cadáver.

La misma mujer, atada y enmascarada.

Primeros planos de los muslos, el pecho, el estómago y más abajo.

Fotos de todo el cuerpo, largo, esbelto y pálido. La mujer estaba tumbada sobre una blanca sábana, con las piernas separadas y los tobillos atados a la madera de los pies de la cama. Las caderas levantadas, como esperando que alguien la penetrase.

En unas fotos aparecía sola. En otras, sobre su cuerpo se veían las dos manos.

Apretando, pellizcando, acariciando, sobando.

Primeros planos ginecológicos.

Una Polaroid con un primer plano del rostro, situada cerca de la mano derecha de Locking.

En aquella foto, la mujer aparecía sin capucha.

Cabello rubio echado hacia atrás y recogido en la nuca.

Un rostro encantador, distinguido.

La boca, abierta, expresaba temor o bien excitación sexual. O ambas cosas. Los brillantes ojos pardos estaban muy abiertos. Fijos y distantes al mismo tiempo.

Incluso en aquella situación, los sentimientos de Hope Devane eran difíciles de descifrar.

Miré de nuevo hacia el cadáver de Locking.

En el suelo había otra cosa.

Una caja de cartón. Más fotos. Cientos de ellas.

En un costado, claramente escrito con rotulador: ESTUDIO AUTO-CONTROL, CAJA 4, PRELIM.

Cuando sacó la caja de la casa de Seacrest, Locking ni siquiera se había molestado en cerrarla. Ocultó las fotos bajo una capa de hojas impresas a ordenador.

Fue su modo de burlarse de la policía.

Y Seacrest estaba al corriente de todo. Efectivamente, había puesto sobre aviso a Locking.

El ancla tatuada en el brazo. Compinches.

Un zumbido me hizo dar un respingo.

Una reluciente mosca gris había entrado por la puerta. Voló en círculos por la habitación, se posó en el bar, despegó de nuevo, inspeccionó un cenicero, voló hacia mí. La espanté, y ella fue a posarse en uno de los espejos de pub. Alzó de nuevo el vuelo, evolucionó sobre el cadáver de Locking, y terminó aterrizando sobre el abdomen.

Tras una pausa, comenzó a escalar el rostro sin vida.

Se detuvo al fin junto al ensangrentado orificio.

Se quedó allí, frotándose las patas delanteras.

Fui en busca de un teléfono.

32

–No es ningún delito –repitió Philip Seacrest.

Por su tono, podría haber estado dando clase en un aula, pero Milo no era ningún estudiante.

Una sala de interrogatorios de la Comisaría Oeste de Los Ángeles. Aunque había una cámara de vídeo grabando todo lo que ocurría, Milo no dejaba de tomar notas. Yo estaba a solas en el cubículo de observación, con un café frío y unas imágenes congeladas.

–No, no lo es, profesor.

–No aspiro a que usted lo comprenda, pero yo creo que la vida privada de las personas es eso: privada.

Milo dejó de escribir.

–¿Cuándo comenzó la cosa, profesor?

–No sé.

–¿No?

–No fue idea mía... Yo no tenía esas inclinaciones.

–¿Quién las tenía?

–Hope. Casey. Nunca supe quién de los dos empezó.

–¿Cuándo comenzó usted a participar en esos juegos? –preguntó Milo, tomando una de las Polaroid que había sobre la mesa y golpeándola con la punta del índice.

Seacrest apartó la vista. Hacía unos minutos, mi amigo lo había obligado a descubrirse el brazo. Sobre la piel, un ancla tatuada. Ahora el hombre tenía bajada la manga de la camisa y su chaqueta estaba abrochada.

Se acarició la descuidada barba. Su primera reacción al ver las fotos fue de sorpresa y *shock*. Luego, llorosa resignación, seguida por altivo laconismo. Aunque no estaba arrestado, Milo le preguntó si quería que en el interrogatorio estuviese presente un abogado. Seacrest rechazó secamente la oferta, como si se sintiese insultado por ella. Según el interrogatorio avanzaba, su actitud fue virando más y más hacia la indignación.

–¿Cuándo comenzó usted a participar, profesor?

–Más tarde.

–Más tarde, ¿cuándo?

–¿Cómo voy a saberlo, señor Sturgis? Ya le he dicho que no sé cuándo comenzó la cosa.

–En términos absolutos, ¿cuándo comenzó usted a participar?

–Hace cosa de un año y medio.

–Y Locking llevaba más de tres años estudiando con su esposa, ¿no?

–Sí, creo que sí.

–O sea que tal vez la cosa empezó dos años antes de que usted comenzara a tomar parte en ella.

Sonriendo torcidamente, Seacrest replicó:

–Sí, es posible.

–¿Cómo fue? –quiso saber Milo–. ¿Un buen día se presentaron los dos ante usted y le dijeron: «Mira, de pronto nos ha dado por el sometimiento y la disciplina? ¿Quieres participar en nuestros jueguecitos?».

Seacrest enrojeció, pero su voz permaneció inalterable.

–No creo que usted lo entienda.

–Probemos.

Seacrest meneó la cabeza y movió lateralmente el cuello. La sonrisa de sus labios no se había desvanecido por completo.

–¿Le parece todo esto divertido, profesor?

–Traerme aquí es una perversidad. Mi esposa fue asesinada y usted se preocupa por estas cosas.

De pronto Milo se echó hacia delante y clavó la vista en los ojos de Seacrest. Éste dio un respingo, pero, inmediatamente, recuperó la compostura y mantuvo la mirada de mi amigo.

–No sólo es una perversidad, sino también algo absurdo e irrelevante.

–Sígame la corriente, profesor. ¿Cómo empezó su participación en esos juegos?

–Pues... Tiene razón al llamarlos juegos, porque eso eran y nada más. Sin embargo, no espero que se muestre usted tolerante con las... divergencias.

Milo sonrió.

–¿Divergencias?

Seacrest no le hizo caso.

–Así que le propusieron divergir con ellos.

–No... Yo... Los sorprendí. Una tarde que tenía clase me sentí indispuesto y me marché a casa.

–¿Y se los encontró a los dos?

–Sí, señor Sturgis.

–¿Dónde?

–En nuestra cama. –Seacrest sonrió–. En nuestro lecho matrimonial.

–Debió de ser toda una sorpresa.

–Eso es decir muy poco.

–¿Cómo reaccionó usted?

Seacrest tardó unos momentos en responder.

–No hice nada.

–¿Nada?

–Exacto, señor Sturgis: nada.

–¿No se sintió furioso?

–Me ha preguntado cómo reaccioné, no cómo me sentí. Y la respuesta es que no hice nada. Di media vuelta y salí de la habitación.

–¿Qué sintió?

Una nueva pausa.

–No sé qué decirle. Furia, no. La furia sólo hubiera empeorado las cosas.

–¿Por qué?

–Porque Hope no reaccionaba bien ante los arranques temperamentales.

–¿Qué quiere decir?

–No los toleraba. De haberme puesto nervioso, la cosa se habría convertido en... en una confrontación.

–Los matrimonios se pelean, profesor. Y me parece que a usted no le faltaban motivos para enfadarse.

–Gracias por su comprensión, señor Sturgis. Sin embargo, Hope y yo jamás peleábamos. Era algo que no iba con su carácter ni con el mío.

–Entonces, ¿qué entiende usted por confrontación?

–Una guerra. De silencio. Interminable, frígida. Lapsos interminables sin una sola palabra. El exilio psicológico. Aunque dijera perdonar, Hope jamás olvidaba. Yo conocía el repertorio de sus emociones como un director de orquesta conoce una partitura. Así que cuando los vi a los dos, conservé la dignidad y, simplemente, hice mutis.

–Y luego, ¿qué?

–Luego... –Seacrest se frotó de nuevo la barba–. Alguien cerró la puerta y supongo que... terminaron lo que estaban haciendo. Sin duda, considera usted mi reacción despreciable. Cobarde. Abyecta. Sin duda, usted cree que, en mi lugar, habría reaccionado de modo distinto. Sin duda, esta noche usted volverá a su casa con su respetable esposa y sus amorosos hijos. Probablemente, vive usted en algún lugar del Valle. Una bonita vida. Tranquila y convencional.

Milo se echó hacia atrás en la silla y se apretó los labios con un grueso dedo.

Con súbito cansancio, Seacrest se cubrió los ojos con ambas manos, se acarició los párpados y luego las dejó resbalar por las mejillas para posarse al fin sobre las piernas.

–La alternativa, señor Sturgis, era, o unirme a ellos, o...

–¿O qué?

–O perderla. Y ahora la he perdido de todos modos.

Dejó caer los hombros y comenzó a sollozar.

Milo aguardó un buen rato antes de decir:

–¿Quiere algo de beber, profesor?

Seacrest negó con la cabeza. Luego alzó la vista y la fijó en las Polaroid.

–¿Podemos acabar con esto? ¿No ha escuchado ya suficientes cosas sobre el enfermizo y divergente mundo de los intelectuales?

–Unas preguntas más, por favor.

Seacrest lanzó un suspiro.

Milo preguntó:

–Al ver a su esposa con Locking, ¿no pensó usted que ya la había perdido?

–Claro que no. Tampoco era la...

–¿La primera vez?

Seacrest encajó las mandíbulas.

–¿Profesor?

–Está ocurriendo exactamente lo que me temía. El buen nombre de Hope será arrastrado por el fango. Me niego a ser cómplice de ello.

–¿Cómplice de qué?

–No quiero desenterrar cosas del pasado de mi esposa.

–¿Y si el pasado fue el causante de su asesinato?

–¿Tiene usted la certeza de que es así?

–Habiendo muerto Locking, ¿qué cree usted?

No hubo respuesta.

–¿Con cuántos hombres más... jugó su esposa, profesor Seacrest?

–No lo sé.

–Pero sabe que hubo otros.

–No lo sé con certeza, pero ella tenía... los aparatos desde hacía tiempo.

–Al decir aparatos se refiere usted a la máscara, las ligaduras y las prendas de hule y cuero de la talla de su esposa que encontramos en casa de Locking.

Seacrest asintió, abatido.

–¿Usaba su esposa algún otro... aparato?

–Que yo sepa, no.

–¿Nada de látigos?

Seacrest negó desdeñosamente.

–A Hope no le interesaba el dolor, sino...

–¿Qué?

–La contención.

–¿Autocontrol?

Seacrest no respondió.

Milo anotó algo.

–Así que ella tenía los aparatos desde hacía tiempo. ¿Cuánto tiempo?

–Cinco o seis años.

–Desde tres años antes de conocer a Locking.

–Está usted muy bien de aritmética.

–¿Dónde guardaba su esposa los aparatos?

–En su cuarto.

–¿En qué lugar de su cuarto?

–En el armario, dentro de una caja. La encontré de modo accidental, y nunca le dije nada a ella.

–¿Qué más había en la caja?

–Fotos.

–¿De ella?

Seacrest negó casi imperceptiblemente con la cabeza.

–Nuestras. Fotos que nos habíamos hecho. Ella me dijo que las había tirado. Aparentemente, le gustaba mirarlas.

–¿Quién llevó las fotos y los aparatos a casa de Locking?

–Casey.

–¿Cuándo?

–La noche que usted estuvo en mi casa.

–Yo sólo lo vi sacar una caja.

–Volvió más tarde. Poco después de que asesinaran a Hope, yo ya le había pedido que se lo llevase todo. Temía que ocurriera algo exactamente como lo que ha ocurrido.

–¿Por qué Locking no se llevó esas cosas antes?

Seacrest se encogió de hombros.

–Dijo que iba a hacerlo, pero lo fue dejando.

–Volvía a jugar con usted –dijo Milo.

–Supongo que sí. Era un tipo más bien... calculador.

–No le resultaba simpático.

–A Hope se lo resultaba, y eso era lo único importante.

–¿Los sentimientos de usted no lo eran?

Con escalofriante sonrisa, Seacrest replicó:

–No, no lo eran en absoluto, señor Sturgis.

–Ya que Locking no se decidía a llevarse los aparatos, ¿por qué no los tiró usted?

–Eran de Hope.

–¿Y...?

–Yo... me consideré obligado a conservarlos.

Se humedeció los labios, apartó la mirada.

–Los aparatos eran de su esposa y, habiendo muerto ella, pasaron a ser de usted. ¿Por qué, entonces, se los confió a Locking?

–Me pareció más seguro –dijo Seacrest–. Pensé que tal vez la policía registraría la habitación de Hope.

–Si no entiendo mal –dijo Milo–, no deseaba usted enfangar el nombre de Hope, pero conservó un par de centenares de fotos.

–Las escondí en mi despacho de la universidad –dijo él–. Aunque fue una precaución innecesaria. Los dos primeros detectives ni siquiera se molestaron en registrar la habitación de mi esposa. Y, en realidad, usted tampoco lo hizo.

–Así que primero se los llevó usted a la universidad, y después los devolvió a su casa.

–Exacto.

–Luego esperó a que Casey Locking fuera a recogerlos. Pero... ¿para qué le servían a usted las fotos?

Seacrest dio un respingo.

–¿Para qué me iban a servir?

–Eso es lo que le pregunto. Lo único que sé es que las

guardó en vez de destruirlas. Lo cual parece indicar que las quería usted para algo.

Seacrest volvió a mover el cuello y luego abrió y cerró las manos.

–Tenga en cuenta, señor Sturgis, que ésas eran las únicas fotos que tenía de ella, excepción hecha de la que aparecía en la sobrecubierta de su libro. Hope odiaba las cámaras. Odiaba que la retratasen.

–Salvo así –dijo Milo, señalando las Polaroid.

Seacrest asintió.

–O sea que, para usted, eran recuerdos.

Seacrest encajó las mandíbulas.

–Y, sin embargo, dejó que Locking se las llevase.

–Yo... me guardé algunas.

–¿Dónde las tiene?

–En casa.

–¿Escogió sus fotos favoritas o simplemente metió la mano en la caja y sacó unas cuantas al azar?

Seacrest se puso bruscamente en pie.

–Esto se acabó –dijo.

Milo se encogió de hombros.

–Muy bien. Tendré que conseguir la información por otros medios. Preguntaré en los clubes de disciplina y sumisión, a ver si alguien conocía a su esposa. Si así no consigo nada, acudiré a la prensa, a ver qué pasa.

Seacrest agitó un dedo en su dirección.

–¡Es usted...! –Sus manos se convirtieron en puños–. Me dijo que si venía a hablar con usted, a cambio se mostraría discreto.

–Dije que me mostraría discreto si usted colaboraba.

–Eso es exactamente lo que estoy haciendo.

–¿Lo cree de veras?

Seacrest enrojeció vivamente, como ya le había visto hacer en su despacho. Su respiración se aceleró, hasta que al fin el hombre cerró los ojos y pareció concentrarse en devolverla a su ritmo normal.

–¿Qué más quiere? –preguntó al fin–. Ya le he dicho un montón de veces que todo esto no tiene nada que ver con el asesinato de Hope.

–Eso opina usted, profesor.

–¡Yo la conocía! ¡Mejor que nadie! Ella no iba a clubes de disciplina y sumisión. Nunca hubiera hecho algo tan...

–¿Plebeyo?

–Vulgar. Y deje de mirar las fotos cada vez que digo algo en favor de mi esposa. Esas fotos eran privadas.

–Y los juegos también eran privados.

–¡Sí! –Seacrest avanzó hasta la mesa y de un manotazo tiró al suelo casi todas las fotos. Luego se volvió hacia Milo y se quedó mirándolo con los brazos en jarra.

Milo le dirigió una breve mirada y anotó algo.

Una de las fotos había quedado cerca de los pies de Seacrest. Éste la pisó y luego removió el pie.

–Privados –dijo Milo con voz suave–. Hope, Locking y usted.

–Exacto. No hicimos nada ilegal, ¡absolutamente nada! Ninguno de los dos la mató.

Pensé que Milo iba a seguir por ese camino, pero en vez de ello, dijo:

–¿Da usted por terminada esta entrevista, señor?

–Si me quedo, ¿me promete que no ensuciará el buen nombre de Hope?

–No le prometo nada, profesor. Pero si coopera, haré todo lo posible.

–La primera vez que nos vimos, me dijo usted que los dos estábamos en el mismo bando. ¡Qué ironía!

–Demuéstreme que los dos queremos lo mismo, profesor.

–¿A qué se refiere?

–Yo pretendo detener al asesino de su esposa. ¿Qué pretende usted?

Seacrest pareció a punto de incorporarse de nuevo. Se contuvo a duras penas. Todo el cuerpo le temblaba.

–¡Si encontrase al asesino, lo mataría! Estoy sumamente bien versado en instrumentos de tortura medievales, y le aseguro que sabría darle su merecido.

–¿Lo pondría en la rueda?

–No puede usted ni imaginar lo que le haría. –Seacrest se puso una mano en la muñeca, como para controlar su pulso.

–¿Se le ocurre quién pudo matar a Locking?

–No.

–¿Ninguna teoría?

Seacrest meneó la cabeza.

–La verdad es que nunca conocí bien a Casey.

–Sólo eran compañeros de juegos.

–Exacto.

–La noche que fui por su casa, él le devolvió el coche de su esposa.

–Sí.

–¿Locking le estaba echando una mano?

–Sí.

–¿Aunque usted no lo conocía apenas?

–Hope lo conocía.

–Así que el chico se merecía llevarse el coche.

–Sí. Yo le estaba agradecido.

–¿Por qué?

–Por el placer que le dio a Hope.

–Aquella noche Locking lo trató a usted de modo muy formal, llamándolo profesor Seacrest. Intentó hacer ver que entre ustedes no existía una relación personal.

–Y, realmente, no existía.

Milo tomó una de las fotos que seguían sobre la mesa y la estudió detenidamente.

Seacrest dijo:

–La relación no era entre Casey y yo, señor Sturgis. Ambas relaciones giraban en torno a Hope. Y todo lo demás también. Ella era el... nexo.

–Un sol, dos lunas –dijo Milo.

Seacrest sonrió.

–Bien expresado. Sí: podría decirse que los dos estábamos en su órbita.

–¿Quién más estaba en esa órbita?

–Que yo sepa, nadie más.

–No había otros juegos.

–Ella no me dijo que los hubiera.

–De haberlos habido, ¿se lo habría dicho ella?

–Creo que sí.

–¿Por qué?

–Hope actuaba abiertamente.

–¿En todo?

–Ya ha visto las fotos. ¿Se puede actuar más abiertamente? –Seacrest hizo un gesto de desagrado.

Milo señaló la silla a Seacrest con un movimiento de mano.

–Prefiero seguir de pie, señor Sturgis.

Sonriendo, Milo se levantó, se puso de rodillas y comenzó a recoger las fotos del suelo.

–Era un juego con tres participantes, y dos de ellos han muerto. ¿No se siente usted amenazado?

–Sí, supongo.

–¿Supone?

–No suelo pensar en mí mismo.

–¿No?

Seacrest meneó la cabeza.

–No le doy demasiado valor a mi propia vida.

–Eso parece muy deprimente, señor.

–Estoy deprimido. Mucho.

–Alguien podría pensar que tenía usted motivos para matarlos a los dos.

–¿A qué motivos se refiere?

–A los celos.

–¿Entonces para qué iba a dejar las fotos cerca del cadáver de Casey? ¿Para incriminarme?

Milo no contestó.

–Desperdicia usted su tiempo y el mío, señor Sturgis. Yo amé a mi esposa de un modo en que pocas mujeres son amadas. Yo me rebajé en honor suyo. Perderla a ella ha significado para mí perder la alegría. Apreciaba a Casey porque él contribuyó a hacerla feliz. Aparte de eso, el chico no significaba nada para mí.

–¿Cuál era su alegría?

–Hope. –Seacrest se alisó las solapas de la chaqueta–. Seamos lógicos: Casey murió de un disparo y las pruebas que ustedes me han hecho demuestran que yo no he disparado ningún arma recientemente. Lo cierto es que no he tocado un arma desde que me licencié del ejército. Y a la hora en que mataron a Casey, yo estaba en casa.

–Leyendo.

–¿Quiere que le diga el título del libro?

–¿Algo romántico?

–*El paraíso perdido*, de Milton.

–El pecado original.

–Interprételo usted como le plazca y, si necesita ayuda para ello, pídasela a Delaware. ¿Puedo irme ya, señor Sturgis? Prometo no salir de la ciudad. Si no me cree, hágame vigilar por la policía.

–¿No desea usted añadir nada?

–Nada.

–Muy bien –dijo Milo–. Como quiera.

Seacrest se dirigió con tembloroso paso a la puerta que conducía a la sala de observación y, al tratar de abrirla, la encontró cerrada.

–Por ésa –dijo Milo, señalando la otra puerta.

Seacrest se irguió y tomó la dirección debida.

Milo amontonó la colección de fotos.

–Lo de haber estado leyendo en casa no es una gran coartada, profesor.

–Nunca imaginé que fuese a necesitar una coartada.

–Hablaremos más adelante, profesor.

–Espero que no. –Seacrest fue hasta la puerta y al llegar a ella se detuvo–. No espero que usted me crea, pero Hope en ningún momento fue forzada ni oprimida. Muy al contrario. Fue ella quien estableció las normas, y quien tuvo siempre el control de la situación. Le encantaba poder someterse sin temor, y su placer era el mío. Admito que, al principio, me sentí repelido; pero uno aprende. Hope me enseñó.

–Le enseñó, ¿a qué?

–A confiar. De eso se trataba, señor Sturgis. De la confianza total. Piense usted en ello: ¿confiaría su esposa en usted del modo en que la mía confió en mí?

Milo escondió una sonrisa con una de sus grandes manazas. Seacrest siguió:

–Comprendo que es inútil pedirle que no muestre usted esas fotos a nadie; pero, a pesar de todo, se lo pido.

–Ya se lo he dicho, profesor: si no tienen relación con el asesinato, no hay motivo para hacerlas públicas.

–No la tienen. Formaban parte de su vida, no de su muerte.

33

–Sí: lo de la prueba de la parafina es cierto. Seacrest no ha disparado ningún arma recientemente –dijo Milo–. Sin embargo, pudo contratar a alguien para que disparase contra Locking. Quizá a alguien que conoció en el ambiente sadomasoquista.

–Pero en lo que dice de las fotos tiene razón –dije–. Si las hubiese destruido, nunca habrías sospechado de él. Así que tal vez la verdadera causa de que se mostrase evasivo fuera los juegos de sumisión.

–Pero, ¿por qué conservó las fotos?

–Tal vez por el motivo que dijo. Eran recuerdos.

–¿Sentimentales o sexuales?

–Puede que sentimentales y sexuales.

–¿Te crees el rollo de que Hope era su dios, y él se postraba ante su altar?

–Eso explicaría un matrimonio así –dije–. Ella estuvo tan controlada de pequeña, que ansiaba tener a alguien dispuesto a renunciar totalmente a su ego. Pese a lo que Hope le dijo a Elsa Campos, lo de que la ataran y encerraran debió de ser aterrador. Una obsesión de la que deseaba librarse. Y la pasividad de Seacrest lo convertía en la pareja ideal para ella. Él les dijo a Paz y Fellows que durante años fue un solterón empedernido. Quizá Seacrest fuera una luna buscando su sol.

–¿Así que Hope deseaba librarse de su obsesión, y trató de conseguirlo haciendo que la volvieran a atar, que la manipulasen y magullaran?

–Escenificó de nuevo su infancia –dije–. Sólo que esta vez, quien mandaba era ella.

–Con sus jueguecitos, los tres hubieran hecho un buen papel en los programas de debate –dijo Milo.

–Por tus comentarios –dije–, más que un legendario detective de West Hollywood pareces un policía burgués con una amante esposa y un estilo de vida convencional.

Yo llevaba tiempo sin oír a Milo reír tan fuerte.

–Las armas que encontraste en casa de Locking eran artillería muy pesada para un estudiante –seguí.

–Tres pistolas y un fusil –dijo él–. Todas estaban cargadas, pero metidas en un armario. El chico pecaba de exceso de confianza.

–Y no te olvides del material pornográfico que tenía –dije–. Locking era de San Francisco. La ciudad de Big Micky y el negocio de Big Micky. ¿De quién es la casa?

–Aún no lo sé, pero según un vecino, era alquilada. Antes que Locking, hubo otros inquilinos.

–Resultaría interesante que el casero fuera también propietario de la casa de Cruvic en Mulholland.

–Cruvic le paga el alquiler a una corporación cuya base está aquí, en Los Ángeles. Triad, o Triton, o algo así, pero aún no la hemos relacionado con ninguna persona en concreto. Respecto a Big Micky, lo que he logrado averiguar hasta el momento es que era una especie de magnate del sexo: cines, locales con actuaciones en vivo, salones de masaje, servicios de acompañantes... El tipo se retiró por graves problemas de salud. Lo tenía todo fastidiado: el corazón, el hígado, los riñones. Hace relativamente poco, le hicieron un par de trasplantes de riñón rechazados y Kruvinski quedó muy mal.

–En Las Vegas, Ted Barnaby vio a Cruvic con un viejo que tenía la piel amarilla –dije–. Eso significa ictericia, o sea problemas de hígado. ¿Has averiguado si Mandy Wright trabajó alguna vez en San Francisco?

–Aún no. Pero hay otra conexión con el norte de California: la madre de Hope murió allí. En el Centro Médico Stanford. Cáncer de mama. Sus cuentas las pagó un tercero cuya identidad aún no hemos conseguido averiguar.

–La historia de siempre –dije.

–Una extraña mezcla de académicos y gángsters. –Se rascó la mandíbula–. Detesto este caso. Hay demasiada gente lista metida en él.

Milo me acompañó hasta el exterior de la comisaría. Cuando llegamos a la acera de la calle Purdue, alguien llamó:

–¿Detective Sturgis?

Un gran Mercedes azul se encontraba estacionado en zona prohibida al otro lado de la calle. En la parte posterior se veían dos antenas de teléfono móvil. El automóvil tenía todo tipo de extras que debían de elevar al doble su precio original. El hombre sentado al volante tenía algo más de sesenta años. Llevaba la cabeza afeitada y lucía un intenso bronceado que debía de ser mitad del sol, mitad de rayos UVA. Grandes gafas negras, camisa blanca, corbata amarilla. Cuando apagó el motor, en su muñeca brilló un reloj de oro. El hombre se apeó y cruzó la calle con paso rápido. Metro ochenta y tres, flaco y ágil. Debía de haberse sometido a unos cuantos *liftings* faciales, pero el tiempo había aflojado las suturas y la piel de la barbilla le temblaba.

–Robert Barone –dijo, con voz velada. Extendió una bronceada mano–. Creo que lleva usted algún tiempo tratando de localizarme, pero he estado fuera de la ciudad.

–¿En San Francisco? –preguntó Milo, estrechando la tendida mano.

La sonrisa de Barone fue tan súbita como las malas noticias, y tan cálida como un sorbete helado.

–Pues no: en Hawai. Un pequeño descanso entre caso y caso. –Las gafas de sol se volvieron hacia mí–. ¿Y usted es el detective...?

–¿En qué puedo servirle, señor Barone? –preguntó Milo.

–Eso es justamente lo que yo iba a preguntarle, detective.

–¿Vino usted aquí en persona para ofrecer sus servicios al insignificante Departamento de Policía de Los Ángeles?

–Según están las cosas –dijo Barone–, necesitan ustedes toda la ayuda que puedan recibir. Hablando en serio: necesito hablar de cierto asunto. De no haberlo encontrado a usted, me hubiese dirigido a su superior. –Aún mirándome, Barone dijo–: No he oído su nombre.

–Holmes –dijo Milo–. Detective Holmes.

–¿Como Sherlock?

–No –dijo Milo–, como Sigmund. Bueno, ¿qué quiere el doctor Cruvic? ¿Protección policial ahora que Darrell Ballitser ha aireado su nombre por las ondas? ¿O acaso desea confesar algo?

Barone se puso serio. En su calva cabeza había manchas de vejez.

–¿Qué tal si entramos?

–Ha estacionado usted en zona prohibida, abogado.

Barone se echó a reír.

–Estoy dispuesto a correr el riesgo de que me multen.

–Supongo que para eso le pagan –dijo Milo–, pero luego no me eche la culpa. –Volviéndose hacia mí–: Hasta luego, Sig. Investiga lo que desees respecto a los asuntos de los que estábamos hablando.

Se dirigió hacia la puerta principal de la comisaría. Barone lo siguió a toda prisa.

Investigación. Sobre el clan Kruvinski/Cruvic.

El abogado de la familia había ido a la policía en persona porque alguien estaba preocupado.

Little Micky seguía siendo el único que tuvo una relación confirmada con Hope.

Fui en el coche hasta la biblioteca y busqué el nombre del padre de Cruvic. Encontré quince menciones de Mike V. Kruvinski repartidas a lo largo de veinte años, todas ellas en periódicos de San Francisco. Un par de fotos mostraban a un hombre de cuello de toro, facciones brutales y ojos sesgados, prueba indiscutible de su paternidad. Pero era más tosco que su hijo, una escultura peor terminada.

Ni una sola mención en los periódicos de Bakersfield. ¿Porque la ciudad y la época eran más tranquilas, o porque hubo sobornos?

La mayor parte de las noticias de San Francisco tenían que ver con arrestos por obscenidad. El «empresario del sexo y presunto delincuente» fue detenido docenas de veces durante los años setenta y principios de los ochenta. Demasiada carne en los espectáculos, demasiado contacto entre bailarinas y clientes, demasiado licor servido a menores de edad.

Recordé algo que Cruvic había dicho en su consulta de Beverly Hills.

El aumento de los problemas de infertilidad debido a «los excesos de promiscuidad que hubo en los años setenta».

Hablaba por experiencia.

Los artículos mencionaban infinidad de arrestos, pero no decían nada de condenas. Un montón de sobreseimientos antes del juicio.

También se había utilizado contra él la táctica que se empleaba habitualmente contra los zares del crimen. Hubo una acusación de evasión de impuestos de la que Kruvinski se escapó porque pudo demostrar que la mayor parte de sus ingresos procedía de sus fincas agrícolas en el Central Valley, varias de las cuales incluso habían conseguido subsidios federales. Sus negocios de las calles O'Farrell y Polk terminaron cerrando pero, aparentemente, no a causa de problemas legales.

Casi no había citas textuales del interesado. Cuando Kruvinski quería comunicarse con la prensa, lo hacía a través de Robert Barone. Lo que sí encontré fue una entrevista de hacía diez años, un elogioso reportaje firmado por un periodista que parecía enorgullecerse de tener el pulso de San Francisco metido en su bolsillo.

Había hablado con Kruvinski en su casa y el artículo explicaba en parte la retirada del empresario pornográfico de los espectáculos en vivo.

«–Nos pasamos al vídeo –dijo el antaño robusto empresario, sentado en el salón de su lujosa casa de Sausalito, con amplias vistas sobre la bahía–. Al público ya no le apetece ir a los teatros, ni soportar asedios policiales.

Luego, con su habitual generosidad, y su peculiar sonrisa eslava, tan amplia como el Embarcadero, Micky K. me ofreció un whisky, un Chivas de veintiún años vertido, cómo no, de la genuina botella azul. Sin embargo, él no pudo participar en la libación. Problemas de hígado. Problemas de riñón. El trasplante del año pasado, el segundo, fue como un faro de esperanza en la niebla, pero no lo aceptó.

Traté de rechazar la invitación, pero Micky no quiso ni oír hablar de la abstinencia en nombre de la empatía. Un afectuoso «Querida» hizo que apareciese la hermosa, esbelta y bronceada esposa de Micky, la antigua actriz y modelo Brooke Hastings, que llegó procedente de la cocina, donde estaba preparando exquisitas delicias culinarias. La señora K., resplandeciente al sol de Sausalito, secó la frente a su marido y le susurró al oído amorosas palabras de esposa.

–Su distracción favorita es observar a los leones marinos –me confió, mientras vertía en mi vaso una generosa dosis del divino néctar que destilan los hermanos Chivas–. Hace que les lleven pescado fresco todas las mañanas. Adora a los animales. Y a todo lo orgánico y viviente. Eso fue lo que me atrajo de él.

Luego, besó la coronilla del viejo de un modo que rebasaba con mucho las imposiciones del deber matrimonial. Él sonrió y miró por un ventanal tan amplio como el escenario del teatro Love Palace. Su expresión era soñadora, y quizá Micky estuviera soñando, quién es este humilde cronista para decir lo contrario. La antigua señorita H. puso un brazo en torno a su esposo y él siguió mirando. Mirando y soñando. Como en las películas. No como en las películas que él produce, pero, a su modo, igualmente sensual. La señorita H. cruzó las esculturales piernas y el que suscribe sorbió Chivas, notando en su gaznate de esclavo de las linotipias la ardiente caricia de la lava escocesa. En conjunto, no había sido un mal día en Xanadú. Esperemos que Micky disfrute de muchos similares.»

Brooke Hastings. Una actriz que usó como nombre artístico el de la empresa de carnes y piensos de su marido. Una broma de Kruvinski. ¿Se habría dado cuenta ella de con qué la estaba comparando su marido?

Quizá se tratara de una broma familiar, ya que el hijo utilizó el mismo nombre para el instituto al que supuestamente asistió durante el año entre residencias, el que siguió a su marcha de la Universidad de Washington.

Terminé de leer los demás artículos. Ninguna mención a la primera esposa, al hijo médico, ni a ningún otro familiar. Terminaba con los problemas de salud de Big Micky. *Pathos* suficiente para asfixiar a un adicto a los programas de debate.

¿Dónde estaba ahora el viejo? ¿Se habría trasladado a Los Ángeles para que su retoño pudiera cuidar de él? ¿Se encontraría oculto tras los altos muros de la mansión de Mulholland?

Pero la ausencia de funcionamiento renal significaba diálisis. Equipo, sistemas de control.

«¿Una clínica particular?»

¿A eso iba la enfermera Anna la noche en que la vi en su coche con Locking?

¿A hacer de enfermera privada de un paciente muy particular?

El hijo médico atendiendo al padre enfermo...

Pero el hijo era ginecólogo. ¿Estaría capacitado para tratar a un paciente así?

Un ginecólogo que al principio quiso ser cirujano.

¿Por qué había abandonado el programa de residentes de la Universidad de Washington?

¿Y qué había hecho durante ese año?

Regresé a casa y llamé a Seattle.

El jefe del programa de cirugía para residentes se llamaba Arnold Swenson, pero su secretaria me dijo que era nuevo en el puesto, ya que sólo llevaba un año en él.

–¿Recuerda usted quién era el jefe de residentes hace catorce años?

–No, porque por entonces yo tampoco estaba aquí. Espere un momento, por favor.

Instantes más tarde, una voz femenina más madura:

–Soy Inga Blank, ¿en qué puedo servirlo?

Repetí la pregunta.

–Debía de ser el doctor John Burwasser.

–¿Sigue en activo?

–No, ya se retiró. ¿Puede usted aclararme a qué se deben estas preguntas?

–Trabajo con el Departamento de Policía de Los Ángeles en un caso de homicidio. Tratamos de conseguir información sobre uno de sus antiguos residentes.

–¿Un caso de homicidio? –dijo ella, alarmada–. ¿De qué residente se trata?

–Del doctor Mike Cruvic.

El silencio de la mujer valió por muchas palabras.

–¿Señora Blank?

–¿Qué ha hecho?

–Únicamente tratamos de averiguar lo más posible sobre él.

–Su paso por el programa fue muy breve.

–Sin embargo, usted lo recuerda.

Más silencio.

–No puedo darle el teléfono del doctor Burwasser, pero déjeme usted el suyo y le daré al doctor su recado.

–Gracias. ¿Puede usted decirme algo respecto al doctor Cruvic?

–Lo lamento, pero no.

–Pero no le ha sorprendido que la policía se interese por él.

La escuché aclararse la garganta.

–Son muy pocas las cosas que me sorprenden.

Como no esperaba que me devolviesen la llamada y suponía que Milo continuaba con Barone, me puse un chándal y me dispuse a sudar la frustración.

El teléfono sonó en el momento en que estaba cerrando la puerta a mi espalda. Volví corriendo al interior y descolgué antes de que mi contestador respondiese.

–Doctor Delaware –dije.

–Soy el doctor Burwasser –dijo una voz seca y malhumorada–. ¿Usted quién es?

Comencé a explicarme.

–Me huele a cuento –dijo.

–Si lo desea, puedo pedirle al detective Sturgis que lo llame...

–No, no quiero perder el tiempo con esto. Cruvic estuvo con nosotros menos de un año, hace catorce.

Y después de todo aquel tiempo, seguían recordando a Cruvic, cuya estancia parecía haber sido breve pero memorable.

–¿Por qué se marchó? –quise saber.

–Eso no importa.

–Muy pronto importará. Era amigo de una mujer que fue asesinada, y es un posible sospechoso. Cuanto más nos cueste conseguir la información, más publicidad recibirán los hechos.

–¿Eso es una amenaza?

–En absoluto. Es un hecho, doctor Burwasser. ¿Hizo Cruvic algo que pusiera en entredicho el programa de cirugía?

En vez de responder, el hombre dijo:

–En mi vida he visto muchas cosas, los asesinatos no me impresionan.

–¿Qué hizo el doctor Cruvic?
–Aquí no asesinó a nadie.
–¿Asesinó a alguien en otra parte?
–No, claro que no. ¿Está usted grabando la conversación?
–No.
–No es que me importe, porque nada de lo que digo es difamatorio, todo está en los expedientes.
–Exacto.
Se produjo un silencio.
–¿Qué hizo el doctor Cruvic, doctor Burwasser?
–Robó.
–¿A quién?
–Eso no voy a decírselo porque los muertos merecen el mayor respeto.
Tardé unos momentos en asimilar el comentario.
–¿Robó a un cadáver?
–Lo intentó.
–¿Cuánto fue?
Burwasser lanzó una seca risa, como si necesitara aquel desahogo.
–Es difícil decirlo. Los precios del mercado varían.
–¿Joyas?
–Casi. –Otra risa–. Joyas familiares. Órganos. Sorprendimos a ese cabroncete intentando extraer un corazón. El único problema era que el donante no estaba del todo muerto.
–Jesús.
–No dramatice, ya le dije que no fue un asesinato. El paciente se encontraba desahuciado: encefalograma plano. Estábamos a punto de desconectar los aparatos y declararlo muerto, pero no conseguíamos localizar al pariente más próximo.
–Pero el corazón aún latía.
–Pues claro que sí, de lo contrario, ¿para qué molestarse en extraerlo? Era un corazón fuerte y en perfectas condiciones. Un joven con lesiones en la cabeza. Un accidente de moto.

Era un turista alemán. Ese idiota hubiera podido causar un incidente internacional.

–¿Para quién trató de robar el órgano?

–No para quién: para qué. Para investigar. Nos convenció de que le concediéramos un pequeño laboratorio, dijo que deseaba practicar resecciones de vesícula biliar en perros para una tesis que estaba escribiendo.

–¿Y no era cierto? –pregunté.

–Bueno, trabajó en unos cuantos beagles, pero sólo lo hizo para cubrir las apariencias. El muy idiota se imaginaba a sí mismo como un experto en trasplantes, como un futuro Christian Barnard. Yo puse fin a esos delirios. A pesar de las presiones.

–Las presiones, ¿de quién?

–De políticos californianos. –Pronunció con más desprecio la última palabra que la penúltima.

–¿De San Francisco?

–Pues sí. Recibí montones de llamadas de tipos extraños. Por lo visto, el padre de Cruvic era un pez gordo. Maldito lo que a mí me importó. Lo que hizo merecía la expulsión, y lo expulsé.

–¿Cómo lo descubrieron?

–Una enfermera lo sorprendió con las manos en la masa. El muy estúpido. En plena noche. Tenía una serie de instrumentos quirúrgicos junto a la cama del paciente, e incluso había hecho la primera incisión. Sólo Dios sabe cómo pensaba que iba a salirse con la suya... Bueno, y ya no digo más. Todo esto me desagrada mucho. Si quiere más detalles, déle la lata a Swenson.

Robo de órganos.

Esterilización sin el adecuado consentimiento.

El alumno más aventajado.

Pretendió establecer sus propias normas, lo cual no era

sorprendente, pues había visto a su padre hacer cosas mucho peores.

¿Habría cometido años más tarde otros delitos quirúrgicos?

¿Qué papel habría desempeñado Hope en todo aquello? Pero de nuevo la misma pregunta: ¿por qué habían asesinado a Hope y a Locking y dejado en paz a Cruvic?

Sin embargo, Cruvic estaba metido hasta el cuello en el asunto. Barone había aparecido en la comisaría porque Cruvic sabía que las cosas se le estaban poniendo feas.

«¿Asustado?»

Pero no de la policía... Asustado de lo que podía ocurrirle a él. Porque la muerte de Locking le aclaró la de Hope.

Le indicó quién y por qué.

Pero, ¿por qué ahora, y no cuando mataron a Hope?

¿Y qué fue lo que decidió a Cruvic a dar la cara?

El ataque de Darrell Ballitser. Las notas de prensa que lo relacionaban con Hope.

¿Sería ése el primer indicio que el asesino había tenido de la relación entre los dos?

Pero, ¿por qué, si de lo que se trataba era de una transgresión de las normas de deontología quirúrgica?

Le di vueltas y más vueltas a la cuestión.

¿Y si el ataque de Ballitser había hecho que el asesino se fijase en Cruvic?

Después, el asesino comenzó a vigilar a Cruvic... ¿Lo vio quizá con Locking? ¿En Mulholland?

Aunque también podía ocurrir que yo estuviera totalmente errado, y que Cruvic hubiese matado tanto a Hope como a Locking para que no se fueran de la lengua.

Pero entonces, ¿por qué mandar a su abogado para que hablase con Milo?

Cuantas más vueltas le daba, más me convencía de que Cruvic estaba ahora amenazado y de que él mismo era consciente de ello.

Años y años saltándose las normas de la ética, hasta que al fin ofendió a quien no debía.

Con la colaboración de Hope y Locking.

Faltas de ética... esterilización sin el debido consentimiento... robo de órganos.

La casa de Mulholand.

Una clínica particular.

Algo en lo que Locking había estado también implicado...

De pronto lo comprendí.

Era muy simple.

Pero... ¿qué papel había desempeñado Mandy Wright? Una chica de alterne... una trabajadora.

Días antes de su asesinato, Mandy había estado por los clubes de Los Ángeles. Y antes de eso, se había visto con Cruvic y el padre de Cruvic en Las Vegas. Salió del casino con los dos.

No con fines sexuales.

Fue otro tipo de servicio.

Mandy le había dicho a Barnaby que se trataba de una simple actuación.

¿Qué comentó Milo respecto al Club None? Chicas con largos cabellos y cuerpos perfectos.

Mandy encajaba en la descripción.

¿También su compañera?

La pobre camarera, Kathy DiNapoli. Asesinada simplemente porque sirvió copas en el lugar menos oportuno y en el momento menos adecuado.

Cuerpos perfectos.

Contrataron a Mandy para que se ligase a alguien.

A un tipo especial de cliente.

Lenta, inexorablemente, como una serpiente cuando va despertando a causa del calor, los hechos se fueron enlazando en mi cabeza.

La cadena que unía a Hope, Locking, Mandy y Kathy. Una serpiente venenosa.

El programa «En vivo con Morry Mayhew», donde Hope apareció. ¿Cómo se llamaba la productora? Suzette Band. Le había prometido llamarla si me enteraba de algo.

El viejo trueque: información a cambio de información.

Pero, antes, Suzette tendría que decirme algo más.

34

Siguiente parada: Mulholland Drive.

A la luz del día, el camino resultaba muy hermoso. La mansión que se alzaba detrás de la cerca eléctrica era una moderna casa de ladrillo rodeada de vivos colores: macizos de flores que, en la oscuridad, habían sido invisibles.

Yo seguía llevando la camiseta con manchas de sudor, pero me había quitado los shorts y puesto en su lugar unos vaqueros. Llevaba en la mano la bolsa que me habían dado hacía una hora en una farmacia de Beverly Hills. Para conseguir la bolsa, compré pasta dentífrica, hilo dental y vitamina C. El Seville, estacionado junto al bordillo, era lo bastante vetusto como para que lo tomaran por un vehículo de reparto. Al menos, eso suponía yo. En la mayor parte de las ciudades de Norteamérica, yo hubiera resultado demasiado viejo para ser un repartidor, pero Los Ángeles estaba llena de fracasados.

Toqué el timbre y, al cabo de unos momentos, sonó una voz en el intercomunicador.

–¿Sí?

–Vengo a hacer una entrega.

–Un momento.

Minutos más tarde se abrió la puerta principal y apareció un hombre con camisa y vaqueros negros. Miró hacia mí y se acercó con bamboleante paso.

Rondaba los cuarenta, era bajo y recio, el pelo comenzaba a escasearle en la coronilla y lo llevaba recogido atrás en una pequeña cola. Patillas aún más largas que las de Milo, piel grasienta que relucía al sol, gafas metálicas, rostro rechoncho.

Expresión somnolienta, salvo por los porcinos ojos que no me perdían de vista.

La camisa negra era de seda, demasiado grande, y el tipo la llevaba con los faldones por fuera, manteniendo una mano ante sí, como si protegiera algo. Los policías de paisano llevaban sus camisas por fuera para disimular el arma oculta, y supuse que los gángsters hacían tres cuartos de lo mismo.

–¿Sí?

–Una entrega para el señor Kruvinski.

Le tendí la bolsa de la farmacia.

–¿Qué es esto?

–Medicinas, supongo.

–Al señor le trae las medicinas su médico.

Traté de aparentar indiferencia.

–A ver –dijo él.

Le entregué la bolsa y él sacó un pequeño frasco color ámbar lleno de tabletas amarillas. El color era el adecuado, pero la forma no. Según mi libro de referencia de productos farmacéuticos, el Imuran se presentaba en tabletas dobles con ranura, y las de la botella no tenían ranura. Eran de vitamina C. El de la camisa negra no reaccionó. Como yo esperaba, el tipo no era demasiado observador.

La etiqueta era una obra de arte. Yo había despegado con vapor la de un viejo frasco de penicilina, borré con típex todas las especificaciones pero dejé el nombre y dirección de la farmacia, y las inscripciones DP., FECHA y RECETA DEL DOCTOR. Lo fotocopié, escribí a máquina los nombres nuevos, le puse goma en la parte de atrás y lo pegué otra vez en el frasco. Un trabajo bastante meticuloso, aunque aún no me veía preparado para falsificar billetes de veinte dólares.

El de la camisa negra leyó la etiqueta y frunció los labios cuando llegó a lo de RECETA DEL DOCTOR M. CRUVIC.

A continuación figuraba el número de Cruvic, sacado del Anuario Médico.

El desconcierto arrugó la despejada frente.

–Pero si ya tenemos toda una caja llena de esta mier... ¿Quién lo pidió?

Bingo.

Traté de hacerme el estúpido y de parecer desconcertado en vez de eufórico.

–Ni idea. Yo voy a donde me dicen. ¿Quiere que lo devuelva?

El tipo volvió a meter el frasco en la bolsa y, con ella en la mano, hizo intención de volver a la casa.

–Oiga –dije.

Él se detuvo y me miró por encima del hombro. Tenía unos hombros enormes y hoyuelos en los codos. Por entre los cabellos se veía el rosado cuero cabelludo. La cola de caballo era un simple pretexto para ocultar la calvicie.

–¿Algún problema?

–Entrega contra reembolso –dije–. Tiene que pagarme. –Mantuve la farsa para darle mayor realismo; pero ya había averiguado lo que quería.

Alzando la mano libre, hizo la señal de disparar y la apuntó contra mi rostro.

–Aguarda.

Lo hice. Hasta que entró en la casa y cerró tras de sí.

Entonces regresé corriendo al Seville. El coche se estaba poniendo en movimiento cuando el tipo volvió a aparecer en la puerta principal. Acompañado por Anna, la enfermera del *lifting* facial.

Los dos se quedaron allí plantados, perplejos, mientras yo me alejaba con viento fresco.

35

Mucho de lo relacionado con la industria cinematográfica es insípido, anodino, amorfo. El estudio de *casting* era así.

Se trataba de un edificio de una sola planta en el Washington Boulevard de Culver City, y se encontraba situado entre un restaurante marinero cubano y una lavandería china. El estuco era más claro en los puntos en que se habían borrado los *grafitti*. Ninguna ventana, una cuarteada puerta trasera.

Dentro, una sencilla sala de espera atestada de aspirantes a la gloria de uno y otro sexo, todos con cuerpos perfectos, sentados en sillas plegables, leyendo *Variety*, fantaseando con la fama, con la fortuna y con rebanarle el pescuezo a algún cliente fastidioso del restaurante o la cafetería en que muchos de ellos y ellas trabajaban en aquellos momentos.

La sala de pruebas era mucho mayor, pero lo único que contenía era una mesa plegable y dos sillas bajo unos focos desnudos, y una pared posterior cubierta por un espejo manchado por incontables huellas de moscas.

Me senté en un diminuto desván detrás del espejo, y quedé de espectador.

Sentados tras la mesa, dos directores de *casting*: un tipo grueso, desgarbado y de cara redonda con problemas de piel y cabello grasiento, con camisa hawaiana y mugrientos pantalones color caqui, y una mujer flaca de ojos más bien bonitos, que lucía lo que evidentemente era una peluca negra, y vestía un chándal rojo.

Placas identificadoras frente a los dos. Brad Rabe y Paige Bandura.

Dos botellas de agua mineral, un paquete de Winston y un cenicero, pero no había nadie fumando.

–El siguiente –dijo Rabe.

Entró un aspirante. Audición número seis para el protagonista masculino.

El hombre miró a Rabe y Bandura y sonrió con lo que probablemente pretendía ser cordialidad.

Yo vi tensión, temor y desprecio.

¿Qué estaría pensando?

«¿Frick y Frack?

»¿Hansel y Gretel?

»¿Quiénes son ellos para juzgar?» Los dos vestían como patanes. Típico. Llevaban ropas de pobre para demostrar que tenían poder, que su aspecto daba igual.

El aspirante conocía a los de su clase, los conocía de sobra.

Esperar tres puñeteras horas en aquel zoológico para tener el privilegio de ser juzgado por ojos que en ningún momento cambiaban de expresión, de recibir sonrisas falsas y palabras de aliento más falsas aún.

La prueba.

–Muy bien –dijo Paige Bandura, mirando a su gordo compañero–. ¿Qué tal la escena de la página cuarenta y seis?

–Vale. –El aspirante sonrió seductoramente y pasó las páginas del guión–. ¿Desde «Pero, Celine, tú y yo...»?

–Después de eso; desde: «¿Qué pretendes exactamente...?».

El aspirante asintió, tomó aliento, un mini ejercicio de yoga que a todos debía pasar inadvertido. Cerró los ojos, los abrió y, antes de alzar la vista, echó un vistazo al guión. Quería demostrarles que era capaz de aprenderse de memoria el diálogo instantáneamente.

«–¿Qué pretendes exactamente, Celine? Pensaba que lo nuestro era ya algo más que una simple amistad.» ¿Digo también el diálogo de ella?

–No –dijo Paige–. Yo daré la réplica.

Una gran y cálida sonrisa. Quizá...

La mujer cogió el guión de encima de la mesa y leyó:

«–Es posible, Dirk. O quizá no. Pero lo importante es que en estos momentos necesito un hombre, y tú puedes servirme.»

Voz fea y mal modulada. La segunda frase había resultado prácticamente ininteligible.

Inevitablemente, los encargados de juzgar resultaban feos de uno u otro modo. El aspirante detestaba la fealdad.

«–¿Ah, sí? –dijo, suavizando el tono–. Pues yo creo que tus sentimientos son otros, Celine. Creo que tú sientes lo mismo que yo. Aquí...» –Se tocó el corazón.

«–¿De veras, Dirk?»

«–De veras, Celine.» –Sonrió de nuevo–. El guión dice que le pongo una mano en el...

–No importa –dijo Paige. Sugerente sonrisa–. Saltémonos eso. Bueno, ¿qué dice ahora Celine? «Pero, Dirk...»

«–Sé que tú también lo sientes, Celine. En lo más hondo de tu ser. En el lugar donde nace el amor.»

Dejó caer los brazos para dar sensación de vulnerabilidad. Quedó inmóvil. Esperando.

Paige le sonrió de nuevo y se volvió hacia el harapiento y gordo Brad.

Brad miró al aspirante de arriba abajo. Se frotó el rostro. Gruñó algo.

–No está mal –dijo al fin.

–Yo diría que ha sido excelente –opinó Paige.

Brad replicó:

–Vale, excelente. –Como de mala gana.

–Si quieren, puedo seguir –dijo el aspirante.

Los dos jueces cambiaron miradas.

–No, no hace falta –dijo Paige–. Lo ha hecho usted muy bien.

El aspirante sonrió. Como un muchacho. Las sonrisas juveniles eran su especialidad.

Entre él y Paige se cruzó otra mirada.

–Sigamos –dijo ella–. Aclaremos ciertos puntos importantes. Se trata de una telenovela bastante atrevida. Montones de escenas de amor muy apasionadas. ¿Tiene usted algún inconveniente?

–Ninguno en absoluto –dijo el aspirante, pero un hueco se le había abierto en la boca del estómago. Algo le estaba reconcomiendo. Sonríe. ¡Actúa!

–Hablamos de desnudos –dijo Brad–. Se pasará por cable, así que no hay problemas de censura, aunque no haremos ni más ni menos que lo que hacen en *Policías de Nueva York*. El caso es que habrá muchas tomas sin ropa. ¿Le importa quitarse la camisa?

El aspirante no respondió. Sus pulsaciones habían subido a más de 120. Pese a los ejercicios de respiración. Estaba jodido, jodido, jodido...

–¿Algún problema? –preguntó Paige.

Ella estaba de su parte. Quizá la cosa tuviera arreglo.

–Nada importante –dijo él–. Tengo una cicatriz. Algunas personas la encuentran muy mascu...

–Una cicatriz, ¿dónde? –preguntó Brad.

–Es poca cosa...

–¿Dónde?

–En la espalda.

Brad frunció el entrecejo.

El aspirante buscaba desesperadamente una salida. Debía ganarse la buena voluntad de la átona Paige. Actuar como si nada. Derramar encanto y aplomo.

Se llevó la mano a la espalda.

–Está por debajo de la cintura, así que en los planos parciales...

–A ver –dijo Brad–. Quítese la camisa.

El aspirante buscó con la mirada el apoyo de Paige.

Ella asintió con la cabeza. Soñolienta. Perdiendo interés.

«¡Puta!»

Se quitó la camisa por la cabeza.

–Dése vuelta y bájese los vaqueros para que la veamos completa –dijo Brad.

El aspirante lo hizo.

Silencio.

Larguísimo silencio.

Él comprendió por qué.

Los dos jueces lo miraban. Impresionados.

El aspirante puso las manos en las caderas, intentando distraerles con una exhibición de los grandes y bien definidos músculos de los hombros y la espalda. Flexionó los tríceps, los glúteos. Un bonito y apretado culo del que controlaba cada músculo.

–¿Cómo se hizo eso? –preguntó Brad.

–Haciendo escalada. Me caí, me hice una herida y me dieron puntos.

–No se los dieron muy bien –dijo Brad–. Menuda cicatriz.

El aspirante comprendió lo que su interlocutor pensaba. Lo que ambos pensaban:

«Fea.»

Porque la cicatriz lo era. Rosada, arrugada, deforme. Fibrosis queloide. Especialmente llamativa porque la piel de alrededor era suave y bronceada. Perfecta.

Un caso severo de queloides debido, según los libros, a la utilización de una técnica quirúrgica inadecuada o chapucera. Y también a la genética. Los negros tenían gran propensión a formar queloides. En África se consideraban un rasgo de belleza.

«¡Pero yo soy blanco!»

Tratamiento: inyecciones de cortisona directamente en la herida en cuanto surge el problema. Ahora ya era demasiado tarde. La única esperanza, una nueva operación quirúrgica cuyos resultados, además, serían altamente dudosos. Y probablemente, él no podía permitírsela todavía. En más de un sentido. Sería como abrir una lata de gusanos.

–Debió de ser una buena caída –dijo Brad. Claro desdén en su voz.

Aquello fue el detonante de la ira.

Como abrir la válvula de una caldera de vapor.

Ira ardiente como la lava que surgía desde lo más hondo de las entrañas y avanzaba pecho arriba. Como un ataque al corazón. Pero él había pasado por noches de pánico y sudores fríos, y le constaba que su corazón estaba en perfecta forma. Su corazón...

Sus manos querían cerrarse y él las obligó a permanecer abiertas. Obligó al sudor a quedarse dentro.

Nadie hablaba.

El aspirante se mantenía de espaldas a los dos jueces, sabiendo que en cuanto vieran el menor atisbo de su furia, las posibilidades de conseguir el papel de bueno se habrían esfumado por completo.

Como si aún hubiera alguna posibilidad. Pero hay que intentarlo. En este negocio, siempre hay que intentarlo.

–¿Qué montaña estaba escalando? –preguntó Paige, y el aspirante se dio cuenta de que se burlaba de él.

«Muy bien, muñeca, gracias por todo. Chao.»

«No nos llame, nosotros lo llamaremos.»

–¿Qué importa eso? –preguntó–. Terminó de ponerse de nuevo la camisa y se volvió.

Estuvo a punto de caerse a causa de la sorpresa.

Porque Brad y Paige blandían sendas pistolas y mostraban sendas placas.

–Más bien parece una cicatriz quirúrgica –dijo Brad–. Da la sensación de que fue una operación seria. ¿No es en esa zona de la espalda donde está uno de los riñones...?

El aspirante no respondió.

Brad dijo:

–Y el Oscar es para... Bueno, ponga las manos a la espalda, señor Muscadine, y no se mueva.

Sonriendo. Juzgándolo.

Parte de la furia debió de traslucirse, porque la sonrisa de Brad se desvaneció y sus ojos verdes se hicieron aún más brillantes. Y más fríos. El aspirante no sospechaba que pudiera existir un verde tan frío... Retrocedió un paso.

–Calma, amigo –dijo el gordo Brad–. No empeoremos las cosas.

–Manos arriba, Reed –dijo Paige. Voz bronca, hostil. Ya no estaba de su lado. Nunca lo estuvo.

Permaneció allí plantado. Los miró.

Miserables, patéticos especímenes.

Él era corpulento y muy fuerte, probablemente conseguiría hacer algún daño.

Aunque, a la larga, no serviría para nada.

Pero... qué demonios. Al menos, sacar algo en claro de aquella tarde de mierda.

Se lanzó contra Paige.

Porque, realmente, no le gustaban las mujeres.

Trató de romperle la mandíbula de un puñetazo, pero sólo consiguió abofetear el maldito rostro. Brad lo golpeó en la parte posterior de la cabeza y el aspirante se derrumbó.

36

Después de que un par de agentes uniformados se llevaran a Reed Muscadine, yo salí de detrás del sucio espejo.

Milo bebió un vaso de agua mineral y me mostró, orgulloso, su camisa hawaiana.

–Elegante, ¿eh?

La detective Paige Bandura dijo:

–A mí me parece que te sienta de maravilla, Brad.

–¿De veras?

–Claro que sí. Estás fantástico.

–Así que fantástico. –Me miró–. ¿A ti qué te parece?

–Creo que deberías cambiar de trabajo. Harías un Dirk perfecto.

–Lo decía en serio, de veras me gusta la camisa –dijo Paige–. Pareces un millonario excéntrico. –Sonrió, se quitó la peluca negra, y sacudió sus rizos castaños naturales–. ¿Me necesitas para algo más, Milo?

–No, gracias por todo.

–Ni lo menciones. Mi sueño siempre fue actuar. ¿Qué tal lo hice, doctor?

–Estupendamente –dije.

–La última vez que actué fue en la escuela secundaria. *Los piratas de Penzance*. Quería el papel de Mabel, pero me dieron uno de pirata.

–Ha estado usted muy bien –mentí.

Mis palabras la hicieron sonreír, y se fue muy satisfecha.

–¿De qué se ocupa normalmente Paige? –le pregunté a Milo.

–De robos de coches. –Milo se sentó en la misma silla que había ocupado cuando hizo de Brad.

Estábamos solos en la estancia. El vacío espacio olía a sudor agrio.

–Buen trabajo, Sig –dijo mi amigo.

–Hubo suerte.

–Qué demonios, tú tenías una hipótesis, y yo siempre respeto tus hipótesis.

«Una hipótesis.»

Respecto a lo que había en común entre Hope, Locking y Cruvic.

Tuve que regresar al punto de partida: el Comité de Comportamiento.

Un caso en particular. Alguien a quien presionaron para que se hiciera un análisis de sangre.

Yo lo había verificado:

Confirmé que Big Micky estaba tomando Imuran, la droga antirrechazo más común. Lo cual significaba que ya no estaba con diálisis. Le habían trasplantado otro riñón.

Después de eso, fui recordando más y más detalles. El día en que hablé con él en su apartamento, las ropas de Reed Muscadine habían sido unos pantalones cortos acordes con el calor del día y una gruesa sudadera totalmente fuera de lugar. Con las mangas cortadas. Descubriendo los brazos, pero ocultando el torso.

La señora Green, la casera, me dijo que Muscadine había estado más de un mes con una lesión en la espalda.

El propio Muscadine me dijo: «Me puse a hacer ejercicios en la tabla de abdominales. Puse demasiada energía en ello y sentí como si un cuchillo me atravesara».

¿Un acto fallido? ¿O estaba jugando conmigo? ¿Actuando?

Un buen actor. El estudiante favorito del profesor Dirkhoff. Éste se sentía indignado por el hecho de que Muscadine hubiera dejado los estudios para actuar en una telenovela.

Un trabajo que parecía seguro.

Pero Muscadine no consiguió el papel.

«Por mucho que practique el método de actuación de Stanislawsky, si mi cuerpo se echa a perder, lo mismo ocurre con mis posibilidades de conseguir trabajo.»

No recordaba el nombre de la telenovela. Difícil de creer. Los actores en paro se fijaban hasta en el más mínimo de los detalles.

Pero me dijo lo suficiente para que la cosa resultara verosímil.

«Trataba de espías, diplomáticos, embajadas extranjeras.»

El dato fue suficiente para que Suzette Band identificara la telenovela.

Zona diplomática. Suzette me consiguió el teléfono de la directora de *casting* del programa, una tal Chloe Gold. La llamé haciéndome pasar por el nuevo agente de Muscadine. Le pregunté si podían dar a Reed otra posibilidad, ya que el chico tenía auténtico talento.

Ella miró el nombre en sus expedientes y dijo:

–No es posible, ya que lo rechazaron debido a factores físicos.

–¿Qué factores físicos?

–¿Siendo su agente usted no lo sabe?

–La verdad es que él y yo no hemos hablado demasiado...

–Pues pregúntele.

«Factores físicos.»

El análisis de sangre no buscaba sólo anticuerpos del sida. Lo utilizaron para averiguar la compatibilidad de sus tejidos. Hope utilizó sus contactos en la facultad, tuvo acceso a la muestra.

Encajaba.

No era una prueba concluyente, pero bastaba para formular una hipótesis.

La auténtica clínica de Cruvic era la casa de Mulholland Drive.

«Honrarás a tu padre...»

Milo se bebió el resto del agua y miró en torno.

–Quizá debiéramos dar una fiesta para celebrarlo. Tal vez incluso el departamento me reembolse lo que me gasté en el alquiler y en el anuncio en *Variety*.

–¿Lo pagaste de tu bolsillo?

–El departamento no aprueba gastos extra basados en hipótesis, y no me apetecía pasarme seis meses pendiente del papeleo. ¿Qué otra posibilidad tenía? El puñetero juez se negó a extender un mandamiento para conseguir el historial médico de Muscadine o para registrar su apartamento, porque al tipo no le gustan las hipótesis. Lo cual significaba que si me acercaba a Muscadine y le arrancaba la camisa la cosa sería registro ilegal y la cicatriz no podría figurar entre las pruebas. Y mucho menos podía obligarlo a hacerse una radiografía para ver si le faltaba un riñón.

–Y no era muy probable que el cirujano hubiera anotado la operación en sus libros.

–Y como el cretino de Barone vino a contarme, el cretino del cirujano está fuera del país. Y, de momento, teniendo que ocuparse de un asesinato múltiple, encerrar a Cruvic por negligencia profesional no será la primera prioridad de la fiscalía. Pero más adelante, cuando se sepa lo que Cruvic ha hecho, no es probable que vuelva a trabajar en Beverly Hills ni en ninguna otra parte.

–¿Qué posibilidades hay de que termine en la cárcel?

Mi amigo se encogió de hombros.

–La jubilación forzosa no será un gran castigo para él –seguí–. Probablemente, no necesita el dinero. Aunque ser médico supone mucho para él psicológicamente. Muchísimo. O sea que tal vez la cosa le duela.

–¿Por qué ser médico significa muchísimo para él?

–Le robó a Muscadine el riñón, pero luego lo cosió y lo dejó con vida. Un error que resultó fatal para Hope, Mandy y Locking y que, si Muscadine se hubiera llegado a enterar de quién lo operó, también lo habría sido para Cruvic. Pero Cruvic se veía a sí mismo como un sanador, no como un asesino. Estaba purgando su propia infancia, como trató de hacer Hope.

–Hope –dijo él, meneando la cabeza–. Ella fue una de las artífices de la trampa que condujo a Muscadine al quirófano.

–La alumna y el alumno más aventajados colaborando en un plan para salvar a Big Micky –dije–. Ella y Cruvic se conocían desde hacía mucho, y había entre ellos un fuerte vínculo, porque Cruvic también sabía lo que era ser un alumno ejemplar con un padre que vivía al margen de la ley. Lo que significaba tener una vida secreta. Apuesto a que fue Big Micky quien pagó los honorarios médicos de Lottie Devane en Stanford... uno de los lugares en que el viejo había conseguido un riñón. Y el dinero que Hope cobraba de Cruvic y Barone como consultora probablemente salía en realidad de los bolsillos del viejo Kruvinski. Antes de la aparición del libro, cuarenta de los grandes eran una enorme suma para Hope.

–Pero llegó el momento de ajustar cuentas –dijo Milo–. Y Mandy fue el cebo. ¿Dónde encaja Locking en todo esto?

–No lo sé, pero seguiré dándole vueltas al asunto.

–Otro alumno aventajado –dijo mi amigo–. ¿Crees que el Comité de Comportamiento no fue más que una estratagema para encontrar un donante para el viejo?

–No –dije–. Pienso que Hope creía en el comité. Pero, probablemente, ella y Cruvic llevaban tiempo discutiendo sobre lo que podían hacer por Big Micky. Por los médicos de Stanford sabemos que el viejo se encontraba en lista de espera, pero era poco probable que consiguiera otro riñón debido a que los dos fallos anteriores indicaban que el riesgo de rechazo era excesivo, y lo mismo ocurría con su mala salud y con su avanzada edad. Puede que Cruvic y Hope consideraran incluso la posibilidad de utilizar como donante a alguna de las mujeres de la clínica. Le hacían un ligado de trompas y, de propina, le sacaban algo extra. Quizá estuvieran esperando que apareciese la muchacha adecuada, alguna que careciese totalmente de familia. Luego Hope se dio de manos a boca con Muscadine, un hombre fuerte, saludable y sin parientes. Además, ella lo tenía por un violador que iba a quedar impune, y ésa fue su coartada moral. Analizaron la sangre, descartaron el sida y otras infecciones, y realizaron una comparación de tejidos. Bingo. No fue un gran milagro. Cuantos más factores de compatibilidad haya, mayor es la posibilidad de éxito, pero frecuentemente los trasplantes de riñón se realizan basándose sólo en la compatibilidad sanguínea. Tanto Kruvinski como Muscadine eran cero positivo, el tipo más común.

–¡Cristo! –dijo Milo–. Por lo que sabemos, es posible que a alguna pobre chica de la clínica le hicieran lo mismo, y que la cosa también fallara. Cuando lleguemos al fondo de este asunto, es posible que aparezca todo tipo de gente con cicatrices y dolores de espalda.

–Había un límite para la cantidad de intervenciones quirúrgicas que el viejo podía soportar. Probablemente, ésta era su última oportunidad. Por eso debían encontrar a un donante ideal.

–Muscadine...

–A quien la profesora Steinberger no llegó a conocer, porque ella abandonó el comité antes de que se viera su caso.

–A Hope tampoco le caía bien el chico Storm; pero él tenía familia.

–El peor tipo de familia: un padre rico más que dispuesto a armar un escándalo. Y, pese a lo desagradable que era Kenny, su culpabilidad resultaba mucho más dudosa. Quizá Hope siguiera conservando un cierto sentido de la justicia.

–Quizá –Milo meneó la cabeza–. Tendió a Muscadine una trampa para convertirlo en donante involuntario. Lo *cultivó*. ¡Cristo!, es uno de esos mitos periodísticos convertido en realidad. Casi siento simpatía por el pobre cabrón.

–La cosa sería traumática para cualquiera –dije–, pero para

alguien como Muscadine, para quien su cuerpo era su tesoro y su medio de vida, lo fue mucho más. Cuando hablé con él en su apartamento, me dijo que lo del análisis del sida le había parecido kafkiano. También dijo que cuando se lesionó la espalda fue como si un cuchillo lo atravesara. Quizá estuviera jugando conmigo. O tal vez sólo pretendiera desahogarse subrepticiamente.

–¿Terapia gratis?

–¿Por qué no? –pregunté–. A fin de cuentas, los actores aprenden a aprovechar cualquier ocasión que se les presente.

37

Big Micky lo parecía todo menos grande.

Estaba sentado frente a nosotros bajo un enorme roble. En el arenoso terreno del árbol no crecía nada. El resto del patio estaba cubierto de césped. En el centro, una enorme piscina de fondo negro con una cascada formada por el agua que escupía un delfín de piedra. Había también estatuas en pedestales, grandes parterres plantados con rojas azaleas, y otros enormes árboles. A través del follaje se veía un amplio y neblinoso panorama de los montes San Gabriel. El dinero lo compraba todo menos un aire limpio.

El viejo estaba tan encogido que su silla de ruedas parecía un trono. Ni hombros ni cuello. La menuda cabeza parecía surgir directamente del esternón. La piel era amarillo papiro, los pardos ojos eran opacos y estaban rodeados por marchitas bolsas. La carnosa y enrojecida nariz le llegaba casi al labio superior. Una dentadura postiza mal encajada le hacía mover constantemente las mandíbulas. Sólo el cabello mantenía su vigor: fuerte, poblado, aún oscuro, con algunos toques de gris.

El mandamiento judicial de que Milo era portador hizo que se abriera la puerta eléctrica de Mulholland, pero nadie salió a recibirnos. Mi amigo sacó la pistola y mandó por delante a los agentes de uniforme. Cuando llegamos a la puerta principal, ésta se abrió y apareció el hombre de la cola de caballo al que yo le había dado el frasco de medicina. El tipo trató de actuar como si nada.

Milo lo puso contra la pared, lo esposó, lo cacheó, le quitó la automática y la cartera, e inspeccionó su carné de conducir.

–Armand Jacszcyc, sí, es un nombre adecuado para ti. ¿Quién más hay en la casa, Armand?

–Sólo el señor K. y una enfermera.

–¿Seguro?

–Sí –dijo Jacszcyc. Luego se fijó en mí y frunció el ceño.

Los agentes uniformados entraron en la casa. Minutos más tarde regresó un sargento que anunció:

–No hay nadie más. Hemos encontrado armas a montones. Esto parece un arsenal.

Apareció otro agente trayendo a la enfermera Anna, cuyo estirado rostro estaba cubierto de sudor. El generoso pecho parecía agrandado por un jersey de angora azul eléctrico.

La mujer permaneció con la mirada baja mientras se la llevaban.

–Muy bien –dijo Milo–. Que un par de agentes se queden conmigo para registrar la casa en busca de drogas.

–Hasta ahora no hemos encontrado ni rastro –dijo el sargento.

–Pues que sigan mirando. Y arreste a este tipo por llevar un arma oculta.

Se llevaron a Jacszcyc y pasamos al interior. El centro de la casa era un espacio de veinte metros cubierto por paneles oscuros, de techo reluciente y moqueta dorada. La gran estancia estaba llena de grupos de butacas color verde y marrón, lámparas de cerámica con pantallas de pergamino, mesas de madera tallada llenas de objetos de porcelana y cristal de los que se compran en las tiendas de recuerdos. De las paredes colgaban mediocres cuadros originales que eran prueba evidente de que no todos los pintores tienen talento. La pared posterior estaba cubierta por unas cortinas color aceituna que bloqueaban la entrada del sol e impedían que saliera el rancio olor a vejez.

Desde el fondo de la pieza, una cascada voz preguntó:

–¿Qué pasa con ese agua, Armand?

Había una silla de ruedas junto a una falsa cómoda estilo Luis XIV sobre cuya parte delantera había tallada una imagen obscena. La repisa de mármol estaba atestada de medicinas. No como el frasco que yo le había entregado a Jacszcyc, sino grandes envases de plástico, muestras gratuitas de compañías farmacéuticas.

–¡Armand!

–Ha tenido que marcharse –dijo Milo–. Y la enfermera Anna tampoco está.

El viejo parpadeó, trató de moverse. Se puso verde a causa del esfuerzo, y volvió a recostarse en la silla de ruedas.

–¿Quién demonios son ustedes?

–Policía. –Milo mostró su identificación. Aparecieron dos agentes de uniforme, y mi amigo les dijo–: Por ahí.

Señalaba hacia la abierta entrada de una gran cocina. La repisa estaba llena de botellas de agua, botes de refresco, envases de comida para llevar, platos sucios y cacharros de cocina.

–¿Qué puñetas hacen aquí estos cretinos? –En su acento sólo se percibía un levísimo deje centroeuropeo–. Déme un vaso de agua, cretino.

Milo llenó un vaso y se lo tendió a Big Micky junto con la orden de registro.

–¿Qué es eso?

–Una autorización judicial para buscar drogas en la casa. Recibimos una denuncia anónima.

El viejo cogió el vaso pero hizo caso omiso del mandamiento.

Bebió. Apenas le era posible sostener el vaso, y el agua le resbaló por la barbilla. Intentó dejar el vaso sobre la mesa, pero no rechistó cuando Milo se lo quitó de entre las manos.

–Si busca drogas se equivoca de puerta, cretino. Pero maldito lo que a mí me importa. Si quiere echar la casa abajo, hágalo. Es alquilada.

–Alquilada a usted mismo –dijo Milo–. Inmobiliaria Tríada. Ése es un término médico. Interesante elección de nombre comercial. ¿Lo escogió su hijo el médico?

El viejo unió las manos y cerró los ojos.

–Tríada –repitió Milo–. Nombre comercial del Grupo Península, nombre comercial de Northern Lights Investment. Northern Lights es filial de Excalibur Properties, filial de Revelle Recreation, filial de Brooke-Hastings Entertainment. Su vieja empresa de pornografía. Y, antes que eso, llamó igual a su antigua industria de abonos y carne. Debía de gustarle mucho el nombre, ya que también se lo dio a su segunda esposa y a la supuesta institución benéfica que estableció en San Francisco. Rehabilitación para chicas de la calle. ¿Cómo funcionaba la cosa? ¿Junior les curaba las infecciones venéreas, les hacía los abortos y ayudaba a las más bonitas a meterse en el mundo del espectáculo?

–¿Prefiere usted la Seguridad Social?

–¿Qué más hizo su hijo ese año? ¿Pulió sus técnicas quirúrgicas?

Las manos del viejo temblaron ligeramente.

–Adelante, cretino, termine el registro de una vez. Luego vaya a decirle a su jefe que no ha encontrado nada. Y después de eso, que le den por culo.

–Prefiero charlar.

–¿De qué?

–De Bakersfield. De San Francisco.

–Bonitas ciudades. Si quiere que le diga dónde comer, conozco varios buenos restaurantes.

Milo se tocó la tripa.

–Lo que necesito no es exactamente comida.

–No –dijo el viejo–. Está usted hecho un cerdo. Le daré un consejo: olvídese de la carne. Mire lo que me pasó a mí. –Alzó trabajosamente una mano y se tocó la mandíbula, cuya colgante piel parecía de papel.

–¿Usted se atracó de carne? –preguntó Milo.

–Pues sí. Que no me dieran otra cosa. –Una purpúrea lengua barrió los grisáceos labios–. Sólo comía lo mejor. Y no crea que me dejaba la grasa. Ahora tengo atrancadas las arterias y todo lo demás y me veo obligado a quedarme quieto aquí mientras cretinos como usted me dan la lata.

–Mala suerte –dijo Milo.

El viejo lanzó una risa.

–Le importa una mierda, ¿a que sí?

Milo sonrió.

–Bueno, dígame: ¿le resulta la vida más grata con el nuevo riñón?

Los labios pasaron de grises a blancos.

–También quisiera hablar sobre su hijo –dijo Milo–. Sobre sus súbitas vacaciones.

–Váyase a la mierda.

–También hemos conseguido un mandamiento para registrar la oficina de su hijo en Beverly Hills. Supuestamente, era una consulta médica. Pero lo único que allí encontramos fueron cuartos enteros llenos de vídeos pornográficos listos para el envío. –Nueva sonrisa–. Y un espléndido quirófano que debió de costar una fortuna.

El viejo oprimió un botón del brazo de la silla, y ésta comenzó a retroceder lentamente.

Milo detuvo la silla, cuyas ruedas, al girar en falso, rasparon la moqueta.

–Aún no hemos terminado de hablar, señor Kruvinski.

–Denme un teléfono. Tengo derecho a hacer una llamada.

–¿Qué derecho? No está usted detenido.

–Suelte la silla.

–Claro. –Milo oprimió otro botón y dejó bloqueadas las ruedas.

–Se arrepentirá de esto, cerdo de mierda –dijo el viejo–. Enséñeme ese mandamiento.

Milo le tendió de nuevo la orden judicial, y el viejo la desplegó.

–Necesito mis gafas.

Milo no se movió.

–¡Déme las gafas!

–¿Me toma por Armand?

Maldiciendo y frunciendo los párpados, el viejo retiró el mandamiento todo lo que le daba de sí el brazo. Las manos le temblaban perceptiblemente, hasta que, al fin, perdieron fuerza y el papel se le escurrió de entre los dedos y cayó al suelo.

Lo recogí e hice el gesto de devolvérselo.

Él meneó la cabeza.

–Son ustedes unos miserables. Carecen de sentido del honor.

–Sí, ya –dijo Milo–. El honor entre ladrones. Olvídeme.

–¿Se puede saber qué quiere?

–Hablar, sólo eso.

–¡Pues búsquese un psiquiatra!

Milo me dirigió una sonrisa.

–Váyase a la mierda, payaso.

–Deje la hostilidad, Kruvinski. Quizá podamos ayudarnos el uno al otro.

–En el infierno.

–Sí, puede que también allí. –Milo se inclinó sobre el viejo–. Creía que los padrinos como usted valoraban la gratitud por encima de todo. Tiene usted delante al tipo que le salvó la vida a Junior, su hijo.

Algo brilló en el fondo de los opacos ojos.

–Lamentablemente, no me fue posible salvar a Hope Devane. Ni a su sobrino nieto, el pequeño Casey. Pero atrapé al tipo que los liquidó. Lo detuve antes de que pudiera acabar con Junior.

Los opacos ojos estaban ahora muy abiertos y no parpadeaban.

–¿Quién fue? Déme un nombre.

Milo, suavemente, puso un dedo sobre los labios de Kruvinski.

–Eso no significa que vaya a olvidarme de las cosas que hizo Junior. Sin duda el asesino las utilizará para su propia defensa. Lo más probable es que el jurado simpatice con él. Sobre todo, un jurado formado por idiotas de Los Ángeles. O quizá ni siquiera haya un juicio, porque tal vez el fiscal opte por una sentencia acordada. Lo cual significa que, tarde o temprano, el asesino saldrá de prisión. ¿A quién cree usted que buscará entonces? Lo cual significa que, a no ser que Junior se proponga prolongar indefinidamente sus vacaciones, tendrá que pasarse la vida mirando por encima del hombro.

El viejo sonrió.

–No crea que me asusta.

–Claro que no –dijo Milo–. Usted es Don Corleone.

Silencio.

–Bueno, ¿qué pretende de mí?

–Necesito saber si Junior operó a alguien más en beneficio de usted. Y cuál es la conexión entre Hope y su familia. ¿Por qué pagaba usted sus gastos?

Silencio.

–Todo saldrá a la luz en su momento, y es preferible que lo sepa antes la acusación que la defensa.

–Sí –dijo el viejo–. Todos estamos en el mismo bando. –Intentó escupir y sólo consiguió eructar.

–No lo quiera Dios –dijo Milo.

De la cocina llegaba un murmullo de conversación. Luego, fuertes ruidos. Los agentes abriendo armarios y cajones.

–¡Silencio! –gritó el viejo, pero no consiguió nada con ello.

–Su gente se ha marchado –dijo Milo–. Menudos elementos. Armand y la querida Anna, la antigua Storm Breeze. Su capacitación como enfermera debió de conseguirla trabajando en aquella película que usted produjo, *Enfermera jefe*. ¿Le enseñó Junior a cuidar a un paciente renal?

No hubo respuesta.

–Parece como si la realidad y la fantasía se mezclaran, ¿no, señor K.? Como la consulta de Junior en Beverly Hills: muchos diplomas, tarjetas profesionales y anuncios de tratamientos de fertilidad, pero ningún paciente. Cualquier cosa con tal de que Junior se sienta importante, ¿verdad?

El viejo escupió.

Milo se estiró y miró en torno.

–Ese quirófano. Esas máquinas de diálisis. Toda una clínica para un solo paciente. Al menos Junior se dio el gusto de practicar la medicina en Santa Mónica. Porque cuando todo esto se sepa, sus posibilidades de volver a ejercer como médico serán nulas. Eso, suponiendo que el asesino le permita seguir con vida.

Kruvinski permaneció largo rato mudo.

–Sáqueme fuera –dijo al fin–. Bajo ese árbol.

Movió una engarfiada mano en dirección a las cortinas color aceituna.

–¿Qué árbol? –preguntó Milo.

–Detrás de las cortinas, cretino. Ábralas, y sáqueme al aire libre.

Una vez estuvo a la sombra del roble, Kruvinski pidió:

–Dígame el nombre.

–¿No sabe usted cómo se llama su donante?

–Ignoro de qué donante me habla.

–Lo pueden obligar a someterse a un reconocimiento médico.

–¿Aduciendo qué?

–Seguro que a la defensa se le ocurre algo.

–Me da lo mismo. –Reposó las engarzadas manos sobre las piernas. Las mandíbulas no dejaban de moverse.

–¿Cuántos riñones extirpó Junior para usted?

–Está usted chiflado.

–Muy bien, póngamelo difícil –dijo Milo–. Cuando comiencen a aparecer otras víctimas, Junior se va a encontrar en graves aprietos, y el asesino comenzará a parecer un héroe.

Quizá a usted lo de Hope no le preocupe. No es más que la hija de una buscona. Pero el pequeño Casey... Trate de explicarle eso a la madre del chico, su hermana Sonia. La policía de San Francisco me contó que había pagado usted la fianza de Casey cuando a él lo acusaron de fabricar metadona en Berkeley. Limpió usted su expediente y, utilizando los buenos servicios de Hope, consiguió que lo admitieran en la escuela para graduados. Lo cual no fue tan difícil. Casey era un chico listo, de los primeros de la clase. Igualito que Hope. Igualito que Junior. Pero mire cómo han terminado los dos.

El viejo alzó la vista al cielo. Por entre las ramas del árbol se filtraba una línea de luz, creando una blanca y radiante cicatriz en el centro del demacrado rostro de Kruvinski.

–Cuando se sepa que Casey murió a causa de su relación con Junior, ¿cómo se lo explicará usted a su hermana Sonia y a la madre de Casey, su hija Cheryl? Ellas pusieron al pequeño bajo su custodia. ¿Cómo les explicará que el chico, en vez de estar redactando su tesis, se encuentra ahora en la cámara frigorífica del depósito de cadáveres?

El viejo miró hacia la piscina. El fondo negro hacía que la superficie pareciera un espejo y no pudiera verse lo que había bajo el agua. Diez años atrás se habían puesto de moda los fondos negros. Hasta que comenzaron a caerse niños sin que nadie se diera cuenta.

–Vínculos familiares –dijo Milo–. Pero Don Corleone cuidaba de su gente.

–Mi hijo es... –comenzó el viejo–. Bah. Usted jamás tendrá un hijo así.

–Eso espero.

Los opacos ojos se desorbitaron.

–¡Maldito cabrón! Se presenta usted aquí, creyendo que sabe algo, cuando no sabe usted...

–Eso es lo malo –dijo Milo–. Hay muchas cosas que no sé.

–Cree que sabe algo –repitió el viejo–. Pues permítame que le diga una cosa, cretino. –Sacudió el índice con un gesto de advertencia–. Hope era muy buena persona. Y su mamá también. No se le ocurra insultar... faltarle al respeto a personas que no conoce. ¡No sabe usted nada, así que cállese!

–¿También Hope era de la familia?

–Yo la hice de la familia. ¿Quién demonios cree que pagó sus estudios? ¿Quién demonios cree que sacó a su madre de la calle y le dio empleo como encargada de uno de los clubes, con un horario decente, un cheque todos los meses y un puñetero plan de pensiones? ¿Quién cree que fue? ¿Algún jodido asistente social?

Trabajosamente, volvió el índice para señalar su esmirriado pecho.

–¡Toda mi vida he trabajado para ayudar a la gente! Y la madre de Hope fue una de las personas que más ayudé. Cuando enfermó de cáncer, seguí haciendo todo lo posible por ella. Y cuando murió, yo pagué el entierro.

–¿Por qué?

–¡Porque era buena persona!

–Ya.

–Y la chica también. ¿Cree que, de haber querido, no hubiese podido colocar a una rubita así y con aquel cuerpo en cualquiera de mis clubes? Pero no lo hice, porque me di cuenta de que era una chica fina. De que tenía talento. Así que le dije a Lottie que la mantendríamos alejada de los clubes. Que le daríamos estudios. Quise que estudiara medicina, como Mike. Los dos hicieron juntos el proyecto científico, eran genios. Ella cambió de idea y decidió que deseaba ser psiquiatra. No me importó, porque venía a ser lo mismo. La traté como si fuera mi propia hija.

–El alumno y la alumna más aventajados –dije.

El demacrado rostro se volvió hacia mí.

–Puede usted jurarlo, amigo. Mi hijo Mike era un auténtico prodigio de inteligencia, debería usted tener un hijo como él. A los tres años ya sabía leer, dejaba pasmada a la gente con las cosas que decía. ¿Y de dónde cree que sacó el talento? De los genes. Todos los varones de mi familia destacan por su inteligencia. Mi sobrino Casey se saltó dos cursos, y un hermano suyo estudia física nuclear en el Tecnológico de Massachusetts. Cuando llegué a este país, yo no tenía nada, y nadie me dio ni una mierda. Pero éste es el mejor país del mundo, y si tienes cabeza y estás dispuesto a trabajar, consigues todo lo que te propongas. A no ser que hagas como los negros y dejes que todo te lo resuelva la Seguridad Social.

–¿Por qué consideraba a Hope parte de su familia? –preguntó Milo–. ¿Le gustaba su madre?

El viejo lo fulminó con la mirada.

–Sáquese la mierda de la cabeza. Si hubiese querido sexo, me sobraban mujeres. ¿Quiere saber por qué hice lo que hice? Yo se lo cuento. Ella ayudó a Mike. Las dos lo ayudaron. Lottie y Hope. Y, a partir de entonces... –Cruzó ambos índices–. Las consideré como de la familia.

–¿Cómo lo ayudaron?

–Mike tuvo un accidente. Durante el picnic que yo organizaba todos los años para los empleados: una gran barbacoa en mis terrenos, junto al río Kern. Perritos calientes, salchichas, los mejores filetes de la zona. –Sonrió–. Ya le he dicho que yo sólo comía de lo mejor.

Volvió a humedecerse los labios y su cabeza se inclinó como si dormitara. La enderezó vivamente. Un estremecimiento recorrió su cuerpo. Traté de imaginármelo, joven, sano y musculoso, en el matadero, a última hora de la noche, blandiendo el mazo contra cerdos atados.

Con voz casi inaudible, Kruvinski siguió:

–Celebrábamos carreras... De sacos, de tres piernas... Yo había contratado a una banda de música. Había banderas por todas partes. La mejor fiesta de toda la puñetera ciudad. Mike tenía trece años. Se acercó al río, a la parte donde la corriente era más fuerte. El chico era un gran nadador, formaba parte del equipo del colegio. Pero se golpeó la cabeza contra algo, contra un pedazo de madera o algo así, y se cayó al agua.

Únicamente Lottie y Hope, que estaban charlando junto a la orilla, lo oyeron gritar. Las dos se echaron al agua y lo rescataron. No les fue fácil, siendo mujeres. Estuvieron a punto de ahogarse. Mike tragó mucha agua, pero le hicieron la respiración artificial y le sacaron el agua. Cuando llegué, el chico estaba sano y salvo. –Los opacos ojos se humedecieron.

»A partir de ese momento, Lottie fue la reina y Hope la princesa. La pequeña era una rubita preciosa. Podría haberse convertido en estrella de cine, pero yo decidí que era mejor que le sacase partido a su privilegiado cerebro. Yo fundé el premio de ciencias. Y ellos se lo ganaron. Mike sacaba un promedio de sobresaliente, nunca necesitó ayuda con los deberes, practicaba el atletismo, la natación, el béisbol... Todo. Sacó una puntuación de mil cuatrocientos en el test de aptitud escolar. Y eso es todo, polizonte. Nada sucio. Los dos eran muy inteligentes.

–Hasta que Mike se metió en líos en Seattle.

En el rostro del viejo apareció por fin un color saludable. Los labios enrojecieron ligeramente y en sus ojos apareció un lúcido brillo. ¿Serían los efectos salutíferos de la ira?

–¡Cretinos! Lo único que hizo fue tratar de utilizar un fiambre con buen fin.

–Olvida un pequeño tecnicismo. El fiambre no estaba muerto.

–¿Pero qué dice? Al tipo no le funcionaba ya el cerebro. ¿Qué esperaban? ¿Que se levantase y se pusiera a bailar el mambo? ¡Idioteces! Estaba tan muerto como la polla de usted. Es algo que se hace todos los días. ¿Con qué cree que practican los estudiantes de medicina? ¿Con sus puñeteras novias? ¡Con fiambres, con eso practican! Los despedazan, y luego tiran a la basura la mierda que no necesitan. Entonces, ¿qué delito cometió Mike? ¿El de no rellenar los formularios adecuados? Gran tragedia. Se confabularon contra él. Le tuvieron ojeriza desde el principio, porque era demasiado listo, les daba lecciones, ponía de manifiesto sus errores. Yo quise ir a verlos y decirles que se dejaran de mierdas, pero Mike dijo que no, que de todas maneras estaba harto de ellos, que les dieran por culo.

–Y se marchó y pasó un año en el programa Brooke-Hastings.

–¡Era realmente un programa! ¿qué se cree? Aquellas chicas eran drogadictas muertas de hambre. ¡Los pervertidos y los negros les daban por el culo en los callejones! Nosotros las pulimos, les dimos asistencia médica... ¡Mike es un médico magnífico!

–Las curaron y las asearon. Luego los pervertidos siguieron tirándoselas, sólo que pagando.

El viejo hizo otro infructuoso esfuerzo por escupir.

–No sea usted tan sabelotodo, cretino. Si nos dedicábamos a abusar de ellas, ¿cómo es que las autoridades nunca nos acusaron de nada? No lo hicieron porque sabían que estábamos quitándole una carga a la Seguridad Social. A las chicas que tenían talento las animamos a convertirse en bailarinas. ¿Y qué? A otras las hicimos estudiar. Debo de haber mandado a quince o veinte chicas a la escuela de secretariado. ¿Qué coño ha hecho usted en su vida por la sociedad?

–Nada –dijo Milo, haciendo una exagerada mueca–. No soy más que un funcionario, una sanguijuela.

–Se ha descrito usted a la perfección.

–¿Por qué cambió Mike de cirugía a ginecología? –pregunté.

–Le gustaba traer niños al mundo. Ayudó en centenares de partos. ¿Cuántas vidas ha traído usted al mundo?

–Partos y abortos –dije–. Y esterilizaciones.

–¿Y qué? ¿No está usted de acuerdo en que las mujeres tienen el derecho de elegir?

–¿Adónde fue Junior cuando terminó la residencia en el hospital Fidelity? –quiso saber Milo.

–Volvió conmigo. Me ayudó en los negocios, cuidó de las chicas y fue adquiriendo experiencia. Luego, cuando caí enfermo, se concentró en atenderme. Yo traté de disuadirle, le dije que debía vivir su propia vida, que se olvidase de mí. Él me dijo: «Papá: a mí me quedan muchos años por delante. Te voy a dedicar todo mi tiempo.» –Otra rápida mirada hacia la piscina–. A la mierda –dijo el viejo. Suave, casi cordialmente–. A la mierda usted, a la mierda su mandamiento judicial, a la mierda su vida entera. No tiene derecho a entrar aquí bajo estúpidos pretextos para ponerse a insultar a mi familia.

–Bonita gratitud –dijo Milo.

–¿Qué gratitud? Me ha dicho que el asesino sigue vivo.

–Tuvo la suerte de sobrevivir a la carnicería que le hizo el querido Junior.

–Mike es mucho mejor de lo que usted llegará a ser nun... Unos pañales sucios de Mike tenían ya mucha más clase de la que usted tendrá en toda su vida. Usted dice que mi hijo es un ladrón. Yo digo que una mierda. Los expertos me operaron dos veces, me pusieron unos riñones que eran una basura. Yo estaba pegado a la jodida máquina, me había quedado sin venas, me pasaba las horas muertas oyéndome mear. Un buen día me duermo y cuando me despierto Mike me dice que ya no volveré a necesitar la máquina.

–Así de simple.

–Sí, así de simple.

–¿De qué modo intervino Hope en eso?

–¿Quién le ha dicho que ella tuviera algo que ver?

–¿Fue ella a visitarlo después de la operación?

–¿Por qué no iba a hacerlo?

–¿Casey también?

–¿Por qué no?

–¿Qué tuvo que ver Casey con la operación?

–Mire, ya estoy más que harto de usted, así que váyase a tomar por culo. –Agitó una mano hacia la salida.

–¿Dónde se ha escondido su hijo?

El viejo no respondió.

–¿En la vieja patria?

Nuevo silencio.

El viejo cerró los ojos.

Milo se puso en pie.

–Como guste –dijo–. Pero sigue teniendo usted un grave problema.

El viejo siguió con los ojos cerrados. Con una sonrisa, replicó:

–Los problemas se resuelven.

38

De regreso en casa, me pregunté cómo se resolvería el caso.

La fiscalía consideraba que la treta de la sesión de *casting* había sido ingeniosa, aunque quizá inútil, porque lo único que demostraba era que Muscadine tenía una cicatriz en la espalda. Las ruedas de una bicicleta hallada en el garaje de Muscadine coincidían con las huellas que se encontraron en la escena del crimen, pero se trataba de un tipo común de neumáticos. Lo de que Muscadine hubiera atacado a Paige Bandura era una suerte, porque permitía mantener detenido al sospechoso mientras se buscaban nuevas pruebas contra él.

¿Saldría impune tras cometer cuatro asesinatos?

Y también una violación. Porque cuanto más pensaba en el terror y en el deterioro mental de Tessa Bowlby, más seguro me sentía de que Muscadine le había hecho algo.

Antes, Tessa tenía a Hope.

Ahora, no tenía a nadie.

¿Habría retirado su denuncia en la audiencia porque Muscadine la aterrorizó aún más?

El día anterior y hoy, yo mismo había llamado repetidamente a casa de sus padres. Nadie contestó. También le dejé varios mensajes al doctor Emerson. Éste no podía hablar sobre su paciente, pero yo tenía que explicarle unos cuantos hechos...

Sonó el teléfono.

–¿Doctor Delaware? Me llamo Ronald Oster y soy el abogado de oficio que representa a Reed Muscadine.

–¿En qué puedo servirlo?

–El señor Muscadine quiere hablar con usted.

–¿Por qué?

–El señor Muscadine sabe que fue usted consultor de la policía en este caso y, en calidad de tal, ya lo interrogó a él. Considera que, como psicólogo, usted puede contribuir a que el tribunal comprenda sus motivos.

–¿Desea usted que ayude a su cliente a alegar capacidad legal atenuada?

Una pausa.

–No necesariamente, doctor.

–¿Busca usted algún tipo de excusa psicológica para lo que su cliente hizo?

–Una excusa, no, doctor Delaware. Un motivo. La angustia mental del señor Muscadine causada por lo que le hicieron es un elemento significativo, ¿no le parece?

Así que Oster estaba enterado del robo del riñón. Milo había dicho que la fiscalía estaba reteniendo aquella información, en espera de ver cómo evolucionaba el caso y decidir qué cosas serían usadas como prueba y debían ser comunicadas a la parte contraria.

Lo cual significaba que Muscadine le había hablado a su abogado de la operación quirúrgica. Pero Muscadine seguía sin tener ni idea de quién había sido el receptor del riñón, y si la fiscalía decidía no hacer uso de la información, manteniendo al viejo fuera del caso, y si Oster no hacía las preguntas adecuadas, era posible que los detalles de lo ocurrido nunca salieran a relucir.

Pero el problema de la defensa podía volverse también contra la fiscalía, porque si Muscadine no confesaba abiertamente, las pruebas materiales de su culpabilidad brillaban por su ausencia: ni armas, ni testigos, ni pruebas físicas.

¿Qué debía utilizarse y qué debía mantenerse oculto?

Leah Schwartz, la fiscal de distrito auxiliar, aún estaba dándole vueltas al asunto, considerando la posibilidad de una sentencia pactada o incluso de un sobreseimiento. Quedaban cuarenta y ocho horas para formular acusaciones o poner a Muscadine en libertad bajo fianza.

¿Significaría aquella llamada que Oster no se daba cuenta de lo débil que era la acusación contra su cliente?

–¿Hablará usted con él, doctor Delaware?

– Pues no, no creo.

–¿Por qué?

–Conflicto de intereses.

Él esperaba la respuesta, y en su réplica percibí una maliciosa alegría.

–Muy bien, doctor Delaware, entonces le recomiendo que piense en esto: si lo cito a usted en calidad de testigo experto, se le abonarán sus honorarios. Si lo cito y usted no coopera, tendrá que testificar igual en el juicio, pero como testigo normal, y no recibirá un solo centavo.

–¿Me está usted amenazando?

–No, sólo le estoy exponiendo todas las posibilidades. Por su bien.

–Me encanta que haya alguien que se preocupe por mis intereses –dije–. Buenos días.

Telefoneé a Milo y se lo conté. Él replicó:

–Es lógico. Leah me comentó que hoy salió a relucir tu nombre mientras ella hablaba con Oster. Aparentemente, Muscadine le mencionó a su abogado tu visita, y Oster trata de sacar el máximo partido de que un psicólogo investigue a su cliente. Desea aducir eso como prueba de que desde un principio la policía supo que Muscadine se encontraba bajo una fuerte tensión mental. Así que ahora se propone utilizarte. Es una vieja táctica: usar como propio al experto de la parte contraria. Si no puede hacer uso de tu testimonio en su favor, te hará declarar y tratará de humillarte y de reducir tu utilidad para la fiscalía.

–¿Se han formulado ya acusaciones contra Muscadine?

–No, pero ha habido un cierto progreso, porque esta mañana encontramos en su apartamento un gran surtido de esteroides. Sin duda, si llega el caso, la defensa también utilizará eso: la furia de su cliente fue inducida por las drogas. Pero al menos, el hallazgo nos permite mantenerlo detenido por más tiempo. Pese a ello, Leah sigue pensando en una sentencia pactada porque le preocupa que el jurado simpatice con Muscadine a causa del calvario por el que lo hicieron pasar.

–¿Y qué pasa con Kathy DiNapoli? –quise saber–. Si él la mató sólo porque ella lo vio con Mandy Wright, la cosa no suscitará muchas simpatías hacia él.

–Sí, pero no tenemos pruebas de lo de Kathy. Cuando le mencioné su nombre a Muscadine, él se limitó a dirigirme una de sus sonrisas de actor y eso fue todo.

–¿Cuál sería entonces la sentencia pactada?

–Homicidio sin premeditación y sólo por lo de Hope. Leah exigirá que sea voluntario, Oster que sea involuntario, y a algún acuerdo llegarán.

–¿Si el caso es tan débil, por qué quiere Oster una sentencia pactada?

–Puede que no la quiera. De momento, Leah mantiene oculta la identidad de Big Micky, pero quizá la saque a relucir para asustar a Muscadine: si sales libre, el crimen organizado acabará contigo. Espera que eso convencerá a Muscadine de que acepte una sentencia reducida en una prisión federal y bajo protección.

–Bonito desenlace para cuatro asesinatos a sangre fría –dije–. Sin embargo, yo creo que el hecho de que Oster me haya llamado significa que cree que el caso es más fuerte de lo que en realidad es. ¿O no?

–Es difícil decirlo. Oster es uno de esos abogados que se creen Perry Mason, y se considera más listo de lo que en realidad es. Lo que realmente preocupa a Leah es que Oster consiga el sobreseimiento por falta de pruebas. Si lográsemos encontrar un arma, alguna prueba material... Pero hasta ahora no hemos tenido suerte. Los únicos cuchillos que había en casa de Muscadine servían para untar mantequilla, y no encontramos ningún arma de fuego. El tipo ha sabido hacer las cosas.

–Un actor en paro... –dije. De pronto recordé algo–: Cuando hablé con la señora Green, la casera de Muscadine, ella me dijo que guardaba en su casa una pistola como protección. También me comentó que él cuidaba de su perro cuando ella no estaba. Lo cual significa que Muscadine tenía acceso al domicilio de su casera. ¿Y si en vez de comprar una pistola decidió tomarla prestada?

–¿La tomó prestada y luego la devolvió?

–¿Por qué no? Sería lógico que no quisiera alarmar a la señora Green. Y estoy seguro de que ella registró su arma en la policía, así que aunque la pistola no aparezca, tú podrías aducir que Muscadine era el único que tenía acceso a ella. Y quizá los de balística descubran que el proyectil que le sacaron a Locking de la cabeza es compatible con el modelo del arma de la señora Green. Tal vez no baste para condenarlo, pero sin duda debilitará la defensa de su caso.

–Me parece bastante improbable, pero... ¿por qué no? Sí, le haré una llamada a la señora Green.

Mi amigo tardó un cuarto de hora en volverme a llamar, y cuando lo hizo había música en su voz.

–American Derringer, modelo uno, usa balas de fusil del veintidós, que es exactamente el calibre de la bala que le sacaron a Locking de la cabeza. La señora Green no la ha vuelto a disparar desde que tomó clases de tiro hace dos años. Y, efectivamente, Muscadine tenía las llaves de la casa. La señora fue corriendo a buscar la pistola y la encontró en el cajón de la cocina donde la había dejado, pero le pareció que estaba más limpia que cuando ella la dejó, lo cual la puso muy nerviosa. Le dije que no la tocara, y ella me aseguró que no lo haría.

–Muscadine limpió el arma –dije–. Se pasó de listo.

–No echemos aún las campanas al vuelo; pero iré yo mismo a recoger la pistola, y luego la llevaré a balística. Gracias, excelencia, *salaam, salaam.*

–¿Qué hago respecto al abogado Oster?

–Síguele la corriente.

Dos horas más tarde, Milo me anunció:

–Según balística, el proyectil y la pistola encajan. La fiscal auxiliar Schwartz quiere hablar contigo.

Yo conocía a Leah Schwartz de un caso anterior. Joven y lista, tenía el cabello rubio y rizado, enormes ojos azules y, en ocasiones, una lengua muy afilada. Cuando se puso al teléfono, parecía rebosante de energías.

–¿Cómo estás? Gracias por sacar a relucir lo de la pistola. Respecto a Ronnie Oster, quizá deberías hablar con él. Sobre todo ahora, que ya tenemos la veintidós.

–¿Por qué?

–Porque hasta ahora, Muscadine se ha negado a decir ni una palabra sobre el crimen. Quizá tú consigas soltarle la lengua.

–Si lo hace, lo que diga será confidencial.

–No lo será si Oster te cita como testigo o te interroga. Según los últimos cambios en la ley, en cuanto Oster saque a relucir el estado mental de Muscadine, yo podré contrainterrogarte y sacar a colación cualquier cosa que hayas descubierto.

–¿Y si Oster no me interroga?

–¿Por qué no iba a hacerlo?

–Porque no soy partidario de la responsabilidad disminuida, y no declararé que Muscadine está loco.

–Oster está al corriente de eso, y quizá ése sea el motivo de que hablase de angustia mental y no de responsabilidad disminuida. Y yo creo que lo de la angustia mental es justo. Al pobre cabrón le arrancaron un pedazo. Si tú hablas de angustia mental en tu testimonio, en el contrainterrogatorio nos divertiremos mucho sacando a relucir todos los detalles. Otra cosa que puedes hacer es redactar el informe si Oster no tiene la astucia de pedirte específicamente que no lo hagas. Escríbelo en cuanto tengas oportunidad, porque una vez esté escrito, existirá como prueba material. Si Oster te incluye en su lista de testigos, o te utiliza en la audiencia preliminar, digamos que para conseguir alojamiento especial para Muscadine en el pabellón psiquiátrico, eso probablemente nos dará derecho a utilizar tu informe.

–¿Probablemente?

–Habrá que discutirlo; pero creo que lo conseguiré.

–No sé qué decirte, Leah.

–No te pido que mientas. El tipo estaba realmente angustiado. Pero no tanto como para justificar cuatro asesinatos. Y, según están las cosas, sólo podemos mencionar al jurado dos de ellos: el de Devane y el de Locking. No sé lo que piensas tú, pero a mí me descompone la posibilidad de que ni siquiera nos sea posible mencionar a Mandy Wright ni a la chica DiNapoli. Tu intervención puede ser crucial. Utiliza tus mañas terapéuticas, consigue que Muscadine se abra. No te pido que te entrometas. Ellos te han invitado. Oster incluso te ha presionado. Si logras que el chico hable, probablemente conseguiré un mandamiento judicial para que le hagan una radiografía.

–¿Y qué ocurrirá en el caso de que Muscadine confiese, Oster me pida que no ponga nada por escrito y luego no me llame a testificar?

–En ese caso nosotros no perdemos nada, tú te ganas un dinerito como testigo experto, y veremos hasta dónde podemos llegar sólo con la bicicleta y la pistola. Pero creo que puedes conseguir que él te utilice. Examina a Muscadine y dile a Oster la verdad: su cliente ha pasado por un infierno. Pero no llames en seguida a Oster para decirle que sí, eso podría hacerle recelar. Aguarda un par de días, y no te muestres demasiado bien dispuesto.

–O sea, que quieres utilizarme como si esto fuese una partida de ajedrez y yo fuera un peón.

Se echó a reír.

–Piensa que todo es por el bien de la justicia.

39

El doctor Albert Emerson me devolvió la llamada aquella noche, justo después de las nueve.

–Tessa ha tratado de suicidarse –dijo, con su juvenil voz–. La he hecho internar setenta y dos horas en Flint Hills Cottages, ¿sabe dónde es?

–En La Cañada.

–Exacto. Su unidad de cuidado para adolescentes es una de las mejores.

–¿Qué método utilizó la muchacha? –quise saber.

–Se cortó las venas.

–¿Iba en serio, o fue un simple grito de socorro?

–Muy en serio, casi se las serró. Afortunadamente, su padre logró cortar la hemorragia.

–Tcht. Yo lo llamé porque Tessa me tenía preocupado.

–Y yo le he devuelto la llamada porque le agradezco su interés. Y los padres de Tessa también. ¿Qué quería decirme?

–Creo que la chica dijo la verdad respecto a la violación. Pienso que a Tessa le vendría bien escuchar eso de labios de alguien.

–Pero... ¿por qué ahora?

–No se lo puedo decir. Complicaciones legales.

–Ah –dijo él–. ¿El tipo violó a otra y lo descubrieron?

–Digamos que el testimonio de Tessa ha sido refrendado.

–Bueno. Lo averiguaré por mi esposa que, como le dije, trabaja en la fiscalía.

–Quizá ella no sepa nada. Se trata de una situación realmente delicada. En cuanto me sea posible darle una explicación, le prometo que lo haré.

–De acuerdo. Un momento: el padre de Tessa quiere hablarle.

Momentos más tarde:

–¿Doctor? Soy Walt Bowlby.

–Lamento lo de Tessa.

–Muchas gracias. –La voz del hombre era de confusión–. El doctor Emerson dice que se repondrá. ¿Qué puedo hacer por usted?

–Sólo quería saber cómo estaba Tessa.

La voz se le quebró.

–La pobre está... Supongo que debí creerla cuando dijo lo de la violación.

–No debe usted culparse...

–Lo más extraño es que Tessa parecía estar mejor, pasaba cada vez más tiempo con Robbie, se divertía. Hasta que, de pronto, dejó de hacerlo. No quiso jugar más con su hermano y ni siquiera estar con él. Comenzó a quedarse el día entero encerrada en su cuarto. Ayer, entré a hablar con ella y la encontré en el baño. Gracias a Dios... Bueno, el caso es que no lo llamé a usted porque Tessa, hasta hoy, no volvió a mencionar a la profesora. Pensaba telefonearle, pero hemos estado muy ocupados.

–¿Qué dijo hoy Tessa?

–Que la profesora era verdaderamente su amiga, porque fue la única que la creyó. Que el muy cabrón la ató y la forzó, y que la única que supo comprenderla fue la profesora.

–¿Muscadine la ató?

–Sí. Como se me cruce por delante ese cabrón, le corto las pelotas.

–Señor Bowlby...

–Ya sé, ya sé... Mi esposa me dice que hablar así es una estupidez, y comprendo que tiene razón. Pero sólo de pensar lo que le hizo ese tipo a mi pequeña... Ojalá haya un infierno... Pero lo importante es que Tessa está viva. Más adelante ya nos ocuparemos de las otras cosas. De todas maneras, gracias por llamar, doctor.

–¿Les importa a ustedes que me acerque a hablar con Tessa?

–¿Para qué?

–Sólo para decirle que yo también la creo.

–No, no nos importa; pero tendrá usted que preguntárselo al doctor Emerson.

–¿Sigue el doctor ahí?

–Está en el vestíbulo. ¿Quiere que vaya a buscarlo?

–Sí, por favor, si no es molestia.

–Ninguna molestia. Total, aquí no hago nada, sólo compañía.

Aquella noche llegué a Glendale a las diez y media y a La Cañada unos minutos más tarde.

Flint Hills Cottages se encontraba en Verdugo Road, ya en las colinas, en las afueras de una elegante urbanización residencial. El único cartel indicador era un letrero situado en la puerta principal. Ésta se encontraba abierta y el hombre de la caseta de vigilancia llevaba chaqueta y corbata y lucía en los labios una estereotipada sonrisa.

No había edificio central, sólo una serie de bungalós situados al extremo de un camino de grava, bajo las copas de psicomoros y cedros centenarios. La suave iluminación exterior y las buganvillas que trepaban por los muros hacían que el lugar pareciera un apacible balneario.

Emerson me había dicho que Tessa se encontraba en la unidad C, situada frente al estacionamiento, a la izquierda. La puerta principal estaba cerrada, y tuve que aguardar un rato antes de que una enfermera acudiese a abrirme.

–Soy el doctor Delaware y quiero ver a Tessa Bowlby.

Ella me miró recelosa.

–El doctor Emerson me espera.

–Venga, por favor.

La seguí a través de un vestíbulo de suaves tonos amarillos. Moqueta nueva color chocolate, litografías en las paredes con motivos florales, unos cuantos pósters de recitales de rock, siete puertas, todas ellas cerradas. Al fondo, un despacho de enfermeras donde había un hombre sentado, estudiando un historial médico.

Alzó la vista y se puso en pie.

–¿Doctor Delaware? Soy Al Emerson.

Tenía poco más de treinta años, el pelo largo y ondulado, y poblada barba color castaño meticulosamente recortada. Chaqueta deportiva, pantalones marrones de lana, camisa de algodón y corbata azul de punto. Su apretón de manos fue breve y firme.

–Gracias, Gloria –dijo a la enfermera.

Cuando ésta se fue, me fijé en el historial que estaba estudiando Emerson. En él aparecía el nombre de Tessa. El pabellón se encontraba en silencio.

–¿Qué tal sigue Tessa? –pregunté.

–Comienza a manifestar remordimientos, lo cual es buen síntoma.

–¿Sigue su padre acompañándola?

–No, el señor Bowlby se fue hace un rato. Estuvo con ella, pero sólo unos minutos. Tessa está furiosa con él.

–¿Por no haberla creído?

–También por eso, pero el problema es más hondo.

–Suele serlo.

Él asintió con la cabeza.

–Los padres son buena gente. Bien intencionados, sinceros. Pero simples. No estúpidos, sólo simples.

–Lo contrario que Tessa.

–Tessa es una muchacha sumamente compleja. Creativa, imaginativa, con temperamento artístico. Le interesan los temas existenciales. En el mejor de los casos, sería una muchacha difícil. Con una familia como la que tiene... Es como dejar un Ferrari en manos de un par de mecánicos perfectamente competentes de la Ford.

–Jugarretas del destino –dije–. Yo también he visto unas cuantas. ¿Querrá Tessa hablar conmigo?

–Aún no se lo he preguntado. ¿Qué tal si lo averiguamos?

–¿Así, por las buenas? Las dos veces que traté de hacerlo, se mostró sumamente alterada.

–Pero ahora tiene usted algo que decirle. Y mi esposa sabe lo que está sucediendo, ha oído rumores de que hay un estudiante detenido por el asesinato de la profesora Devane. Si es el que violó a Tessa, a ella le gustará saber que su agresor se encuentra bajo custodia.

–No lo dudo, pero la fiscalía ha decidido no decir nada hasta dentro de un par de días.

–Yo podría convencer a Tessa de que se quedara aquí durante más de dos días. Ella misma me ha dicho que este lugar le gusta, la tranquiliza.

–¿Y si charlar conmigo la trastorna?

–Si eso ocurre, es mejor que sea aquí, donde yo puedo atenderla. Si las cosas van mal y ella se altera, me quedaré con ella toda la noche. –Amplia sonrisa–. Es mi trabajo. Resulta más divertido que estar en casa tomándose una cerveza y viendo la televisión, ¿no?

Me eché a reír.

Él también rió. Luego, más serio:

–¿Quiere intentarlo?

–¿Será confidencial nuestra charla?

–Tessa no tiene teléfono y yo no soy exactamente un ejemplo de indiscreción.

–De acuerdo –dije.

–Espléndido –dijo él–. Vamos. Tessa está en la habitación tres.

No habían regateado esfuerzos para darle al cuarto un aspecto acogedor. El empapelado de las paredes era blanco con ondas azul pálido; los muebles, de madera auténtica; un gran ventanal; flores en un jarrón. Pero, fijándose mejor, se advertía que las paredes estaban acolchadas bajo el papel, que los muebles carecían de bordes agudos, las luces estaban empotradas en el techo y unas barras de madera bloqueaban la ventana por fuera. El jarrón era de plástico y estaba atornillado al mueble. Las flores eran azucenas auténticas. Las azucenas pertenecen a la familia de las bulbáceas. No son tóxicas.

Tessa estaba sentada en la cama leyendo *The Athlantic Monthly*. A su lado había otras revistas amontonadas. La muchacha llevaba una sudadera gris de la universidad y unos pantalones cortos vaqueros. Las dos veces que yo la había visto con anterioridad, iba vestida de negro. Tenía las piernas largas y flacas, y casi tan blancas como las paredes. Bajo la manga izquierda asomaba el triángulo de un vendaje.

Siguió leyendo como si nada.

Inclinada sobre su lectura era la imagen viva de la vulnerabilidad. Muscadine debió de pensar que con ella podía permitirse cualquier cosa.

–Hola otra vez –dijo Emerson.

Ella alzó la vista, me vio, y a su semblante volvió la misma expresión de pánico.

–No pasa nada, Tessa –dijo Emerson, acercándose a la cama–. El doctor Delaware es de toda confianza. Yo respondo por él.

A la muchacha le tembló el labio inferior.

Le dirigí una sonrisa.

Tessa clavó la mirada en su revista.

–¿Estás leyendo un artículo interesante?

No respondió. Su pecho subía y bajaba desacompasadamente.

Emerson se acercó a la muchacha y miró por encima de su hombro.

–Reforestación en el litoral Atlántico. –Leyó un poco más–. Dice que los bosques están regenerándose. No me digas que los ecologistas comienzan a dar buenas noticias. Ya era hora.

Tessa se mordió el labio inferior.

–Vuelven los bosques porque la economía está en las últimas. A medida que las industrias van cerrando, la gente abandona las pequeñas poblaciones, y la naturaleza vuelve a su estado salvaje.

–Ah –dijo Emerson–. O sea que, en realidad, es una mala noticia, ¿no? O una mezcla de buena y mala. ¿Tú qué crees?

–Lo que creo es que no quiero hablar con él.

–¿Te importa que él te hable un rato?

–¿Sobre qué?

Emerson me miró.

–Sobre lo que te hizo Reed Muscadine –dije–. Sé que lo que decías era cierto. Muscadine es un miserable y ahora está detenido.

Ella quedó boquiabierta.

–¿Por qué?

–Te impresionará saberlo, Tessa, pero te ibas a enterar tarde o temprano. Muscadine es el principal sospechoso del asesinato de la profesora Devane.

Sus ojos se desorbitaron.

–Oh... –Más que una palabra, fue un gemido animal–. Oh, oh, oh...

Se puso bruscamente en pie, con las manos en la cabeza, cruzó de tres zancadas la habitación, volvió junto a la cama y dijo:

–Dios mío... Dios mío, ¡Robbie!

–¿Qué pasa con Robbie? –preguntó Emerson.

–¿Dónde está?

–En casa con tus padres, Tessa.

–¿Cómo puedo estar segura?

–¿Por qué no iba a estar allí?

Temblorosa, tendió las manos al frente, con los dedos engarfiados.

–¡Tengo que telefonear! –exclamó.

–¿Quieres que llame a tu madre y le pregunte si tu hermanito está bien? –dijo Emerson.

–¡Quiero llamar yo misma! ¡Quiero hablar con él!

–Son casi las once, Tessa, y Robbie estará dormido.

–Tengo que hacerlo, necesito hacerlo... Por favor, doctor Emerson, permítame que haga una llamada. Se lo ruego, se lo suplico... –Sollozos–. ¡Por favor, déjeme hablar con mi hermanito Robbie!

–Como quieras, cariño. –Emerson trató de pasarle un brazo por los hombros, pero ella se apartó. Observó con ojos nublados por la confusión cómo el hombre abría la puerta y le franqueaba el paso.

En el despacho de enfermeras, Emerson consiguió una línea exterior. Tessa marcó el número con nerviosos dedos.

–¿Mamá? ¿Dónde está Robbie? ¿Seguro? Ve a mirar... Por favor, mamá. Por favor... ¡Déjate de preguntas y haz lo que te pido!

Se quedó a la espera, tirándose del pelo, parpadeando, sacudiendo los hombros, pellizcándose una mejilla, moviendo los pies. Emerson la observaba, entre preocupado y fascinado.

–¿Estás segura? ¿Has comprobado si respiraba? ¿Cómo...? Hablo en serio... Desde la sala de enfermeras. Él me dejó, lo tengo aquí al lado, sí... No, no estoy cansada... Estaba leyendo. ¿Cómo? Pronto, muy pronto... ¿Seguro que Robbie está bien...? Ya lo sé, mamá, tú no me mentirías... Lo siento, mamá, perdona que te haya molestado... ¿Cómo? Sí, sí, gracias. Perdona la molestia, pero cuídalo bien... Sí, yo también te quiero.

Colgó el teléfono. Suspiró. Ocultó el rostro entre las manos. Alzó la vista.

–Volvamos.

De nuevo en el cuarto, dije:

–Robbie era el arma que Muscadine tenía contra ti. Te

amenazó con matar a tu hermano a no ser que tú, en la audiencia, retirases la denuncia.

Tessa me miró con profundo respeto.

Asintió.

No hice la siguiente pregunta: «¿Por qué no se lo dijiste a la policía?».

No lo pregunté porque conocía la respuesta: ella ya había denunciado cosas a la policía, y quedó como mentirosa.

«La palabra de Muscadine contra la de ella.»

–Ahora ese hombre no puede hacerle nada a Robbie –dije–. Ni a nadie.

Me hubiese gustado tener la certeza de que mis palabras eran ciertas. Personalmente, yo casi deseaba que Muscadine saliera libre para que Big Micky le aplicara su propia justicia... Tal pensamiento me avergonzó.

Tessa volvía a sollozar.

Emerson la tranquilizó. Le dio un pañuelo de celulosa y después se apartó de la cama.

El dolor se reflejaba en los ojos de la muchacha. Los de Emerson eran piadosos y firmes.

Al menos, Tessa parecía haber encontrado un médico que la entendía.

Al fin los sollozos cedieron y dijo:

–Él mató a la profesora por mi culpa.

–No, nada de eso –dije–. La cosa no tuvo nada que ver contigo. Fue algo que sucedió entre él y la profesora Devane.

–Me gustaría poder creerlo.

–Cuando los hechos se hagan públicos, me creerás.

–Robbie –dijo Tessa.

–Protegiste a Robbie –dije–. Y lo pagaste bien caro.

No respondió.

–¿Estaba la profesora Devane enterada de que ese muchacho te había amenazado?

Tessa negó con la cabeza.

–No le dije nada... No me pareció bien... Ella me comprendía, pero yo no quería... No quería meter a nadie en mis problemas.

–Pero lo que sí le dijiste fue que Muscadine te ató.

Un largo silencio tras el cual ella asintió lentamente con la cabeza.

Luego la muchacha me desconcertó con una súbita y resplandeciente sonrisa que también sorprendió a Emerson. Él comenzó a retorcerse los pelos de la barba.

–¿Qué ocurre, Tessa? –preguntó.

–Bueno, ya soy una mártir –dijo–. Al fin.

Yendo en el coche por las tranquilas calles, imaginé cómo había sucedido: Muscadine debió de mostrarse encantador con ella, y seguro que la trató bien, incluso deferentemente, hasta que llegaron a su casa.

Entonces se transformó.

La inmovilizó.

La ató.

Ella se lo había contado a Hope.

Hope la había escuchado con gran atención, pues era experta en hacerlo. Se debió de mostrar serena, comprensiva.

Pero para ella, aquello fue mucho más que una nueva afrenta contra las mujeres.

Las palabras de Tessa la hicieron odiar a Muscadine. Debió de pensar mucho en él. Grande, fuerte.

Saludable.

Un bonito y gran riñón, más que adecuado para filtrar la basura del lastimoso cuerpo de un hombre que la consideraba a ella como su familia.

Bonito.

Perfecto.

«Muscadine había atado a Tessa.»

Hope sabía lo que la muchacha sintió.

Aunque nunca se lo dijo a Tessa.

Hasta la empatía tiene límites.

40

Ronald Oster era demasiado joven para ser tan cínico.

Alrededor de veintiocho años, pelo rojo y crespo, montones de pecas, tripa incipiente. Vestía un traje de tres piezas que le estaba una talla pequeño.

Me encontré con él frente a la cárcel del condado, cerca de la larga fila de mujeres que todas las mañanas esperaban para ver a los prisioneros. Algunas de ellas nos miraron, pero Oster no les prestó la menor atención. Mantenía la mirada fija en mí mientras se fumaba un British Oval.

–¿Qué le ha hecho cambiar de idea? –preguntó.

–Consulté a mi abogado y él me dijo que podía usted obligarme. Y, puesto que parece que tendré que perder el tiempo, prefiero que me paguen por ello.

Él seguía sin quitarme ojo.

–Hablando de lo cual –seguí–, mis honorarios son de trescientos setenta y cinco dólares a la hora, contando el tiempo a partir del momento en que salgo de mi casa. Le mandaré la factura y espero que la pague en el plazo de treinta días. También espero que me mande usted un contrato a tal efecto antes de tres días.

Le entregué mi tarjeta profesional.

–Así que es por el dinero –dijo él, metiéndose un pulgar en el bolsillo del chaleco.

–Preferiría no hacerlo; pero si lo hago, desde luego no es por simpatía hacia su cliente.

Oster apretó entre los dedos el ovalado cigarrillo.

–Deseo dejar algo bien claro, doctor. A partir de este momento, usted, en este caso, trabaja sólo para mi cliente. Cualquier cosa que el señor Muscadine le diga, así como cualquier cosa que yo le diga respecto al señor Muscadine, queda amparada por las normas de confidencialidad médica. Incluida esta conversación.

–Siempre y cuando hayamos llegado a un acuerdo.

–Hemos llegado. Sin embargo, en cuanto a abonar sus honorarios, soy un funcionario público, y debo hacerlo todo a través de los canales oficiales.

–Esfuércese al máximo. Y que quede clara una cosa. Si su cliente me amenaza de algún modo, me acogeré a la ley Tarasoff y lo denunciaré inmediatamente.

Eso no le gustó, pero logró sonreír.

–La ley Tarasoff se aplica a amenazas contra terceras partes.

–Nadie dice que no se pueda aplicar a un analista.

–Detecto hostilidad, doctor.

–Simple instinto de conservación.

–¿Por qué iba a amenazarle mi cliente?

–Dicen que ya ha cometido varios asesinatos. Mi pregunta era retórica, para cerciorarnos de que los dos conocemos las reglas.

–¿Siempre que trabaja para un abogado le dice las cosas tan a las claras?

–No suelo trabajar para abogados.

–Tengo entendido que trabaja usted mucho en casos de custodia infantil.

–Cuando lo hago, trabajo para el tribunal.

–Comprendo. Así que le tiene usted miedo al señor Muscadine. ¿Por qué?

–No temo de él nada específico, pero prefiero ser cauto. Supongamos que en mi informe no llego a las conclusiones que a él le interesan. El hecho de haber asesinado a toda esa gente tiende a indicar que el señor Muscadine no encaja bien los fracasos.

–¿Fracaso? –Arrojó la colilla del cigarrillo lejos de sí–. ¿Llama fracaso a la pérdida de un órgano vital?

Miré mi reloj.

Oster siguió:

–Esencialmente, a ese hombre lo violaron, doctor Delaware.

–¿Cómo ocurrió la cosa, según él?

–Prefiero que el propio señor Muscadine se lo cuente. Si es que al fin decido que usted hable con él. Aunque no sea así, usted recibirá el contrato y un cheque por el tiempo que me ha dedicado hoy.

–Lo cual significa que ya le pertenezco a usted y no puedo cooperar voluntariamente con la policía.

Oster sonrió.

–Muy bien –dije, tras consultar de nuevo mi reloj–. Por lo que a mí respecta, cuanto menos tenga que ver con este asunto, mucho mejor.

De nuevo mi interlocutor introdujo un pulgar en el chaleco. La cola de mujeres iba pasando ante nosotros.

–Puede que esto no dé resultado –dijo Oster.

–Usted verá.

–Me interesa su opinión profesional porque yo estoy convencido de que se trata de un caso claro de angustia psíquica idéntico al que pueden experimentar las esposas maltratadas. Pero, teniendo en cuenta su historial con la policía, no estoy seguro de que pueda usted mostrarse imparcial en el dictamen.

–Usted me da los datos y yo hago mi informe. Si busca a alguien para utilizarlo como muñeco de ventrílocuo, lo lamento, pero no soy el hombre indicado.

Oster miró mi tarjeta.

–Detecto una clara parcialidad en favor de la fiscalía.

–Lo que usted diga.

–¿Nunca apoya a la otra parte?

–Tengo mis propios criterios. Si quiere una puta, vaya a Hollywood Boulevard y agite un billete de veinte.

Sus pecas se hicieron más intensas y la piel que había entre ellas se puso roja. Al fin lanzó una sonora carcajada.

–Muy bien, eso me gusta. Es usted mi hombre. La tensión psíquica de ese muchacho es tan evidente, que hasta usted la verá. Y que una persona como usted testifique en ese sentido, será tanto más impresionante. Un consultor de la policía.

Tendió la mano y se la estreché. Algunas de las mujeres de la cola nos miraron, e imaginé lo que pensaban.

–Entremos –dijo Oster–. Y no se preocupe: Reed no le hará ningún daño.

41

–Terapia –dijo Muscadine con una sonrisa, al tiempo que se atusaba el largo cabello–. Todo un lujo para un actor en paro.

–¿Alguna vez te han psicoanalizado? –pregunté.

–Lo único, los juegos mentales que se practican en las clases de actuación. Sin embargo, quizá no me hubieran venido mal unas sesiones.

–¿Por qué lo dices?

–Tengo evidentes problemas emocionales. Eso es lo que debe usted establecer, ¿no?

–Quiero saber lo más posible acerca de ti, Reed.

–Qué honor.

Sonrió y volvió a pasarse la mano por el pelo. Vestía ropas de calle, camiseta y vaqueros, pero estaba tras un cristal. Los días de detención no habían hecho mella en su aspecto, y seguía teniendo músculos enormes y bien definidos. Probablemente, haría ejercicios en la celda.

El alguacil que permanecía en un rincón de la sala de visitas se volvió hacia nosotros. Muscadine le sonrió también a él, y él se giró y le dio la espalda.

–¿Qué tal te tratan? –quise saber.

–Bastante bien, hasta ahora. Naturalmente, soy un preso modelo. No tengo por qué no serlo... ¿Le hablo de mi madre? Era una auténtica joya.

–Luego –dije–. Pero antes, háblame sobre tu amor a los animales.

La sonrisa desapareció de sus labios y volvió a aparecer, más forzada. Me pareció escuchar a un director diciendo: «¡Más suelto, Reed, métete en el personaje!».

–Bueno –dijo él, cruzando las piernas–, los animales tienen debilidad por mí.

–Lo sé. Lo he comentado porque el día que te visité me di cuenta de que te llevabas admirablemente con la bullmastiff de la señora Green.

–*Samantha* y yo somos buenos amigos.

–La señora Green dijo que *Samantha* no dejaba que nadie se acercase a ella.

–Es cierto.

–Pero contigo era distinto.

–Yo vivía allí –dijo Muscadine–. Pertenecía a la casa. Pero sí, tiene usted razón. Me comunico bien con los animales. Creo que se dan cuenta de que me siento a gusto con ellos.

–¿Tuviste animales de pequeño?

–No. Cosas de mi madre.

–¿Ella no te dejaba tenerlos?

Él afirmó con la cabeza.

–No quería ni oír hablar de ello. –Mostró los blancos dientes en una mezcla de sonrisa y mueca–. Mamá era una mujer extremadamente limpia.

–¿Y cuando te fuiste de casa...? ¿Qué edad tenías, por cierto?

–Dieciocho años cuando me marché a la universidad.

–Volviste luego a tu casa.

–Ni hablar. Yo...

–¿Tuviste animales de compañía cuando comenzaste a vivir solo?

–Imposible. Vivía de alquiler y no estaba permitido. Luego mi trabajo se interpuso.

–Tu trabajo de contable.

Él asintió con la cabeza.

–Era uno de esos empleos de nueve a cinco. No me parecía justo dejar a un animal solo todo el día. Y lo mismo me ocurrió cuando volví a la universidad y me tomé en serio la carrera de actor. Lo que sí hice fue trabajar durante un tiempo como cuidador de animales.

–¿De veras?

–Sí, sólo durante unos meses. Fue una de las muchas cosas que hice para pagarme los estudios.

–Los actores en paro hacen de todo, ¿no?

–Sí, ya sé que soy un tópico...

–Yo también lo soy, supongo. Un psicólogo de Los Ángeles.

Él rió entre dientes.

–Hacer de cuidador debió de aumentar tu dominio de los animales –seguí.

–Pues sí. Se aprende a manejarlos, a hablar con ellos. La comunicación con los animales es no verbal al noventa y nueve por ciento. Si te sientes bien contigo mismo, ellos se sienten a gusto a tu lado. Y, trabajando con ellos, aprendes a distinguirlos.

–¿A distinguir cuáles son fieros y cuáles pacíficos?

–Exacto.

–No verbal –dije–. Interesante. ¿Era la rottweiler de Hope Devane una perra difícil?

Muscadine se miró los pies. Se atusó el cabello.

–¿Es imprescindible hablar de ello?

–¿Existe algún motivo para no hacerlo?

–No sé. Oster me ha dicho que se lo cuente a usted todo; pero él no es más que un abogado de oficio.

–¿No te cae bien?

–Parece buen tipo, pero...

–¿Desconfías de él?

–Me fío de él bastante más que del resto de los abogados que he conocido. –Blanca, resplandeciente sonrisa–. Lo cual no es mucho decir. Pero sí, parece más listo de lo que cabría esperar en un funcionario. Además, no puedo elegir. Recuerde que soy un actor en paro.

Hice unas anotaciones y alcé de nuevo la vista hacia él.

–Volvamos con la rottweiler –dije–. ¿Qué hiciste con ella?

–Le di un pedazo de carne sazonado con tintura de opio.

–¿A través de las barras de la puerta principal?

Él asintió con la cabeza.

–¿Y ella se lo comió?

–Pues sí –dijo Muscadine–. Fue asombrosamente fácil. Yo había pasado frente a la casa en coche y a pie cuando la perra estaba en el jardín, y siempre me ladró. Pero debió de oler la carne, porque en cuanto me vio ir hacia ella, se calló. Y para cuando llegué a la puerta, ya estaba sentada y con la lengua fuera. Se comió la carne de un bocado.

–¿Eso ocurrió de día o de noche?

–De noche. A eso de las ocho.

–¿La noche que la profesora Devane fue asesinada? –Era mejor usar la voz pasiva, no inquietarle.

Él asintió con la cabeza.

–¿Había alguien en la casa? –quise saber.

–Estaban los dos. –Amplia sonrisa–. Fue todo de lo más simple. La calle estaba oscura bajo las copas de los grandes árboles. No pasaba ni un alma. Dejé la bicicleta apoyada en el árbol, fui hasta la puerta del jardín, le di la carne a la perra y me marché.

Largo silencio.

Al fin dijo:

–No pudo ser más fácil.

Asentí con la cabeza.

–¿Volviste luego?

–Sí.

–¿Cuándo?

–A eso de las diez.

–Porque ésa era la hora en que la profesora Devane daba su paseo.

La sonrisa desapareció.

–Caminaba entre las diez y media y las once y media. Siempre el mismo recorrido. Sudadera negra una noche, sudadera gris la siguiente. Negra, gris, negra, gris. Como una máquina. No estaba seguro de si saldría a caminar sin la perra o preferiría dejarlo. Pero salió, y supongo que eso indica qué clase de persona era. La pobre perra echando las tripas, y ella tan campante. Si hubiese roto su rutina... ¿quién sabe? Quizá yo hubiese cambiado de idea.

–¿Lo crees de veras?

Él me miró fijo y luego sonrió más ampliamente que nunca.

–No. Tarde o temprano habría ocurrido.

–Estaba en el guión, ¿no?

Muscadine volvió a mirarse los pies.

–Sí, supongo que ésa es una buena forma de decirlo.

–Si no te importa, retrocedamos un poco, Reed.

–¿Hasta dónde?

–Hasta Mandy Wright.

–¿Mandy, qué?

Sonreí y crucé las piernas.

–¿Te molesta recordarla? ¿Más que recordar a Devane?

–No. –Exhaló–. ¿Qué quiere saber?

–Dime qué sucedió. Cuéntame cómo te tendió la trampa.

Hizo crujir los nudillos de forma tan sonora que el alguacil se volvió hacia él. Se atusó el pelo, se pasó los dedos por entre los cabellos y dejó que éstos cayeran sobre el atractivo rostro. Luego volvió a echárselos hacia atrás.

El alguacil se volvió de nuevo y quedó mirando a la pared.

Muscadine dijo:

–Uf...

–¿Te resulta difícil hablar de ello?

–Sí. Ha puesto usted el dedo en la llaga. Lo más jodido de todo fue la trampa que me tendieron. La maldita sesión del comité.

–El análisis de sangre.

–Exacto. Devane, por algún motivo, me detestaba. Debió de decidir en aquel mismo momento arrancarme el riñón. Increíble, ¿no? Un mal sueño... Me pasé meses viviendo como en una pesadilla.

–Háblame de ello.

–¿De la pesadilla?

–De todo. Empezando por Mandy.

–Mandy –dijo él–. El coño de alquiler. Me dijo que se llamaba Desirée.

–¿La conocías de antes de encontrártela en el Club None?

–No, pero conocía a cientos como ella.

–¿Ah, sí?

–Mujeres de Los Ángeles –dijo él–. Como en la canción de los Doors.

–¿Fue ella la que te ligó?

–Sí, supongo que sí, aunque en su momento pensé que era al revés.

–¿Dónde os encontrasteis?

–En el Club None.

–¿Ibas por allí a menudo?

–Una o dos veces a la semana. Por aquella época, yo estaba tomando clases de actuación en Brentwood y volvía a casa en coche por Sunset. A veces me dejaba caer por allí y me tomaba una cerveza. Debían de estar vigilándome. Acechándome. –Los ojos se le llenaron de lágrimas y ocultó el rostro–. Mierda –dijo, por entre los gigantescos dedos–. Para ellos era una presa... Me violaron...

–Macabro –dije.

–Repugnante –me corrigió él.

Alzó la vista.

Asentí con la cabeza.

–Fue una humillación –siguió–. Me degradaron. Ni a un perro lo trataría yo así.

Esperé a que recuperase la compostura.

–Así que entraste en el Club None, viste a Mandy... o Desirée, y...

–Ella estaba en la barra, nos miramos, me sonrió, se inclinó, me mostró las tetas. Unas tetas magníficas. Me acerqué, me senté junto a ella, la invité a una mesa. Le pagué una copa, me tomé otra cerveza, charlamos. De pronto, ella me pone la mano en la rodilla y me invita a ir a su casa. –Sonrisa–. Otras veces me habían ocurrido cosas así.

–¿Fuiste a su casa?

–No llegamos a ir. Debió de echarme algo en la cerveza, porque lo último que recuerdo es que me monté en el coche y luego... ¡Dios, aún me cuesta creer que me jodieran de aquel modo! –Los poderosos hombros se estremecieron.

«¿Estaba actuando? Tal vez sí, tal vez no.»

–¿Qué pasó luego, Reed?

–Me desperté en un callejón cerca de mi casa con el maldito dolor en la espalda y el hediondo olor a basura en las narices.

–¿Qué hora era?

–Las cuatro de la mañana, aún estaba oscuro. Escuchaba a las ratas, olía la inmundicia... ¡me tiraron a la calle como si yo fuese basura!

Meneé la cabeza.

–Increíble.

–Kafka puro. Traté de levantarme y no pude. La espalda comenzaba a dolerme endiabladamente. Un dolor sordo, pulsante, por encima del hueso de la cadera. Y notaba una fuerte presión, enorme, como si alguien me estuviera apretando. Me eché la mano a la espalda, toqué algo... gasas. Me habían envuelto. Como a una momia. Luego comencé a notar un fuerte latido en el brazo. Conseguí remangarme y vi un gran moretón... la huella de una aguja hipodérmica. –Se tocó la parte anterior del codo–. Estaba tan aturdido y confuso que pensé que también me habían administrado algún tipo de droga, aunque no lograba imaginar por qué. Más tarde me di cuenta de que era la anestesia. Estaba mareado, tenía náuseas, comencé a vomitar y estuve un buen rato echando las tripas por la boca. Al fin, logré ponerme en pie y, no sé cómo, llegué a mi apartamento. Una vez allí me desmayé. Estuve todo el día inconsciente. Cuando desperté, la pesadilla continuaba. El dolor era insoportable y me notaba febril. Fui en el coche hasta una clínica de beneficencia. El médico me quitó el vendaje y puso una cara que jamás olvidaré. Parecía preguntarse cómo era posible que yo anduviera por la calle en semejante estado. Luego me lo dijo: «Te han operado, muchacho. ¿No lo recuerdas?». Yo me quedé estupefacto, y él me puso un espejo para que viese los puntos. ¡Como un puñetero balón de rugby! –Se tocó un poco más el cabello, se frotó los ojos, sacudió la cabeza.

»No puede usted imaginar lo que sentí... Ni por asomo. La... violación. Fritz Lang. Hitchcock. Un médico con pinta de hippy diciéndome que me han operado y yo diciéndole qué va. Debió de tomarme por loco.

–Hitchcock –dije.

–Una de sus tramas clásicas: un inocente que se mete involuntariamente en un infierno. Lo malo fue que, en mi caso, a la estrella no le dijeron nada. A la estrella la improvisaron sobre la marcha.

–Horrible –dije.

–Más que horrible... Como una película de hachazos. Luego comencé a recordar. Desirée... Mandy. Nos subimos al coche, ella se me arrimó, me besó. Me metió su lengua hasta la garganta. Luego, fundido a negro. Bum. –Se tapó los ojos con la palma de una mano.

»El médico de la beneficencia trató de calmarme. Me dijo que tenía fiebre y que era mejor que ingresase en un hospital.

–¿Te dijo el doctor a qué clase de operación te habían sometido? –pregunté.

–Me preguntó si padecía alguna dolencia de riñón, y cuando le dije que no y le pregunté de qué demonios me hablaba, él me hizo una radiografía. Y me lo contó. Fue entonces cuando me dijo que debería ingresar en un hospital.

–¿Lo hiciste?

–¿Con qué dinero? No tengo seguro.

–¿Y el hospital del condado?

–No. Ese sitio es un zoo... Además, yo no quería más documentos. No quería ir a ninguna parte. Porque ya había comenzado a pensar.

–¿En vengarte?

–En recuperar mi dignidad. En aquellos momentos sólo pensaba en Desirée... en Mandy. Pero comprendía que ella sólo fue el cebo.

–¿Sospechabas de la profesora Devane?

–No, todavía no. No sospechaba de nadie. Pero tomé la decisión de averiguar quién había sido.

–¿Qué hiciste?

–Conseguí que en la clínica de beneficencia me recetaran unos antibióticos y unos calmantes y me fui a casa.

–¿No temías que el médico informase de lo ocurrido?

–Dijo que no lo haría, y la gente de esa clínica es de fiar.

–Así que te fuiste a casa a reponerte. –Le contó a la señora Green que se había lesionado la espalda–. ¿Y los puntos?

Muscadine hizo una mueca.

–Yo mismo me los quité.

–No debió de resultarte fácil.

–Me atiborré de calmantes, me apliqué Neosporin en toda la zona, y utilicé un espejo. Vi las estrellas, pero no quería que nadie más se enterase de lo ocurrido.

–Así que no viste a ningún otro médico.

–Nunca. Debí hacerlo, porque la cicatriz me quedó hecha una mierda. Formé queloides. Un día, cuando tenga dinero, me la haré arreglar.

Volví a tomar nota.

–Sigue sin resultarme fácil hablar de ello –dijo Muscadine.

–Lo comprendo.

–Oster me preguntó si había sentido tensión psíquica. Me costó un esfuerzo no carcajearme en sus narices.

–Es lógico –dije–. ¿Cómo encontraste a Mandy?

–Unas semanas más tarde, cuando me hube recuperado lo suficiente para caminar, volví al club y vi a la camarera que nos había atendido. –Se puso las manos tras el cuello, y lo flexionó hacia delante, hacia atrás y hacia los lados–. Estoy rígido. Hago ejercicios todas las mañanas, pero debe de haber humedad en las paredes. –Bajó las manos y se acercó más al cristal. Sonrió. Se estiró de nuevo.

»Esperé a que terminase de trabajar. Ella tenía su coche aparcado detrás, en el callejón. Justicia poética, ¿no le parece? Me había convertido en el perfecto gato callejero. Miau, miau. –Arañó la separación de vidrio.

El alguacil se volvió, miró el reloj de pared y dijo:

–Les quedan veinte minutos.

–Cuando terminó de trabajar, la chica salió al callejón –dije.

–Y yo la estaba esperando. –Amplia sonrisa–. Ser el cazador es mucho mejor que ser el cazado... Le puse una mano en la boca y una rodilla en la base de la espalda. Luego le retorcí el brazo a la espalda y ella quedó inmovilizada. La arrastré detrás de un contenedor y le dije: voy a quitar la mano, encanto, pero como hagas un puñetero ruido, te mato. Ella comenzó a respirar deprisa... a hiperventilar. Yo le dije o te callas o te rebano el jodido pescuezo. Pero no tenía ni cuchillo ni nada. Luego le dije que sólo deseaba información sobre la chica que estuvo conmigo hacía unas semanas. Desirée. Yo no conozco a ninguna Desirée, me dijo. Quizá no sea su verdadero nombre, pero seguro que la recuerdas a ella lo mismo que me recuerdas a mí, le dije. Había dejado una buena propina, como siempre hago. Yo también trabajo de camarero. Ella siguió negándolo y yo le dije te voy a refrescar la memoria: Desirée llevaba un vestido blanco muy ceñido, bebía un Manhattan, y yo estaba bebiendo un Sam Adams. Por mi experiencia de camarero sé que unas veces se acuerda uno más de la bebida que del cliente. La recuerdo, pero no la conozco, me dijo ella. Así que le retuerzo un poco más el brazo y le tapo la nariz y la boca, dejándola sin aire. Ella comienza a asfixiarse, yo la suelto y le digo, vamos, encanto, no tienes por qué pasarlo mal por ella. Me había fijado en que ella y Desirée se trataban amistosamente, como si se conocieran. Ella sollozó, dijo que no, la asfixié un poco más y al fin me dijo que en realidad la chica se llamaba Mandy y era de Las Vegas. Me juró y perjuró que eso era todo lo que sabía. Yo le retorcí el brazo más, hasta casi rompérselo, pero ella siguió gimiendo e insistiendo en que no sabía nada más. Así que le doy las gracias, cierro las manos en torno a su cuello y aprieto.

–¿La mataste sólo porque era una testigo?

–Y porque formaba parte de lo ocurrido. En cierto sentido, todo el puñetero club era cómplice. Debí volar con una bomba todo el puñetero edificio. Quizá hubiera terminado haciéndolo.

–¿Qué te lo impidió?

–El hecho de estar aquí.

El alguacil volvió a mirar el reloj.

–Así que, como Mandy era de Las Vegas, allí te fuiste.

–Disponía de tiempo –dijo Muscadine–. Era lo único que me sobraba. Había dejado los estudios para trabajar en *Zona diplomática*, pero al final no me dieron el papel.

–Por culpa de la cicatriz.

–Fue el único motivo. Antes de ver la cicatriz, estaban locos por mí. Era televisión por cable y yo sólo iba a cobrar el sueldo base, pero para mí hubiera sido una fortuna. Incluso estaba pensando en mudarme, quizá a una bonita casa junto a la playa.

Encajó las mandíbulas y crispó la boca.

–Así que te fuiste a Las Vegas –dije–. ¿Cómo hiciste el viaje?

–En autocar, y luego recorrí los principales casinos. Me dije que una puta tan atractiva debía de buscar clientela en alguno de ellos. Y no me equivoqué... ¿Sabe lo que resulta más asombroso de todo esto?

–¿Qué?

–Lo fácil que es.

–¿Encontrar a la gente?

–Encontrarla y... ajustarle las cuentas. Entiéndame: antes de despachar a la chica del callejón, yo jamás había hecho nada ni siquiera parecido. –Chasqueó los dedos–. He tenido que representar papeles más difíciles.

–¿También lo de Mandy te resultó sencillo?

–Mucho más, porque mi motivación era aún mayor. Y ella me lo hizo aún más fácil. Iba por ahí en un Ferrari descapotable. La putilla ostentosa, queriendo que todos la vieran. La vi estacionarse frente a un casino, darle una gran propina al aparcacoches... La reina de Las Vegas. La seguí. Estuve vigilándola dos días, averigüé dónde vivía, esperé a que volviera a casa sola, y le di la sorpresa.

–¿Utilizaste el mismo método? ¿La mano en la boca y la rodilla en la espalda?

–Si el método es bueno, ¿para qué inventar? Cometió la estupidez de llevar las llaves en la mano, así que abrí la puerta y la metí en el apartamento. De entrada, ella ya no tenía la cabeza muy clara, debía de haber tomado alguna droga. Probablemente cocaína, porque tenía la nariz un poco enrojecida. Le puse el cuchillo en la garganta y le dije que si no hablaba la haría filetes como a un bacalao.

–Esta vez llevaste un cuchillo.

–Desde luego.

–Tenía que ser un cuchillo, ¿verdad?

–Sí, claro. –Se atusó el cabello.

–Porque...

–Por reciprocidad, por... sincronía. Como en esa canción de Police. Ellos me cortan, yo los corto.

–Parece razonable –dije.

–Perfectamente razonable. Lo único que yo necesitaba era recordar el dolor que sentía en la espalda cada vez que trataba de tocarme las puntas de los pies o de hacer unas flexiones. O pensar en *Zona diplomática*, y en lo que esa telenovela pudo significar para mí. –Frunció los ojos y, acercándose más al cristal, dijo–: Dicen que sólo se necesita un riñón, que puedo llegar a centenario. Pero tener un solo riñón me hace vulnerable. ¿Y si sufro una infección y pierdo el que me queda?

–Así que decidiste llegado el momento que Mandy también se sintiera vulnerable.

–Que lo sintiera, no: que lo fuera.

–Que lo fuera –repetí–. ¿Qué más?

–Se meó en las bragas... La puta reina de Las Vegas se meó en las bragas. La até con unas cuerdas que había llevado, y comencé el interrogatorio. Mandy me juró que cuanto sabía era que una profesora de psicología de la universidad la había contratado para que me ligase y me echara un narcótico en la bebida. Aseguró que no sabía por qué. Como si eso fuera una excusa. Le pregunté qué profesora y ella trató de hacerse la ignorante. Le tapé la boca y la nariz como había hecho con la camarera, y ella soltó el nombre. Que yo ya sabía, porque sólo había una profesora de psicología que me odiase.

–¿Mandy conocía a Devane?

–Sí. Me dijo que Devane había utilizado sus servicios.

–¿Sus servicios sexuales?

–Ella dijo que eran simples juegos. Sumisión y disciplina. Devane la había visto bailar en un antro de San Francisco y se la llevó a casa. Morboso, ¿no? Una psicóloga con una sórdida vida secreta.

–¿Qué ocurrió luego?

–La desaté y le dije gracias por ser sincera conmigo, encanto. Para desarmarla psicológicamente. Después la saqué de su casa y le dije que iba a soltarla; pero que debía mantener la boca cerrada. Ella pareció aliviadísima, llegó incluso a darme las gracias, trató de besarme, de meterme la lengua. Eso me recordó cómo me había besado en mi coche poco antes de que el mundo desapareciera a mi alrededor. En la calle no había nadie, así que le sujeté la mano para que no pudiera tocarme, y luego le clavé el cuchillo.

–¿Dónde?

–Primero en el corazón, porque al saquear mi cuerpo y al robarme todo mi futuro me habían roto el corazón. Luego en el coño porque Mandy usó su coño para atraparme. Luego la tumbé en el suelo, le di la vuelta y la acuchillé por la espalda. Como ella había hecho conmigo. Justo sobre el riñón. –Se llevó una mano a la espalda e hizo una mueca–. Antes no sabía la situación exacta del riñón.

–¿Aún te duele? –pregunté.

–Sí, al sentarme –dijo–. ¿Cuánto tiempo nos queda?

–Diez minutos. Así que, una vez te enteraste por Mandy del nombre de Hope, decidiste que a ella también le ajustarías las cuentas.

–Pues claro.

–Y le diste los mismos golpes. Corazón, vagina, espalda.

–Desde luego –dijo Muscadine–. La única diferencia fue que Hope trató de resistirse. A ella no le sirvió de nada, pero a mí me dejó hecho un asco. Quería sacarle el nombre del jodido cirujano, pero temí que consiguiera soltarse y gritase, así que, simplemente, la liquidé.

–¿Cuándo averiguaste la identidad del cirujano?

–No fue hasta la semana pasada, cuando aquel chico lo atacó y en las noticias dijeron que el tipo conocía a Devane. Se me encendió la bombilla. Sumé dos y dos. Así que comencé a vigilarlo también a él, y conseguí un premio extra. El *punky*.

–Casey Locking.

–Mi otro juez. Nunca estuve seguro de si él formaba parte del plan, pero sospechaba que sí, porque siempre andaba pegado a Devane. En cuanto lo descubrí, el tipo estuvo listo. Conseguí su expediente en el departamento de psicología, me enteré de la dirección de su domicilio. Ya sabía dónde vivía Cruvic porque fue allí donde lo vi con el *punky*, en su casa de Mulholland. Así que comencé a vigilar a Locking.

–Dejando a Cruvic para el final.

–Pues claro.

–Cuéntame lo de Locking.

–También fue fácil... facilísimo.

–Probablemente, más fácil que hacerlo sobre un escenario.

–Pues sí... ¿Qué estaba diciendo?

–Locking.

–Locking. Lo seguí hasta su casa, entré y disparé contra él.

–¿Por qué pistola en vez de cuchillo?

–Por tres razones –dijo, con evidente satisfacción–. A. La policía estudia los *modus operandi* y no quería que fuera obvio que el mismo que lo había liquidado a él había matado a las chicas. B. El cuchillo era para las mujeres, no me parecía adecuado para un hombre. C. Ya me había deshecho del cuchillo.

–¿Dónde?

–Lo tiré en el muelle de Santa Mónica.

–Podías haber comprado otro.

–Recuerde que soy un actor en paro –dijo, con una sonrisa.

–¿Qué me dices de las fotos que rodeaban el cuerpo de Locking?

–Otro regalo de la suerte. Me permitió mostrar al mundo cómo era Devane... cómo eran todos. ¿Vio usted qué cosas...? Repugnante.

–Entonces, ¿cuál era tu plan? ¿Liquidar a Cruvic?

–A él y al hijo de puta que estaba usando mi riñón. Suponía que, con el tiempo, terminaría enterándome de todo. Haría mis propias operaciones quirúrgicas, recuperaría lo que era mío.

El alguacil dijo:

–Dos minutos.

Muscadine articuló con los labios «Vete a la mierda» a espaldas del hombre y me dirigió una sonrisa.

–Bueno, ¿qué tal vamos?

–Bien –dije–. Agradezco tu sinceridad.

–Bah, era lo único que podía hacer. Y si quiere que le diga la verdad, me alivia haberlo soltado todo.

Oster se encontraba en el exterior de la puerta principal de la prisión. La cola de mujeres seguía siendo larga.

–¿Qué tal? –preguntó.

–¿Qué tal, qué?

–Le dije a Muscadine que cooperase.

–Lo hizo.

–¿Qué le parece?

–Horrible.

–Y que lo diga. ¿Es aplicable?

–¿El qué?

–¿Cree que el chico ha sufrido una severa presión mental?

–Claro que sí –dije, meneando la cabeza–. Por falta de angustia, no ha sido.

–Espléndido –dijo Oster–. Espléndido. Tengo que irme, ya hablaremos.

Entró rápidamente en la prisión.

En vez de volver a casa, fui a un restaurante de Sixth Street y encargué un opíparo almuerzo: ensalada César, entrecot poco hecho, patatas fritas, espinacas a la crema, y el mejor borgoña que servían por copas.

Mientras esperaba la comida, abrí el portafolios y saqué un cuaderno amarillo.

Tras dar un sorbo al vino, comencé.

EVALUACIÓN PSICOLÓGICA:
REED MUSCADINE
PRISIONERO N.º 46555532
REALIZADA POR: ALEXANDER DELAWARE
DOCTOR EN PSICOLOGÍA

Estuve largo rato escribiendo.

Título de la edición original: *The Clinic*
Traducción del inglés: Josefina Meneses,
cedida por Editorial Planeta, S. A.
Diseño: Emil Tröger
Ilustración: a partir de una foto de Zardoya
Foto de solapa: © Jonathan Exley

Círculo de Lectores, S.A. (Sociedad Unipersonal)
Travessera de Gràcia, 47-49, 08021 Barcelona
www.circulolectores.com
1 3 5 7 9 9 9 0 7 8 6 4 2

Depósito legal: B. 26949-1999
Fotocomposición: Fotoletra, S.A., Barcelona
Impresión y encuadernación: Printer industria gráfica, s.a.
N. II, Cuatro caminos s/n, 08620 Sant Vicenç dels Horts
Barcelona, 1999. Impreso en España
ISBN 84-226-7868-3
N.° 27615